As irmãs Blue

As irmãs Blue

COCO MELLORS

Tradução Dinaura Julles

Copyright © 2024 by Coco Mellors
Título original: Blue Sisters
Tradução para Língua Portuguesa © 2024 Dinaura Julles
Todos os direitos reservados à Astral Cultural e protegidos pela Lei 9.610, de 19.2.1998. É proibida a reprodução total ou parcial sem a expressa anuência da editora.

Editora Natália Ortega
Editora de arte Tâmizi Ribeiro
Produção editorial Andressa Ciniciato, Brendha Rodrigues e Thais Taldivo
Preparação de texto Alexandre Magalhães
Revisão João Rodrigues, Fernanda Costa, Pedro Siqueira e Carlos César da Silva
Capa Jo Thomson
Pintura da capa To the Lighthouse © Gill Button, óleo sobre tela, 2017
Adaptação da capa Tâmizi Ribeiro
Foto da autora © Zoe Potkin

> Conteúdo sensível: Este livro contém cenas de uso de drogas, morte por overdose, alcoolismo e ideação suicida, que podem desencadear gatilhos.

Dados Internacionais de Catalogação na Publicação (CIP)
Angélica Ilacqua CRB-8/7057

M483i

Mellors, Coco
  As irmãs Blue / Coco Mellors ; tradução de Dinaura Julles. — Bauru, SP: Astral Cultural, 2024.
  400 p.

  ISBN 978-65-5566-502-4
  Título original: Blue Sisters

  1. Ficção inglesa I. Título II. Julles, Dinaura

24-1336   CDD 823

Índice para catálogo sistemático:
1. Ficção inglesa

BAURU
Rua Joaquim Anacleto
Bueno, 1-42
Jardim Contorno
CEP: 17047-281
Telefone: (14) 3879-3877

SÃO PAULO
Rua Augusta, 101
Sala 1812, 18º andar
Consolação
CEP: 01305-000
Telefone: (11) 3048-2900

E-mail: contato@astralcultural.com.br

*Para Daisy, por estar presente desde o princípio.
E para Henry, por prometer ficar até o fim.*

Prólogo

Uma irmã não é uma amiga. Quem poderia explicar o impulso de pegar uma relação tão primordial e complexa, como é a fraterna, e reduzi-la a algo tão substituível e banal como uma amizade? No entanto, essa condição é utilizada frequentemente com o sentido de maior intimidade. *Minha mãe é minha melhor amiga. Meu marido é meu melhor amigo.* Não. A verdadeira irmandade, do tipo em que suas unhas cresceram no mesmo útero e vocês foram empurradas aos gritos por canais de nascimento idênticos, não é igual à amizade. Vocês não se escolhem, e não há o período furtivo de se conhecerem. Vocês fazem parte uma da outra desde o início. Observe um cordão umbilical — resistente, sinuoso, feio e, no entanto, essencial — e compare-o com uma pulseira da amizade tecida com fios vistosos. *Essa* é a diferença entre uma irmã e uma amiga.

A mais velha das irmãs Blue, a líder, é Avery. Ela nasceu sábia e cansada da vida. Aos quatro anos, ela chegou ao apartamento dos pais no Upper West Side, depois de voltar sozinha do jardim de infância, e declarou que estava *cansada demais para continuar.* Mas ela continuou, ela sempre continua. Avery ensinou todas as irmãs a praticar o nado *crawl*, a fazer amizade com os gatos da mercearia acariciando-lhes o queixo, a embaralhar cartas sem entortar as pontas. Ela odeia a autoridade, mas ama a estrutura. Ela tem memória fotográfica; no ensino médio, Avery invadiu os registros escolares e memorizou os números de seguro social de toda a classe, e passou o restante do semestre assustando os colegas ao se referir a eles pelos seus nove dígitos.

Ela se formou no ensino médio com dezesseis anos, e concluiu a graduação na Universidade Columbia em três. Então, aos vinte e um, fugiu para entrar em uma comunidade "anárquica, não hierárquica e dirigida por consenso", também conhecida como comuna, antes de viver por um curto período nas ruas de São Francisco, onde ela fumava e, ao final, injetava heroína. Sem o conhecimento de qualquer pessoa da família, ela se internou em uma clínica de desintoxicação um ano depois, e tem estado sóbria desde então. Mais tarde, matriculou-se em uma faculdade de direito, onde finalmente fez bom uso daquela memória.

Dizem que você não conhece seus princípios até que eles se tornem inconvenientes, e Avery é a prova disso. Ela tem princípios profundos, e, muitas vezes, inconvenientes. Talvez preferisse ter sido poeta ou documentarista, mas é advogada. Agora, com trinta e três anos, mora em Londres com a esposa, Chiti, terapeuta sete anos mais velha. Ela pagou os empréstimos estudantis e possui móveis que custaram quase tanto quanto o curso. Avery ainda não sabe, mas em algumas semanas ela implodirá sua vida e o casamento de maneiras que não considerava possíveis. Avery gostaria de ser apenas a coluna vertebral, mas ela é a carne macia também.

Dois anos depois de Avery nascer, os pais tiveram Bonnie. Ela tem a fala suave e é obstinada. Sua linguagem é a linguagem do corpo. Aos seis anos, podia andar sobre as mãos. Aos dez, fazia malabarismos com cinco tangerinas ao mesmo tempo. Ela tentou fazer balé e ginástica, mas nunca se encaixou naquela revoada de meninas flexíveis e femininas. Quando tinha quinze anos, o pai lhe comprou luvas de boxe, depois de Bonnie ter feito um buraco na parede do quarto com um soco, e então ela se encontrou. Para Bonnie, descobrir o boxe foi, provavelmente, igual ao que as outras pessoas sentem quando descobrem o sexo. Então, *essa* é a causa de todo o furdunço.

Bonnie venera o altar da disciplina. Depois de observar, em silêncio, o declínio da irmã mais velha na adolescência, ela jurou nunca tocar em uma gota de álcool. Suas drogas preferidas eram o suor e a violência. Essa atitude a levou aos Campeonatos Mundiais de Boxe Feminino da Associação Internacional de Boxe, o nível mais alto de torneio amador nesse esporte, juntamente com as Olimpíadas, no qual ela conquistou a medalha de prata na divisão de pesos-leves antes de se profissionalizar. De forma inesperada, considerando-se o esporte que escolheu, Bonnie é a mais gentil das irmãs. Ela consegue tirar o gelo da forminha sem batê-la contra o balcão. Os bebês e os cachorros confiam nela por instinto. Ela é uma péssima mentirosa. Embora seu corpo seja como uma porta de carvalho maciça, sua natureza é transparente como uma janela. Agora, aos trinta e um anos, e no que deveria ser o auge da carreira, Bonnie desistiu de Nova York e do boxe depois de uma derrota esmagadora em sua última luta. Ela foi embora para Venice Beach, em Los Angeles, onde arranjou um emprego como segurança de um boteco.

A maioria das pessoas passa pela vida sem jamais saber o que é receber um chamado, aquele que pede para sacrificar o prazer do momento pelo potencial de um sonho que pode não se realizar durante anos, se é que pode. Ele o separa das outras pessoas, quer você queira ou não. Pode ser exaustivo, solitário e cruel, mas, se for de fato o chamado, não se trata de uma escolha. Assim foi o boxe para Bonnie. E, no entanto, agora é possível encontrá-la em alguma ruela de Venice, recolhendo copos de cerveja vazios, ajudando mulheres embriagadas a entrar no carro e varrendo bitucas de cigarro, sem nenhum vestígio daquela guerreira anárquica com coração de aço que fora treinada a ser.

Os pais queriam que o próximo fosse um menino, mas depois de dois abortos espontâneos nunca comentados, eles tiveram Nicole, sempre chamada de Nicky. De todas as meninas, Nicky era a *mais* menina. Ela podia soprar uma bolha de sabão tão grande quanto a própria cabeça. Ela ouviu pop adolescente até a idade adulta, sem ironia. Seu passatempo favorito, quando criança, era criar lagartas para se transformarem em borboletas, alimentando-as com pedacinhos de abóbora. Quando tinha dez anos, comprou o primeiro sutiã com aro, só para estar preparada. Nicky já tinha passado por cinco namorados quando se formou no ensino médio. Ela gostava de escolher as roupas para a semana com antecedência, inclusive a lingerie, para combinar. Ela podia traçar um olho de gato perfeito com delineador líquido em um táxi em movimento, sem borrar nada. Nicky sempre foi popular com os rapazes, mas ela tinha um talento especial para as amizades femininas. Ela entrou para uma irmandade na faculdade, fato que gerava zoações implacáveis das irmãs, mas ela não ligava. As irmãs estavam quase sempre ocupadas com as próprias carreiras, e Nicky, por sentir falta delas, fez das amigas uma família.

Se Avery era sensata e Bonnie era estoica, Nicky era sensível. Ela era um parque de diversões de sentimentos que nunca tentava esconder. Às vezes ela era o redemoinho extasiado de um carrossel, às vezes era o carrinho de bate-bate, às vezes era o alvo estático no estande de tiro. Ela nascera para ser mãe, mas seu corpo teve outras ideias. Depois de longos períodos de agonia, foi diagnosticada com endometriose aos vinte e poucos anos. Embora tenha morrido aos vinte e sete, ela não foi um membro natural desse clube; ela não era vocalista de uma banda e não viveu de modo tão apressado para morrer jovem. Se perguntada, Nicky teria dito que viveu uma vida extraordinariamente comum como professora de inglês do segundo ano do ensino médio, em uma escola autônoma no Upper West Side, a dez quarteirões de onde ela cresceu. Se esta parecia uma existência menor do que a de suas irmãs, ela nunca a viu assim. Amava os alunos e sonhava em ter uma família um dia. Nada na vida de Nicky foi um presságio de morte, exceto pelo fato de ela sentir muitas dores.

Um ano depois do nascimento de Nicky, os pais tentaram mais uma vez ter o tão esperado filho. Veio Lucky. Nascida em casa por acidente e em apenas quinze minutos, Lucky não perdeu tempo para estabelecer seu lugar na família. Não importa quantos anos Lucky tenha, ela sempre será um bebê. De fato, quando Nicky aprendeu a falar, ela logo proclamou Lucky *meu bebê*, e insistia em carregar aquela coisinha para todo lugar. Elas continuaram inseparáveis, mas Lucky não permaneceu pequena. Ela tem um metro e setenta e cinco. Os pais fizeram quatro tentativas até criar o que era tão procurado: a beleza feminina. Com Lucky, eles acertaram. Até os dentes dela, tortos e com caninos tão pontiagudos, dão ao sorriso uma qualidade de loba sensual. Recentemente, sem aprovação da agência, ela cortou quase todo o cabelo e o descoloriu. Agora, ela parece uma combinação de Barbie, Billy Idol e husky siberiano. Lucky estreou como modelo quando tinha catorze anos e já trabalhou no mundo todo, o que é outra forma de dizer que ela já sentiu solidão no mundo inteiro.

 Quando Lucky entra em uma sala, é como se uma enguia-elétrica deslizasse em um aquário de peixes-dourados. Ela é perspicaz e secretamente tímida. Aprendeu a tocar violão sozinha enquanto morava em Tóquio e o faz muito bem, mas é muito autocrítica para tocar na frente de qualquer pessoa. Ela ainda adora jogar videogames, adora qualquer forma de fuga, na verdade. Agora, ela está sozinha em Paris. Já disse as palavras *Eu preciso de uma bebida* cento e trinta e duas vezes neste ano. É mais do que disse *Eu te amo* a vida inteira. Em seu apartamento em Montmartre, as borboletas azuis que Nicky lhe deu antes de morrer estão emolduradas e penduradas acima da cama, mas Lucky raramente dorme. Ela tem vinte e seis anos e está perdida. Na verdade, todas as irmãs remanescentes estão.

 Mas o que elas não sabem é: enquanto você estiver viva, nunca é tarde demais para ser encontrada.

CAPÍTULO UM

Lucky

Lucky estava atrasada. Irresponsável e irreversivelmente atrasada, tanto que corria o risco de perder o emprego. Ela tinha uma prova de roupa com uma *couture maison* no Marais ao meio-dia, mas isso foi dez minutos antes, e ela ainda está a quilômetros de distância, no metrô. Ela havia passado a noite anterior em uma festa da semana da moda, aproveitando o open bar (o único tipo de bar de que Lucky gostava), onde encontrara um par de artistas de grafite, funcionários de uma empresa, que estavam ansiosos para recuperar a reputação de criativos à margem da sociedade. Eles haviam se oferecido para levá-la em uma de suas motocicletas até uma mansão abandonada, a casa de um ex-diplomata no *16º Arrondissement*, que eles pretendiam grafitar. Lucky não era muito a favor de descaracterizar um prédio histórico com spray, mas ela sempre ficava contente ao adiar o final da noite.

O prédio contava com mais segurança do que o esperado, estava pontilhado de câmeras de vigilância e protegido por uma cerca pontiaguda e intimidadora, de modo que eles se contentaram em grafitar as persianas metálicas de uma tabacaria próxima. Os artistas do grafite optaram por slogans populares e libertários disseminados nos protestos de Paris em 1968 — *É proibido proibir!* —, enquanto Lucky preferiu uma representação clássica de um pênis e das bolas. Eles assistiram ao nascer do sol das escadarias do Palais de Tokyo, bebendo as garrafas de Veuve

Clicquot rosé que haviam surrupiado da festa, e então voltaram ao apartamento de Lucky para fumar um baseado. Depois de uma tentativa previsível de um dos homens de começar um *ménage à trois*, Lucky sugeriu que eles deixassem a mulher de lado e transassem só os dois, antes de desmaiarem completamente vestidos na cama dela. Ela acordou várias horas depois no apartamento vazio, que, felizmente, não havia sido saqueado, quando recebeu uma mensagem ousada do agente lembrando-a de lavar o cabelo antes da prova de roupa de hoje.

Era também o aniversário de um ano da morte de Nicky.

Enquanto o trem se aproximava, Lucky checou o telefone e viu uma ligação não atendida e uma mensagem de voz de Avery, que estava, sem dúvida, em uma missão para fazê-la "processar" os sentimentos desse dia, além de um e-mail de aspecto formal enviado pela mãe, que ela ignorou prontamente. Ela sentia falta do metrô de Nova York, com sua imundície, previsível imprevisibilidade e falta de sinal de celular; o metrô de Paris era de uma eficiência quase agressiva, e os celulares estavam sempre acessíveis, mesmo embaixo da terra. Aqui, não havia onde se esconder. Sem ouvir a mensagem de Avery, Lucky pôs o telefone de volta no bolso. Ela não tinha se encontrado com ninguém da família desde o enterro de Nicky um ano antes. Naquela noite, um vento quente e forte varreu a cidade, virou mesas de restaurantes e fez latas de lixo rolarem pelas avenidas, rompeu a fiação elétrica e quebrou galhos de árvores no Central Park. E dispersou Lucky e as irmãs para os quatro cantos do mundo, sem nenhuma intenção de voltarem para casa.

Agora ela estava quinze minutos atrasada. Na pressa de sair, tinha esquecido os fones de ouvido, um descuido que estragaria seu dia inteiro. Em geral, Lucky não conseguia andar mais de um quarteirão sem enterrá-los nos ouvidos para formar uma proteção musical entre ela e o mundo. Mas ela havia saído porta afora em tempo recorde, ajudada pelo fato de não ter tomado o café da manhã habitual, composto de um Marlboro vermelho e um ibuprofeno, e de ter saído de casa com as roupas com que havia acordado. Discretamente, ela cheirou a camiseta. Um cheirinho de cigarro, de suor, mas, no geral, não tão ruim.

— *Je voudrais te sentir.*

Os olhos de Lucky saltaram para o homem sentado à sua frente, e que acabara de falar. Ele tinha o rosto tenso como o de um roedor, de uma presa, mas seus olhos eram os de um perfeito predador. Nas mãos, ele segurava uma garrafa grande de água Volvic, apoiada na virilha e apontada para ela. Ele estava sorrindo.

— O quê? — ela perguntou, embora não tivesse nenhuma vontade de saber o que aquele homem havia dito, nem de falar nada com ele.

— Ah! Você é americana!

A pronúncia dele era tipicamente francesa — com ênfase na última sílaba.

— Sou.

Lucky fez um aceno de cabeça e pegou o telefone de novo, tentando demonstrar desinteresse.

— Você é bonita — ele disse, inclinando-se em direção a ela.

— Hum, obrigada.

Ela continuou com os olhos grudados no telefone. Pensou em mandar uma mensagem de texto para o *booker*, para dizer que já estava a caminho, mas desistiu. Isso só tornaria o atraso mais real. Seria melhor aproveitar o conforto desse período de limbo enquanto fosse possível, antes que soubessem que ela estava estragando tudo de novo.

— E tão alta — o homem continuou.

Em uma Levi's vintage escura e uma camiseta *cropped* preta, Lucky era, de fato, tão reta e longa quanto um ponto de exclamação. Ela curvou os ombros para que ele pudesse vê-la menos, e com isso virou um ponto de interrogação.

— *Mon Dieu!* — ele exclamou, baixinho. — *T'es trop sexy.*

Ela deveria se levantar e sair. Deveria mandá-lo ir se foder. Deveria pegar a garrafa de água dele — o falo imaginário, triste, grande e babaca — e esmagá-lo entre as mãos. Em vez disso, ela apontou para o telefone.

— Olha, eu só...

Ela franziu a testa e apontou para a tela para indicar que estava fazendo uma ligação. Ela rolou a tela de contatos com pressa. Mas para quem poderia ligar? Na verdade, ela não queria falar com ninguém. Por força do hábito, procurou pelo nome de Nicky e apertou o botão de discagem. Todas faziam parte do plano familiar que Avery pagava; ela imaginou que Avery tinha decidido se poupar da angústia de cancelar o número de Nicky e simplesmente continuou a pagar a parte da irmã. Lucky não sabia onde o telefone de Nicky estava agora; desligado em uma gaveta em algum lugar, ela imaginou, mas ficou grata por ainda ter o número. A voz da irmã preencheu-lhe o ouvido.

Você ligou para Nicky, deixe uma mensagem após o sinal. Divirta-se!

Nicky estava dando uma risadinha, constrangida por estar sendo gravada. Ao fundo, bem baixinho, Lucky podia ouvir a si mesma rindo, vários anos mais nova e alheia à perda que o futuro lhe reservava.

— Eu adoraria te conhecer — o homem insistiu.

— Estou no telefone — Lucky disse.

— Ah, *d'accord*. — O homem inclinou-se para trás, mostrando a palma das mãos em um gesto ridículo de galanteio. — Falamos depois.

Não era a primeira vez que ela ligava para Nicky desde que a irmã morrera; a necessidade de falar com ela e contar como ia a vida sem sua presença era constante. Ligar para Nicky fazia com que ela se sentisse como um amputado que, acreditando ainda ter a perna, sempre tenta ficar em pé.

— Oi, sou eu — Lucky começou quando ouviu o sinal. — Eu... Bem, eu só liguei para dar um oi.

Ela olhou para o homem, que nem tentou fingir que não estava ouvindo.

— É a semana da moda aqui, então as coisas estão meio frenéticas, como sempre, mas eu quis ligar porque... Hum, é um dia importante para você, eu acho. Um ano! Nem posso acreditar. Então, é, eu só liguei para dizer... Não foi para dar parabéns, é óbvio. Não é, tipo, a porra de uma comemoração. Mas eu queria que você soubesse que estou pensando em você. Estou sempre pensando em você. E sinto sua falta. É obvio. — Lucky limpou a garganta. — Então é isso. Eu te amo. — Lucky esperou para ver se ia sentir alguma coisa, alguma mudança energética no cosmos para que soubesse que a irmã estava ouvindo. Nada. — E também, a Avery anda bem chata. Tchau.

Ela desligou e espiou pela janela. Já estavam quase em Saint Paul, a estação dela. Quando se aprumou para ficar em pé, o homem tocou-a no braço. Ela deu um pulo, como se ele tivesse encostado um fósforo aceso na pele.

— Pode me dar o seu número?

O trem diminuiu a velocidade ao chegar à estação, e Lucky tropeçou. Ele sorriu ao vê-la perder o equilíbrio. Os dentes dele estavam manchados de marrom por causa do tabaco.

— Você é tão sexy — ele disse.

Lucky olhou para o homem, que a observava com uma alegria possessiva, como se estivesse escolhendo um doce em uma vitrine. A garrafa de água apoiada na virilha dele ainda apontava para ela.

— Posso? — ela perguntou, apontando para a garrafa. O trem parou.

— Isto? — ele indagou, confuso, e entregou a garrafa de plástico. — *Mais bien sûr.*

Ela pegou a garrafa das mãos do homem, desenroscou a tampa e jogou a água restante no colo dele. O homem levantou-se e gritou enquanto uma mancha escura crescia no jeans. Lucky correu para a saída e acionou a alavanca prateada, aquele curioso objeto de controle exclusivo do metrô de Paris, e as portas do trem se abriram. Da plataforma, ela podia o ouvir chamando-a de puta enquanto os passageiros entravam no trem. Ela subiu as escadas de dois em dois degraus e emergiu na luz do sol.

Na Place des Vosges, arcadas de pedra pairavam acima de Lucky enquanto ela corria para o endereço que o *booker* tinha enviado. Dois velhos que estavam fumando, e usavam *trench coats* verde-oliva, viraram-se para vê-la passar. Ela tocou a campainha e passou por uma porta azul de madeira descascada que levava ao pátio. Do outro lado havia uma escadaria alta, em espiral; suas botas pesadas reverberavam entre as paredes de pedra enquanto ela subia de andar em andar, parando em cada patamar para tomar fôlego. O hábito de fumar um maço por dia, iniciado quando era adolescente, a deixara inapta para esse tipo de atividade. Finalmente, ela se arrastou agarrada no corrimão até o último andar. Uma mulher com o cabelo bem preso em um coque escuro e uma fita métrica pendurada no pescoço estava em pé à porta, esperando por ela.

— Estou atrasada, eu sei. — Lucky estava ofegante. — *Je suis désolée.*

— E você é? — a mulher perguntou, com voz aguda.

— Lucky. — Ela suspirou. — Blue.

— Loo-key? — a mulher repetiu, consultando sua prancheta. Atrás dela, Lucky podia ouvir o zumbido laborioso das máquinas de costura. — Você não está atrasada. Na verdade, está bem adiantada. Sua prova é às duas.

Lucky colocou as mãos no joelho e expirou.

— Eu achei que era ao meio-dia.

— Deve ter se enganado. Por favor, volte às duas. *Ciao!*

Com um clique autoritário, a porta se fechou na cara dela. Lucky resistiu ao impulso de desabar ali mesmo e dormir na soleira da porta, como um gato das redondezas, até que chegasse sua vez de ser vista. Devagar, ela se arrastou escada abaixo.

Sem mais nada para fazer, Lucky perambulou pelas ruas ensolaradas do Marais em busca de algum lugar para tomar um drinque. A adrenalina de sua vingança Vôlvica e da subsequente corrida até a prova de roupa estava passando, e revelava o início do que prometia ser uma ressaca brutal se ela não desse um basta logo nas bebidas. Era início de julho e, apesar do tempo agradável, um ar de inquietação impregnava Paris naquele verão. Uma greve geral e o resultante congestionamento adensaram o ar com uma nuvem de poluição, e uma enxurrada de facadas no metrô e nos bairros residenciais resultou na forte presença da polícia nas ruas. No entanto, o Marais, com suas butiques, bares lotados e cafés barulhentos, estava alegremente afastado de tudo aquilo.

Lucky ouviu a voz de uma mulher chamando seu nome do outro lado da rua; ela se virou e viu sua amiga Sabina, uma ruiva francesa e colega modelo cujo corpo Lucky já tinha ouvido ser descrito como "cem quilômetros de estrada boa", sentada na parte externa de um café junto com dois modelos. Ela acenou para Lucky.

— Só poderia ser a Pollyanna punk — disse o mais alto dos homens, Cliff, enquanto ela se aproximava.

Cliff era um ex-surfista australiano que desfrutava de certa notoriedade nessa temporada, por ter caminhado em uma passarela em Milão vestindo nada além de uma tanga dourada. Apesar disso, era impossível objetificá-lo; a força absoluta de seu ego não permitiria. Essa característica, e a informação de que ele sempre poderia desistir da moda e voltar para a vida de pegar ondas e morar em uma van, significava que ele parecia totalmente livre de conflitos quanto à sua atual escolha de carreira, ao contrário de Lucky, cuja beleza era tanto uma fonte de renda quanto de vergonha. Lucky nunca tinha feito nada além de ser modelo, o que lhe dava a sensação de nunca ter feito nada. Ela não admitiria em público, mas invejava a liberdade de Cliff.

— *Ciao*, Bolas Douradas — ela disse ao tirar um cigarro do maço diante dele e segurá-lo entre os lábios. — Eu não te reconheci usando roupas.

O outro modelo, um americano com cara de bebê que Lucky não reconheceu, riu e inclinou-se para acender o cigarro dela.

Ele tinha a coloração de um golden retriever e o mesmo desejo aparentemente indiscriminado de agradar. Os homens tinham copos grandes de cerveja à sua frente, enquanto Sabina girava uma tacinha de vinho branco sem prová-la. Lucky acenou para o garçom e pediu uma cerveja antes de se sentar.

— Oi, eu sou Riley — o mais jovem se apresentou.

— Preciso de uma bebida — Lucky disse, e recostou-se para mostrar uma faixa pálida do abdômen.

— Esta é a Lucky — Sabina falou. — *Ma soeur.*

Lucky confirmou com um vago aceno de cabeça. Sabina tinha a tendência típica de filha única de recrutar os amigos como membros da família; na verdade, elas não se conheciam muito além de saber das campanhas recentes e das bebidas favoritas.

— Você é americana! — Riley disse. Ele tinha um sotaque suave do sul, que fazia cada vogal soar como se estivesse enrolada em algodão. — Eu queria mesmo encontrar um americano hoje. — Ele ergueu a cerveja. — Feliz Quatro de Julho.

Lucky exalou a fumaça em uma coluna estreita em direção ao céu.

— Eu não celebro isso — ela comentou.

Neste ano, no ano que vem, todos os anos do resto da sua vida, Quatro de Julho seria sempre apenas o dia em que Nicky morreu. Riley franziu a testa.

— Mas você é americana, não é? — ele perguntou.

— Nova York — ela respondeu. — Então sou mais ou menos.

— Mas agora você mora em Paris — Sabina disse —, o que significa que você terá que celebrar o Dia da Bastilha.

— Quando é? — Cliff quis saber.

— De fato, só na semana que vem — Sabina disse.

— Julho é *o* mês de lutar contra a tirania — Cliff afirmou.

— Bem, eu sinto falta — Riley disse. — Nunca fiquei fora do país em um Quatro de Julho antes. Meu pessoal sempre faz o maior churrasco.

— Lamento informar — Sabina começou —, os franceses não fazem churrasco. — Ela pousou a taça com um movimento rápido. — Não consigo beber isto. Ainda estou com a dor de cabeça de hoje cedo. Por que insistem em servir champanhe nos bastidores antes do café da manhã?

— Porque é a única coisa que vocês, garotas, aceitariam — Cliff disse. — Como é mesmo o ditado? Champanhe, cocaína e sexo casual, baby.

Sabina o ignorou por completo. Ela olhou para o céu, que estava ficando de um tom cinza anêmico.

— Parece que vai chover, *non*?

— Ah, cara — Riley lamentou. — Minha próxima apresentação é ao ar livre.

— A minha também — Lucky comentou.

— Minha primeira semana da moda, e vai chover — ele disse, decepcionado.

Com uma voz surpreendentemente afinada, Cliff começou a cantar o refrão de "Ironic", da Alanis Morissette. *It's like raaaaain on your wedding day.*

— Estamos falando de *haute couture* — Sabina disse. — *La crème de la crème*. Acredite, eles não vão deixar você se molhar.

— Você quer dizer molhar as roupas — Lucky corrigiu, e se virou para Cliff. — De toda forma, o que você estava dizendo sobre as modelos? Não é como se vocês, homens, fossem paradigmas de saúde e moderação. — Ela tocou o copo de cerveja quase vazio de Cliff.

— Nós damos aguentamos o porre, ao contrário de muitas de vocês. — Ele apontou para ela. — Se você não come, não deveria beber.

— Eu como — Lucky rebateu, pegando a cerveja que acabara de ser colocada à sua frente. — Então eu posso beber.

Cliff riu e pediu outra rodada.

— Qualquer coisa que você faça, eu posso fazer melhor — ele cantou.

— Aposto que aguento mais do que você — Lucky disse.
Cliff ergueu a cerveja e tomou o último gole.

— Quer ver?

...

Uma hora e cinco cervejas depois, Lucky estava prestes a contar a história mais hilária de sua vida. A tristeza da manhã, que a recobria como fuligem, estava sendo lavada a cada nova rodada.

— Então, eu tinha dezenove anos e estava morando em Tóquio — ela disse. — Era divertido, mas eu também estava sendo um pouco irresponsável, sabe como é, dormindo tarde, perdendo compromissos, praticamente tudo o que você *não* deve fazer quando está começando.

Nessa hora, Lucky apontou para Riley e ergueu uma sobrancelha em advertência.

— Parece ser aquele momento do faça o que eu digo, não o que eu faço — Cliff observou. — Já que tenho certeza de que você ainda faz tudo isso, Lucky.

— Ei, você não precisa me ensinar — Riley retrucou. — Tenho vinte e três anos. Eu sei o que faço.

— Eu também! — Sabina exclamou. — Na verdade, tenho vinte e três já faz três anos.

Lucky riu e tomou outro gole de cerveja.

— Minha agência estava ameaçando me dispensar, mas de repente, do nada, consegui uma campanha. Era para uma marca comercial barata, mas ainda assim dinheiro, dinheiro, dinheiro. agente me ligou e disse: "Lucky, se você chegar um minuto atrasada para essa gravação, nós vamos demiti-la. Um minuto".

— Eu sei o que aconteceu — Riley disse. — Você se atrasou e foi demitida, mas mesmo assim se tornou uma modelo famosa e importante.

— Você acha que ela é famosa? — Sabina suspirou. — Mais famosa do que eu?

Riley olhava para uma e para a outra.

— Não, quer dizer, si-sim — ele gaguejou. — Quer dizer, eu não sei. Vocês duas são lindas.

— Ela está brincando — Lucky garantiu.

— Não está, não — Cliff respondeu. — De qualquer forma, sou mais famoso do que vocês duas.

Sabina franziu o nariz para Cliff.

— Nenhum de nós é famoso — Lucky disse. — Mas, enfim, de volta à história. Na noite antes da gravação, fui para a cama cedo, determinada a acordar na hora. Mas estava morando em um apartamento de modelos em Shibuya, que era bem pouco diferente de um bordel. Então, eu estou lá, deitada na cama, tentando ser boazinha, quando um bando de meninas invade o quarto e diz: "Tem uma cerimônia de estreia em Harajuku, e aquele ator maluco e gostoso que fez o papel de caubói, astronauta ou coisa parecida que foi vencedor do Oscar do ano passado vai estar lá, uma de nós tem que transar com ele, calce os sapatos, nós vamos sair". E, sei lá, não tenho força de vontade, então fui, juro por Deus, para tomar só um copo.

Lucky parou para tomar o resto da cerveja, e então fez sinal para o garçom trazer mais uma.

— E o que aconteceu? — Cliff perguntou. — Por favor, diga que você foi demitida.

Lucky arrotou satisfeita e sorriu.

— Pior. Fiquei na festa a noite inteira.

— E o ator? — Sabina quis saber.

— Foi agarrado por uma russa.

Sabina fungou.

— Típico.

— Eu acordei de manhã e, é lógico, uma hora atrasada para o compromisso. Vocês já perderam a hora para um trabalho?

— Eu quase perdi os exames finais porque minha mãe não me acordou na hora certa — Riley disse, sério.

Lucky fez um sinal de cabeça.

— Então você sabe como é.

Ela decidiu omitir o fato de que também estava se recuperando de uma combinação de ecstasy, pó de anjo e cocaína, todos reconhecidos como bem difíceis de encontrar no Japão. Mas Lucky, que era como um cão farejador para drogas em festas, havia conseguido.

— Minha agente já tinha me ligado umas quinze vezes quando eu acordei — ela continuou. — Retornei a ligação, e ela exigia saber onde eu estava e por que não atendia. Em um piscar de olhos, disse a ela que tinha acordado com conjuntivite. E que eu não atendi o telefone porque não estava conseguindo *enxergar* nada. Ridículo, eu sei, mas eu não estava funcionando a todo vapor.

Cliff zombou dela.

— Ela acreditou em você?

— Lógico que não. Ela me disse que precisava de um atestado médico confirmando minha infecção, ou a agência me mandaria embora e eu teria que voltar para Nova York. Pensei, foda-se! Mas, óbvio, eu estava em pânico. Decidi que só tinha uma coisa a fazer: arranjar uma conjuntivite e consultar um médico.

— Espera um pouco — Sabina interrompeu. — O que é conjuntivite? A gente pega durante o sexo?

Riley, que estava tomando um gole da bebida, quase se engasgou.

— Só se o cara errar a pontaria — Cliff disse.

Lucky deu-lhe um tapinha por cima da mesa e cobriu os olhos para mostrar a Sabina o que ela queria dizer.

— Ah, *conjonctivite*! — Sabina disse. — *Je comprends*.

— Você não conseguiu deduzir? — Cliff perguntou. — São palavras quase iguais.

— *Shhh*. — Sabina fez. — Pare de me paquerar.

— Enfim — Lucky disse —, meu plano era pôr a mão em toda a sujeira que eu pudesse ver e depois tocar nos olhos. É lógico que, como Tóquio é famosa pela limpeza, não seria uma tarefa fácil. Por sorte, eu estava morando com doze modelos bem nojentas. Gordura na mesa da cozinha? Ótimo. A tampa do vaso sanitário? Perfeito! O traseiro de um dos cachorrinhos feios delas? Certo, vou fazer um carinho.

— Nojento! — Riley gritou, visivelmente encantado.

— Eu cheguei no médico e, meus olhos, como vocês podem imaginar, estavam bem vermelhos. Ele mal olhou para mim. "Do que você precisa?" Disse que precisava de um atestado para o meu trabalho. Ele me entregou um pedaço de papel e fui embora. Fácil assim. Liguei para minha agente e avisei que tinha o atestado. "Ótimo", ela disse, "mas eu sempre soube que estava mentindo, então falei para o cliente que você estava viajando e o seu voo tinha atrasado. Eles disseram que você pode vir amanhã". Então foi um final feliz, certo? Naquela noite fui dormir na hora certa. Acordei bem cedo e... tinha uma infecção nos olhos.

— *Mais non!* — Sabina esbravejou.

— *Mais oui,* filha da mãe! — Lucky gritou.

Duas mulheres francesas de meia-idade que estavam em uma mesa próxima olharam para ela e franziram a testa. Lucky acenou para elas com alegria.

— Então, basicamente — Cliff disse —, você se fodeu.

— Exato. Meus olhos estavam muito vermelhos e inchados. Não pude participar do ensaio. Perdi o cliente.

— A agência te demitiu? — Riley perguntou.

— Quase. — Lucky assentiu com a cabeça. — Eles me suspenderam. Mas, algumas semanas depois, encontrei o editor da *Vogue Japan* em uma festa. Você sabe que ele tem o maior senso de humor, e eu contei a história pra ele. Ele gostou tanto que acabou me contratando algumas semanas depois. Ele meio que lançou minha carreira editorial.

— Você é foda, tem a maior sorte — Cliff comentou, balançando a cabeça.

— Lucky é que nem gato — Sabina observou. — Ela tem sete vidas.

— Os seus pais sabiam o que estavam fazendo quando te deram esse nome de sortuda — disse Riley.

— Meus pais não sabiam merda nenhuma — Lucky retrucou, e acendeu outro cigarro. — Ainda não sabem.

O silêncio pairou sobre a mesa. Com o final da história, a maré escura da tristeza que ameaçava dominá-la a todo momento retornou. Ela não queria pensar nos pais, em Nicky, em nada além dessa mesinha do café, mas sua família estava sempre lá, pronta para tomar a dianteira na sua mente.

Suas irmãs eram mais dispostas a perdoar, no entanto Lucky sabia que o pai delas era mau. Com certeza, elas não eram as únicas. Na sua vida inteira, ela provavelmente encontrara só um punhado de gente que tinha pais bons. Todos eram estranhos. As crianças que cresceram com pais amorosos tinham a mesma suavidade no olhar sonhador que as crianças criadas em lugares como Malibu, naquelas casas com a eterna luz do sol. Elas nunca precisaram endurecer. Lucky tinha uma teoria segundo a qual ter um pai mau era como crescer em um lugar onde o inverno é longo e severo. É o tipo de coisa que te deixa casca grossa. E também te prepara para a realidade de que o verão é uma estação, não um estilo de vida, e que a maioria dos homens vai lhe magoar se eles tiverem uma chance. Ou talvez fossem só as pessoas que cresceram com pais ruins que acreditavam nisso.

O engraçado sobre o pai delas é que ele não era uma pessoa fria, ou, pelo menos, nem sempre. *Inconstante* é como ela o descreveria. Instável como o clima. E, assim como o clima, era preciso verificar regularmente para saber que tipo de dia elas teriam. Lucky e as irmãs podiam dizer como estava o humor do pai pelo jeito que ele fechava a porta da frente. Assim como não se faz um piquenique sob uma chuva de granizo, não se podia fazer certas coisas com um pai furioso. Nada de brigas pelo controle remoto, nada de conversas em voz alta com os amigos ao telefone, nada de choro por causa de uma nota baixa, nada de risos por uma piada tonta, nada de choramingos com a mãe por estarem com fome. Ele era o único homem na casa, mas também *era* a casa. Elas moravam dentro do estado de espírito dele.

Lucky herdou dele os olhos azuis e o cabelo claro, embora ela gostasse de pensar que as semelhanças terminavam aí. Ele era da terceira geração de escoceses-americanos, com aquele tipo de infância povoada de freiras católicas, que, nas palavras dele, fariam qualquer indivíduo se tornar um bom ateu. Ele adorava ler, e manteve o hábito de um livro por semana mesmo nos anos de bebedeira, mas sua verdadeira religião eram os esportes. Futebol, boxe, golfe, ciclismo — ele assistia de tudo. Assim como Bonnie, ele ficava em casa mais com o corpo do que com a mente. Ele deveria ter sido atleta profissional, e até foi para a faculdade com uma bolsa de estudos por conta do futebol americano, mas o rompimento de um tendão fez com que aceitasse um emprego em um banco regional depois da graduação, no qual ele trabalhou pelo resto da vida. Não importava o quanto estivesse embriagado, ou com que frequência, sempre ia trabalhar no horário certo. É por isso que a mãe delas nunca conseguiu admitir que ele tinha um problema. Que tipo de alcoolista fica no mesmo emprego durante todos esses anos? O delas ficou.

Foi fácil para Lucky dizer que elas tinham um pai ruim. Mais difícil foi ela admitir que a mãe também não era nenhuma maravilha. Ela crescera em uma propriedade em ruínas em Sussex, filha única de uma mãe depressiva e um pai bêbado e perverso, ou seja, aquela combinação britânica típica da classe alta completamente falida — refinada, mas não abastada, como a mãe costumava dizer. O avô já havia desperdiçado a maior parte da herança quando a mãe delas chegou à adolescência. Mesmo depois de conhecer e se casar com o pai delas, a mãe mantinha um desprezo profundo e permanente pelo sistema de classes britânico do qual ela escapara.

Havia muito sobre a vida da mãe que ela não sabia, mas o que Lucky sabia de fato era que ela escapara daquela casa infeliz em que havia crescido, daquele país desgraçado, como ela o chamava, assim que pôde. Ela aterrissou em Nova York e começou a trabalhar em uma galeria no centro da cidade. Naquela época, a mãe tinha o cabelo ruivo e sedoso, que chegava até a cintura, e um belo rosto em formato de tulipa. Ela afirmava que havia sido contratada principalmente para ficar na vitrine de minissaia e atrair homens ricos para dentro da galeria, mas que tinha o olhar perspicaz para jovens artistas também, e convencia os superiores a comprarem as primeiras obras de pintores que hoje são famosos no mundo todo.

Se a mãe não tivesse tido filhos, Lucky tinha certeza de que ela teria se tornado diretora de uma galeria ou curadora famosa, mas ela saiu da galeria depois que Avery nasceu. Então, quando Avery tinha quinze anos e Lucky, oito, a mãe voltou a trabalhar como monitora em um museu e encarregou a mais velha de cuidar das outras. Alegava que a família precisava do dinheiro, o que era verdade, mas ela provavelmente ganhava menos por hora do que qualquer uma das filhas poderia ganhar como babá. O fator principal é que ela estava cansada de ser mãe, papel que Avery assumiu estoicamente. Lucky odiava admitir, mas Avery era um mãe melhor do que a maioria das pessoas já teve, o que não significa que ela tinha qualquer plano de retornar a ligação naquele dia.

Lucky bateu as cinzas do cigarro na bandeja recortada e suspirou. Ela queria encontrar um alçapão na mente e desaparecer, chegar a um lugar onde as lembranças não pudessem alcançá-la, e ela só sabia um jeito de fazer isso. Ela empurrou o copo vazio de cerveja para longe e lançou seu sorriso de loba para os amigos.

— Vamos beber alguma coisa mais forte?

...

Lucky percorreu o caminho de volta para o ateliê por ruas cinzentas como pombos, desfocadas como pinturas impressionistas diante dos seus olhos. Ela tinha pensado vagamente em transar com Riley no banheiro, mas ele parecia ser do tipo que se apega, então tomou a decisão extremamente responsável de ir para a prova de roupa e chegar na hora. Ela se desviou de um cachorro e tropeçou; as pontas dos dedos afagaram a calçada, e ela logo se aprumou. Lucky estava só um tantinho bêbada. Ela era forte para bebida mais do que qualquer homem, pensou com satisfação. Com certeza mais do que Cliff, que ela deixou cantando uma versão emotiva à capela de "Imagine", do John Lennon, para uma Sabina confusa.

Quando Lucky abriu a porta azul de madeira descascada, o pátio anteriormente quieto estava agitado. Uma passarela longa e branca havia sido montada no centro do pátio de paralelepípedos, ao redor da qual os trabalhadores estavam ocupados desempilhando cadeiras, instalando cabos e preparando o fosso dos fotógrafos. Lucky sentiu a colisão estranha dos mundos que, combinados, criavam o negócio da moda; essa multidão trabalhadora de assistentes faria proezas hercúleas nas próximas horas, e então se fundiriam com o segundo plano, como se nunca tivessem estado ali, para que Lucky, vestida de seda, e sua turma pudessem flutuar sobre um mar de espectadores, trajando as obras deles.

Ela circunavegou um homem que carregava uma torre tão alta de cadeiras que poderia muito bem ser um número de circo, e subiu outra vez a serpentina estonteante da escada em espiral. Tudo estava girando quando ela entrou no ateliê abafado. Uma onda quente de transpiração humana tocou-lhe as narinas. No teto, um ventilador de madeira girava sem eficiência, movimentando, mas não dissolvendo, o calor da sala. Uma mulher empurrando uma arara lotada de vestidos de tafetá cor de limonada quase esbarrou em Lucky, mas não olhou para ela.

Lucky sentiu a cabeça rodopiar no ritmo do ventilador. Ela foi até a janela e se debruçou, respirando profundamente. O ateliê tinha vista para o pátio, e Lucky concentrou a atenção na careca do homem que polia a passarela branca e brilhante abaixo dela. Ela estava tentando parar o giro da cabeça enquanto fixava o olhar na dele.

— Será que vai chover?

Lucky se virou e viu a estilista de antes, com o coque apertado e a fita métrica pendurada.

— Estamos todos preocupados com a chuva — a estilista esclareceu, tirando um alfinete prateado da boca.

Lucky colocou a cabeça para fora da janela e inspecionou o céu. Estava cinza à esquerda e azul-pálido à direita.

— Meio a meio — ela disse.

As palavras pareciam pedaços de fruta imprecisos na boca. A estilista enrugou de leve a testa.

— *Alors*, venha por aqui, por favor.

Lucky foi conduzida a um canto ainda mais quente da sala, onde seu traje estava suspenso em um cabide de veludo com uma polaroide dela colada no gancho. Era um vestido de festa com decote careca e saia ampla, no formato de uma taça de martíni de cabeça para baixo. O tecido era de um rosa palidíssimo de confeitaria, como a parte inferior da pata de um gato. Atravessando o corpete drapeado artisticamente, uma rede de miçangas prateadas caía pesada com flores de cerejeira brilhantes. A estilista olhou para Lucky.

— Só o *appliqué* demorou trezentas horas — ela disse.

Mas Lucky estava ocupada demais, tentando tirar o jeans sem se ajoelhar, para responder. Ela conseguiu tirá-lo, assim como a camiseta, e ficou se movimentando só de lingerie, com o constrangimento logo exaurido pelos anos de trabalho como modelo. Qualquer que fosse a reação sonora de agrado que a estilista esperava de Lucky, ela não iria acontecer. Ainda usando as meias sujas, ela entrou no vestido rígido e sentiu ser enganchada pelas costas, o corpete esmagando as costelas e espetando na cintura.

— Lindo, não? — A costureira suspirou lá do seu posto de trabalho. — Parece uma princesa.

Lucky deu um arroto suave.

— Os designers logo estarão aqui para a supervisão — a estilista informou. — Mas, antes, vou verificar o ajuste.

— Posso tomar água? — Lucky resmungou.

Com o olhar intrigado, a estilista trouxe uma Volvic com gás, sabor morango. Lucky tentou tomar um golinho. Ela odiava morango. Assim que as bolhas de sacarina chegaram ao estômago, ela percebeu que tinha um problema. Ela correu para a janela aberta, e um jato marrom de cerveja e vodca jorrou dela; o corpete funcionava como uma espécie de bomba estomacal. O líquido fétido esguichava em ondas. Lucky ficou encarando o líquido e a bile que ela tinha vomitado, esparramado como um teste de Rorschach na passarela branca logo abaixo. O homem careca que ela tinha observado alguns minutos antes a encarava horrorizado, quase atingido pelo dilúvio. Mais atrás, ela podia ouvir os gritos da costureira e da estilista implorando para ela não vomitar no vestido. Lucky estava metade dentro e metade fora da sala, com o tronco pendurado na beira da janela. Ela pensou, por um instante, como seria bom ficar assim, no meio, nem aqui nem ali, para sempre, e enxugou um fio de saliva dos lábios. Em frente a ela, os telhados inclinados de Paris brilhavam sob a luz. Pelo menos o sol estava saindo.

CAPÍTULO DOIS

Bonnie

Bonnie acordou antes do amanhecer com o barulho de uma invasão. Alguém estava forçando a porta da frente, tentando entrar. Em segundos, ela agarrou o taco de beisebol que deixava ao lado da cama e correu para a pequena sala de estar. A sala estava escura e silenciosa, vazia, exceto por uma pilha de caixas de papelão no canto e uma cadeira de praia dobrável. Manchas amarelo-enxofre da iluminação externa riscavam o chão nu. Ela ficou imóvel, ouvindo. Mais uma vez, o batente da porta começou a ser forçado. Bonnie segurou a respiração e atravessou a sala pé ante pé, até chegar perto o suficiente para destravar o trinco com um clique suave. Em um movimento rápido, ela escancarou a porta e cortou o ar à sua frente com um golpe do taco. Ele bateu no chão em frente aos pés dela com um som metálico. Ela olhou para a entrada vazia, alinhada com as toalhas molhadas que as crianças dos vizinhos deixaram penduradas na grade para secar à noite, e balançou a cabeça. Estava lutando contra si mesma outra vez.

Ultimamente, Bonnie dormia, em geral, até o meio-dia. Seu trabalho como segurança no Peachy's, um bar próximo, fazia com que ela muitas vezes não voltasse para casa até três ou quatro da manhã. Era exatamente o oposto de seus horários nos anos anteriores, durante os quais ela se levantava antes de o sol nascer todos os dias para começar o treino, e concluía a atividade física mais vigorosa na hora em que a maioria das pessoas acordava para tomar café. Era mais do que elas poderiam sonhar em treinar durante uma semana inteira. Ela ainda se exercitava, mas não chegava nem perto da intensidade de um treinamento pré-luta, que seria mais correto chamar simplesmente de vida, já que não havia nada mais para ela viver nesse período.

Bonnie voltou para a cama e deslizou para um sono leve, febril. Ela acordou com o telefone tocando em algum lugar do apartamento. Ela o usava tão pouco, e muitas vezes o deixava em cima da geladeira ou na beirada da banheira durante dias, que não conseguia se lembrar de imediato onde ele tinha ficado. Meio zonza, Bonnie levantou-se da cama e encontrou-o sobre uma das caixas ainda fechadas na sala, com o nome de Avery na tela. Era o começo da tarde e um início atrasado do dia, até mesmo para ela.

— Aves — ela atendeu, com a voz rouca.

Ela ouviu a irmã suspirar.

— *Bon Bon*, finalmente! Dá pra acreditar no maldito e-mail da mamãe?

Bonnie franziu a testa.

— Que e-mail?

— Você não viu ainda? Acordou agora?

Bonnie foi até a cozinha, abriu a torneira e se abaixou para tomar a água que escorria.

— Tenho um telefone *flip* agora — ela disse, enxugando a boca. — Sem e-mail. O que está escrito?

— Ah, bem, prepare-se — Avery respondeu. — Já vou achar, só um segundo... Aqui... *Queridas meninas, difícil acreditar que já se passou um ano sem a nossa amada Nicky. Estou escrevendo porque, como vocês sabem, o flat está vazio já tem doze meses, e seu pai e eu tomamos a difícil decisão de vendê-lo. Se vocês quiserem pegar alguma coisa da Nicky, por favor, peguem até o fim do mês. A empresa de mudança vai retirar o resto. Continuo sendo, com amor, sua mãe.*

Bonnie suspirou involuntariamente. Não esperava por isso. A família dela, de seis pessoas, tinha morado havia décadas em um apartamento de dois cômodos em um prédio anterior à guerra no Upper West Side, que os pais haviam comprado abaixo do valor de mercado. Avery dividia o cômodo menor com Bonnie, Lucky e Nicky. Os pais dormiam no que seria uma salinha de jantar, separada da sala de visitas por uma tela pintada.

Bonnie tinha ouvido dizer que um tubarão em um tanque cresce vinte centímetros, enquanto um tubarão na natureza cresce mais de dois metros. Mas a casa da infância parecia ter sofrido o efeito contrário. Bonnie e as irmãs continuaram crescendo até que não pudessem mais ser contidas por aquele apartamento. Ela se mudou um pouco antes de completar dezessete anos para começar a carreira amadora; alguns anos depois, Nicky saiu para estudar em uma universidade em outro estado, e Lucky, descoberta aos quinze, começou a trabalhar como modelo no mundo todo mais ou menos na mesma época. Por fim, quando todas já tinham ido embora, Avery fugiu e reapareceu um ano depois, limpa outra vez e determinada a ir para a faculdade de direito. Depois que o pai se aposentou, o casal se mudou para o interior, aparentemente porque a cidade fazia mal para a saúde dele, o que na verdade significava que fazia mal para suas bebedeiras. Ela e Nicky voltaram a morar ali e fizeram a parte delas para pagar a hipoteca enquanto Nicky ensinava inglês no colégio próximo e Bonnie continuava aperfeiçoando suas habilidades na academia de Pavel, entrando e saindo do apartamento entre as viagens e os campos de treinamento. Foi um arranjo feliz enquanto durou.

— O que ela quer dizer com "continuo sendo sua mãe"? — Avery perguntou, subindo o tom de voz. — Como se houvesse alguma questão em ela não continuar sendo a nossa mãe?

— É bastante frio — Bonnie concordou. — Até para ela.

Imediatamente, ela se sentiu culpada. Tentava nunca falar mal da mãe, mas a verdade era que elas não eram próximas. Avery e Nicky sempre foram as únicas a preencher a lacuna entre as irmãs e a mãe. Era Nicky por quem a mãe mais se interessava, embora ela não compartilhasse muito de si com nenhuma das filhas. Como a mãe detestava esportes e, diferente de Nicky, Bonnie não demonstrava muito gosto pelas artes, elas mantinham uma distância respeitosa entre si. Avery, enquanto isso, assumiu o papel de filha obediente na vida adulta, como, ao que tudo indicava, uma correção viva da sua ausência durante o vício; ela visitava os pais no interior a cada poucos anos, e telefonava nos aniversários e feriados importantes. Mas Bonnie podia sentir a fúria incandescente que Avery secretamente nutria por eles, como magma sob a superfície da sua boa vontade. Tanto Lucky quanto Bonnie tinham, em essência, terceirizado suas necessidades parentais desde a adolescência; Lucky com uma equipe rotativa de *bookers* e agentes, e Bonnie com o treinador de boxe, Pavel Petrovich. E, para os pequenos conselhos maternais e incentivos necessários, elas tinham Avery. A quem Avery recorria antes de encontrar Chiti, Bonnie ainda não sabia.

— Você acha que devíamos ligar para ela? — Bonnie perguntou, já temerosa.

— Ah, eu liguei — Avery retrucou. — Assim que recebi.

Bonnie interrompeu um sorriso. Avery era mesmo advogada.

— E? — ela perguntou.

— Eles estão vendendo de fato. E já têm até um interessado.

— Uau! — Bonnie exclamou. Ela não sabia mais o que dizer. Avery parecia indignada o suficiente pelas duas.

— Então ela passou o resto da ligação me contando sobre o fertilizante novo que está usando no jardim — Avery disse, com a voz cada vez mais alta devido à indignação. — Bem típico. Nós mal conversamos e, quando o fazemos, ela literalmente só quer falar merda.

A mãe sempre as alimentou e nunca bateu nelas — Bonnie sempre gostava de se lembrar disso. Mas a presença delas oprimia a mãe. Ela não era o tipo de mãe que ficava satisfeita de cozinhar e fazer as tarefas domésticas, mas ela nunca pedia ajuda.

Toda noite, ela mergulhava na tarefa de alimentar as quatro como se fosse uma exploradora em uma parte especialmente exaustiva da missão solo que ela se arrependia de ter começado, mas que se resignava em concluir. Na opinião de Bonnie, a mãe tinha medo de Avery, ficava confusa com Bonnie, às vezes se encantava com Nicky e era alheia a Lucky. Nenhuma delas, é óbvio, era a ideal.

Os sentimentos de Bonnie em relação ao pai eram mais complicados. Para seu orgulho e também constrangimento, ele demonstrava mais interesse por ela do que por qualquer outra filha; sempre brincava que ela era o filho que ele nunca teve. Enquanto ela crescia, ele a levava ao Central Park à noite, os dois sem dizer uma palavra, e ficavam jogando a bola de beisebol no Great Lawn enquanto a última luz recuava sobre a grama, o único som era o do tapa suave do couro contra a palma das mãos e o murmúrio suave e ocasional em reconhecimento depois de uma captura especialmente boa. Na volta para casa, ele apoiava a mão pesada na nuca dela, pressionando-a para caminhar mais depressa, e ela tinha sensações alternadas de prazer e claustrofobia, o desejo de manter a atenção dele combinado com o desejo igualmente poderoso de escapar disso, de escapar *dele* e correr, livre e solta, de volta para a segurança das irmãs. Na época em que Bonnie fez quinze anos e descobriu o boxe, as bebedeiras dele, anteriormente relegadas a fora de casa ou depois que elas tinham ido dormir, se infiltraram até o início da noite, quando eles iam jogar juntos. Embora ela se preocupasse com o pai, era da sensação de alívio por não ter mais aquela mão sobre a nuca que ela se lembrava com mais clareza.

— E, então, o que você acha? — Avery disparou. — Devemos tentar impedi-los?

Bonnie não sabia o que pensar. Aquele apartamento era o único lar que ela conhecera, tanto um albatroz quanto uma âncora ao redor do seu pescoço. No último ano, Avery estava pagando a hipoteca e a taxa mensal de manutenção, permitindo que o lugar continuasse vazio, mas todos sabiam que esse arranjo não poderia durar para sempre. A melhor abordagem com a família, ela descobrira, era a neutralidade.

— Você acha que devemos? — ela perguntou.

— Acho — Avery disse, decidida. — É nossa casa também, e eles não têm esse direito.

— Exceto pelo fato de eles serem os donos — Bonnie murmurou.

— Que seja! — Avery respondeu, irritada. Ela soava exatamente como quando eram adolescentes. — Você não liga mesmo se eles venderem?

Bonnie adorava aquele apartamento, mas, depois do que aconteceu lá, não podia mais colocar os pés naquele lugar.

— Eu acho que o apartamento é deles, e... posso respeitar a vontade deles — ela sugeriu.

— Meu Deus! Eu seria capaz de matar para ser tão inabalável quanto você — Avery disse.

Bonnie riu, tímida.

— Eu nem sei o que isso quer dizer.

— Isso quer dizer que você, ao contrário de mim, não está destinada a morrer de um ataque cardíaco causado por estresse.

— Mas e todas as coisas da Nicky? — Bonnie perguntou.

Quanto a *isso*, ela não era inabalável. Avery resmungou baixinho ao telefone:

— Eu sei — ela disse. — Uma de nós vai ter que voltar lá e reivindicar tudo.

— Eu sei que sou a mais próxima... — Bonnie começou, com o coração apertado.

— Não se preocupe — Avery disse rapidamente. — Ninguém espera que você volte lá. Vou pensar em alguma coisa.

Bonnie suspirou com alívio. Ela odiava o fato de ser sempre Avery quem tinha de resolver tudo na família, e sentia-se aliviada em igual medida.

— Obrigada — ela disse, com suavidade.

— Não acredito que já se passou um ano — Avery comentou, em voz baixa.

— Pois é... — Bonnie sorriu para si mesma, triste. — O tempo é uma viagem, cara.

— Você soa tão Los Angeles. Como está por aí?

Bonnie caminhou pela sala e sentou-se no patamar da entrada, estremecendo levemente à luz do sol.

— Tudo ótimo. Estou olhando para o oceano agora.

Na verdade, tudo o que Bonnie podia ver era a ruela abaixo, onde uma gaivota estava lutando com uma beirada de pizza em um saco de lixo. Ela morava em uma rua um tanto esquálida a um quarteirão da praia, em um dos vários edifícios em ruínas que ainda ofereciam aluguéis baratos e, portanto, eram residências viáveis para uma comunidade itinerante de surfistas, estudantes, trabalhadores temporários, hippies idosos e viciados em drogas funcionais — o tipo de gente que dava a Venice o que os corretores de imóveis de verdade chamavam de "cor local", mas que nunca chamariam um corretor de imóveis caso precisassem de um.

— Bacana — Avery disse. — Eu estou lendo um dossiê.

— Ainda? Já não é tarde aí?

— Você me conhece — Avery disse.

Bonnie conhecia. Avery usava o trabalho do jeito que ela usava drogas: para abafar o som do mundo.

— Você fez alguma coisa para, sabe, comemorar o dia? — Avery perguntou.

— Ainda não. E você?

— Só estou ligando para todas vocês. Se quisermos começar uma tradição, agora é a hora.

Bonnie soprou uma mecha de cabelo dos olhos.

— Do que será que a Nicky gostaria? Não que exista uma fórmula para o luto.

A voz de Avery ficou mais vívida, uma qualidade de eficiência que, em geral, ela reservava para os clientes.

— Espere um pouco, estou procurando aqui. — Bonnie podia ouvi-la digitando. — O que fazer... num... aniversário de... morte.

Bonnie balançou a cabeça e bufou com suavidade. Ela voltou a prestar atenção nos esforços ferozes da gaivota para furar o saco de lixo em busca de mais prêmios.

— Acho que deveria ser uma coisa mais instintiva, Aves. A internet não pode nos dizer o que fazer neste caso.

— A internet *sempre* nos diz o que fazer. Veja, tem uma lista aqui. — Avery começou a recitar: — Número um, visitar a última morada... Certo, nós não estamos em Nova York e não podemos fazer isso. Número dois, soltar borboletas...

Bonnie caçoou dela.

— Certo, então vou pegar minha rede de caça.

Avery riu.

— O número três é mais razoável. Escreva uma carta, um poema ou comece um blog.

— Poema? Um *blog?* Quem é essa gente?

— Certo, certo. O número quatro é tocar a música favorita dela.

— Você sabe qual é?

— Não, mas Lucky deve saber — Avery disse.

— É capaz de a Lucky nos dizer que é alguma trilha de *death metal*, só pra mexer com a gente.

— Eu acho que, se ela atender o telefone, podemos descobrir.

Agora, a voz de Avery assumia aquele tom insensível que ela usava para esconder os sentimentos quando estava magoada, embora nunca admitisse. Bonnie sabia o quanto ela tinha tentado se conectar com a irmã mais nova, esquiva como qualquer borboleta. O truque para amar Lucky, Bonnie queria contar para Avery, era respeitar a necessidade dela de ser livre. Permitir que ela venha e vá quando quiser, e, no final, ela pousará em você. Mas, como de costume, Bonnie decidiu não se envolver.

— Continuando — Avery disse. — Cinco, fazer uma cerimônia especial de recordação. Seis, expressar sentimentos amorosos com flores...

— Nada disso tem a ver com a Nicky.

— Eu sei. Certo, a última sugestão da lista é se sentar.

— Só isso? — Bonnie franziu a testa. — Essa é a sugestão? Sentar?

— É só o que está escrito aqui. *Sente-se.*

— Acho que isso nós podemos fazer.

— Eu já estou sentada à minha mesa. Devo trocar de lugar?

— Sim, sente-se em outro lugar. Sente-se no chão.

— Certo, e você vai se sentar no chão também.

Bonnie rastejou até o chão, apoiou as costas na parede e fechou os olhos. Ela podia ouvir as gaivotas e os vizinhos discutindo baixinho, o homem repetindo "eu avisei, eu avisei", e, mais além, as ondas quebrando, vagarosas. O sol dourado cintilava através da pele das pálpebras. O ar tinha cheiro de sal e lixo e luz.

— Você acha que isso está servindo para alguma coisa? — ela perguntou.

— Eu não acho que *deve* servir para alguma coisa — Avery disse. — É só uma oportunidade de nos lembrarmos dela e sentir, você sabe, a nossa tristeza.

— Engraçado — Bonnie disse.

— Você está sentindo?

— Minha tristeza? Acho que sim. Mas posso só estar com fome. — Ela queria ser engraçada, mas Avery ficou quieta na outra ponta da linha. — E você? — ela perguntou, relutante. — Está sentindo?

Ela ouviu a respiração curta de Avery ao telefone.

— Eu tenho tanta raiva dela — Avery sussurrou. — Não é foda? Eu sei que deveria estar triste, mas o que eu mais sinto é raiva dela.

— Acho que é... normal? Não é? Você devia perguntar para a Chiti, ela deve saber.

— Não parece normal. Tenho vontade de *bater* nela, entende? Se ela estivesse aqui, eu lhe daria um soco no pescoço.

Bonnie sorriu.

— É um lugar bem esquisito para dar um soco em alguém.

— Bem, eu não quero bater no rosto dela. Só bem perto dele, para que ela soubesse que eu estou realmente furiosa.

— Entendo. Eu daria um soco no pescoço dela também.

— Sim, mas provavelmente você a mataria se fizesse isso.

— Tarde demais.

As palavras ficaram penduradas entre elas, vibrando.

— Como você está de verdade, Bon Bon? — Avery perguntou. — Como está... essa tal casa noturna?

— Tudo bem. — Bonnie deu de ombros. — Vou trabalhar hoje à noite.

Bem distante, em Londres, Avery emitiu um "hum" de desagrado.

— O que você está fazendo aí? A gente *não* é aquele pessoal tão Los Angeles.

— Talvez eu seja — Bonnie disse.

Mas Bonnie não pensava em si como nenhum tipo de pessoa, de Los Angeles ou de qualquer outro lugar. Ela tinha sido lutadora de boxe por tanto tempo que se esquecera de se tornar uma pessoa. Ela tinha escolhido a cidade porque era bem longe de onde treinava em Nova York e parecia um lugar fácil para se conseguir um emprego. Não se importava se gostava da cidade. Só estava lá para escapar.

— Morar em Los Angeles é como namorar uma pessoa muito bonita que não tem nada a dizer — Avery disse. — É divertido por um tempo, sabe, *olhar* para ela, mas no final você vai perceber que precisa estar entre gente que lê livros e tem o nariz de verdade.

Bonnie enrugou a testa. Avery teria estado em Los Angeles nos últimos dez anos? Como ela poderia saber a sensação de morar lá?

— Não sei quanto tempo vou ficar aqui — ela disse, evasiva.

O único lugar em que ela tinha algum espírito de luta era no ringue. Fora dele, era fácil se render, principalmente a Avery, cuja autoconfiança era como uma bigorna ancorando todas as conversas que elas tiveram.

— Você poderia vir ficar conosco! — Avery exclamou. — Eu sei que a Chiti adoraria. E deve haver uma boa academia de boxe no norte de Londres.

— Eu já disse que não estou treinando mais.

— Tá bom, tá bom, esquece a academia. Você não precisa lutar se não quiser, mesmo. Você poderia ser técnica, ou gerente de esportes ou fundar uma instituição de caridade. Lembre-se de quem você *é*, Bonnie.

Bonnie fechou os olhos novamente. De repente, sentiu muito cansaço.

— E quem eu sou? — ela perguntou.

— Bem, para começar, você é campeã mundial. Não consigo nem me lembrar de metade das competições que você venceu, mas sei que são muitas. Você é a pessoa mais forte que eu conheço, por dentro e por fora. E você é minha irmã. Veja que nenhum dos descritivos citados inclui ser segurança.

— No entanto, eu *sou* segurança. É exatamente o que eu sou.

Avery ficou quieta. Bonnie era capaz de ouvir as engrenagens da mente da irmã funcionando, testando qual caminho tomar em seguida.

— Nicky não iria querer isso, você sabe — Avery disse finalmente.

Então, pensou Bonnie, ela optou por invocar os desejos dos mortos. Um clássico.

— Ela gostaria que você estivesse fazendo o que ama — Avery continuou.

Bonnie recostou a cabeça com suavidade na parede atrás dela.

— Às vezes eu odeio o que eu amo — ela disse.

Um breve silêncio do outro lado.

— Até eu? — Avery perguntou.

— Você, nunca — Bonnie disse, embora ela soubesse muito bem que Avery entenderia sua observação dessa forma. Foi por essa razão, ela supunha, que a tinha feito. Avery emitiu um som entre um zunido e um resmungo.

— Bem, eu *só* te amo — ela afirmou. — É por isso que estou te incentivando.

— Eu sei — Bonnie disse. — Eu também te amo. Sem o "também". — Era o que Nicky costumava dizer para elas. Nada de *também*. Só o te amo. — Olha, eu tenho que correr. Te ligo na semana que vem.

— Hmm — Avery resmungou. — Você não pode correr para sempre.

...

Bonnie vestiu o short e o top esportivo e saiu correndo em direção à praia. Ela corria oito quilômetros todos os dias, e então fazia uma série de exercícios calistênicos nas barras da Muscle Beach. Nada comparado ao regime exaustivo de treinamento ao qual ela estava acostumada, mas evitava que ela ficasse completamente fora de forma. Ela não gostava muito de ter um público de turistas assistindo aos fisiculturistas que frequentavam o local, mas era mais barato do que uma academia e ela chamava muito menos atenção do que os homens musculosos, bronzeados e bombados como brinquedos infláveis de piscina que passavam os dias se pavoneando em volta dos supinos. Muitas vezes ela era a única mulher nas barras, com certeza a única que conseguia fazer cem flexões na barra em menos de cinco minutos, mas ela estava acostumada devido à academia de boxe. Bonnie não praticava esportes em equipe desde o ensino médio, e dificilmente ia além de brincadeiras superficiais com os parceiros de treino. Ela tinha e sentia toda a graça social de um urso-pardo. Nas barras, assim como na vida, ela ficava sozinha — e, como dizia para si mesma, era exatamente a sua preferência.

Exceto que, desde quando começou a treinar aos quinze anos, ela nunca esteve sozinha, não mesmo. Um boxeador pode parecer estar só, mas basta olhar um pouco além e o treinador estará sempre lá no *corner*, sendo golpeado junto com o lutador. Um grande treinador vê o que seu lutador vê, sente o que seu lutador sente. E o lutador precisa desse apoio, depende dele completamente assim como uma criança depende da mãe. Trata-se da vulnerabilidade secreta no âmago do esporte, essa dependência íntima. E, no entanto, dessa entrega à dependência surge uma capacidade individual de resiliência que é quase desumana. Os lutadores de boxe são treinados para ser só luta, nunca fuga. Bonnie tinha visto muitos lutadores serem derrubados pelas costas, mas nunca viu alguém fugir do ringue. Apesar da instrução do árbitro no começo de cada luta — protejam-se o tempo todo —, o boxe exige uma superação dos mais profundos instintos naturais de proteção pessoal, custe o que custar. Inevitavelmente, é preciso aceitar a dor para infligi-la.

Na primeira vez que Bonnie entrou em uma academia de boxe, Nicky estava ao seu lado. Ela tinha quinze anos e Nicky, doze; os pais a tinham encarregado de levar Nicky de volta para casa depois da escola, atravessando o parque, enquanto eles estavam no trabalho. Avery tinha se formado cedo no ensino médio e já estava com carga horária dupla no curso em Columbia, e Lucky, aos dez anos, fora colocada em um programa extracurricular enquanto a mãe estava trabalhando. Em uma tarde, em vez de continuar pelo oeste do parque até o apartamento, Bonnie guiou Nicky para o sul, rumo ao centro comercial, sem dizer uma palavra.

Naquela época, Bonnie não assistia a nada além de filmes de boxe, forçando todas a reencenar cenas de *Touro indomável* e *Rocky* com ela. Ela estava obcecada antes mesmo de pisar em um ringue, mas a mãe considerou o esporte bárbaro e se recusou a pagar as aulas. Foi o pai, lutador de boxe amador no ensino médio, que saiu de um estupor alcoólico por tempo suficiente para entregar o dinheiro a Bonnie e dizer para ela experimentar algum dia. Bonnie havia procurado por academias de boxe no computador da escola e escolhido a mais próxima do apartamento, que foi como elas chegaram até a fachada da Golden Ring, uma academia de boxe sem grande reputação.

Era inverno, e a grande janela frontal da academia estava embaçada; as figuras que lutavam e pulavam corda do outro lado eram silhuetas imprecisas. Bonnie estava congelada do lado de fora, de repente nervosa demais para entrar, mas Nicky empurrou a porta e entrou. Lá dentro era fétido, úmido e quente. O ar estava repleto de assobios rítmicos, ruídos surdos, estouros e bofetadas em *staccato*. Bonnie ficou parada na entrada, os olhos correndo de uma pessoa para outra. Eram todos homens, muito mais velhos do que ela, todos completamente absorvidos pelo treinamento; ninguém nem sequer reparou quando elas entraram.

De repente, soou uma campainha, e o barulho diminuiu. Os homens largaram as cordas que estavam pulando ou saíram das disputas para pegar garrafas de água e toalhas. Agora era a hora, mas faltou coragem para Bonnie. Nicky deve ter percebido, porque caminhou até uma figura alta que tinha acabado de pular corda e olhou para cima. O corpo dele lembrava a Bonnie o de uma pantera; ela podia ver os músculos dele serpenteando sob a pele quando ele se movimentava.

Com licença, Nicky disse. *Minha irmã quer aprender boxe. Você pode ensinar?*

Ele sorriu para ela, o rosto bonito escorrendo suor.

Ela terá que falar com Pavel sobre isso.

Ele fez um aceno de cabeça para um homem branco e alto apoiado em uma parede distante. Nicky agradeceu e agarrou a mão de Bonnie. Ela arrastou Bonnie e repetiu o pedido quando chegaram diante dele. Pavel dispensou o lutador que ele vinha observando treinar no saco de pancadas com um gesto de cabeça e então olhou para elas, sereno. O rosto dele era bonito em suas contradições. O pescoço era grosso e delicado; as orelhas, curvadas; o nariz, quadrado e bruto abaixo de olhos azuis que dançavam alinhados aos longos cílios pretos. Para a Bonnie daquela idade, ele estava, sem dúvida, na categoria de velho, embora ela fosse saber mais tarde que ele ainda não tinha trinta anos. Ele manteve o olhar fixo em Bonnie por um longo momento.

Você quer lutar?, ele perguntou.

A voz dele, quando ele falou, foi engrossada por um sotaque russo. Bonnie confirmou com a cabeça e sem nenhuma palavra. Pavel direcionou os olhos claros para Nicky.

E você, garotinha?

Eu vou ser jornalista, ela disse, toda formal. *Só vou tomar notas.*

Pavel sorriu.

Precisa de caneta?

Nicky olhou para ele com astúcia e tocou na têmpora esquerda.

Está tudo aqui.

Pavel indicou com um gesto de cabeça que era muito justo.

Certo, você... Ele apontou para Nicky. *Tome notas.* Ele dirigiu-se a Bonnie. *Você, venha.*

Ele a guiou até a frente de um espelho grande na parede de trás, posicionando-a a uma certa distância do seu reflexo. Olhando de perto, o vidro estava coberto de uma camada embaçada de suor seco, meleca e cuspe, que suavizava os contornos de qualquer pessoa nele refletida. Pavel instruiu Bonnie a assumir uma postura. Em uma tentativa, Bonnie afastou os pés na largura do quadril.

Você se sente bem?, Pavel perguntou.

Bonnie concordou com um aceno. Pavel esticou um dedo grosso e empurrou o ombro de Bonnie, desequilibrando-a com facilidade. Ele balançou a cabeça.

Não está firme. Tente de novo.

Bonnie reposicionou os pés, de modo que ficassem em ângulo sob o quadril, e travou os joelhos.

Firme?, Pavel perguntou, com o indicador estendido.

Bonnie assentiu novamente com a cabeça, mais confiante desta vez. Pavel pressionou a ponta do dedo contra a escápula e a fez cambalear sem precisar de força.

Não está firme, ele disse.

Bonnie olhou para Nicky com uma expressão nervosa. *Você consegue,* Nicky falou para ela. Pavel apontou para o piso de madeira abaixo dela.

Quero que você afaste bem os pés, ele disse. *Agora...*

Ele mostrou a ela como relaxar os músculos, dobrar os joelhos, fincar o pé no chão como se fosse de chumbo e elevar suavemente o calcanhar com os dedos bem firmes, de modo que ela estivesse pronta para girar. Sob sua instrução, Bonnie elevou as mãos pouco acima do queixo e fechou os punhos.

Suas articulações, Pavel disse, tocando nas mãos dela e apontando para cima. *Sempre para o céu. Agora dobre os cotovelos.*

Ele a instruiu a equilibrar o peso igualmente entre o pé da frente e o de trás, e então verificar sua postura no espelho. Bonnie não tinha como saber naquela época, mas ele lhe estava dando uma lição mais útil sobre gravidade e corpo do que ela aprendera na escola. Quando ela estava posicionada, ele empurrou o ombro dela com o dedo novamente. Ela não se moveu. Ele andou em volta dela, cutucando-a em diferentes ângulos, mas ela manteve os pés firmes como ele havia mostrado. Não era possível derrubar Bonnie. Pavel cruzou os braços e acenou com a cabeça.

Agora você está firme.

Bonnie olhou para a irmã com satisfação. Ela tinha encontrado, pela primeira vez na vida, sua base.

...

Bonnie nunca acreditou muito na ideia de destino, mas ela sabia que estava destinada a encontrar Pavel. Foi Pavel quem lhe mostrou como se mover feito água no ringue. Ao contrário da técnica de ficar firme e agarrar, que muitos outros treinadores preferiam, ele ensinava um estilo de golpear com o braço estendido e se movimentar, o que incentivava seus lutadores a fluírem com a agilidade de um líquido em torno do ringue. Isso era adequado para Bonnie, cujo treinamento prévio em dança e sua energia natural significavam que ela ficava muito feliz ao se esquivar, ziguezaguear e pular ao redor do oponente. Ele a ensinou a se desviar de socos e golpear à distância, e a como firmar os pés no chão e dançar sem mexer os tornozelos, com reflexos rápidos que protegiam mais do que uma armadura de aço.

Ela nunca poderia imaginar como era pequena a probabilidade de encontrar alguém que quisesse conversar com uma garota, ainda mais treiná-la. Havia só um punhado de bons treinadores no país inteiro que trabalhavam com mulheres naquela época, e muito menos na cidade. Mas Pavel tinha aprendido boxe ainda em Moscou com o pai, que insistia em treinar todos os filhos, inclusive a filha, de modo que Pavel tinha visto em primeira mão do que uma lutadora era capaz. Sua irmã tinha sido um talento natural, mas ela engravidou jovem e permaneceu na Rússia para se casar e constituir família. Pavel, enquanto isso, tinha sido campeão mundial na juventude e se mudado para os Estados Unidos em busca de uma carreira respeitável, mas não excepcional, antes que uma fratura na cavidade ocular o forçasse à aposentadoria precoce. Pavel moldou Bonnie na lutadora que ela havia nascido para ser e continuou sendo seu treinador pelos quinze anos seguintes. Até o ano passado, ela tinha vivido toda a vida adulta com ele no *corner*.

Aqui está o que ela não podia admitir para ninguém, nem para si mesma, por muitos anos: ela queria mais de Pavel. Ela não sabia quando tinha começado, esse querer, mas, uma vez que a semente havia sido plantada, ela continuou a crescer até que Bonnie virasse um vaso rachado que não conseguia mais conter a planta. A verdade é que ela o queria em todo lugar, não apenas no *corner*. As especificidades de seu desejo não eram extravagantes, mas a simples existência dele parecia enorme. Ela queria, por exemplo, sentar-se no cinema ao lado dele e assistir a alguma coisa que não tivesse nada a ver com boxe, talvez uma comédia romântica ou o novo filme da Marvel. Ela queria preparar seu *smoothie* especial para ele de manhã, e então se sentar em silêncio enquanto ele o bebia. Ela queria vê-lo escovar os dentes. Queria que ele se virasse durante o sono e procurasse por ela. Ele tinha enfaixado as mãos dela milhares de vezes, mas o que ela realmente queria era que ele as segurasse. Segurar a mão dela! Bonnie parecia uma adolescente. Ela transpirava só de pensar.

Ninguém na vida de Bonnie a descreveria como romântica. Entre o exaustivo horário de treino e sua inclinação natural para o ascetismo, quase todas as partes da vida dela estavam a serviço da dureza. Mas seu coração, seu coração permaneceu terno. E ela não era completamente inexperiente no mundo do romance; na fase dos vinte anos ela teve, se não relacionamentos, relações com um punhado de homens, em geral outros atletas com quem ela fazia um acordo que garantia a cada um a satisfação das necessidades físicas. Ela tinha até se envolvido em uma aventura pouco recomendável com um promotor de boxe que todos chamavam de Knuckle (o nome, que significa "nó dos dedos", pensando bem, já deveria ter sido o primeiro sinal). Pavel estivera casado a maior parte do tempo com Anahid, uma fotógrafa de guerra armênia que raramente ficava em casa e parecia fazer pouco para evitar um sequestro. Bonnie tinha se encontrado com ela algumas vezes, e ficava impressionada com sua beleza e frieza; ela era escrupulosamente educada e parecia tratar a maioria das interações como uma negociação, na qual sua principal preocupação era sair viva. Na época em que ela e Pavel se divorciaram de forma discreta, Pavel já era o treinador de Bonnie havia mais de uma década.

Se ela fosse honesta, diria que o desejo estava lá o tempo todo, mas a *esperança* começou depois do divórcio. A esperança era perigosa. Ela não achava que Pavel tinha encontrado alguém desde então, embora não pudesse ter certeza, dada a natureza notoriamente privada dele. De qualquer maneira, uma coisa estava clara: nada mudara no tratamento com ela. Ele via Bonnie como sua jovem discípula, nada mais. Ela podia não ter um patrimônio de experiências românticas, mas era mulher o suficiente para saber quando um homem a queria. Pavel simplesmente não a queria. Ela tinha certeza de que poderia viver assim, com essa dor do desejo no centro da sua vida, esse vácuo interno com a forma dele — poderia até se convencer de que isso era *bom* para o boxe, já que um boxeador satisfeito é um boxeador mais fraco —, se ela nunca tivesse sentido esperança, e ele nunca a tivesse traído.

...

Às nove horas da noite, ela caminhava para o Peachy's, na Windward Avenue. Apesar da proximidade com o calçadão de Venice, o bar tivera sucesso em não se tornar um destino turístico devido a uma rigorosa política de acesso, estabelecida e mantida pelo próprio Peachy, o prefeito não oficial de Venice, e, em suas próprias palavras, conhecia todo mundo que valia a pena conhecer, tinha amizade com todo mundo de quem valia a pena ser amigo e transava com todo mundo com quem valia a pena transar no Westside.

Expatriado britânico, Peachy era filho de mãe congolesa e de pai inglês branco, que o tinham mandado para o internato Eton aos onze anos e, depois disso, se divorciaram e nunca mais se falaram. Ele tinha o charme desesperado das crianças que precisavam fazer dos amigos a própria família e um rosto bonito de menino, apesar de já estar na meia-idade. Durante o dia, ele podia ser visto circulando pela vizinhança em sua caminhonete vintage azul-celeste, com o adorado pit-bull sentado ao seu lado, bebendo café gelado, fumando um Camel Gold e conversando com qualquer pessoa que acenasse para ele.

Ele morava em Venice havia décadas, e abriu o Peachy's alguns anos antes para criar um lugar em que seus amigos pudessem beber e dançar sem gastar muito e sem ter de dirigir até o East Side. Sua política de acesso era visivelmente inconstante; artistas, surfistas, modelos, ciclistas, músicos e qualquer pessoa de qualquer gênero com quem Peachy gostaria de dormir podiam entrar. Turistas, engravatados, a maioria das figuras da mídia e toda a escória de Hollywood eram barrados na porta. Atores famosos que se orgulhavam da sua autenticidade e vinham de Malibu ou de Hollywood Hills podiam entrar, mas sem nenhuma cerimônia ou tratamento especial. Os frequentadores e os velhos amigos de Peachy eram tratados como vips, independentemente da sua posição mundana, e eram sempre convidados a passar na frente da fila e entrar logo.

 É lógico que essa política de acesso exigia músculos para respaldá-la, e era aí que Bonnie entrava. Peachy trabalhava lado a lado com Fuzz, um jamaicano de pescoço grosso e ex-levantador de peso, que se encarregava da porta desde a inauguração do bar, apartando brigas, garantindo que só as menores de idade mais bonitas entrassem e, em geral, assegurando que a paz reinasse sob o regime rígido, mas benevolente, de Peachy. Peachy alegava, com orgulho, que Fuzz tinha esse nome porque os dois eram tão próximos quanto as felpas da penugem de um pêssego, mas Fuzz logo deixou explicado para Bonnie que sua mãe lhe dera esse apelido no nascimento por ele já ter vindo ao mundo cabeludo. Bonnie tinha aparecido à procura de emprego havia pouco mais de um ano, e fora contratada na hora. Peachy, fã de boxe, reconheceu-a como a lutadora de carreira promissora que tinha desistido misteriosamente depois de uns poucos reveses profissionais. De olhos azuis, cabelos longos e, o mais importante, mulher, Bonnie não era exatamente um segurança típico. Mas Peachy adorava essa ótica, sem falar no fato de Bonnie ser forte o suficiente para enfrentar noventa e nove por cento dos homens que ela encontrava sem aumentar sua frequência cardíaca. E, para o um por cento restante, havia Fuzz.

 Quando Bonnie chegou ao bar para o turno daquela noite, os fogos de artifício do Quatro de Julho já pipocavam no céu. Peachy estava parado do lado de fora com um cigarro entre os lábios, olhando pensativo para uma imagem recém-pintada no muro à frente. Ela retratava dois pit-bulls sorridentes, um de cada lado do que parecia ser uma criança gritando, com as palavras *Pit-bull Love* inscritas em letra cursiva acima do trio.

— Eu amei, amei — ele estava dizendo. — Só que a criança não parece estar um pouquinho... não sei, assustada?

Ele estava falando com Stella, uma artista local conhecida por seus murais surrealistas com animais, que podiam ser vistos nos muros de Mar Vista até Santa Monica. Na verdade, Bonnie passava por duas de suas obras — uma pantera chorando lágrimas em arco-íris e um unicórnio fumando cachimbo — todas as noites, a caminho do bar. Stella sempre estava no meio de abandonar ou, como ela dizia, "renovar o comprometimento" com a metanfetamina, uma substância que ela exaltava como um poderoso canal artístico ou condenava como a desgraça da sua existência, a depender da fase do ciclo em que você se encontrasse com ela. Hoje, considerando seu comportamento agitado, olhos arregalados e olhar perdido, Bonnie acreditou que ela estava renovando seu comprometimento.

— Não, não, não, não, cara — Stella disse, praticamente vibrando ao lado de Peachy. — Aquela criança está *animada*. Esses dois filhotes querem brincar com ela. Eles são a nova família dela agora, sabe?

Peachy concordou com um aceno de cabeça e franziu a testa.

— Mas por que ela estaria gritando? — ele perguntou. — Se eles só querem brincar com ela?

— Não, cara, ela está rindo! Um pit-bull é a mamãe e o outro é o papai, e eles vão cuidar dela, tipo, para sempre. Era isso o que eu estava tentando transmitir artisticamente.

— Certo — Peachy disse, devagar. — É que, bem, eu queria que o mural comunicasse que os pit-bulls são adoráveis e não perigosos, sabe, já que eles têm uma reputação tão ruim. Mas eu não estou querendo dizer que eles são um substituto para os pais. Eles ainda são *pets*, sem dúvida. Apesar de serem maravilhosos, superinteligentes. Mas, ainda assim, *pets*.

— Total, cara, total. — Stella pulava de um pé para o outro e arranhava a barriga com as mãos. — Que tal isso? Eu pinto os olhos dos cachorros de vermelho, como coraçõezinhos de amor, sabe, assim fica superclaro que eles só têm amor pela criança, sabe, e que não vão... — Stella engoliu em seco, séria — ... fazer nenhum mal a ela.

— Certo, certo, pinte os olhos de vermelho — repetiu Peachy. — Isso não poderia parecer, sei lá, um pouco demoníaco?

Stella tombou a cabeça para trás e deu uma gargalhada. Acima dela, fagulhas dos fogos de artifício descem pela face da noite como lágrimas.

— Só tem um jeito de saber, cara!

— Humm, por que não deixamos isso de lado por enquanto? — Peachy murmurou. — Mas ótimo trabalho, ótimo trabalho. Entre e tome um drinque.

— Ah, eu não bebo mais — Stella disse. — Para mim, agora é só a droga. Acho que é mais segura.

— Com certeza — Peachy concordou, tranquilizando-a. — Só a droga para você. Pode ir.

Ela correu para dentro, e Peachy se virou e viu Bonnie, seu rosto atraente se abrindo em um sorriso.

— Se não é a mais casca-grossa de Venice Beach! Pronta para uma boa noitada hoje?

Bonnie sorriu e trocou soquinhos com Peachy. Em geral, quinta-feira era uma noite agitada para o bar, ainda mais no verão, mas hoje era garantido que estaria lotado devido ao feriado. Eles estavam no meio da primeira onda de calor de verdade da estação, e a noite estava excepcionalmente abafada para Venice, que permanecia fresca quando anoitecia mesmo nos meses mais quentes. Era um calor sensual, adornado por uma brisa ácida do mar, e pairava uma sensação de expectativa e possibilidade no ar.

— Uau! — Peachy exclamou, batendo palmas. — Vamos ajudar algumas pessoas a transar hoje! Eu sinto que vamos.

Bonnie assumiu sua posição à esquerda da porta. Logo chegou Fuzz, que se juntou a eles. Ele vestia, como todas as noites, uma camiseta preta apertada nos bíceps marcados por veias e jeans preto folgado. Em volta do pescoço, um colar de conchas miúdas, presente feito para ele por uma das filhas, ele tinha contado. Fuzz era gentil com Bonnie, mas ele a tinha avisado sobre o emprego.

— Um monte de gente acha que ser segurança é como ser cliente — ele explicou durante a primeira noite dela na porta. — Não é. É o *bar* que te paga, e não o contrário. — Ele apertou os olhos ao falar com ela. — Ser segurança é o emprego de nível mais baixo nos lugares. Você vai apanhar. Vão cuspir em você. Você vai acabar com muito mais vômito, sangue e urina nas roupas do que imaginaria ser possível fora de uma clínica de cuidados paliativos.

Um filme da época de treino no ringue passou diante dos olhos de Bonnie. Suor escorrendo, cuspe voando, sangue pingando, cabeça girando, náusea aumentando, estômago revirando, luz sumindo...

— Eu posso lidar com isso — ela disse.

E podia. O boxe bem lutado exigia um pensamento tão nítido e rápido que ter a cabeça fria era obrigatório. Uma luta podia ser motivada pela paixão, mas nunca liderada por ela, uma atitude que Bonnie vinha mantendo em tudo o que fazia. Portanto, ela era estoica na porta, presente mas impenetrável. Podia prender as mãos de um cara atrás das costas dele em um único movimento suave, ou silenciar um frequentador desordeiro só com o olhar. Bonnie não era exatamente um nome familiar, mas, de vez em quando, algum fã de boxe a reconhecia. Ela cumprimentava esses fãs com um movimento de cabeça, mas não interagia. A maioria era elogiosa. Alguns tentavam provar sua masculinidade chamando-a para disputar queda de braço. Ela os dispensava com a mesma impassividade paciente de uma mula espantando moscas com o rabo. No entanto, muitas vezes ela ficava maravilhada com a arrogância desses homens, de membros fracos, barriga flácida, meio bêbados, que se acreditavam capazes de ser páreo, na verdade superar, uma atleta de categoria mundial apenas com base no gênero. Porque isso era o que Bonnie tinha sido: de categoria mundial.

Ela havia começado como amadora, mas seu estilo sempre tendia para o profissional. No entanto, houve obstáculos reais à sua profissionalização. A maioria dos lutadores que tentava a transição desistia depois de um ou dois reveses. As regras não eram diferentes, mas os mundos eram distintos. Para começar, não havia protetores de cabeça. Menor preenchimento nas luvas significava sentir mais os golpes, tanto ao bater como ao apanhar. Não era só a velocidade que contava nos resultados, mas também a força. E, é lógico, não se lutavam mais três rounds, e sim dez.

Mas Bonnie tinha conseguido. Ela venceu sua primeira luta profissional por nocaute no primeiro round. Ela imobilizou o oponente seguinte no terceiro round, confundindo-o com uma combinação atordoante de movimentos fluidos de ida e volta pelos quais Pavel tinha se tornado conhecido, e que, então, estavam se tornando a marca registrada de Bonnie. No ano seguinte, ela conquistou o título mundial na divisão de pesos-leves por unanimidade, depois de pulverizar a vencedora anterior, uma colombiana que foi campeã mundial em três divisões, até então considerada imbatível. Ela estava conquistando a reputação de nova estrela do boxe feminino quando, ao se preparar para uma luta pela defesa do título contra uma promissora oponente sul-africana, uma luta na qual ela era considerada a favorita, a vida de Bonnie desmoronou.

A academia usual de Bonnie era a Golden Ring na cidade, mas, nas oito semanas anteriores à luta, ela e Pavel mudaram o campo de treinamento para uma academia em Nova Jersey, onde ela comia, dormia e treinava no local, não pensando em nada além da próxima luta. As horas em que estava acordada eram preenchidas por boxe-sombra; treinos de golpes com Pavel; exercícios no saco de pancada, no teto-solo e no saco de velocidade; práticas de condicionamento e de pular corda, bem como sessões de *sparring* três vezes por semana. À noite, ela e Pavel assistiam a vídeos de lutas anteriores das oponentes, e elaboravam um plano que capitalizasse os maus hábitos delas e utilizassem o estilo de Bonnie como uma vantagem. Ela ia dormir cedo e acordava antes de o sol nascer para correr oito quilômetros vestindo um colete com peso. O treino era exaustivo, sem sombra de dúvidas, mas havia também a liberdade de ter sua vida resumida a um único objetivo. Era o maior nível de devoção possível fora da religião.

Faltava uma semana até a luta quando Nicky ligou para ela inesperadamente. Bonnie estava no quarto, um dormitório espartano com apenas uma cama de solteiro baixa, amarrando as botas de boxe para a sessão de treino à tarde. Ao ver o nome de Nicky na tela, ela largou os cadarços de imediato e atendeu a ligação. As irmãs sabiam que não deviam perturbá-la na semana anterior à luta, então só podia ser algo importante.

Você está bem, Nicks?, ela perguntou.

Estou bem. Estou, sim! Estou ótima! Você tá bem?, Nicky disse, soando afobada, diferente do habitual.

Tudo bem, Bonnie respondeu. *O que está acontecendo?*

Eu... Não é nada... Parece que perdi meus remédios para dor e vou ficar menstruada. Acho que deixei na casa de alguma amiga ou algo assim.

Ela estava lutando para parecer casual, mas Bonnie podia ouvir o esforço por trás das palavras. A ideia que lhe ocorreu instintivamente era que ela estava mentindo, mas Bonnie a afastou. Nicky não tinha motivo para mentir para ela.

Você não pode pegar mais com o médico?, ela perguntou.

É fim de semana de Quatro de Julho. Está tudo fechado.

Bonnie suspirou. Pobre Nicky, era uma péssima hora.

O pronto atendimento?, ela sugeriu.

E perder o dia todo? Você sabe que aquilo é um show de horrores. Nicky respirou fundo. *Você acha... que poderia pegar alguns na academia, Bon? Não preciso de muitos. Só alguns comprimidos pra me ajudar a passar o fim de semana.*

Bonnie franziu a testa. A maioria dos lutadores de boxe tinha à mão algum remédio contra a dor. A própria Bonnie tinha tomado uma injeção de cortisona mais cedo no acampamento, depois de machucar o manguito rotador durante uma sessão de *sparring*, mas, em geral, ela evitava tomar qualquer coisa que pudesse enevoar sua mente ou retardar os reflexos. Ela já tinha visto uns caras trocando comprimidos, embora sempre tivesse ficado longe desse tipo de coisa. Era um caminho perigoso e, de toda forma, a dor fazia parte do boxe. Bonnie podia pedir, mas colocaria sua reputação em risco perante outros lutadores. E se Pavel ficasse sabendo?

Não sei se é uma boa ideia… ela começou.

Estou pedindo, tipo, dois comprimidos, Nicky implorou. *Por favor, Bonnie.*

Ela odiava decepcionar a irmã, mas também estava surpresa com o tom de Nicky. Para ser honesta, Nicky vinha agindo de forma diferente nos últimos tempos, mais irritada e propensa à raiva.

Se está tão ruim, talvez você devesse ir ao pronto atendimento, ela tentou outra vez.

Tá bom, Nicky disse. *Não se preocupe. Olha, não conte para as outras que eu pedi, está bem? Eu não quero que elas se preocupem.*

Ela desligou antes que Bonnie pudesse se despedir.

Naquela tarde, Bonnie estava trabalhando com Pavel nos exercícios de defesa. Pavel segurava um macarrão de piscina em cada mão e os usava para tocar os ombros, a cabeça e o corpo de Bonnie, enquanto ela deslizava, girava e se desviava deles. Trata-se de um exercício clássico, utilizado para melhorar a movimentação da cabeça e a velocidade das mãos, mas a cabeça de Bonnie estava em outro lugar. *Golpe!* O macarrão de piscina atingiu o ouvido de Bonnie quando ela não reagiu a tempo.

Movimente a cabeça!, Pavel gritou sobre a agitação dos tubos de espuma. *Golpe!* Bonnie teve o outro ouvido atingido, e então o rosto. *Golpe! Golpe!* Os golpes eram suaves, mas Pavel os desferia em ataques rápidos que desorientavam Bonnie. *Oi!*, ele gritou, atingindo-a na cabeça de novo. *Tem alguém aí?* Bonnie girou para escapar do ataque, mas Pavel a interceptou com uma pancada no corpo, e depois voltou a bater na cabeça.

Pare!, ela gritou de repente, arrancando os macarrões dele e atirando-os no chão.

Bonnie nunca encerrava os exercícios antes da hora. Qualquer coisa que Pavel pedisse para ela fazer — outro minuto na prancha, outro round no saco de pancadas, mais dez segundos no banho de gelo —, ela fazia. Ela nunca desistia; era isso o que a tornava excelente. Bonnie desabou no banco e tomou um grande gole de água. Pavel veio e sentou-se ao seu lado. Ele se virou e tocou a lateral da cabeça dela gentilmente com o dedo.

O que acontece aí dentro, hein?, ele perguntou. Já estava nos Estados Unidos havia anos, mas o sotaque russo ainda permanecia.

É a Nicky, ela respondeu, finalmente. *Ela está com dor outra vez.* Pavel fez um movimento de cabeça, em silêncio, e cruzou as mãos em frente ao corpo.

Você sabe que eu não volto pra Moscou há seis anos?, ele disse. *Nem quando minha mãe morreu.* Bonnie o olhou de relance. Ela não sabia disso, mas poderia ter adivinhado. Pavel raramente mencionava a família.

Boxe é sacrifício, ele continuou, devagar. *É dor. A maioria das pessoas, elas não poderiam nunca fazer o que nós fazemos.*

Eu sei disso, Bonnie disse, com impaciência. Ele nem precisava falar com ela sobre sacrifício. O que mais ela tinha feito durante todos esses anos? Além de sofrer em silêncio com todos esses sentimentos por ele?

Há o boxe. Pavel cortou o ar com um movimento de mão. *E há todo o resto.* Ele colocou a outra mão sob a primeira. Bonnie ficou quieta por um instante.

Mas minhas irmãs são... Ela pegou a mão dele e a ergueu, de modo que ficasse paralela com a outra. Pavel balançou a cabeça em negativa e puxou a mão de volta, colocando-a sob a outra.

Nós não somos como as outras pessoas, Bonnie, ele falou com suavidade, contudo sua voz era firme. *Nós somos caçadores solitários.*

Bonnie olhou para Pavel. Era imaginação, ou ele estava querendo lhe dizer algo? Será que ele sentia por ela o mesmo que ela sentia por ele, e esse era o jeito dele de dizer que nunca admitir os sentimentos era o sacrifício que os dois tinham de fazer para o sucesso? Ou ele estaria falando simplesmente dos boxeadores em geral? Pavel sempre disse que a maior distância no boxe era do vestiário até o ringue, não por causa dos olhos da multidão ou do julgamento dos comentaristas, mas porque esse era o tempo que o lutador tinha para que a crença de que podia vencer viajasse da cabeça até o coração. Uma coisa era *pensar* em ser campeão, outra era *sentir* isso. Da cabeça até o coração, Pavel disse, era a maior viagem que um boxeador podia fazer.

Mas e se eu não for como você?, ela perguntou.

E se eu não quiser ser solitária para sempre?, ela não acrescentou.

Você não é, ele disse. Ele colocou a mão no joelho dela, e retirou-a rapidamente. *Você é melhor.*

...

— Como você está hoje, irmã? — Fuzz perguntou, oferecendo o punho para um soquinho. — Sentiu o tremor de terra hoje de manhã?

— Sem dúvida — Peachy interveio. — Eu estava com uma amiga. Não foi nada mau. — Ele piscou para Bonnie. — Aumentou o *rock* do meu *roll*, se é que me entende.

— A que horas foi? — Bonnie perguntou.

— Por volta das cinco — Fuzz disse. — Você devia ter escutado minha mulher. Ela gritou para eu salvar as crianças. Tirei todos os quatro da cama, e daí? Necas. Um pesadelo para fazer os menores voltarem a dormir.

Bonnie sorriu para si mesma com tristeza.

— Eu achei que alguém estava tentando invadir meu apartamento — ela disse.

Fuzz riu e cuspiu entre os pés.

— Que Deus ajude o cara que tentar te assaltar, Bonnie Blue. Ele estaria batendo na porta *errada*.

Os primeiros clientes começaram a chegar, e, depois de uma hora, a fila serpenteava o quarteirão. As pessoas entravam e saíam aos trancos pelas portas, e iam ficando cada vez mais vociferantes à medida que a noite avançava. Nos seus trinta e um anos, Bonnie nunca tinha ficado bêbada, não tinha nem fumado um cigarro. Na idade em que o resto de seus colegas descobriam as maravilhas da embriaguez, Bonnie ganhou sua primeira luta e vivenciou o êxtase da vitória. Enquanto amadurecia, ela nunca sentiu o impulso da experimentação que parecia atrair os outros. Ela assistira às drogas quase destruírem a vida de Avery, antes da desintoxicação e de ela se tornar uma perfeccionista impecável, tal como se apresentava hoje. Até a glamorosa Lucky e suas festas sem fim não tornavam atraente o ato de ficar acordada até as quatro da manhã, em vez de acordar naquele mesmo horário para se exercitar. E observar as pessoas tropeçando e ziguezagueando ao sair do bar todas as noites não ajudava a convencê-la de que estivesse perdendo grande coisa. Sempre parecia perda de tempo para Bonnie, uma pessoa que durante anos não teve tempo a perder.

E, lógico, havia Nicky. Nicky gostava de uma taça de vinho de vez em quando, mas não era muito de festas. Ela, como Bonnie, preferia estar lúcida. Mas a dor da endometriose a tinha mudado. Aos vinte anos, quando finalmente foi diagnosticada, ela passou por uma cirurgia laparoscópica para remover o tecido lesado em volta do útero. Durante alguns meses, parecia que ela estava melhor. Mas então a dor voltou ainda pior. A única solução que os médicos puderam oferecer era controlar os sintomas com mais remédios para dor ou uma histerectomia, a cirurgia para remoção do útero, o que faria com que Nicky nunca pudesse ter filhos. Para Nicky, essa não era uma opção.

Durante anos, ela foi controlando os sintomas. Às vezes, passava meses sem tocar no assunto; ela parecia estar bem, e era fácil esquecer. Então Bonnie tinha um vislumbre do mundo secreto de sombras que a irmã habitava — um calafrio quando ela pensava que ninguém estava observando, o modo como as mãos dela tremiam até chegar à barriga, como se ela quisesse pegar a dor já na origem —, e ela sabia que Nicky estava sofrendo mais do que dizia. Um dia depois de Nicky telefonar para ela no campo de treinamento, Bonnie tomou o trem para a cidade para vê-la, sem avisar Pavel. Era Quatro de Julho, e a academia estava silenciosa, de toda forma. Bonnie tinha feito o treinamento diário usual com Pavel, que, lógico, não acreditava em folga no feriado, então ela saiu de fininho naquela noite. A sensação torturante de que a irmã precisava de ajuda não desaparecera o dia todo e, quando ela se sentou no trem, ficou contente ao pensar que elas poderiam estar juntas à noite, assistindo aos fogos de artifício.

...

A mente de Bonnie distanciou-se daquela noite para sua última luta, uma lembrança quase tão dolorosa quanto. Na gravação on-line, ela está quase irreconhecível. É o oitavo round, e a sul-africana a encurralou. Bonnie está com as luvas erguidas e a cabeça baixa, enquanto é esmurrada por dentro. Seu supercílio esquerdo está aberto, e sangue escorre pela face manchada. Um dos olhos está tão inchado que permanece quase fechado. Seus short e top brancos enfeitados de dourado estão encharcados de vermelho. A oponente levanta a mão direita e desfere o golpe nas costelas expostas de Bonnie. Ela se curva, mas não se entrega. Tampouco revida. A sul-africana olha para o *corner*, para ver se deveria continuar. O árbitro se aproxima para encerrar a luta, quando, bem devagar e com o sangue escorrendo pelo rosto e pelo peito, Bonnie ergue a luva e faz um movimento para continuar. *Venha me pegar*. Bonnie leva mais dois socos no rosto, a cabeça despencando para trás a cada golpe. Uma mulher que está ao lado do ringue esconde o rosto no ombro da pessoa ao lado. Até os espectadores mais endurecidos pelo boxe cobrem os olhos. Bonnie acabara de levar outro gancho na cabeça quando, do seu *corner*, surge um movimento esvoaçante. É uma única toalha branca que atravessa o ringue e pousa no centro. A luta acabou.

Jogar a toalha. A maioria das pessoas se esquece de que essa expressão vem do boxe. Em geral, é dita de forma casual, mas, no esporte, é a maior humilhação. Muitos lutadores prefeririam morrer no ringue do que ver o *corner* desistir. Um lutador pode se recuperar de uma derrota, mas a desistência o deixa marcado para o resto da vida. Assim que a toalha foi jogada do *corner* de Bonnie, Pavel passou por baixo das cordas em direção a ela e segurou seus ombros. Ainda de pé, com o rosto contorcido em agonia, ela o empurrou para longe. Ela dispensou o enfermeiro e o médico, abrindo caminho para sair do ringue sozinha. Nas arquibancadas acima dela, a multidão gritava, ondas de ruído humano colidindo com sua cabeça trançada, alguns esbravejavam insultos, outros bradavam apoio eterno. Ela fez o longo trajeto do centro do estádio até o vestiário sem olhar para trás. O que ninguém naquela arena sabia, exceto Pavel, era que uma semana antes da luta, foi Bonnie quem tinha encontrado Nicky morta.

...

Por volta da uma da madrugada, Peachy acendeu o último cigarro do primeiro pacote de Camels daquela noite e dirigiu-se a Fuzz.

— Ei, cara, você pode me fazer um favor agora? Pode dizer *bacon*?

— Bacon? — Fuzz indagou, e a palavra, com o sotaque jamaicano dele, rimava com *pecã*. — Para que você quer que eu diga *bacon*?

Peachy se curvou, chorando de rir. Fuzz revirou os olhos para Bonnie.

— Esse tonto está sempre rindo de nada — ele disse. — Deve estar bêbado.

Peachy reagiu, fingindo fingindo estar insultado:

— Eu estou tão sóbrio quanto um juiz! Bem, quase... Agora, escute isto. Escute eu dizer "beer can"... *Beer can*.

Com o sotaque britânico de Peachy, as palavras em inglês para "lata de cerveja" soavam quase idênticas à pronúncia de Fuzz para bacon. Peachy riu tanto que os cachos do seu longo cabelo afro, mesclado de cobre, balançavam como antenas. Fuzz cuspiu no chão outra vez, sem se mexer.

— Ah, qual é, é engraçado! — Peachy gritou. — Bonnie, você poderia explicar pra este cara qual é a graça?

Mas Bonnie estava distraída; por um instante, ela poderia jurar que tinha visto Nicky. Ela estava caminhando em direção ao bar com um vestido jeans sobre uma camisa listrada, do tipo que a irmã usava quando ainda estava viva. O cabelo estava preso em um rabo de cavalo baixo e o rosto, lavado, exceto pelo batom vermelho-escuro. Ela segurava o braço de um homem forte que vestia uma camisa de colarinho azul, então se voltou para ele e perguntou alguma coisa de um jeito nervoso. Ela se virou, olhou de frente para Bonnie e, de repente, a visão desapareceu; era só outra garota de cabelo castanho usando um vestido jeans.

— Ih, cara, lá vem a última gentalha — Peachy murmurou enquanto o casal se aproximava. — Desculpe, pessoal, já estamos fechando — ele anunciou quando a dupla chegou mais perto.

O cara de camisa azul parou bem na frente de Peachy. Ele tinha a cabeça grande e redonda, como um pedaço de arroz tufado, e ombros protuberantes nada naturais, nascidos de esteroides e má postura na academia. O rosto dele expressava a surpresa e a irritação de uma pessoa pouco acostumada a ouvir não.

— Mas ainda é uma hora — ele retrucou. — Vocês não vão fechar durante a próxima hora.

— Pode ser — Peachy disse, mexendo no bolso de trás para pegar um novo maço de Camel Golds do seu estoque, que parecia infinito. Devagar, ele tirou a embalagem de celofane e amassou-a na palma da mão. — Mas, como eu disse, estamos fechando.

A porta foi aberta, liberando uma trilha musical estridente da Motown e uma onda de conversas e risadas; um dos clientes de Peachy, um motociclista vestido de couro e com bigode em formato de guidão, saiu.

— Eu vou voltar — ele gritou por cima do ombro. — Só vou checar meu carro. Precisa de alguma coisa, Peachy?

— Tudo bem, mano — Peachy disse, virando-se para o casal com seu sorriso inocente. — Como eu estava dizendo, boa noite, pessoal.

— Você só pode estar brincando — o Camisa Azul disse. — Aquele cara vai voltar, e você não vai nos deixar entrar? Você não pode fazer isso.

Peachy franziu o nariz e colocou um cigarro entre os lábios.

— O engraçado é — ele começou, acendendo-o — que eu posso.

— Baby, vamos embora — a não Nicky disse, puxando o braço grosso do rapaz. — Tem outro bar logo ali.

— Não e não, meu bem. — O Camisa Azul balançou a cabeça. — Não vou embora até esse palhaço nos deixar entrar.

— Isso nunca vai acontecer, amigo — Peachy afirmou. — Ouça a sua garota, é só virar a esquina e chegarão ao Scores. Vocês vão gostar de lá.

O Camisa Azul estufou o peito.

— Você acha que pode falar comigo desse jeito?

Ao lado, Bonnie podia sentir Fuzz em alerta total. Peachy deu um risadinha e exalou uma nuvem de fumaça.

— É o meu sotaque, amigo. Eu falo assim com todo mundo.

O Camisa Azul chegou mais perto, de modo que seu rosto estava a poucos centímetros do de Peachy. Fuzz murmurou em tom baixo, como um alerta. Mas Bonnie estava observando o rosto da moça de cabelo castanho. Ela viu por que tinha pensado que era Nicky. Não eram as roupas nem o cabelo; era a expressão de seu rosto. Ou melhor, a expressão sob a expressão, aquela que ela pensava estar escondendo. Aquela garota estava perdida. A solidão ao seu redor era palpável. E aquele homem ao lado dela não fazia a mínima ideia, ele estava completamente desatento, assim como Bonnie estivera com Nicky.

Quando o Camisa Azul pronunciou a segunda sílaba da expressão que os homens brancos invocaram durante séculos para rebaixar os homens negros, Bonnie já avançava sobre ele. Primeiro, ela o atingiu com um soco certeiro, de amassar o nariz. Ele se curvou, tateando o centro do rosto, que jorrava sangue, e então correu com um rugido e tentou agarrar Bonnie pela cintura. Ela o acertou com um *uppercut* de esquerda, depois deu dois socos na barriga dele com a mão direita. Ele tentou atacá-la outra vez, o punho assobiando ao passar perto da orelha de Bonnie, que se desviou e contra-atacou com um golpe logo abaixo do rim dele. As pernas dele se dobraram. Quando ele chegou à calçada, Bonnie estava cambaleando para trás, como se tivesse despertado de um sonho. A moça do cabelo castanho gritava, um longo brado agudo que parecia uma sirene de guerra.

Bonnie desceu a Windward Avenue e dobrou a esquina em direção ao mar. Ela podia ouvir Peachy chamando seu nome enquanto caminhava pelo calçadão, depois passou pelas lojas de novidades em camisetas, ainda inexplicavelmente abertas àquela hora, passou pelo parque de skate, onde adolescentes ágeis navegavam entre lagoas amarelas de luz da rua, passou por um bando de figuras maltrapilhas em volta de uma fogueirinha, até chegar à larga faixa de areia que levava ao mar escuro.

Ela andou pela praia até o sol nascer, parando a uma certa altura para esfregar e lavar as mãos nas ondas do mar. Quando a primeira luz pálida surgiu no horizonte, ela foi para casa. De volta ao apartamento, descobriu que as solas dos pés estavam cobertas por um óleo escuro, espesso e pegajoso. Ela se sentou na beirada da banheira e esfregou cada pé com água e sabão, mas o piche não saía. Ela o raspou com as unhas, mas, mesmo quando a camada superior havia saído, uma mancha preta permanecia na pele. Ela pegou a pedra-pomes que estava pendurada no cano do chuveiro, relíquia de um ex-morador, e conseguiu esfregar e esfoliar o restante, deixando os pés em carne viva.

Mas o piche era uma praga, ele grudava em tudo o que tocava. Bonnie viu que ele tinha deixado marcas no chão e estragado as sandálias de couro, um presente de Nicky e uma das poucas coisas bacanas que ela tinha. Bonnie pegou uma faca na cozinha e tentou raspar a mancha escura das palmilhas macias, mas só conseguiu tirar a camada externa do couro também. Quando ela voltou ao banheiro, viu que a banheira estava manchada com o resíduo preto, que não ia embora quando ela abriu a torneira. Em pânico, ela pegou uma garrafa de amônia embaixo da pia e, sem diluí-la, jogou-a na porcelana e começou a esfregar a superfície com uma esponja de aço. Ela inalou o vapor do produto químico até que, sentindo tontura, saiu cambaleando do banheiro até desabar na cadeira de praia dobrável da sala.

Só então ela se ligou do que o piche preto poderia ser. Ela tinha sido avisada pelos vizinhos assim que se mudou para Venice. Geralmente, acontecia depois de tempestades ou terremotos, resultado de petróleo derramado no fundo do mar e que penetrava na areia da praia. O jeito mais fácil de removê-lo era limpar com suavidade a pele ou qualquer superfície manchada com um pano embebido em azeite. Ela veria que, como os vizinhos haviam prometido, o piche simplesmente derretia.

No treinamento, ela aprendera a diferença entre reagir e responder. Responder é usar as ferramentas aprendidas para conter um ataque de maneira impassível, de acordo com seu plano de jogo; reagir é tomar uma atitude apenas pela adrenalina, em geral dando brecha para mais danos. Na luz do amanhecer, na sala vazia, Bonnie olhou para as sandálias e os pés destruídos. Pela primeira vez desde a morte de Nicky, ela se permitiu chorar.

CAPÍTULO TRÊS

Avery

No final do jardim, atrás do galpão e das roseiras do tipo Rainha Elizabeth, floridas em cor-de-rosa, Avery estava se preparando para fumar seu cigarro diário. Ela vestiu a jaqueta Barbour extragrande e as luvas amarelas de lavar louça, que mantinha escondidas atrás das ferramentas de jardinagem para essa finalidade específica, juntamente com enxaguante bucal, aromatizador de ambiente e chicletes. Ela acendeu um longo fósforo de cozinha e aproximou-o da ponta do Winston, sentindo algo entre ansiedade e resignação. Inspiração profunda, expiração profunda. Na luz pálida do entardecer, a primeira nuvem de fumaça flutuou para longe como um pensamento. Ela nunca ficava tão consciente da respiração como quando fumava, nunca ficava tão presente. Seria uma ótima forma de meditação se não a estivesse matando também.

O jardim estava em plena floração de verão, e gerânios violeta e cor-de-rosa viravam suas faces atrevidas para o pôr do sol. Avery olhou para o caminho ladeado por amores-perfeitos azul-escuros até a casa para confirmar se não vinha ninguém. A casa dela era vitoriana e estreita, a apenas duas ruas do parque Hampstead Heath. Do lado de fora, era coberta por hera, decrépita e charmosa, o tipo de casa em que se imaginaria que mora um artista, o que provavelmente já acontecera, embora poucos pudessem bancar um imóvel naquele bairro hoje em dia. Elas compraram a casa juntas havia sete anos, com o valor da entrada bem recheado por uma quantia surpreendente que Chiti herdara de um avô na Índia, na época em que ela e Avery se conheceram. Mas até mesmo Chiti, psicoterapeuta com um consultório particular bem-sucedido, teria sofrido para pagar a hipoteca sem a renda de Avery como advogada corporativa.

Hampstead era a Inglaterra que os americanos gostavam de imaginar, sua extensa área verde com sabor de vida no campo sem a inconveniência de realmente ser obrigado a sair de Londres. Sua rua principal, que ostentava uma loja de chás orgânicos, uma livraria, um sebo e uma loja de chocolates artesanais, era um sinal do bom gosto britânico. Até a estação de metrô, revestida de tijolos vermelhos e com bonitas janelas em formato de meia-lua, parecia sofisticada. Em Hampstead era fácil para os americanos ignorarem a outra Londres, a cidade dos apartamentos populares e das casas de apostas William Hill, dos finais de tarde envergados sobre uma cerveja e um pacote de batatas fritas em um bar, e das noites beligerantes que acabavam com um kebab devorado de qualquer jeito no ônibus de volta para casa. Avery adorava dizer que vivia em Hampstead porque essa informação já dizia muito sobre ela: proximidade, bom gosto e riqueza.

Na infância, ela e as irmãs tinham tudo de que precisavam, mas não o que queriam, que era espaço. *Perto demais para ter conforto.* Um clichê, mas era verdade. Elas estavam perto demais para ter conforto naquela casa. Havia só um banheiro para os seis; Prufrock pode ter medido sua vida em colheres de café, ela sempre pensava, mas Avery media a dela em horas gastas esperando o banheiro ficar livre. Na época, Avery odiava aquilo; ela e as irmãs se sentiam como lagostas espremidas em um tanque escuro, cada uma delas disputando espaço e esbarrando nas outras para chegar até a luz acima do nível da água. Durante toda a adolescência, ela sonhava em ir embora, mas ficou morando lá até que Bonnie começasse a treinar,

Nicky fosse para a faculdade e Lucky começasse a viajar como modelo. Quando as irmãs já estavam bem encaminhadas, ela se permitiu fugir.

Avery exalou a fumaça. Durante anos, ela colocara as irmãs em primeiro lugar. Quando foi embora, já bebia às escondidas de manhã, debruçava-se para fora da janela do banheiro tarde da noite para fumar os baseados com heroína de que precisava para dormir. Só quando saiu de casa é que finalmente passou a injetar. Ela escorregou da beirada alta e estreita em que se equilibrava havia anos e foi caindo, caindo. Durante um ano, enquanto esteve em São Francisco, mesmo se as irmãs conseguissem falar com Avery, elas não conseguiam realmente se comunicar com ela. Ela tinha ido parar em algum lugar onde era impossível acompanhá-la. Mesmo depois que se desintoxicou e se formou em direito, ela logo partiu para Londres em busca do próprio sucesso, da própria liberdade. Avery já tinha abandonado as irmãs antes, mas nunca faria isso outra vez. Não era só porque precisavam dela, ela precisava das irmãs. Ela se sentia o máximo quando as ajudava, podia perceber agora. Aquela era a única estrutura em sua vida, o único poder superior em que acreditava.

Depois do funeral de Nicky, foi Avery quem pagou para o tempo ficar parado. Ela fez os pagamentos da hipoteca do apartamento em Nova York durante todo o ano anterior, o que permitiu que ele ficasse vazio com todas as coisas de Nicky intocadas. Mas o tempo era mais poderoso do que o dinheiro; ninguém sabia disso melhor do que Avery. Foi um arranjo de curto prazo, e, no entanto, ela ainda não se sentia pronta para encarar o fim. Agora, ao ter ciência de que ele logo terminaria, ela sentia uma nostalgia desconhecida do apartamento lotado. Para o bem ou para o mal, tinha sido difícil sentir-se só em um lar como aquele.

Avery apagou involuntariamente o cigarro na lata de feijão cozido que ela guardava escondida atrás de uma pá só para isso, então fez bochechos com enxaguante bucal e cuspiu no mato.

Ela tirou a jaqueta Barbour e as luvas amarelas de borracha. Por fim, colocou um chiclete de hortelã na boca. Ela se sentia uma adolescente. Avery tinha voltado a fumar poucos meses atrás, depois de ter parado dez anos antes, aos vinte e três. Não eram exatamente os cigarros que a faziam se sentir jovem, era o retorno ao seu eu oculto, a Avery que só ela conhecia.

Ela seguiu pelo caminho do jardim até as luzes amarelas da casa. Então abriu as portas francesas, revelando Chiti e seu irmão mais novo, Vish, apoiados no balcão de mármore da cozinha, com os rostos resplandecentes na luz azul da tela do computador. Vistos de longe, os irmãos poderiam ser gêmeos, os dois descansando o queixo fino sobre o cálice formado pelas mãos longas, o cabelo preto e liso refletindo a luz como se estivesse envernizado. Os dois tinham o nariz forte e a testa arqueada e autoritária, características que sugeriam inteligência e discernimento. Chiti tirou o rosto das mãos com um sorriso assim que Avery passou pela porta.

— Estamos assistindo a uma live sobre o filme da mamãe — ela disse. — Você chegou bem na hora das perguntas do público.

— É brutal — Vish comentou.

A mãe de Vish e Chiti, Ganishka, era uma documentarista premiada e ativista política cuja crítica feroz ao neocolonialismo e à política externa dos Estados Unidos a mantinha sempre no noticiário. Ela tinha criado os filhos entre Deli e Londres, então mandou-os para o internato assim que Chiti fez treze anos e Vish, onze, para conseguir voltar à Índia e ao seu grande amor, as filmagens, em tempo integral. Ganishka nunca teve problemas com a sexualidade de Chiti; sua única decepção, como ela relembrava com frequência, era a filha ter escolhido viver com uma americana, acima de tudo.

Avery aproximou-se deles, e Chiti apoiou a cabeça no ombro dela automaticamente. Avery se enrijeceu. Seu método de esconder o cheiro do novo hábito só funcionava a uma distância segura.

— Desde quando você masca chiclete? — Chiti perguntou, com suavidade. — Posso ouvir o barulho da mandíbula.

— Vou jogar fora — Avery disse, correndo, praticamente fugindo dela.

— Cara, ela não bebe nem usa drogas — Vish disse. — Deixe ela pelo menos mascar chiclete.

— Você sabe que eu também não? — Chiti rebateu, com um sorriso.

— Mas é porque você não gosta — ele disse. — Já a Avery...

— Adora — Avery completou, cuspindo a goma de mascar na lixeira. — Mas Chiti tem razão, é um mau hábito.

Chiti ergueu um pouquinho as sobrancelhas.

— Eu não disse isso — ela respondeu.

— Ei, Avery... hum... Chiti me contou que dia é hoje — Vish disse, esfregando a nuca com visível desconforto. — E eu sinto muito. Pela Nicky. Meus, hum, pêsames.

— Obrigada — Avery disse, dando-lhe um soquinho de leve no braço. — Mas eu estou bem.

Chiti olhou-a com cumplicidade.

— Você sabe o que eu digo a respeito de *bem*.

— *Para terapeutas, bem é um palavrão* — Avery recitou. — Mas eu estou mesmo.

— Estou só dizendo que você não precisa estar bem para nós — Chiti respondeu, com voz suave. — Sua família.

— Eu sei — Avery disse, com mais esforço do que ela pretendia.

— Lá vai — Vish comentou, apontando para a tela. — Mais um cordeiro para o matadouro.

A câmera circulou pelo público até um jovem indiano de óculos. Um microfone em um pedestal estava diante dele, ele o pegou para firmá-lo e passou a outra mão nos cabelos, constrangido.

— Meus amigos e eu muitas vezes debatemos com entusiasmo os documentários premiados no Oscar. — Ele sorriu com uma impaciência afetada. — Embora ainda não tenhamos chegado a um consenso satisfatório, ouso pensar que a senhora também participe dessas conversas de bar. — Ele pigarreou. — Então, minha pergunta é, qual é o seu favorito entre os concorrentes deste ano e por quê?

— Que merda — Vish disse.

A câmera voltou para o rosto de Ganishka, endurecido pela frustração.

— Eu não participo dessas "conversas de bar", como você as chama, porque eu não penso na arte dessa forma. É um grande desserviço para os filmes pensar neles com base na hierarquia. Os prêmios são um modelo capitalista para a criatividade; não dou nenhum valor para essas honrarias, embora eu possa ter ganhado várias delas.

— Não pôde resistir a esse detalhe — Chiti murmurou.

— Na verdade — Ganishka continuou, visivelmente se entusiasmando com o que diria a seguir —, fui convidada muitas vezes para participar de comitês de premiação, e tenho o hábito de recusar. Eles são ruins para os cineastas, criam políticas ruins para a indústria e representam estratégias de marketing já ultrapassadas. Não preciso de um comitê, quase sempre formado majoritariamente de homens, para *urinar* — Ganishka fez uma pausa com satisfação depois de utilizar essa palavra — no meu trabalho para provar seu valor. — Ela concluiu: — Eu questiono profundamente qualquer autoridade que se apresente como órgão decisório nas artes, e aconselho você e seus colegas a fazerem o mesmo.

O jovem estrábico, visivelmente envergonhado, voltou a se sentar.

— Ah, mano — Vish disse.

— Ela não está errada — Avery respondeu.

— Sim, mas esses são, tipo, *fãs* da mamãe. Ela poderia ser um pouco mais gentil com eles.

— Eu acho que eles gostam — Avery disse. — Ela é a dominatrix deles.

— Perturbador — comentou Chiti.

— Mas correto — Vish disse.

Em seguida, uma mulher branca e tímida, usando brincos de frutas de plástico se levantou e pegou o microfone.

— Oi. Primeiro, eu queria te agradecer por ter mudado a minha vida.

Gemidos de Chiti e Vish.

— Minha pergunta é simples: que momentos da sua vida te consolam?

Ganishka assentiu com a cabeça e fechou os olhos devagar, como um gato que tivesse sido acariciado no lugar certo.

— Boa pergunta — ela ronronou, e a mulher ficou corada de prazer.

— Você já percebeu como a mamãe fecha os olhos quando fala? — Vish perguntou. — É como se o que ela diz fosse tão *verdadeiro* que ela mal consegue testemunhá-lo com todos os sentidos.

— Para ser justa, eu acho que ela pode ter só esquecido os óculos — Chiti disse.

Às vezes, Avery via o desejo que Chiti tinha de amar a mãe quebrar a superfície do seu desprezo, como um filhote de foca espreitando com a cabeça acima do nível do oceano. O problema com Ganishka era que você nunca podia saber se seria abraçado ou espancado.

— Um momento que me ocorre agora — Ganishka estava dizendo solenemente — é a sensação de encostar o rosto na pança da minha cachorra. Eu tenho duas, e uma tem uma pança considerável.

O público riu, em parte para aliviar a tensão da pergunta anterior, em parte pelo privilégio de ouvir uma das mentes cinematográficas mais afiadas e vivas dizer a palavra "pança" com tanta seriedade.

— Eram cães de rua — ela continuou. — A mãe de uma delas foi morta por um carro na estrada em frente à minha casa.

Ela era tão pequena quando a encontrei, que tive de a alimentar com uma pipeta.

Chiti bufou involuntariamente.

— E, no entanto, ela não acreditava em nos amamentar.

— A outra eu roubei — Ganishka disse, movimentando os ombros com orgulho. — Ela ficava amarrada dia e noite em uma árvore perto de casa, e um dia eu fui lá e a peguei. Sinto que é meu dever libertar os que não são amados.

Um murmúrio de aprovação circulava pela multidão quando Chiti fechou o notebook.

— Já deu — ela disse. Avery observou o rosto dela em busca de sinais de mágoa, mas ela parecia inabalada. — Estou com fome. Você fica para o jantar, Vishnoodle?

Ele girou no banquinho do balcão e deu um longo suspiro na direção do teto.

— Estou com o coração partido demais para comer — ele disse.

— O que aconteceu? — Avery perguntou.

— O novo amor da vida dele — Chiti disse, sorrindo.

Avery virou-se para inspecionar o conteúdo da geladeira enorme.

— Ah! E quando você encontrou esse novo amor? — ela quis saber.

— Ontem à noite.

— Então é sério — ela disse.

Ela tirou um maço de coentro murcho da prateleira de cima e jogou-o no lixo. Ela nunca tinha sido uma grande cozinheira e, quando estava sozinha, ainda considerava cereal um jantar adequado.

— É, sim! — Vish defendeu-se. — Ela é bacana, cara. Ela sabia toda a letra de "Bring Da Ruckus", do Wu-Tang.

— Isso é bacana — Avery reconheceu. — Vamos pedir comida naquele lugar italiano?

— Tem comida boa, perfeita, na geladeira — Chiti disse. — Vou grelhar uns vegetais.

— Eu gostei mais da ideia da Avery — Vish disse. — De toda forma, eu ferrei com tudo. Precisei enviar alguma mensagem hoje para impressioná-la.

— E o que você mandou?

Vish abaixou a cabeça, constrangido.

— Não tem como ficar mais previsível do que isso — ele lamentou. — Mais prosaico.

Chiti inspirou profundamente.

— Não foi uma foto do seu pênis, foi?

Vish ergueu a cabeça.

— Mulher, lógico que não! — ele gritou. — Pare de pensar besteira.

Chiti deu uma risadinha, desculpando-se.

— O que poderia ser pior do que uma foto do seu pênis? — Avery perguntou.

— Ei! — Vish contestou, fingindo indignação.

Avery ergueu as mãos para se desculpar.

— Eu estava me referindo à *natureza* do conteúdo, não à qualidade.

— Temos certeza de que o seu pênis é perfeito, Noodle — Chiti disse.

Ela olhou para Avery, e os olhos dela estavam dançando com diversão.

— Mulher! — Vish protestou. — Você é minha irmã! Pare com isso!

— Então o que foi? — Avery perguntou, rindo. — Não pode ter sido tão ruim.

— Eu disse... *feliz quinta-feira.* — Ele escondeu o rosto na dobra do braço. — Que banalidade! Nunca mais vou ter notícia dela.

Chiti revirou os olhos e esfregou as costas de Vish. Nesta semana, as longas unhas dela estavam pintadas de um rosa intenso.

— Está tudo bem — ela murmurou. — Você terá outra chance. Amanhã vai ser outro dia.

— Exatamente. — Avery sorriu, com ironia. — Você pode enviar "Graças a Deus é sexta-feira".

Enquanto Vish gemia de desespero, Avery virou-se para pegar o telefone que estava tocando dentro de sua pasta.

— Tudo certo? — Chiti perguntou, ao ver um ar de preocupação no rosto dela.

— É a minha irmã.

— A gostosa ou a assustadora? — Vish indagou, visivelmente animado.

Chiti bateu na parte de trás da cabeça dele.

— Não seja reducionista. Você sabe o nome delas.

— Bonnie Blue poderia me partir ao meio como um biscoito — Vish disse. — Eu digo *assustadora* com o máximo de respeito.

— A gostosa e a assustadora — Avery repetiu. *E a morta,* ela pensou. — Então o que sou eu? A chata.

— *Estável*, querida — Chiti corrigiu, animada. — Tem diferença.

Mas Avery não era estável, não de verdade. Ela estava se desvendando. Só que ninguém sabia disso ainda — nem mesmo ela, na verdade.

— Você também é a gay — Vish disse, generoso. — Se estivermos falando só de generalidades.

Chiti agarrou a parte de trás da cabeça dele e a chacoalhou.

— O que deu em você? — ela o repreendeu.

Avery levantou uma sobrancelha.

— Quem disse que minhas irmãs não são gays também?

— Você só diz isso porque está com essa aqui — Vish disse, abraçando a irmã pela cintura. — Que acha que todo mundo é gay.

— Porque todo mundo é — Chiti respondeu. — No mínimo um pouquinho.

— Sim, sim, as pessoas transgêneros e travestis da escala de Kinsey — ele disse. — Só estou dizendo que, se alguma parte de mim deseja algo colocado no meu rabo, então ela deve estar enterrada bem fundo, porque, com certeza, não tenho consciência dela.

— Tanto quanto da sua próstata! — Chiti rebateu, com vivacidade.

— De toda forma, a resposta para a sua pergunta é Lucky — Avery disse. — Ela quer vir para ficar.

— Isso é fantástico! — Chiti exclamou. — Você sempre diz que ela deveria vir. Ela está tão perto, no fim das contas.

Avery balançou a cabeça.

— Alguma coisa está errada.

— Por que você diz isso?

— Ela quer vir logo. Tipo, amanhã. Deve ter acontecido alguma coisa em Paris.

— Ou talvez ela tenha ouvido falar do nosso fabuloso quarto de hóspedes, que eu finalmente consegui pintar.

Chiti estava reformando um cômodo da casa por vez, cada um com uma cor. Ela entendia as cores como uma linguagem na qual era fluente, e Avery ainda estava tentando entender cada palavra estranha. Por exemplo, ela tinha dito a Avery que, em Jaipur, onde os avós dela viviam, havia cinquenta variações de azul e turquesa, cada uma com seu próprio nome. Avery, por outro lado, lutava para pensar em uma. Chiti tinha escolhido esmeralda para as paredes do quarto de hóspedes, e cobriu a cama com lençóis de linho na cor quartzo-rosa para contrastar, transformando o que tinha sido um escritório acanhado em um quarto precioso como uma caixa de joias. Avery sentia que essa era uma analogia adequada para o efeito de Chiti na sua própria vida.

— E por que eu não fui convidado para ficar nesse fabuloso quarto de hóspedes? — Vish perguntou.

— Porque você mora em Londres, tolinho — Chiti disse.

Vish olhou para toda a volta da cozinha, com as paredes de um azul-claro e os utensílios de metal brilhantes, as superfícies de mármore polido e a grande pia de fazenda, com uma torneira separada para água com gás que Avery havia pagado uma fortuna para instalar.

— Não nesta Londres — ele disse.

...

Mais tarde naquela noite, Avery estava mergulhada na banheira vitoriana com pés cromados, ouvindo rádio. Ela não se importava com o que estava tocando, só precisava de algum barulho para evitar que ficasse sozinha com seus pensamentos. Era o tipo de coisa que ela se lembrava do início da sobriedade, como era insuportável até escovar os dentes sem ter algo para distraí-la. Ela ligava a televisão no volume máximo enquanto tomava banho, segurava o secador em uma das mãos e um livro na outra, zapeava as notícias enquanto comia e se deitava na cama com os fones despejando música nos ouvidos até tarde da noite. Com o tempo, no entanto, sua mente se tornou um lugar mais pacífico. Ela esteve até em retiros de meditação, dias inteiros apenas estando presente consigo mesma, prestando atenção na respiração, deixando os pensamentos vagarem pela mente como nuvens em um céu claro. Não mais. Agora, quando fechava os olhos, via cada erro que tinha cometido até chegar a este momento. Seu clima interno, que fora calmo, continha tempestades outra vez.

Avery afundou na água e ouviu murmúrios líquidos ao redor dos ouvidos. Ela ficou submersa o quanto pôde, e emergiu ofegante em busca de ar. Quando abriu os olhos, Chiti estava em pé diante dela.

— Posso entrar, ou é um dos seus banhos solo?
— Claro que pode.

Chiti desabotoou a calça e a túnica de linho e deixou-as cair ao redor dos pés. Sua figura nua, que já fora tão eletrizante para Avery, agora era tão familiar quanto a mobília. Chiti desfez a trança preta, que chegava até a cintura, e enrolou o cabelo no que ela chamava de coque de dormir, um redemoinho denso no alto da cabeça. Ela tinha o tipo de cabelo que as pessoas paravam na rua para admirar, o comprimento era um espetáculo perpétuo que parecia um truque de mágica. Chiti tinha trinta e nove anos, quase sete a mais do que Avery, mas, quando ficava de costas, seu cabelo dava a impressão de que ela era muito jovem ou muito velha, o que era adequado, considerando uma das primeiras coisas que Chiti havia contado a Avery sobre si.

Quando se conheceram, Chiti estava sentada diante dela em seu antigo consultório de terapia, um bloco de anotações nas mãos e os tornozelos cruzados. Era a primeira sessão de terapia na vida de Avery, e elas conversaram durante quase uma hora. Ao responder por que estava lá, Avery explicou que ela tinha largado o vício em cocaína, se formado em direito e mudado para Londres para trabalhar em um dos mais renomados escritórios de advocacia do mundo, mas que ela não conseguia dormir à noite de jeito nenhum. Quando se encaminhavam para o final, Avery descobriu, para sua surpresa, que não queria que a sessão terminasse.

Posso voltar na semana que vem?, ela perguntou.

Eu gostaria, se você quiser, Chiti disse.

E você pode me ajudar?

Chiti concordou com um gesto de cabeça.

Acho que sim.

Eu ainda tenho salvação?, Avery quis saber.

Chiti sentou-se na cadeira e observou-a.

Posso lhe dizer algo pessoal? Em geral, eu não falo sobre mim com os clientes, e provavelmente não falarei outra vez, mas acho que pode ser útil se eu me explicar.

Avery assentiu. Ela ficou intrigada com Chiti imediatamente, e queria ouvir qualquer coisa que *ela* tivesse a dizer.

As pessoas que eu tenho mais dificuldade em tratar são aquelas que não consigo imaginar quando eram crianças, ela disse. *Devido às circunstâncias em que eu nasci e fui criada, eu tinha de ser uma criança bem adulta, e eu gostaria, ou pelo menos parte de mim gostaria, de ser uma adulta bem infantil. Muitas vezes, vejo o mesmo desejo nos meus pacientes.*

E quanto a mim?, Avery perguntou. *Você pode ver o tipo de criança que eu fui?*

Chiti fez que sim com a cabeça.

E?, Avery quis saber.

Você dissimulava, ela respondeu. *Você ainda o faz.*

Avery poderia ter ficado ofendida, mas não ficou. Era verdade.

E como eu paro?, ela perguntou.

Chiti largou o bloco no colo e olhou fixamente para Avery, contemplando-a.

Conte a verdade nua e crua, ela disse.

E ela contou. Avery contou a verdade para Chiti durante anos, muito tempo depois de ter deixado de ser paciente e se tornado parceira dela. *Aquela* verdade, que Chiti tinha sido sua terapeuta primeiro, era mais difícil para Chiti. Ela não se via como alguém que poderia se apaixonar por uma paciente, havia julgado quando os professores avisaram sobre o poderoso movimento da contratransferência durante o curso. Ela tinha parado de ver sua supervisora por causa disso, tinha passado muitas sessões angustiada com a própria terapeuta, tentando entender por que ela queria arriscar sua reputação, talvez até mesmo a carreira, por causa daquela jovem americana que tinha vindo ao seu consultório reclamando de insônia. A coisa mais antiética que Chiti já tinha feito foi se apaixonar por Avery. Mas ela a amava. Não era uma escolha; era a sua verdade nua e crua.

Durante sete anos, elas foram felizes juntas. Na primeira vez que fizeram amor, Avery estava deitada com a cabeça pendendo para fora da cama, enquanto Chiti explorava os segredos do seu corpo e as lágrimas escorriam-lhe pelo rosto. O sol poente se estendia, preguiçoso, pela cama em faixas douradas; quando Avery fechou os olhos, ele brilhava como mel através das pálpebras. *Eu não sabia,* ela repetia, maravilhada, mas com tristeza. *Eu não sabia.* A cabeça de Chiti apareceu sobre ela, rodeando-a com os movimentos sussurrantes do cabelo. Avery estava corada como uma rosa dourada. *Não sabia do quê, minha querida?* Mas Avery não conseguiu explicar com palavras. Ela não sabia que o amor podia ser sentido assim, tão harmonioso, tão doce. Que seu corpo merecia tanta ternura. Elas ficaram abraçadas enquanto a luz escoava pelo quarto, saliva e suor esfriavam na pele; Avery teve aquela sensação ansiada por tanto tempo, amor, sim, mas também segurança; finalmente, ela estava segura.

Harmonia era a melhor palavra em que ela podia pensar para descrever a vida das duas juntas. Tinham suas discussões, como qualquer casal, mas a vida diária era harmoniosa. Suas naturezas se complementavam. Chiti, naturalmente mais provedora, cozinhava quando elas comiam em casa, cuidava do jardim e fazia com que a casa se tornasse um lar. Avery, sempre pragmática, fazia as declarações de imposto, pagava as contas e planejava as férias. Nenhuma das duas gostava muito de fazer faxina, então elas contrataram um serviço de limpeza que vinha a cada quinze dias. Avery pensava que o amor era feito de gestos visíveis, grandiosos, mas o casamento revelou-se uma somatória de atos comuns, quase irrelevantes, de devoção diária — lavar as canecas que ficaram na pia antes de dormir, subir ou descer as escadas correndo para dar um beijo antes de sair de casa, cortar um pedaço a mais de fruta para compartilhar —, atos fáceis de esquecer, mas que, se esquecidos, fariam muita falta. Durante anos, Avery e Chiti se orgulharam de não os ter esquecido.

Então, no último ano, Nicky morreu, e Avery mudou. Ela não voltou a beber por causa da morte da irmã; sabia que não podia fazer isso. Mas a tristeza. Ela não sabia lidar com a tristeza. Foi a surpresa que doeu mais. Ela tinha vivido toda a vida adulta minimizando os riscos para não ser pega desprevenida pela dor, e, no entanto, não tinha conseguido se proteger. Avery já estava em recuperação por quase dez anos quando Nicky morreu; como ela não percebeu que a irmã estava sofrendo tanto? Como ela não tinha visto os sinais? Ela era a irmã mais velha; era sua tarefa não deixar de ver as coisas. Uma parte dela, nunca verbalizada, temia que isso tivesse acontecido porque ela andava ocupada demais observando Chiti.

No funeral de Nicky, em Nova York, Avery pegou um livro de preces da igreja. Havia anos que não roubava nada, mas a sensação foi a mesma. O coração acelerado, o som do sangue bombeando nos ouvidos. Nenhum pensamento, apenas o peso do livro aconchegado na faixa da sua calça preta. Quando voltou para Londres, continuou fazendo a mesma coisa. Nada significativo: uma barra de chocolate da loja da esquina, um batom da Boots, um par de tênis do bazar beneficente. Roubar de um bazar beneficente, com aquele salário. Era abominável, ela sabia.

Então, ela prosseguiu para as lojas maiores da Bond Street: Burberry, Gucci e Chanel. Era muito mais fácil do que quando ela tinha vinte e poucos anos, em São Francisco, e roubava para sobreviver. Agora, ela podia usar uma nova estratégia. Agora, ela era uma mulher de sucesso aos trinta anos, uma advogada corporativa que podia pagar por qualquer coisa bonita que seus dedos tocassem, enquanto sorria intencionalmente para as vendedoras. Ela aceitava taças de champanhe sem provar um gole, dava um show ao pedir que vitrines fossem abertas, olhava-se no espelho, então fingia ter um compromisso e, em um turbilhão de agradecimentos e promessas de voltar, saía da forma indiscreta de quem não tinha nada a esconder. O tempo todo, seu prêmio surrupiado — uma bolsinha acolchoada para moedas, um bracelete com corrente de ouro, um lenço de seda bordado — aninhava-se contra sua pele como um animal em busca de calor.

Olhando-a de cima, Chiti colocou um pé na água e estremeceu.

— Você sempre deixa a água muito quente.

— Eu gosto assim. — Avery moveu-se para o lado e abriu espaço para Chiti, que entrava e saía da água com um gritinho. — Se eu não tiver de lutar para manter a consciência até o final, não acho que seja um banho de verdade.

Chiti finalmente submergiu e descansou a cabeça na borda da banheira.

— Só você poderia transformar algo supostamente relaxante em uma luta pela sobrevivência. Há quanto tempo está se cozinhando aqui?

Avery levantou a mão para mostrar os dedos enrugados. Chiti pegou-os entre os seus e acariciou as dobras da pele enrugada.

— Sabia que *acabaram* de comprovar que há uma função evolutiva para nossos pés e mãos fazerem isso?

— É mesmo?

— É para ajudar a ficar grudado embaixo d'água, como as ranhuras de um pneu.

— Faz sentido. — Avery concordou com um gesto de cabeça. — Se você pensar em seres humanos se agarrando em córregos, rios e essas coisas.

— Exatamente. Ou caçando na chuva. Parece óbvio agora, mas acabou de ser provado. Durante todo esse tempo, nosso corpo vem realizando esse milagre de design inteligente, que era um mistério para nós.

Avery sorriu.

— Mas agora sabemos.

Chiti assentiu.

— Agora sabemos.

Chiti recostou a cabeça na borda da banheira e suspirou.

— Um ano inteiro — ela disse. — Eu perguntaria como você está se sentindo, mas acho que já sei.

— Sabe?

Chiti deu um sorriso cansado.

— Dois terapeutas entram em um bar — ela disse. — *Você está bem*, diz o primeiro terapeuta. *Como eu estou?*

Avery tentou devolver o sorriso. Era a piada favorita de Chiti; favorita, lógico, porque era verdadeira. Ela era naturalmente empática, muitas vezes capaz de saber o humor de Avery pela quantidade de leite que ela punha no café da manhã. Sua profissão era entender os outros. Mas Avery não queria ser entendida agora, nem por sua esposa nem por ninguém.

— Você foi a alguma reunião hoje? — Chiti perguntou, em uma tentativa.

Avery só tinha retornado ao Alcoólicos Anônimos depois de quase um ano de hiato, e Chiti parecia não querer criar problema. Avery balançou a cabeça em negativa.

— Amanhã.

Chiti assentiu.

— Eu sinto falta dela também, sabe — Chiti disse, de repente. — Bem aqui. — Chiti apertou a garganta, e Avery viu seus olhos brilharem com lágrimas. — Eu sei que é importante para você, vivenciar seus próprios sentimentos sem competir com os meus. Mas... — sua voz falhou — ... eu a amava também, e ainda a amo todos os dias. Só queria que você soubesse.

E Nicky amava Chiti, todas as irmãs de Avery a amavam. Chiti, que tinha voado para Nova York com Avery para o aniversário de vinte e um anos de Nicky no primeiro ano de namoro (se é que se pode chamar de namoro o fato de terem comprado uma casa juntas depois de três meses do primeiro encontro) e convencera Avery a ficar fora, dançando e cantando no karaokê, até as quatro da manhã para comemorar. Ela surpreendera a todos ao cantar "Gonna Hurry (As Slow as I Can)", da Dolly Parton, em uma voz tão suave e cheia de saudade que o bar inteiro a ovacionou de pé. Chiti era algo raríssimo: uma ótima e verdadeira ouvinte. Que se lembrava do nome das amigas e o dos amores das irmãs e perguntava por eles na próxima vez que se encontrassem, que fazia toda a conversa parecer um castelo de cartas construído em conjunto e que nunca desabaria. Chiti dizia coisas do tipo: "Eu estava pensando no que você disse na última vez sobre confiança...", e então apresentaria um lampejo absolutamente brilhante e daria o crédito para outra pessoa. Ela dava lindos presentes de Natal que, de alguma forma, capturavam tanto como o presenteado era quanto o que ele queria ser.

Ela não era perfeita, é lógico. Avery tinha as queixas domésticas habituais, como quando o cabelo comprido de Chiti entupia o ralo do banheiro, relegando a ela a tarefa de retirar o emaranhado nauseante. Ela tinha péssimo gosto para programas de televisão, e assistia ao tipo de reality-shows que Avery considerava de baixo nível e pura exploração. Ela tinha pés chatos, mas se recusava a usar as palmilhas ortopédicas, muito menos os sapatos que não fossem desenhados pelo patriarcado para aleijar as mulheres, então ela sempre insistia em pegar táxi por causa de dores nos pés, ao passo que Avery adorava caminhar.

E havia questões maiores também. O crescente desejo de Chiti por um bebê, enquanto Avery ainda estava indecisa sobre o assunto. E, sendo honesta, Avery às vezes sentia que os cuidados de Chiti eram um pouco excessivos. Em momentos menos generosos, Avery os via como uma forma de Chiti obter controle e tornar os outros dependentes dela, de modo que ela pudesse se proteger do mesmo abandono que tinha vivenciado com a mãe. Até o ato de comprar a casa no bairro em que Avery queria morar, tão de repente, logo depois de se conhecerem, seria uma forma de coerção. Avery podia pagar metade da hipoteca e bancar boa parte das reformas, mas não teria condições de comprar a casa naquela época. Ao dar a Avery o que ela sempre quis — espaço, segurança, uma casa própria —, Chiti tinha certeza de que ela nunca iria embora.

Mas isso era injusto. Avery recebia de boa vontade todo o cuidado de Chiti. Ela tinha convencido Chiti a namorá-la apesar da apreensão de Chiti quanto a como elas se conheceram, e ficou encantada com a possibilidade de logo irem morar juntas. Durante toda a vida, ela tinha procurado por um amor como o de Chiti. E as irmãs de Avery adoravam Chiti pela mesma razão que Avery: ela era a parceira ideal. A intensa inteligência emocional de Chiti funcionava como um rosa para o espinho do intelecto afiado de Avery, e, juntas, elas floresceram.

— Eu sei que você sente falta dela — Avery disse, tentando ser mais suave. — É sua perda também.

Ela queria abrir espaço no seu coração para a dor de Chiti, mas tinha dificuldade. Se Vish morresse, Avery ficaria desolada, é claro, mas não poderia jamais servir de comparação. Sua vida tinha sido reduzida a dois dias, o dia em que Nicky ainda estava viva e o dia em que ela morreu. A colcha de retalhos vasta e sutil de anos e estações que compunham sua vida tinha desaparecido.

— É com Lucky que estou preocupada — ela continuou. — Ela nem mencionou que dia é hoje na mensagem. Será que esqueceu?

— Tenho certeza que não — Chiti disse. — Talvez ela só não soubesse o que dizer.

Avery poderia ter concordado, mas ela não tinha terminado as reclamações.

— E como nossa mãe foi enviar aquele e-mail justo hoje, com tantos outros dias? Você *sabe* que eu vou acabar dando um jeito naquele apartamento todo sozinha — ela resmungou, sentindo o corpo todo enrijecer, apesar do efeito relaxante do banho. — Como sempre.

— Você nunca pede ajuda para suas irmãs — Chiti frisou. — Se pedisse, elas ficariam contentes em colaborar.

Avery balançou a cabeça em negativa.

— Bonnie não vai voltar lá, e eu entendo, você sabe, depois de tudo o que ela passou. Não se pode confiar em Lucky para nada, como já sabe. Mas vender agora? Só faz um ano! É cedo demais. Eu falei para os meus pais que eu continuaria pagando, por que eles não me deixam pagar?

— Talvez eles queiram seguir em frente — Chiti sugeriu, com suavidade.

— Bem, talvez eles devessem pensar em nós, para variar.

— Parece que suas irmãs podem estar prontas para seguir em frente também. — Avery abriu a boca, mas Chiti ergueu a mão para terminar o pensamento. — Não porque se importam menos que você, mas porque é doloroso demais mantê-lo.

Avery estava pronta para discordar, mas ela se recostou na banheira em vez de discutir.

— Eu gostaria de ver as pessoas do jeito que você vê — ela disse, submergindo mais fundo.

— E como eu as vejo?

— Com generosidade.

Chiti recostou-se também, e olhou para o corpo de Avery sob a ondulação da água. Seu rosto, que antes estava alegre, ficou apático. A tristeza se espalhou por suas feições; era como ver uma nuvem lançar sombra em um campo extenso, amplo. Chiti colocou a mão sobre os olhos, cansada.

— O que foi? — Avery perguntou.

Por instinto, ela ergueu a mão para apoiar o seio esquerdo. Era um hábito que Avery tinha desde a adolescência para se acalmar, um ato tão inconsciente que ela muitas vezes tinha de parar de fazê-lo durante as reuniões estressantes com os seus clientes. Sob a ponta dos dedos molhados, seu coração se acelerava.

— Eu odeio me importar — Chiti disse. — Eu odeio me importar tanto.

Então era isso. O momento do acerto de contas. Chiti sabia dos cigarros, dos roubos, de tudo. Avery apertou o seio esquerdo. Mas, sob o medo, havia alívio também. Ela poderia parar, com a ajuda de Chiti, ela poderia parar.

— Olha, estou envergonhada, mas fico contente por você saber... — ela começou.

Chiti olhou para ela através da mão.

— Você notou também? — Ela franziu as sobrancelhas. — Claro que você notou.

Não era o que estava esperando. Ela observou o rosto de Chiti.

— Notei o quê?

— Eu engordei.

— *O quê?*

As mandíbulas de Avery se destravaram com alívio. Ou com decepção. Ou ambos.

— Você não precisa fingir que está surpresa! — Chiti exclamou. — Olhe para mim!

Avery olhou para a esposa, realmente olhou para ela pela primeira vez em muito tempo. Duas pernas longas, como castiçais afunilados. A trilha macia e escura de pelinhos abaixo do umbigo. Quantas vezes Avery tinha percorrido aquele caminho sinuoso? Ela olhou para as mãos finas e elegantes de Chiti mergulhando na água como guindastes. O rosa profundo e brilhante das unhas pintadas. E, sim, para ser honesta, o abdômen estava mais saliente do que quando elas se conheceram; as coxas, um pouco mais grossas. Mas assim ela parecia mais sensual, mais feminina. Avery espiou o próprio abdômen, reto e pálido, e sentiu, como sempre, sua falta de encantos quando comparada a Chiti. Avery era atraente, mas não era nenhuma Vênus, ela sabia. Suas tatuagens acrescentavam alguma curiosidade, pelo menos. O melhor que poderia dizer sobre si era que tinha *boa* aparência. Um rosto simétrico e corpo econômico, ombros retos, quadris estreitos, pernas fortes. Um corpo que, pela sua concepção, era tão sensual quanto uma caixa de cereal.

Lógico que, por ter crescido com uma irmã com a aparência de Lucky, Avery esteve muito perto da beleza a maior parte de sua vida. Mas, ao contrário de Lucky, cuja aparência angelical complicava e ocultava-lhe a escuridão interior, Chiti aparentava ser exatamente como era. Ela era suave e polida, graciosa e robusta. Era bonita da forma como a natureza é bonita, eternamente.

— Certo, *pare* de olhar para mim — Chiti pediu.

Ela colocou um braço sobre o peito e riu constrangida. Avery segurou a mão dela.

— Você é perfeita, Chiti. — Chiti franziu a testa, e Avery logo se corrigiu: — Eu sei que não devemos usar essa palavra porque as mulheres usam o perfeccionismo como uma forma de automutilação e blá-blá-blá. É que, para mim, você é. Eu não mudaria nada em você. — Isso era verdade? Ela não estava sentada ali havia pouco listando os defeitos de Chiti? — Você sabe que eu não me importo com o seu peso — ela acrescentou. Isso, pelo menos, era pura verdade.

— Eu me importo! Eu não *gosto* de me importar, mas eu me importo. Minhas calças me apertam a cintura quando estou sentada em uma sessão. Veja! Veja todas essas marcas incriminadoras em mim.

— Vamos comprar calças para você.

— Mas são as minhas favoritas.

— As YSL de seda?

Chiti confirmou com a cabeça.

— Eu vou comprar outras — Avery prometeu.

— Elas são vintage — Chiti disse, com tristeza. Ela agitou a água à sua frente. — Eu *não* vou ser uma dessas pessoas que usam calças de elástico. Que Deus me *ajude* se eu acabar sendo uma delas!

— Ninguém vai fazer você usar calças de elástico.

Chiti deixou escapar um gemido baixo.

— Eu já tenho quase *quarenta*. Quando isso aconteceu?

— Quarenta é jovem.

Chiti olhou para ela.

— Trinta e quatro é jovem.

— Eu tenho trinta e três.

Chiti jogou água nela.

— Pior ainda! — Ela pegou o sabonete e envolveu-o nas mãos. — Eu achava que, se meu corpo parecesse irreconhecível para mim, é porque eu iria ter um bebê. Eu não estava preparada para esse... *arredondamento* na meia-idade.

Avery enrijeceu-se. Chiti havia congelado óvulos pouco depois de elas se conhecerem, uma escolha que parecia ter tirado a pressão desse tipo de observação. Mas não para sempre. Avery sempre soube que não queria carregar uma criança, enquanto Chiti sabia que queria. Como Chiti era mais velha e Avery queria priorizar a carreira, o congelamento parecia uma opção sensata. Mas Chiti não queria ser mãe velha. Ela tinha começado a falar mais a sério sobre encontrar um doador no ano passado, uma ideia que Avery nunca rejeitou abertamente, mas que também não incentivava.

Então Nicky morreu, e desde então elas não falaram mais nada relacionado ao futuro, menos ainda sobre algo que pudesse mudar a vida, como uma criança.

— Está muito quente — Avery disse. — Estou cozinhando. — Em um só movimento, ela saiu da banheira e colocou os pés no piso congelante do banheiro com um suspiro. — Eu sabia que devíamos ter instalado aqueles aquecedores de piso.

Ela pulou no tapete do banheiro e enrolou-se em uma tolha, observando Chiti tirar a espuma dos ombros e do peito com cuidado. Quando ela terminou, Avery abriu uma toalha grande e balançou-a. Chiti saiu da banheira e deixou Avery enrolá-la na toalha.

Elas ficaram isoladas no minúsculo tapete do banheiro enquanto Avery esfregava os braços de Chiti para aquecê-la.

— Você mudou de ideia? — Chiti perguntou, baixinho. — Sobre o bebê?

Ela olhou para Avery por baixo dos cílios pretos molhados, que estavam agrupados em espinhos grossos. Sua face estava completamente aberta, desarmada.

A ideia de magoá-la com a verdade — de que Avery nunca tinha *decidido*; Chiti planejara, e ela só tinha concordado — era insuportável.

— *Você* mudou? — Avery devolveu, tentando não parecer muito esperançosa. Chiti suspirou baixinho.

— Não — ela disse. — Eu nunca vou mudar de ideia sobre isso.

Chiti era como Nicky, inegavelmente maternal. Mas Avery não tinha certeza, ela não tinha certeza de nada. Talvez só uma tivesse de saber, ela pensou.

Talvez estivesse tudo bem não ter certeza, se uma delas tivesse? Seria suficiente fazê-lo por Chiti, e não pela criança? Isso faria dela uma mãe ruim?

Ela já tinha demonstrado ser uma esposa ruim. Com certeza, faria qualquer coisa por Chiti, a única pessoa que ela amava tanto quanto as irmãs.

— Certo — ela disse.

Os olhos de Chiti se fixaram nos dela.

— Quer dizer que você acha que está pronta?

— Quer dizer que eu acho que nunca vou me sentir pronta, mas vamos lá. O que você acha?

Chiti fixou nela seu olhar firme, indefeso.

— Querida, eu já tenho quase quarenta anos. Eu quero ter um bebê e quero que ele seja seu. Eu teria hoje mesmo, se nós pudéssemos.

Apesar da dúvida, apesar da culpa, apesar de tudo, Avery sorriu.

— Então talvez devêssemos começar a praticar.

Elas caminharam juntas até o quarto. Chiti soltou o coque e deixou o cabelo cair em uma onda preta sobre os ombros. Ela se deitou na cama, ainda enrolada na toalha, e olhou para Avery um pouco tímida e esperançosa.

— Nós não fazemos há um tempo — ela disse, em voz baixa.

— Eu sei.

Muito gentilmente, como se estivesse removendo o curativo de uma ferida, Avery retirou a toalha.

O perfume suave do sabonete aflorou da pele úmida. Chiti colocou as mãos no peito de Avery e a manteve imóvel sobre si.

— Você me quer?

A pergunta poderia ter sido sedutora, mas na boca de Chiti era honesta. Avery não tomava a iniciativa no sexo havia tempos; quem poderia culpá-la por perguntar? Avery a queria, sim, mas o que ela sentia mais profundamente era sua própria sensação de *estar* querendo, o lado sombrio dessa palavra. Como esposa, como irmã, como mulher, ela estava querendo.

Em vez de responder, Avery apoiou o rosto no peito de Chiti e aninhou a mão entre as pernas dela. Lá estava aquele calor familiar. Ela acariciou-a em pequenos círculos concêntricos, primeiro em um sentido, depois no outro, circulando e circulando, até que sentiu a umidade chegar. Ela afundou um dedo dentro dela, depois dois, preenchendo Chiti até não haver lugar para mais nada.

Chiti emitiu um único suspiro, vibrando.

— Vamos fazer um bebê — Avery disse, seu rosto enterrado no pescoço de Chiti, em um lugar no qual ela não podia ser vista. — Eu vou te dar um bebê.

...

Mais tarde, Avery permaneceu deitada no escuro, olhando fixamente pela janela. Elas tendiam a deixar as cortinas abertas, pois prefeririam acordar cedo com a luz do sol. Com pouca nitidez, ela conseguia rastrear o contorno da meia-lua, escondida atrás de um novelo de nuvens. Ao seu lado, Avery podia sentir o corpo de Chiti relaxado no sono, a respiração quente e regular. Chiti sempre dormia o sono profundo dos inocentes, deslizando da vigília para a sonolência tão facilmente quanto deslizava seu corpo de um atracadouro para um lago. Mas Avery continuava de olhos bem abertos. A insônia que desaparecera logo depois de conhecer Chiti havia retornado. Naquela época, ela tinha pavor das noites, mas agora achava as horas silenciosas e tranquilas um alívio. Era melhor do que sonhar que Nicky estava viva e acordar toda manhã tendo de relembrar mais uma vez. Ela olhava pela janela os canteiros escuros de flores e o pé de magnólia florescendo, a silhueta da árvore contra o céu azul-marinho profundo. Avery sabia que parte dela ainda estava lá fora, de pé, sozinha no fundo do jardim, expelindo fumaça no ar noturno, fora da vista e fora de alcance.

CAPÍTULO QUATRO

Lucky

Lucky chegou à casa em Hampstead e pensou, não pela primeira vez, como Avery tinha ido morar em um lugar tão elegante. Ela morava em uma casa dez vezes maior do que o apartamento que era da família, e só tinha de a dividir com Chiti. Talvez tenha sido porque ela era a primogênita e se lembrava de como era ser a única antes de seu domínio ser gradualmente invadido por cada novo acréscimo à família, mas Avery sempre parecia ansiar por mais espaço do que as outras. *Bem,* pensou Lucky enquanto carregava suas bolsas de viagem pelos degraus íngremes de pedra, *ela conseguiu.*

Um toque na campainha dourada, ruídos, murmúrios, um grito, e lá estava Chiti. Ela abriu a porta, usava um avental bordado, o longo cabelo voando ao redor dos ombros.

— Lucky chegou — ela gritou, puxando-a para um abraço.

— Oi, Chiti — Lucky disse, com suavidade, entre os fios de cabelo dela.

Ela cheirava a frutas cítricas, flores e pão. Lucky não tinha percebido o quanto sentia falta dela, da família, até esse momento.

— Entre, entre. — Chiti conduziu-a para o corredor. — Agora, *por favor,* me diga que você não virou vegetariana.

— Eu não conseguiria nem se quisesse — Lucky respondeu, arrastando as bolsas de viagem atrás dela. — Se você disser aos franceses que não come carne, eles vão lhe oferecer frango.

— Ótimo, porque estou marinando uma perna de cordeiro o dia todo e imagino que esteja divina.

Chiti fez um gesto para Lucky deixar as coisas no pé da escada e segui-la até a cozinha. Tudo na casa refletia bom gosto. O piso da entrada era de lajota preta e branca, em uma padrão intricado de espinha de peixe; as paredes do corredor eram vermelho-sangue brilhante, uma escolha ousada que teria parecido fora de lugar em qualquer casa, exceto nesta. Lucky seguiu Chiti até desembocar na bonita cozinha azul, com portas francesas abertas para o jardim, tudo reluzente, bonito e brilhante.

— Então — Chiti começou, limpando as mãos no avental —, você quer um tempo para se ajeitar e tomar um banho?

Lucky negou com a cabeça. Agora que estava na presença de alguém que a conhecia de verdade, ela não tinha vontade de ficar sozinha tão depressa.

— Ótimo. Então você pode cortar estes pepinos para a salada.

Chiti era boa nisso, em dar às pessoas pequenas tarefas para que elas se sentissem incluídas na criação de alguma coisa. Isso significava que, por menor que fosse a contribuição, era possível compartilhar o orgulho pelo resultado. Depois de Lucky lavar as mãos, Chiti deu-lhe uma faca, e ela começou a cortar. Ela lançou um olhar interrogativo para Chiti.

— Estou cortando fino, está bom assim?

Chiti deu uma espiada.

— Está perfeito — ela disse.

Lucky sorriu.

— E onde está Avery? Ainda no trabalho?

— Surpreendentemente, não. Ela está em uma reunião do AA, mas deve chegar logo.

— Ela ainda vai nisso?

Lucky estava magoada pelo fato de Avery não ter se oferecido para buscá-la no St. Pancras ou pelo menos dado um jeito de estar em casa quando ela chegasse, embora nunca fosse demonstrar esse sentimento.

— Vai, sim — Chiti disse. — A terceira desta semana. É bom para ela. Ela parou de ir por um tempinho depois do ano passado, você sabe.

— Ela nunca fala comigo sobre o AA.

— Ela não gosta de ficar enchendo a cabeça dos outros com as coisas dela — Chiti explicou. — Você sabe como ela é reservada. De toda forma, acho que ela perdeu a fé no AA por um tempo.

— Entendo — Lucky disse em voz baixa.

— Então fico contente por ela estar lá — Chiti concluiu, com um entusiasmo que Lucky percebeu ser um pouco forçado. — Embora eu saiba que ela ficou decepcionada por não estar aqui para a sua tão esperada chegada.

— Ah, não tenho tanta certeza disso — Lucky rebateu. — Provavelmente, ela está me evitando. Eu sou a irmã má, não se esqueça.

Chiti resmungou:

— Bobagem. Irmã boa, irmã má, não tem isso. Ela ama vocês mais do que tudo.

— Exceto por você — Lucky disse.

Lucky fez o comentário com a intenção de ser gentil, mas Chiti só franziu a testa. Ela emitiu um som baixo que não era nem de concordância nem de negação. Olhou para cima e sorriu, embora Lucky pudesse ver que seus olhos não participavam do sorriso.

— Às vezes, sua irmã lembra uma daquelas fortalezas medievais que a gente pode visitar na Escócia — ela comentou, de repente. — Ela pode ser... uma mulher muito reservada.

Lucky assentiu, embora não tivesse certeza do que Chiti estava tentando dizer. Vistas de fora, ela e Avery sempre pareceram uma unidade inquebrantável. Elas eram as únicas pessoas que Lucky conhecia que faziam o casamento parecer algo bom. Seus pais, sem dúvida, não conseguiram essa proeza.

— Acho que deve ser difícil estar à altura dos padrões de Avery — ela observou.

Mas isso não parecia ser aonde Chiti estava querendo chegar. Lucky observou-a retomar sua expressão decidida de alegria.

— Ela teve um ano difícil — Chiti disse, e aproximou-se para apertar o braço de Lucky. — Vocês todas tiveram. Agora, me diga como *você* está. A que devemos esta visita tão bem-vinda?

Uma imagem de Lucky vestida de tule cor-de-rosa e vomitando um jato pela janela de uma das mais famosas casas de design de Paris surgiu como um cartão-postal perverso diante dos seus olhos. Ela alegou estar sofrendo uma intoxicação alimentar, mas a estilista deve ter percebido o cheiro de bebida, porque a mandaram de volta para casa sem desfilar, o que Lucky considerou uma reação exagerada e ridícula. Uns dois expressos, umas duas cheiradas, e ela ficaria boa. A agência já tinha ligado duas vezes de manhã, mas ela não atendeu o telefone. Quando finalmente teve coragem de verificar o site no Eurostar naquela tarde, todas as suas imagens haviam sido retiradas das informações como se ela nunca tivesse existido.

— Eu só precisava de uma folga — ela disse.

Chiti espiou Lucky sob as sobrancelhas escuras, como se quisesse dizer alguma coisa, então pensou melhor.

— Nem imagino onde Avery possa estar. A reunião começou às seis. — Chiti franziu a testa em frustração. — Eu não vou servir o cordeiro ressecado. Vamos comer; Avery se juntará a nós quando chegar.

Elas se sentaram em uma ponta da mesa de jantar; a outra estava coberta pela papelada dos vários casos jurídicos de Avery, então Chiti tentou compensar acendendo duas velas altas. Lucky olhou ao redor na esperança de encontrar uma garrafa de vinho para acompanhar a comida, mas é claro que nem Chiti nem Avery bebiam mais. Na verdade, Avery fazia questão de não ter bebidas alcoólicas em casa, nem para os convidados, o que Lucky achava ridículo. Mas talvez fosse melhor assim, ela disse para si mesma. Ela não iria querer beber na frente de Chiti, de toda forma. Tentar fazer um único copo de vinho durar a refeição inteira, dar goles pequenos e fingir apreciar o sabor em vez de correr atrás do efeito era pior do que não beber nada.

    O cordeiro, como Chiti previra, estava delicioso. A carne se soltava do osso e derretia como manteiga, sua maciez contrastava perfeitamente com a salada crocante. A parte favorita de Lucky em qualquer refeição era sempre o álcool, mas, sem ele para distraí-la, percebeu que estava mesmo morrendo de fome. Ela devorou o primeiro prato em minutos, e aceitou o segundo com alegria.

    — Isso, sim, é um pedaço de carne sexy — ela elogiou entre as garfadas.

    Chiti sorriu e tocou a garganta bem de leve.

    — Às vezes você me lembra tanto dela. Exatamente os mesmos gestos. Me desculpe se você não gosta de falar...

    Mas Lucky estava olhando para ela com prazer.

    — É mesmo? Você acha que eu sou como ela?

    Chiti concordou com a cabeça.

    — Esse era o prato favorito dela também. — Lucky sentiu o orgulho possessivo ao ouvir que era mais parecida com Nicky do que as outras irmãs. — Eu sempre fazia quando ela vinha nos visitar — Chiti disse.

    Desde que Nicky começara a dar aulas no ensino médio e tirava as férias no verão, era uma espécie de tradição para ela passar pelo menos uma parte em Londres com Avery e Chiti, depois visitar Lucky em qualquer cidade em que ela estivesse morando na ocasião. Lucky percebeu, de repente, como seu verão tinha ficado à deriva sem a expectativa da visita de Nicky.

    — E você? — Lucky perguntou. — Como vai o seu consultório de terapia?

    — É gentileza sua perguntar — Chiti disse. — Cada dia é diferente. Às vezes eu sinto que estou tendo um impacto na vida das pessoas, outras vezes eu fico... — Chiti olhou para as mãos — ... menos convencida.

    — Não é chato ficar ouvindo as pessoas reclamarem dos problemas o dia inteiro?

Chiti inclinou a cabeça e sorriu.

— As pessoas não compartilham só problemas comigo. Eu ouço muitas coisas alegres também. Casamento, bebês, pessoas que quebram velhos padrões, que se surpreendem de formas que nem achavam possíveis...

— Mas por que alguém precisaria de um terapeuta para falar de coisas boas?

— A maioria dos meus clientes é o que chamamos de *bem preocupadas,* pessoas como você e eu, que não têm doenças mentais graves, mas procuram alguém para conversar, alguém que possa oferecer uma ideia mais objetiva do que poderiam encontrar com um parceiro ou amigo.

— Como você sabe se eu não tenho uma doença mental grave? — Lucky perguntou.

Era para ser brincadeira, mas a pergunta saiu estranhamente honesta.

— É verdade — Chiti concordou, com um aceno de cabeça gentil. — Eu não sei. Nenhum de nós sabe de fato pelo que a outra pessoa está passando até que ela se sinta capaz de compartilhar a verdade sobre a experiência vivida.

— Mas como você sabe? — Lucky indagou. — E se você não souber nem a verdade da sua própria experiência vivida?

— É preciso ter prática — Chiti respondeu.

— Parece difícil — Lucky disse.

Chiti olhou de relance para Lucky e deu um sorriso forçado.

— *Agora* você me lembra a Avery — ela comentou.

Elas terminaram de comer e Chiti começou a encher a máquina de lavar louça, recusando as tentativas de Lucky em ajudar. Avery ainda não tinha voltado da reunião, e as duas continuavam espiando o relógio discretamente.

— Você aceita chá ou café? — Chiti quis saber. — Nós temos uma máquina chique de café expresso, e eu adoraria ter uma desculpa para usá-la.

— Claro, tomarei um se você tomar.

Chiti se virou para pegar uma minúscula xícara de café em uma das prateleiras altas.

— Na verdade, não estou tomando cafeína no momento, se é que você pode acreditar. — Ela deu uma risadinha. — Qualquer tortura teria doído menos.

Lucky, surpresa, ergueu as sobrancelhas. Chiti era famosa por ser viciada em café. Uma vez, Lucky tinha ouvido ela perguntar a que altitude os grãos que ela estava tomando tinham sido cultivados.

— Primeiro a bebida, agora a cafeína. Você está grávida, é?

Chiti virou-se rapidamente, o rosto vermelho.

— Desculpe, falei bobagem — Lucky disse. Ela tinha falado sem pensar, mas com os anos de trabalho, em geral com modelos mulheres, ela sabia que nunca deveria perguntar se uma mulher estava grávida.

— Não, tudo bem — Chiti assegurou. — Eu não estou, mas decidimos começar a procurar um doador. — Ela baixou os olhos, incapaz de conter o sorriso. — Sei que essa coisa de cortar a cafeína é só preventiva, mas eu pensei: é melhor estar superpreparada do que subpreparada.

— Puta merda — Lucky disse. — Quero dizer, uau. Que ótimo.

— Eu não devia ter dito nada — Chiti lamentou. — Não sou eu quem deveria dar a notícia. Não que tenhamos alguma notícia! — Ela ergueu as mãos como se estivesse soltando algo, um passarinho, talvez, ou uma borboleta. — Que tonta, estou só animada.

Lucky aproximou-se de Chiti e abraçou-a.

— Você vai ser a melhor mãe do mundo — ela disse.

Mas também havia tristeza sob as palavras de Lucky. A vida que ela conhecia estava terminando outra vez. Avery e Chiti estariam ocupadas com o bebê e não teriam mais tempo para cuidar dela. Embora ela nem tivesse visto Avery no último ano, a certeza de que a irmã mais velha estava lá, disposta a oferecer tudo o que ela precisasse, tinha sido um conforto. Mas Lucky já tinha vinte e seis anos, ela se lembrou com firmeza. Ela não precisava mais de mãe e, *principalmente*, não precisava que a irmã fosse sua mãe.

Chiti afastou-se, sorrindo, e bateu palmas.

— Enfim, eu arrumei tudo no quarto de hóspedes para você — ela avisou. — Deixei toalhas dobradas na cadeira, se quiser tomar um banho antes de dormir. Ou poderíamos nos enrolar e assistir TV. Não me julgue, mais fiquei viciada naquele reality-show sobre um grupo de jovens isolados em uma ilha tentando encontrar o amor. Eles passam um bom tempo bêbados e brigando na banheira de hidromassagem. É uma coisa hipnótica. — Chiti sorriu com ironia. — Eu ficaria menos triste se assistisse com companhia.

— Na verdade — Lucky disse, sentindo o rosto esquentar —, eu ia sair e encontrar uma estilista que conheço. A amiga dela está dando uma festa. Se não tiver problema.

Lucky conhecera a estilista em uma festa da semana da moda em fevereiro. E não se lembrava muito bem dela, mas ela enviava mensagens para Lucky desde aquele dia, e Lucky não era do tipo que faltava a uma festa com open bar. Ela tentou não perceber o ar de decepção de Chiti, que logo sumiu de seu rosto.

— É claro, é claro! Somos tão caseiras aqui, até esqueço que é sexta-feira à noite. Vish sempre ri de mim por causa disso.

— Como está o Vish? — Lucky perguntou, ansiosa para se livrar do assunto de para onde ela estava indo.

— Ah, ele vai bem. Com uma nova paixão toda semana, pelo que eu sei, mas esse é o ponto fraco da juventude.

— Certo... Tem certeza de que você não se importa?

— Lógico que não — Chiti disse, decidida. — Aproveite a juventude. Só vou pegar uma chave reserva para você entrar e sair quando quiser.

...

Lucky saiu da casa com um aceno de alívio e culpa. A verdade é que ela estava louca para beber. Fechou a porta com um barulho suave e, ao se virar, viu Avery abrindo o portão no final dos degraus. Ela estava diferente. As maçãs do rosto rosadas, e o cabelo escuro, geralmente preso em algum tipo de rabo de cavalo bem comportado, caía com suavidade em volta do rosto. Um vestido trespassado em uma bela estampa de hortênsias roxas marcava-lhe a cintura. Ela parecia corada e jovial, completamente diferente da Avery que Lucky se lembrava. Avery virou-se, viu Lucky no alto da escada e parou.

— Você está usando um *vestido* — Lucky disse.

— É verão! — Avery rebateu, perturbada e logo na defensiva.

— Não, está ótima. É que eu não via você de vestido desde que éramos crianças, só isso.

— Isso é absurdamente falso — disse Avery, fechando o portão atrás de si com um clique agudo. — Eu uso vestidos o tempo todo. Você é que nunca vê.

Lucky ergueu os braços em sinal de rendição.

— Então tá.

Menos de trinta segundos e elas já estavam discutindo. O rosto de Avery suavizou-se de repente, e ela esticou os braços.

— Foi mal. Vamos fazer do jeito certo. Oi.

Lucky desceu as escadas correndo e parou na frente dela. Ela abaixou a cabeça e pressionou a testa contra a de Avery. Elas esfregaram as sobrancelhas devagar, apoiadas uma na outra, do jeito que leões orgulhosos demonstram afeição. Era assim a sensação de se reencontrar com a irmã mais velha, pensou Lucky, como dois animais selvagens se dando por vencidos.

— É bom ver você, Aves — Lucky murmurou.

— Você também — Avery disse. — Agora, quero dar uma boa olhada em você.

Ela segurou Lucky com os braços estendidos, tocou sua minúscula camiseta *cropped* e a calça de couro amarrada, as raízes escuras e as olheiras ainda mais escuras em volta dos olhos.

— Você está muito magra — ela observou.

Lucky deu de ombros.

— É para isso que me pagam.

— Não seja engraçadinha. Amo seu cabelo assim.

— Eu amo *você* — Lucky disse rapidamente, antes que pudesse pensar em outra coisa para dizer.

O rosto de Avery se abriu em um sorriso radiante. A família sempre foi boa em chegadas e despedidas, momentos que terminavam como haviam começado. É fácil amar alguém nos começos e nos finais; o tempo entre os dois é que era difícil.

— Amo você também — Avery disse. — Sem o também.

Lucky sorriu. Era algo que Nicky costumava dizer. Nada de *também*. Só amar.

— Eu não acredito que já se passou um ano — Avery continuou. — E você esteve só a uma viagem de trem de distância esse tempo todo.

— Eu sei — Lucky disse, sentindo-se frívola. — O que há de *errado* com a gente?

— Coisas demais para catalogar neste momento.

— Nunca mais vamos deixar isso acontecer.

— Nunca. — Avery ficou de braços dados com ela para subir a escada até a casa. — Você percebeu pelo sexto sentido que eu estava chegando e correu para me encontrar?

— Não, é que, na verdade, eu estava saindo — Lucky respondeu, retirando o braço desajeitadamente.

O rosto de Avery se fechou em decepção. Lucky odiava ter causado essa expressão pela segunda vez em poucos minutos.

— Eu fiquei esperando você por mais de uma hora — ela disse, na defensiva. — A comida estava esfriando, então nós jantamos.

— Me desculpe — Avery disse. — Eu fiquei para o companheirismo. Eu devia ter telefonado.

— O que é companheirismo?

— Ah, é como chamamos as saídas depois da reunião.

— Então por que vocês não chamam de sair?

— Eu não sei — Avery respondeu, movimentando a cabeça com impaciência. — É o jeito de nós dizermos.

Aquele *nós* irritou Lucky. Ela odiava sentir-se excluída do mundo de sobriedade da irmã, ao mesmo tempo que ficava aliviada por não fazer parte dele.

— Você pode entrar e conversar comigo um pouco? — Avery perguntou. — Precisamos discutir o que fazer com o apartamento de Nova York.

Lucky encolheu os ombros, em desespero.

— Eu tenho um compromisso, Aves.

— Então você não se importa de ele estar sendo vendido? — Avery indagou, a voz endurecida pela indignação. — Não podemos deixar isso acontecer!

Lucky franziu a testa. Vendido? O e-mail que a mãe enviara ontem surgiu, sem ter sido aberto, na sua mente. Então era *isso*. Bem no aniversário da morte de Nicky. A data demonstrava frieza, até mesmo para a mãe delas, embora ela pudesse esperar esse tipo de coisa da rainha do gelo, a matriarca. Avery encarava-a com expectativa, esperando uma resposta. Lucky ajeitou o rosto para transmitir uma ponderação profunda, em contraponto ao completo esquecimento. Ela se *importava* com o fato de os pais estarem vendendo o imóvel? Ela não sentia muita nostalgia pelo lar de onde tinha saído de uma vez por todas aos quinze anos. Desde que tinha começado a trabalhar como modelo, para ela Nova York sempre significou Nicky, e, sem a irmã lá, ela não tinha nenhuma boa razão para voltar. E ela não conseguia deixar de sentir que o desejo de Avery, de continuar com aquele lugar, era também um jeito de manter a família dependente dela. Enquanto ela estivesse pagando pelo apartamento, todas teriam uma dívida com ela. Mas, acima de tudo, o que Lucky sentia agora era vontade de ir embora.

— Eu não sei. — Ela liquidou o assunto sem se comprometer.

— Eu confio que você vai fazer o que for melhor.

Avery olhou-a surpresa por um instante com essa demonstração pouco usual de diplomacia, então se aborreceu outra vez.

— Aonde você *vai* a esta hora? — ela questionou.

— Só a um lugar com uma amiga — Lucky disse.

Amiga era um termo generoso pelo tanto que ela conhecia a estilista. Por que ela *não poderia* entrar e ficar com Avery? Porque não havia nada para beber, e ela precisava de uma bebida agora mais do que de qualquer coisa, inclusive da irmã.

— Eu *esperei* por você — ela repetiu.

— Já entendi — Avery retrucou. — Me desculpe, eu me atrasei. Eu não sabia que você tinha um compromisso.

O calor que as envolvera um momento atrás havia desaparecido. Era como se elas tivessem dado um passo do sol para a sombra.

— Podemos conversar amanhã — Lucky disse.

Em algum lugar bem no fundo, Lucky teria gostado que a irmã a impedisse de sair. Ela queria que Avery a pegasse nos braços e dissesse que sabia por que ela queria sair, a sede que a impelia, mas que poderiam se sentar juntas até que aquilo passasse, porque *iria* passar, tinha de passar. Mas Avery apenas deu um sorriso de aquiescência.

— Você tem a chave? — ela perguntou.

Lucky confirmou com a cabeça.

— E tem dinheiro? Libras?

— Vou pegar no caminho.

— Aqui...

Avery mexeu na bolsa e retirou uma carteira acolchoada de aspecto caro. Ela a abriu, tirou três notas de vinte libras e colocou-as nas mãos de Lucky. Lucky olhou para o rosto roxo da jovem rainha com seu sorriso misterioso.

— Não precisava — ela disse, enfiando as notas imediatamente no bolso de trás.

— Tome cuidado — Avery disse. — Pegue um táxi para voltar.

Lucky já estava saindo de vista depois de passar pelo portão quando se lembrou.

— Olha — ela começou, virando-se de repente —, não fique brava, mas a Chiti me falou dos planos para o bebê. Parabéns!

Lucky viu o pânico se espalhar pelo rosto de Avery antes de ela assumir um sorriso tenso.

— Ela não devia... — ela disse, então parou. — Ainda são só os primeiros dias. Mas obrigada.

Avery estava chateada porque ela sabia? Por que Avery não queria que ela entrasse em sua vida? Lucky afastou o pensamento e continuou caminhando rápido pela rua, afastando-se da casa.

— Você vai ser uma mãe do caralho! — ela gritou antes de desaparecer ao virar a esquina.

Avery só desviou a cabeça, como se estivesse evitando um golpe.

...

Uma hora mais tarde, Lucky estava enfiando uma das notas de vinte dólares em um cilindro apertado. Ela estava na sala de estar da estilista, cujo nome ela nunca entendeu bem. Ela era pequena, tinha o cabelo rosa, olhos grandes e rosto estático e curioso, que lembrava o das bonecas de plástico com que Lucky costumava brincar quando era criança, razão pela qual ela fora salva no telefone de Lucky com o apelido de Boneca Troll. Seria indelicado perguntar o nome dela agora, então ela permaneceu como Boneca Troll no telefone e na memória de Lucky.

Ela levou a duração de três álbuns inteiros, de ponta a ponta — Nick Cave, Cocteau Twins e Kate Bush —, para ir de Hampstead até a casa da estilista. Lucky sempre ficava impressionada com a dimensão de Londres em relação a Nova York ou Paris, e sua aparente e infinita capacidade de ser inconveniente. Que outra cidade exigiria que você tomasse um trem, um metrô e um ônibus só para chegar à casa de uma amiga na sexta-feira à noite? Não é de admirar que Hampstead estivesse tão sonolenta, todos visivelmente já na cama enquanto ela andava pelas ruas escuras do bairro residencial até a estação de trem; era esforço demais para sair. Devia ser por isso que Avery, impenetrável, madura e sóbria, adorava o bairro, pensou Lucky com uma ponta de amargura.

Londres era frustrante para Lucky, mas ela adorava os ingleses, o jeito como eles estavam sempre prontos para ficar verdadeira e realmente doidões. Eles não tinham o bom gosto dos franceses, nem eram puritanos como os americanos; se você sugerisse tomar alguma coisa em Londres, teria grandes chances de acabar bêbado. O desejo de embriaguez era tácito, ninguém precisava dar importância a ele. Os britânicos queriam esquecer e queriam agora. A turma de Lucky. E a Boneca Troll demonstrou ser uma patriota verdadeira ao preparar dois saquinhos plásticos assim que Lucky passou pela porta. Mas deveriam começar com a cetamina ou com a cocaína? Um dilema milenar. Lucky escolheu a cocaína, e despejou metade do pacotinho em um livro de mesa ilustrado com uma foto brilhante de Kate Moss nua. As mãos de Lucky tremiam enquanto ela tentava fazer as carreiras grossas e iguais.

— Seria tão bacana você ter enviado mensagens, né — a Boneca Troll disse. — Desde que eu te dei meu número há seis anos. — Na verdade foram seis meses. — Que bom que eu não fiquei esperando.

— É, me desculpe. — Lucky olhou para ela com um sorriso de dentes afiados. — Eu não sou boa com mensagens. Nem telefones.

— Tão misteriosa — o colega ronronou de apartamento da Boneca Troll, que saiu do quarto vestindo um harness de couro sobre o peito firme e nu.

— Você está maravilhoso! — Boneca Troll deixou escapar um gritinho de prazer. — Bem no tema.

— Qual é o tema? — Lucky perguntou.

— Ai, meu Deus, você não sabe?

A Boneca Troll deu outro gritinho, e passou a explicar, sem parar para tomar fôlego. Eles iriam para uma festa de aniversário de socialites gêmeas que eram famosas em Londres, mas, como todas as celebridades menores inglesas, praticamente desconhecidas em qualquer outro lugar. O pai delas, um antigo ex-aluno de Eton e banqueiro de investimentos, estava sempre nos noticiários devido aos relacionamentos com atrizes e modelos, a maioria com idade próxima à das filhas. Neste ano, as gêmeas tinham decidido escandalizar os tabloides britânicos ao realizar um bacanal juntas em um clube de sexo exclusivo de Londres, cujas festas estavam envoltas em mistério havia anos. O tema era *Pura Obscenidade*, e toda a elite bonita e rica de Londres iria participar com sua melhor obscenidade.

— Então todo mundo vai vestido de garoto de programa ou *stripper*. Não é mesmo escandaloso?

A Boneca Troll cheirou uma carreira no quadril da Kate Moss com a eficiência obtida por meio da prática.

— Tenho certeza de que devemos dizer profissionais do sexo, agora — Lucky disse.

— De toda forma, pensei que você soubesse para onde estamos indo! — a Boneca Troll exclamou, ignorando-a. — Não é por isso que você está vestida assim?

Lucky olhou para sua camiseta *cropped* esfarrapada, a calça de couro e as botas de plataforma. Então olhou para a Boneca Troll.

— É assim que eu me visto.

— Ops — o colega de apartamento sussurrou, escondendo uma risadinha com a mão.

Lucky ficou um pouco corada, então pegou uma bebida.

— *Adoro* — a Boneca Troll disse em um instante, fazendo sinal para ele parar. — Então, por que você está de volta a Londres, afinal?

— Há, vim visitar minha irmã — Lucky respondeu, virando o copo em um gole só.

— Sua irmã é parecida com você? — a Boneca Troll perguntou rapidamente.

Lucky balançou a cabeça em negativa.

— Ela é sete anos mais velha.

— Ela tem ciúme de você?

Lucky nunca tinha pensado nisso.

— Acho que ela não tem ciúme de ninguém.

— Você tem ciúme dela?

— Essa é uma pergunta bizarra — Lucky respondeu. — *Você* tem?

— Ai, meu Deus, você está fazendo aquele jogo de novo — o colega de apartamento disse, revirando os olhos.

— Você está estragando ele! — a Boneca Troll retrucou.

Lucky inclinou a cabeça, confusa.

— Ela costuma fazer isso — ele disse, em um tom afetado e entediado. — Faz um monte de perguntas pessoais bem depressa, em sequência, para ver quantas vezes ela consegue antes que você devolva uma para ela.

— E como eu me saí? — Lucky perguntou, sem muito interesse.

Ela despejou o restante do saquinho no livro e começou o processo agradável de cortar carreiras novas.

— Você continua um mistério — a Boneca Troll declarou.

— Qual o sentido disso? — Lucky quis saber, fazendo cortes com o cartão de crédito. Ela poderia estar falando da vida em geral, mas decidiu esclarecer ao acrescentar: — Do jogo.

— Tentar descobrir o máximo possível sobre a outra pessoa sem revelar nada sobre você — o colega de apartamento explicou.

— É mais fácil com os homens — a Boneca Troll disse. — Eu consigo, tipo, trinta, antes que eles pensem em me fazer uma única pergunta.

A campainha tocou, e ela se levantou para atender. Um grupo de amigos, todos vestindo roupas transparentes ou um pouco excêntricas, estava parado na porta.

— Esta é Flopsy, e minhas primas Cressida e Rupes — a Boneca Troll apresentou, e, ao que parecia, para a sorte de Lucky, ninguém prestou atenção nela.

Lucky olhou para os amigos reunidos e percebeu com um sentimento de desânimo que ela estava abrigada em uma reunião da classe alta britânica, um fato que nenhum membro de verdade dessa classe admitiria. Ela se lembrou da mãe explicando que as pessoas verdadeiramente chiques nunca falavam da sua classe, da mesma forma que nunca comentavam o custo da escola particular, o fato de conhecerem membros da família real ou de terem herdado suas fortunas. Tudo era pressuposto. A mãe odiava o rígido sistema de classes de onde viera. Naturalmente, ela era antimonarquista radical. Na infância, as irmãs não tinham permissão nem para brincar de princesas. No Halloween, a mãe foi ao brechó Goodwill, que ficava no mesmo quarteirão, e reuniu trajes de líderes rebeldes famosos, como Joana d'Arc e Che Guevara. Houve um ano em que ela vestiu as quatro de camponesas da Revolução Russa de 1917, equipando-as com ferramentas agrícolas historicamente perfeitas. Quando o filho de um vizinho tentou rir delas por estarem cobertas de sujeira — a mãe havia esfregado terra de um vaso de plantas no rosto delas para maior verossimilhança —, Avery ameaçou-o com a foice.

Lucky olhou ao redor, procurando algo para beber.

— Eu sou Flopsy — uma das amigas disse, sentando-se no sofá ao lado de Lucky. Ela estava com um minivestido branco de elastano, combinando com um boá de plumas marfim em volta do pescoço. Seu cabelo castanho era muito limpo, liso e brilhante, como o de um cavalo.

— Lucky.

— É um nome engraçado — Flopsy comentou.

Lucky olhou-a de lado.

— Então como você conhece...

Lucky fez um gesto em direção à anfitriã, que estava ajudando a prima a aplicar fita adesiva nos mamilos.

— Da escola — ela respondeu, movimentando a cabeleira. — Eu estava um ano mais adiantada em Cheltenham. Nos conhecemos desde sempre.

— Então só mais um bebida aqui e vamos sair, ok? — a Boneca Troll disse.

— Eu estou *literalmente* tão animada — Cressida guinchou, cujos seios estavam protegidos em um vestido frente única brilhante.

— Essa vai ser *literalmente* a festa sobre a qual todo mundo vai falar o resto do ano — Flopsy proclamou.

— Tipo Sodoma e Gomorra — o colega de apartamento disse. — Só que chique.

— Como você as conhece? — Lucky perguntou.

O colega de apartamento caiu na gargalhada.

— Sodoma e Gomorra não são *pessoas,* querida.

— Eu quis dizer as meninas que estão dando a festa — Lucky esclareceu.

Ela estava mesmo perguntando sobre as irmãs, mas sabia que o colega de apartamento ainda pensaria que ela estava disfarçando um erro. Ele parecia ser o tipo de pessoa que se deliciava em apontar as fraquezas dos outros, principalmente, deduziu Lucky, para disfarçar as próprias. Além disso, por ser modelo, ela estava acostumada às pessoas terem prazer em provar que ela era idiota. Era um tipo de proteção contra a inadequação, presumia; se ela fosse bonita, mas burra, as pessoas ainda poderiam se sentir superiores, até mesmo um pouco virtuosas ao descobrirem, na própria falta de beleza comercializável, uma confirmação de sua superioridade intelectual. Mas e se as duas características não fossem excludentes? E se fosse possível ser tanto atraente profissionalmente quanto inteligente? Então aquela aparência mediana deles não serviria a outro propósito além da decepção, e Lucky atuaria como um lembrete infeliz. Ela descobriu que, em geral, era mais fácil ficar de boca fechada e deixar as pessoas terem quaisquer ideias reconfortantes que quisessem a respeito dela. Parecia que as pessoas a odiavam menos dessa forma.

— Da *escola* — a Boneca Troll respondeu, como se já não fosse óbvio.

Vodcas soda fortes se espalharam entre o grupo; Lucky entornou a bebida com gratidão. Ela tinha acabado de tomar o vinho branco seco que recebera na entrada, e estava aliviada por haver algo mais forte. O grupo começou a consumir com velocidade impressionante os saquinhos adicionais de cocaína e cetamina que tinham trazido. Quando todos estavam a caminho de ficar devidamente distantes da sobriedade, a Boneca Troll bateu palmas com ar autoritário.

— Vamos fazer um jogo — ela informou.

Lucky sentiu que estava murchando por dentro. Ela odiava a diversão organizada; passara a maior parte das festas de aniversário da juventude no quarto, escondida sob as cobertas. Além do mais, já estava sentindo aquela familiar agitação ansiosa, uma coceira nos membros resultante da ingestão muito rápida de anfetaminas sem se movimentar o suficiente. Ela se arrependeu de não ter ido direto para a Special K, cujas doses pequenas faziam com que ela se sentisse leve e fora da realidade, o oposto de como se sentia agora, que era presente demais.

— Certo, primeira tarefa. Estrague um primeiro encontro em quatro palavras — a Boneca Troll declarou.

Todos pareciam já ter as respostas prontas.

— Eu esqueci minha carteira.

— Acabaram de me soltar...

— Você já fez rino?

— Acho que somos primos.

Todos, exceto Lucky, caíram na gargalhada.

— Eu tenho uma boa... — a prima Rupes disse, que estava usando uma máscara estilo *De olhos bem fechados*. — O que você *faz*?

Mais risadas do grupo.

— Por que essa estragaria o encontro? — Lucky perguntou.

— Porque é boba *demais,* querida — Rupes disse.

— Isso porque você não *faz* nada, meu amor — a Boneca Troll complementou. — Continue, diga uma, Lucky.

— Não consigo pensar em nada — Lucky disse.

O colega de apartamento que usava o harness deu uma risadinha e tentou encontrar o olhar dos outros.

— Consegue, sim — a Boneca Troll insistiu, irritada. — Diga qualquer coisa que vier à cabeça.

— Minha irmã morreu recentemente — Lucky disse.

— Humm, *dark,* gostei. — Boneca Troll soltou uns risinhos. — Agora, vamos ver a *melhor* coisa para ouvir no primeiro encontro em quatro palavras.

— Passa de vinte centímetros.

— Papai é dono daqui.

— Château Lafite, por favor.

— Gritando! — a Boneca Troll disse.

— Você quer um *pinger*? — Flopsy perguntou, baixinho, virando-se para Lucky.

— É... uma das respostas com quatro palavras? — Lucky perguntou.

— Não. — Flopsy riu. — Embora pudesse ser.

Lucky encolheu os ombros.

— Com certeza.

Ela não sabia o que era um *pinger*, e pouco importava. Tinha certeza de que queria. Flopsy tirou dois comprimidos brancos da minúscula bolsa de crocodilo branco e colocou a língua para fora, sinalizando para Lucky fazer o mesmo. Suas pálpebras cintilavam como glitter prateado na luz.

— E lá vai — Flopsy disse, e as duas engoliram os comprimidos.

...

Lucky saiu do apartamento com tudo e foi para a SUV preta e brilhante que alguém tinha pedido, seguiu pelas ruas escuras e sonolentas de Londres, desceu a King's Road, passou por lojas caras e enfileiradas que ficavam acesas a noite toda; subiu as escadas de uma casa grande, desceu por um longo corredor, passou por uma porta escondida em uma estante, desceu uma escadaria estreita e chegou a uma festa gigante, palpitante, mutante e rodopiante, a todo vapor.

Todo mundo estava vestido conforme o tema. Havia convidados descansando nos sofás de veludo do saguão, usando lingerie e máscaras de carnaval, e outros dançando rígidos, em trajes de *bondage* em couro. Havia um homem de peito peludo vestindo um calção com babados, fazendo cócegas em uma mulher de seios grandes que trajava uma camisa de smoking desabotoada e cueca. Havia um lorde idoso de fio-dental brilhante e luvas de ópera cercado por tipos dominatrix, que balançavam os chicotinhos e chicotes de várias cordas no ritmo da música. Uma morena alta usando calcinha de látex com abertura bateu no rosto de Lucky com uma pena de pavão enquanto passava.

As anfitriãs correram para cumprimentar o grupo com um coro de gritos agudos e murmúrios. As gêmeas vestiam looks monocromáticos que combinavam, uma toda de preto e a outra de rosa-choque. Seus trajes consistiam em botas até as coxas, conjuntos de lingerie de seda minúsculos e casacos de pele. Em um dos peitos nus, letras enormes formavam a palavra *Pura,* enquanto no outro se lia *Obscenidade.* Lucky tinha de admitir, elas estavam ótimas.

— Vocês vieram! — a Pura gritou, abraçando um por vez.
— Não está tudo perfeitamente ridículo?
— Perfeitamente! — Flopsy disse.
— Papai está aqui, vestido de freira travessa — a Obscenidade contou. — É melhor vocês darem uma com ele antes que ele fique bêbado demais para funcionar.
— Grito! — a Boneca Troll declarou.

Ela agarrou a mão de Lucky e mergulhou de cabeça na noite. Não importava a fama da lista de convidados, a privacidade do local, a sofisticação do bar, Lucky descobriu que, no final, todas as festas se resumiam a isto: dançar, beber e gritar junto com a música. E ir ao banheiro para usar drogas, que era exatamente onde ela estava uma hora depois.

— Então, você e Flopsy? — a Boneca Troll perguntou. — Eu vi vocês dançando juntas. Você gosta dela?

Lucky deu de ombros, o que talvez estivesse se tornando seu movimento mais característico.

— Não a conheço — ela disse.

Elas estavam apoiadas em um pia de mármore rosa com a torneira dourada. As paredes eram rosa também, da cor da parte interna de uma garganta. Lá fora, o som vibrava sem parar. Tudo em volta delas eram espelhos que refletiam seus rostos de volta em um *loop* infinito.

— Eu queria me parecer com você — a Boneca Troll disse, de repente. — Queria muito. Tipo, eu mataria alguém para me parecer com você. Não alguém importante ou bom, ou qualquer coisa. Mas um homem entre normal e mau? Com certeza, eu o mataria só pra ter o seu rosto. Ou seu abdômen. Seu umbigo é tão sexy, parece um olho de gato.

Lucky olhou para seu tronco nu. Em algum momento durante a última hora, ela tinha tirado a camiseta e deixado alguém pintar seus mamilos com um X preto e brilhante.

— Parece? — ela perguntou, confusa.

— Mas quero dizer, não é foda isso? Essa parte de matar alguém?

— Muito foda — Lucky confirmou. Ela se dirigiu à Boneca Troll em um tom carregado. — Essa é você.

A Boneca Troll apertou os olhos em direção a Lucky.

— Você nem se importa.

— Não, eu me importo — Lucky disse, nada convincente.

— Você quer me beijar, né?

Ela pulou do balcão e avançou em Lucky, que a deixou sugar sua boca avidamente; parecia que ela tinha um ursinho coala pendurado à sua frente. De que importava? Ela abriu os olhos e viu centenas de versões diferentes delas presas em um abraço repetido.

— Vamos voltar — ela disse finalmente. — E encontrar seus amigos.

— Eu não ligo para eles — a Boneca Troll sussurrou, sem fôlego, mas Lucky já estava abrindo a porta.

Cheirar cocaína. Usar cetamina. Pegar uma bebida. Dar uma fumada. Cheirarrr cocaína. Usarrr cetamina. Pegarrr bebida. Darrr uma fumada. Cheirarrrcocaína. Usarrrcetamina. Pegarrrbebida. Fumarrr... A sala estava se curvando; as paredes, relaxando para uma suavidade desleixada. Lucky perdeu a noção de onde seu corpo terminava e o dos outros começava. O chão continuava cedendo sob ela como um castelo inflável. Tudo era hilário, macio e profundamente sinérgico. Ela estava se movimentando com a música de um modo que era intricado e também reflexivo, e profunda e puramente carnal. Ela sentia como se soubesse qual seria a próxima nota antes que fosse tocada. Ela estava no momento e alguns segundos adiantada. Suas mãos pareciam enormes.

Agora ela estava no banheiro com o lorde idoso e sua jovem amiga, uma mulher pequena que usava tapa-mamilos dourados. Agora ela estava em uma sala lateral reservada, na qual todas as superfícies eram de veludo. Estava beijando um cara alto que usava um par de asas de anjo. A língua dele tinha gosto de limão. E agora ele estava direcionando o rosto dela para o de outra garota, uma ruiva coberta de glitter que parecia um morango, mas tinha gosto de cigarros e Red Bull. Agora o homem estava beijando as duas. A sensação era boa, Lucky pensou, ou pelo menos não era ruim. Era melhor do que não sentir nada. Na verdade, seria melhor não sentir nada — não *ser* nada. Era isso o que Lucky mais queria, achar um corte no tecido da sala, rasgá-lo e desaparecer no buraco negro atrás dele.

Ela aspirou alguma coisa, não tinha certeza do que era, das costas da mão de uma mulher vestida de Sailor Moon, e então estava de volta à pista de dança. Ela tinha perdido todo mundo, Boneca Troll, Flopsy, Rupes, Asas de Anjo, Glitter de Morango, a turma toda. Ela estava caindo para a frente, a palma das mãos beijando o piso vinílico grudento. Ela estava se levantando. *Está tudo bem, pessoal, tudo bem*. Entre a multidão de corpos, um homenzarrão sorridente caminhava em direção a ela. As pessoas abriram caminho como gotas de óleo na água. Ele era careca como um bebê, largo como um horizonte e alto como uma catedral. Era um homem enorme, gigantesco.

— Lucky — ele falou, dirigindo-se a ela. — Você é a Lucky.

Lucky não conseguia parar de concordar com a cabeça. Todo o seu corpo trepidava. Ela estava dançando, ela estava caindo, ela estava tremendo, ela estava se perdendo.

— Eu conheço a sua irmã — ele disse.

— Avery? — Lucky balbuciou, a cabeça vibrando de um lado para outro. Cada vez que fechava os olhos, ela podia ver manchas pretas de luz rodeadas de amarelo, como girassóis. Abriu os olhos novamente, e o rosto dele estava enorme, acima do dela.

— O bebê da Nicky. — Ele sorria para ela. — Você é o bebê da Nicky.

— Você conhecia a Nicky? — ela tentou perguntar, mas percebeu que não conseguia mais falar.

Lucky agarrou os ombros do homem e se pendurou nele. Ele estava usando um crachá de plástico escrito "Segurança". *Segurança, ela nunca teve nenhuma segurança*, pensou. Ele olhou para baixo, para ela, e seu rosto bloqueou todos os outros. Ele era o céu noturno. Ele era a lua. Ele era um globo de discoteca refletindo milhares de versões dela. Ela estava refletida como uma luz no olhar dele. Ela era um milhão de pequenas partículas caindo na pista de dança. Ela era o ar que os dançarinos inalavam. Ela era a música que se movia naquele ar. Ela estava pulsando, pulsando, pulsando. O homem sorriu para ela com seu rosto gigantesco e amigável. Raios de luz saíam da cabeça dele. Seu sorriso era igual a mil sóis. Ele era o eclipse.

— Você sempre vai ser o bebê da Nicky — ele afirmou. As palavras dele estouravam contra a pele dela como bolhas.

Lucky não se lembrava de ter se soltado dele. Ela não se lembrava de ter caído. Ela não se lembrava de ter enrolado um boá de penas brancas no peito nu; que deixaria minúsculos arranhões nos seios, que ela só descobriria na manhã seguinte. Ela não se lembrava de ter pegado o táxi preto, de cair de cabeça no chão quando ele parou em frente à casa silenciosa em Hampstead, do motorista pressionando o corpo contra o dela, do aperto das mãos dele em seu peito, enquanto ele a carregava para fora, do alívio de vê-lo ir embora sem fazer mais nada. Ela não se lembrava de rastejar para subir os degraus e de desabar no capacho de cerdas pontudas, incapaz de colocar a chave na fechadura. Ela não se lembrava de olhar para cima e ver a silhueta de Avery em um retângulo de luz acima dela, nem de ter sido carregada casa adentro e escada acima, dependurada em um braço em volta do pescoço da irmã. Ela não se lembrava de desmoronar, ainda parcialmente vestida, na banheira vazia, nem de Avery abrindo o chuveiro, as penas molhadas se descolando do seu corpo e entupindo o ralo.

A primeira coisa de que se lembrava era o rosto de Avery acima dela, uma cortina de cabelos molhados balançando enquanto a irmã a colocava na banheira, chacoalhando-a para acordá-la. Um jato constante de água caía sobre elas. O rosto de Avery estava contorcido pelo esforço de fazer Lucky recobrar a consciência. Ela parecia a mãe delas. Lucky tentou dizer isso, mas percebeu que não conseguia falar. Avery estava repetindo alguma coisa sem parar, e que ela mal conseguia entender por causa da água e do zumbido nos ouvidos. Soava como: *Você, não. Você também não. Você, não.*

CAPÍTULO CINCO

Bonnie

Bonnie estava em casa, deitada em um colchão no chão, quando ouviu a batida à porta. Ela se abaixou e se arrastou do quarto até a sala, em silêncio. O coração estava disparado. Ela havia passado as *últimas* vinte e quatro horas alternando-se entre períodos de atividade frenética e inércia total, exercitando-se como louca até chegar a uma exaustão física paralisante, e então mergulhando em períodos de sono superficial e irregular em horários estranhos. Ela saíra do apartamento à noite para caminhar na praia sozinha, seguindo a curva escura da costa até o píer de Santa Monica, depois refazendo os passos por vários quilômetros até a marina. As praias ficavam vazias tarde da noite, exceto pelas pessoas que moravam lá, figuras sombrias agachadas fora das barracas murmurando entre si, o rosto delas iluminado brevemente por um fósforo aceso ou pela luz fraca de algum telefone. Bonnie caminhou sem fazer barulho ao passar por elas até chegar à beira da água, a água fria que batia nos pés descalços. Lá, havia silêncio. Lá, ela podia caminhar e pensar sem ser perturbada. Quando o céu clareou e os primeiros surfistas começaram a pontilhar a costa, ela voltou para casa. Ela não tinha visto nem falado com ninguém desde o ataque.

Bonnie olhou pelo olho mágico e viu o rosto sardento de Peachy pressionado no buraco, tentando espiar lá dentro. Sem dizer uma palavra, ela destrancou a porta. Ele abriu os braços para ela.

— Você não telefona, *não escreve. Tá bancando a difícil comigo?*

Bonnie abaixou a cabeça.

— Entre, Peachy.

Ele caminhou pela sala e olhou para o piso nu, a única cadeira de praia e as embalagens vazias de comida para viagem.

— Uau, eu gosto do que você fez aqui. Minimalista.

— Gosta mesmo?

— Lógico que não! Parece o lugar para onde o assassino leva as vítimas para esquartejá-las. Por falar nisso, você não faz essas coisas, faz? Serviços contratados e coisas do tipo?

Bonnie lançou-lhe um olhar de angústia genuína; ele apertou o ombro dela para animá-la.

— Estou brincando. Meio brincando. Quero dizer, depois do jeito que você voou naquele cara... Aquilo, sim, era instinto assassino.

Esse era o momento que Bonnie temia. Ela sentiu o corpo inteiro gelar. Era hora de enfrentar a realidade. Ela merecia o que quer que fosse acontecer.

— Ele está morto, não está? — ela disse categoricamente. — Eu o matei.

Peachy olhou para ela, surpreso.

— Ah, é nisso que você anda pensando? Ele está muito bem.

Bonnie afundou na cadeira de praia atrás de si e colocou o rosto entre as mãos.

— Meu Deus — ela exalou. — Graças a Deus. Eu achei que... Ah, graças a Deus.

Peachy deixou escapar uma risadinha.

— Você feriu o ego dele mais do que qualquer outra coisa.

Bonnie ergueu o rosto das mãos e arqueou uma sobrancelha.

— É, ok, e você quebrou mesmo o nariz dele e causou uma contusão — Peachy admitiu. — Mas, mesmo assim, é uma merda mais cosmética.

Bonnie gemeu outra vez.

— O que eu vou fazer, Peachy?

— Olha, podemos dar um jeito. E você fez a coisa certa ao ficar longe do bar. Ele apareceu ontem e disse que estava pensando em prestar queixa. Posso fumar aqui, por acaso?

Bonnie olhou ao redor da sala árida. Ela detestava cigarro, mas não havia exatamente muito o que proteger. Ela concordou com um gesto de cabeça. Peachy acendeu um cigarro e inalou com alívio palpável.

— Você acha que ele vai? — Bonnie perguntou.

— Honestamente? Eu diria que ele não está empenhado nisso. Ele está envergonhado, sabe. Quem gostaria de divulgar o que houve? Ser espancado por uma garota? — Peachy ergueu as mãos no ar. — Quer dizer, uma mulher! Ser espancado por uma mulher muito forte, independente e treinada profissionalmente.

Bonnie sorriu.

— Mas, para ele, ainda assim uma garota — ela disse.

— Exatamente. — Peachy concordou com um movimento de cabeça. — Então, eu ficaria na surdina por um tempo e deixaria o assunto esfriar. Tire umas férias.

— De quanto tempo?

— Algumas semanas, um mês por segurança?

— São férias muito longas, Peachy!

Bonnie não poderia pagar por esse lugar sem aquela renda. Ela olhou ao redor. Peachy estava certo, aquilo nunca tinha sido um lar, de qualquer forma. Ela daria o aviso-prévio ao proprietário, mas como eram aluguéis a curto prazo, ela só teria de pagar até o final da semana.

— Eu sei, eu sei. — Peachy olhou-a com compreensão. — Veja, eu vou te dar o pagamento da semana passada mais cedo. Você tem amigos que queira visitar?

Bonnie balançou a cabeça em negativa.

— Não sou do tipo que faz isso — ela disse.

— Que faz o quê?

— Amizades.

— Jesus, que triste, isso é triste. Com quem você conversa? Quando está com, você sabe, um problema?

Bonnie pensou por um momento.

— Eu costumava falar com meu treinador, Pavel. Agora só minhas irmãs, eu acho.

— Isso é bom, ter irmãs é bom. A minha é uma tremenda narcisista, mas fico contente por você gostar das suas. Você pode ficar com uma delas?

Outra negativa com a cabeça. Isso implicaria ter de contar o que aconteceu.

— Elas não moram no país. Mas... — O apartamento. Sempre havia o apartamento. Ela disse as palavras bem depressa, antes de ter tempo de pegá-las de volta. — Meus pais têm um imóvel vazio em Nova York; posso ficar lá por um tempinho. Eles o estão vendendo, mas precisam de ajuda para esvaziá-lo, de toda forma.

— Isso é alguma brincadeira? Por que não me disse? É perfeito. Nova York é uma cidade foda! O próximo bar que abrir, vai ser em Nova York. Estou farto do pessoal de Hollywood. Eu até iria com você, mas acho que não seria legal com minha nova mina.

Bonnie optou por não mencionar o fato de que ela não o tinha convidado. Para Peachy, a vida era uma porta para a qual ele sempre estava na lista. Ela assentiu, com a mente a mil por hora enquanto ele continuava a desfiar suas reclamações sobre Hollywood, a turma do *swine and dine*, como ele a chamava. Ela poderia realmente voltar a Nova York depois de tudo o que tinha acontecido lá? Mas havia um ar de inevitabilidade nesse retorno que ela não conseguia afastar. Ela não tinha outras opções. Peachy havia parado com o discurso, e agora estava esfregando o queixo, pensativo.

— Você acha que é romântico minha nova mina querer que compartilhemos nossa localização no telefone? Ou *é estranho*? — ele perguntou. — É estranho, não é? Como um dispositivo de vigilância? Ela quer me vigiar.

— Eu não sei, Peachy. Depende do quanto você gosta dela, eu acho.

Peachy balançou a cabeça e exalou uma nuvem de fumaça.

— Mulheres... — ele refletiu, sério — ... elas estão sempre perto demais ou longe demais, né?

Bonnie tentou concordar com a cabeça, em um gesto de compreensão. Muitas vezes ela tinha sentido a mesma coisa a respeito de Pavel; mas, se ele estava perto demais para vê-la com clareza ou longe demais para percebê-la como algo além de uma boxeadora, ela não tinha certeza. Mas havia momentos, apesar de fugazes, em que não havia distância nenhuma entre eles. Ela pensou neles treinando boxe-sombra juntos, andando depressa em volta do ringue como duas chamas gêmeas, movimentando-se em um ritmo secreto de que só eles compartilhavam. Quando estavam assim, não havia líder nem seguidor, nem treinador nem aluna, somente a respiração compartilhada, o ruído suave dos pés deles na lona, o sussurro do ar em volta dos membros em movimento, a sensação não verbalizada, mas que os dois conheciam, de que eles eram um só corpo dividido em dois, dançando em volta de si mesmo. Bonnie sentia falta dessa sensação mais do que qualquer outra coisa na terra, exceto por sua irmã.

Depois da última luta, Bonnie nunca mais falou com Pavel. Ela tinha mudado o número de telefone e partido para Los Angeles logo depois do funeral. Ele não tinha como encontrá-la; ela não sabia nem se ele tinha tentado. Mas, assim que considerou voltar para Nova York, foi em Pavel que pensou; era para Pavel, ela sabia, que estava de fato voltando. Ela olhou para Peachy, que caminhava devagar pela sala, apreciando visivelmente esta fatia do drama.

— Um pequeno esconderijo ousado em Nova York, e ela se esquece de mencioná-lo! — ele confabulava consigo mesmo. — Você é rica em segredo? Você pode me contar, baby, eu sou um túmulo.

Bonnie balançou a cabeça de um lado para outro.

— Foi onde eu cresci. Meus pais o compraram bem barato nos anos setenta. Minha irmã e eu morávamos lá, e então... Eu não sei, está vazio há pouco tempo.

— Isso resolve tudo. Você vai para Nova York e, se alguém vier perguntar, eu direi que você não trabalha mais conosco.

Peachy abriu a porta da frente e jogou o cigarro no patamar. O ruído de um bando de gaivotas que passavam preencheu o ar. Ele se virou para ir embora, mas então voltou.

— Você quer tomar um sorvete antes de ir? Eu seria capaz de devorar um sorvete Twix inteiro agora mesmo.

Bonnie sorriu. Ela não tomava um sorvete havia uns dez anos ou mais.

— Com certeza — ela disse.

Ela o seguiu pelo patamar, estremecendo quando uma faixa de sol riscou seu rosto.

— E, aproveitando, você está errada — Peachy disse.

— Sobre o quê?

Ele deu um soquinho de leve no braço dela.

— Eu sou seu amigo, Bonnie Blue.

...

Nenhum nova-iorquino, por mais cínico que seja, está imune à sensação de chegar ao aeroporto JFK de avião à noite. Apesar do cansaço, apesar da ansiedade, alguma esperança oculta se acendeu em Bonnie assim que a aeronave tocou o solo. Ela estava de volta a Nova York. Cidade das sirenes, cidade dos segredos, cidade das irmãs. Ele teve medo de voltar, mas foi uma surpresa reconfortante ver as luzes da cidade piscarem no breu de seu leito lá embaixo, cada uma com sua própria vida. Ela estava em casa, a única casa que conhecia, não porque morava na cidade, mas porque a cidade sempre tinha morado nela.

No saguão do prédio, Bonnie acenou com as chaves para o novo porteiro, que fez um aceno de cabeça, sonolento. Tudo estava exatamente como antes. O prédio já tinha sido um hotel, e o saguão mantinha uma sensação de luxo desbotado, com seus pisos de mármore manchados e as cadeiras de brocado desbotadas pelo sol. O mostrador de andares dourado acima do elevador ainda estava com a seta emperrada, exatamente como sempre estivera, no número onze. Bonnie ficou parada na frente dele sem apertar o botão. Ela dissera para si mesma que nunca mais entraria naquele elevador depois do que tinha acontecido. Mas, agora que estava lá, sentia-se estranha, anestesiada. Bonnie apertou o botão e atravessou as portas deslizantes como se estivesse sonhando. Ele subiu até o andar. Bonnie saiu e caminhou até a porta de entrada, sentindo um vazio misericordioso. Com a mão na maçaneta, ela se preparou para qualquer sentimento que pudesse surgir.

O cheiro foi o que ela notou primeiro. Não havia nenhum cheiro de lar, aquele perfume familiar, mas inominável, que você só reconhece quando vai embora. O odor era estranhamente hospitalar, como se alguém tivesse borrifado o lugar com antisséptico. Mas o resto estava igual. O longo corredor com a passadeira marroquina esfarrapada, a parede distante coberta com pinos de várias alturas para todos os casacos. No inverno, aquela parede estaria lotada de jaquetas, casacos acolchoados e de peles vintage, o que tornaria impossível passar por ela sem esbarrar em pelo menos um, fato que irritava a mãe delas infinitamente. Bonnie sentia toda a vida nesta casa correr sob a superfície do momento presente, como água potável presa sob uma camada de gelo. Se ao menos ela pudesse quebrá-la e voltar aos momentos vivos lá embaixo, as irmãs na cozinha fazendo uma corrida para descascar ovos cozidos para os sanduíches com salada de ovo, as irmãs se puxando pelos corredores segurando uma toalha que tinham transformado em tapete mágico, as irmãs caídas no sofá assistindo televisão depois da escola, o milagre simples e diário de estarem todas juntas.

Bonnie entrou na sala sem acender as luzes. Já passava da meia-noite, e a cidade *lá embaixo* estava quieta, só um fio fino de trânsito iluminava suas veias. A mobília era uma mistura incompatível dos gostos da mãe e do pai. Da mãe, a réplica de uma cadeira de couro Noguchi, uma enorme mesa de jantar feita da porta de uma igreja e várias esculturas de amigos do seu tempo de galeria, todas feitas de objetos encontrados. Do pai, algumas pinturas sombrias de navios e tempestades, um sofá azul-marinho empoeirado, que se desdobrava em uma cama, e as obras completas de Charles Dickens, orgulhosamente empilhadas na lareira. Bonnie afundou no sofá, que soltou um suspiro familiar, e ela ficou escutando. Podia ouvir a cidade ao seu redor, a ausência de silêncio que era Nova York.

Ela não queria lembrar, mas tudo era uma lembrança. Acima da lareira, a pintura a óleo das quatro a encarava. Nicky estava no colo de Bonnie, e Lucky, no de Avery. Em uma estranha variação da genética, Avery e Nicky tinham cabelo castanho-escuro, e o de Bonnie e Lucky era loiro, mas elas eram todas irmãs, sem dúvida alguma. A pintura tinha sido feita por uma amiga da mãe, uma artista israelense com ar gentil e lúgubre, que tinha o hábito de colocar o pincel dentro da xícara de chá e tomar, distraída, a mistura turva.

Não era um retrato elogioso, ou, melhor, ele não tinha a intenção de destacar a beleza infantil das meninas. A artista havia dado ao rosto delas uma qualidade caprina; olhos enormes e assustados acima de narizes estreitos e queixos pontudos. As pupilas eram tão assustadoramente grandes, tão pretas, que ficavam quase violeta, fixas em expressões tensas e vigilantes. Cada cabeça estava inclinada de leve em direção às outras, como se estivessem se afastando de tudo o que estivesse além da pintura. Bonnie pensou como as quatro *eram* um pequeno rebanho de cabras naquela época. Ela as imaginou galgando seu caminho pela cordilheira de montanhas íngremes da infância, aquela paisagem rochosa e inóspita; Avery e Bonnie, as fortes e *ágeis*, liderando o caminho, Nicky e Lucky, as fofinhas, saltitando atrás.

É bom que vocês tenham umas às outras, a artista dissera, observando-as com seriedade enquanto trabalhava. *A gente nunca tem de se explicar para as irmãs.*

Era verdade. Ser uma de quatro irmãs sempre deu a impressão de fazer parte de algo mágico. Uma vez que Bonnie notou isso, ela percebeu que o mundo era feito de quatros. As estações. Os elementos. Os pontos cardeais. Quatro naipes do baralho. Quatro câmaras do coração humano. Bonnie adorava fazer parte desse número místico, a simetria perfeita de dois conjuntos de dois. *Você não me conhece de fato,* ela costumava dizer para Pavel, *a menos que conheça minhas irmãs.*

Mas nem tudo era harmonioso. Na época em que a pintura foi feita, Nicky chegou a uma idade em que tudo o que ela queria era a atenção das irmãs mais velhas. Ela e Lucky ainda eram uma dupla, mas queriam ser aceitas no reino das meninas grandes também. Nicky seguia Avery e Bonnie de cômodo em cômodo, azucrinando-as com suas perguntas, tentando impressioná-las com qualquer habilidade que tivesse aprendido recentemente, um truque com cartas ou dar saltos para trás apoiada na palma das mãos. Certa noite, Bonnie e Avery se trancaram no quarto e ficaram rindo, mais próximas por terem alguém para excluir, enquanto Nicky implorava para a deixarem entrar. Elas sentiram a porta tremer quando Nicky, enlouquecida de frustração, atirou-se contra a barreira sem parar e sem dizer uma palavra. Qualquer prazer desapareceu da brincadeira quando Bonnie e Avery ouviram o estoico *tum, tum, tum* da irmã jogando o corpo contra a porta, até que, em um anticlímax apressado, elas a abriram e deixaram a irmã entrar. *Pare com isso, sua maluca, você vai se machucar.* Bonnie sabia que era coisa normal da infância, a inevitável união de irmãos uns contra os outros, mas, agora que Nicky tinha partido, a lembrança era insuportável. O que Bonnie daria para voltar atrás e escancarar aquela porta? Para nunca a ter fechado, em primeiro lugar?

Ela vagou pelo apartamento e deixou as memórias virem, as melhores e as piores. Era sexta-feira à tarde, no verão. O pai havia chegado mais cedo, vindo do trabalho cheio de animação e alegria, com o brilho do sol dentro de si. Ele mantinha vestígios juvenis e divertidos mesmo na idade adulta; no final, o alcoolismo arruinaria isso também, mas eles duraram anos. O pai era capaz de transformar tudo em jogo. Naquele dia, ele pegara a xícara favorita da mãe delas, aquela pintada com flores do campo e urtigas do interior onde ela crescera. Sinalizando para as meninas se espalharem pela sala, ele jogou a xícara para cada uma delas, que gritavam de entusiasmo e medo, a frágil porcelana voando em direção às mãos trêmulas. Bonnie ainda podia sentir o júbilo por tê-la pegado, o pavor agradável do arremesso. Lucky, que ainda não tinha nove anos, se atrapalhou na sua vez, mas a xícara mergulhou no tapete sem sofrer danos. Todos gritaram de alívio, e continuaram jogando. A mãe estava lá também, parada à porta da cozinha e fingindo indignação, mas participando do jogo. Era o tipo bom de medo, a diversão ficando mais emocionante graças à proximidade com o perigo. A xícara saiu incólume, e Bonnie sentiu, então, um fato tão simples quanto um cubo de açúcar dissolvido facilmente: ela amava os pais.

Alguns meses depois, o pai esmagaria aquela xícara, junto com toda a coleção de porcelana do casamento, em um blecaute alcoólico. Depois, ele soluçara, inconsolável como uma criança, enquanto juntava os cacos de porcelana perto do peito. Ele não se lembrava de tê-los quebrado. Avery tinha escondido as irmãs no quarto dela e de Bonnie, os braços em volta delas, murmurando poemas e rimas infantis sem sentido, tentando abafar o som da porcelana se estilhaçando do outro lado da porta. *A criança da segunda-feira é formosa, a criança da terça-feira é graciosa...*

No último ano em que todos moraram juntos, ele invadiu a casa e escancarou todas as portas do guarda-roupa. Eles tinham coisas demais, ele esbravejou, e era preciso abrir espaço. A seu favor, ele só destruiu as próprias roupas. Aquela raiva poderosa que se enfurecia dentro dele — sem fim, sem direção, sem pausa —, ela viu como, mesmo embriagado, ele tentava com toda a sua força direcioná-la para dentro. Bonnie tinha aquela raiva dentro dela também, mas, ao contrário dele, ela tinha encontrado uma saída no boxe. Com as próprias mãos, ele rasgou suas camisas de seda, peças bonitas escolhidas pela mãe delas nos tempos da galeria, cor-de-rosa pálido, azul-violáceo e verde-menta, o tipo de camisa que ele nunca poderia usar no banco. Na manhã seguinte, ele tentou fazer um jogo de recolher os botões forrados de seda que estavam espalhados no chão do corredor. Pela primeira vez, Bonnie se recusou a jogar.

Ela se sentou no sofá de novo, olhando fixamente para a pintura das quatro até que suas pálpebras começaram a ficar pesadas. Ela poderia ter ido para o antigo quarto, mas não estava pronta. Fechou os olhos e adormeceu ali mesmo no sofá. Estava em casa, mas em uma casa que ela já não conhecia mais.

...

Na manhã seguinte, ela estava comendo seu pedido de sempre na loja de conveniência, pão com ovo e queijo, sentada em um dos bancos da Central Park West, quando Avery telefonou.

— Estou tentando falar com você! Onde você está?

Bonnie colocou os últimos pedaços no papel-alumínio amassado e limpou a garganta.

— Estou em Nova York.

Ela ouviu Avery suspirar.

— Você está? E que diabos você está fazendo aí?

— Eu andei pensando e... queria me despedir do apartamento.

— Você *queria*?

— E dar um jeito nas coisas da Nicky. Uma de nós vai ter que fazer, e eu estava mais perto.

— Uau, você tirou um grande peso dos meus ombros — Avery disse. — Obrigada, Bon Bon. Eu estava tentando ver quando poderia ir. Mas você tem certeza de que vai ficar bem aí sozinha, depois de tudo o que aconteceu?

Bonnie inclinou a cabeça para trás e observou as manchas de luz na árvore acima dela. Ao redor, a cidade fazia sua lamúria usual de buzinas e sirenes. Em um playground fora de vista, crianças gritavam e aplaudiam.

— Não achei que era certo ficar sem me despedir. E estou pensando em voltar a treinar — ela contou. — Já está na hora.

Assim que as palavras saíram de sua boca, ela sabia que eram verdade. Não tinha ideia de como Pavel se sentiria ao vê-la, nem de como ela se sentiria ao vê-lo. Só sabia que precisava descobrir.

— Uau, isso é ótimo! — Avery exclamou. — Não consigo acreditar. O que te fez mudar de ideia?

Bonnie não ia contar para Avery o incidente no bar de jeito nenhum. Na melhor das hipóteses, só serviria para preocupá-la; na pior, ela usaria o fato como uma prova de que Bonnie precisava de terapia ou de uma intervenção profissional.

— Foi a nossa conversa, na verdade. É, você realmente me fez ver como ser segurança não estava, você sabe, servindo para mim.

Quem acha que os lutadores de boxe não são inteligentes é tolo. Os boxeadores entendem de mentiras melhor do que ninguém. O que mais seria uma finta? Um gancho que se revela um golpe direto? Uma mudança de combinação? Os boxeadores são treinados para transmitir uma coisa e fazer outra.

— É *disso* que eu estou falando! — Avery declarou, triunfante. — Sou uma pessoa que quer *ajudar*. Eu só quero o melhor para você, para toda a minha família. Se ao menos eu pudesse colocar Lucky no telefone para ouvir *exatamente* o que você acabou de dizer...

— Por quê? Sobre o que vocês duas estão discutindo?

Como a maioria das famílias, as alianças entre irmãos mudavam constantemente, mas, no final, eles permaneciam divididos pela idade. Bonnie e Avery ficavam de um lado da porta; Lucky e Nicky, do outro. Mas havia outros vínculos mais sutis também. Bonnie sabia que Avery e Nicky podiam conversar durante horas sobre livros, por exemplo. Enquanto isso, a discrição natural dela oferecia espaço para a natureza tímida de Lucky se desfraldar. E Bonnie tinha seu próprio vínculo com Nicky. No fim das contas, Nicky foi a primeira pessoa a vê-la no boxe, e a acompanhou em todos os treinos iniciais. Eram Avery e Lucky, a mais velha e a mais nova, que encontraram dificuldade para se conectar.

— Estou muito preocupada com ela, Bonnie.

— O que aconteceu?

Avery fez uma descrição detalhada de quando encontrou Lucky caída no alto da escada.

— Ela estava coberta de glitter, com batom nas maçãs do rosto e no pescoço, basicamente nua, exceto por um par de asas de anjo e um boá de plumas sujo enrolado nela.

Bonnie sorriu contra a própria vontade. Ela sabia que isso era errado, mas admirava o compromisso de Lucky com as festas, o que não era nada além de consistente. Ela pensou que tudo parecia muito glamoroso.

— Ela tem vinte e seis anos. É só uma criança um pouco rebelde. Você acha mesmo que é tão ruim assim?

Avery praticamente rosnou de frustração.

— Ela veio todo o trajeto até chegar em casa, sozinha, daquele jeito. Como um animal ferido só esperando ser abatido em meio à multidão. Foi um milagre ela não ter sido estuprada.

Bonnie estremeceu com a palavra.

— Olha, você precisa se lembrar de que Lucky vive sozinha em outros países desde que tinha quinze anos. Ela é mais experiente do que você imagina.

Ela estava tentando convencer a si mesma tanto quanto a Avery. Bonnie nunca se perdoaria se algo de ruim acontecesse com qualquer uma das irmãs remanescentes.

— Você não a *viu* — Avery insistiu. — Ela ficava perdendo e recobrando a consciência, desfalecendo nos meus braços. Foi assustador. Eu não sabia o que fazer. Me senti tão inútil.

— Você é o oposto de inútil — Bonnie disse, com calma. — O que aconteceu?

— Bem, eu a coloquei embaixo do chuveiro frio e basicamente a esbofeteei até recobrar a consciência. Foi um pouco satisfatório, tenho de admitir.

Bonnie riu baixinho. Ela não conseguia pensar em ninguém mais preparada para trazer alguém de volta à realidade de forma violenta do que Avery.

— Então eu consegui fazê-la beber um lata de coca — Avery continuou. — Eu li que, se ela tivesse tomado ecstasy ou qualquer coisa do tipo, o açúcar a ajudaria a melhorar. De toda forma, ela dormiu o dia todo.

— É provável que seja o melhor.

A voz de Avery baixou para um murmúrio:

— Enquanto eu a segurava, só ficava pensando na Nicky. Nem consigo imaginar como foi para você, Bonnie.

Bonnie tentou responder, mas não conseguiu. Aquele momento, o momento em que Nicky morreu, estava além das palavras para ela.

— Olha, eu tenho que ir para a academia — ela disse. — Mas fico contente por você ter me contado. Quer que eu ligue pra ela?

— Não. Sim. Talvez. Eu não sei. Vamos ver como ela vai estar quando acordar. Tenho certeza de que ela gostaria de falar com você. Você sempre teve um toque mais suave, ironicamente.

Bonnie desligou e tentou não se lembrar. Mas era impossível. Ela estava sentada no banco, enquanto a cidade corria ao seu redor, e pensava em Nicky. Elas tinham se falado por telefone de manhã; Bonnie estava vindo do campo de treinamento em Nova Jersey à noite para vê-la. Assim que ela entrou no apartamento, percebeu que alguma coisa estava errada. O ar estava muito parado. Então a viu pela porta do quarto, o cabelo escuro cobrindo parte do rosto. Dava a impressão de que algo acabara de se derramar, como um vaso de violetas tombado.

Demorou menos de cinco segundos para Bonnie percorrer a distância da porta até Nicky. Quando se curvou sobre o corpo dela, deu-se conta de que as unhas e os lábios de Nicky tinham um tom azul-claro. Ela deve ter ligado para a emergência, embora não se lembre de ter feito isso. A próxima coisa de que se lembrava era da voz da operadora perguntando o número do apartamento, mas Bonnie não conseguia se lembrar. Ela precisou sair correndo e verificar os números de metal pregados na porta. *Minha irmã sofreu um acidente*, foi o que ela disse. Não imaginou que ela estivesse morta.

Bonnie não queria que os paramédicos desperdiçassem nem um segundo até chegar a elas, então pegou Nicky e foi cambaleando com ela até o elevador. Isso teria sido difícil para a maioria das pessoas, mas Bonnie era forte. Era a mais forte da família. Ela apertou a irmã contra o peito enquanto o elevador desceu gemendo os catorze andares, então carregou-a até o saguão. O porteiro saltou de trás da mesa quando as viu. Sua boca era um pequeno e desamparado "o". Então os paramédicos chegaram e tiraram Nicky dos seus braços. Bonnie pôde ouvi-los dizer alguma coisa sobre ela não reagir, sobre não conseguirem achar a pulsação.

Qual é o nome dela?
Nicky. Nicole. Nicole Blue.
Qual a idade da Nicole?
Vinte e seis. Espere! Vinte e sete. Ela acabou de fazer vinte e sete.
O que você é dela?
Irmã. Eu sou a irmã mais velha.
Você sabe se a Nicole usou alguma droga?
Eu acho que não. Eu não sei.
Ela tinha alguma reação quando você a encontrou?
Ela estava caída no chão. Os lábios estavam azuis. Eu, eu a peguei. Fiz mal? O que está errado? Foi ruim? Eu a machuquei?

O coração humano é uma coisa incrível. Ele pode ficar parado por até vinte minutos antes de voltar a bater, mais ainda se o corpo estiver em água fria. De fato, a maior parte dos órgãos pode sobreviver à morte por períodos consideráveis. A circulação do sangue, por exemplo, pode ser parada no corpo inteiro abaixo do coração por no mínimo trinta minutos. Membros amputados podem ser reimplantados com sucesso depois de seis horas. Ossos, tendões e pele podem sobreviver até doze. Mas o cérebro, como todo boxeador sabe, é outra história. Ele se deteriora mais rápido do que qualquer outro órgão. Sem tratamento especial, a recuperação plena depois de mais de três minutos da morte é rara. E, quando Bonnie encontrou Nicky, ela já estava morta havia quatro.

...

Bonnie jogou fora o resto do sanduíche e caminhou rumo à academia antes que mudasse de ideia. Ela tinha feito esse percurso tantas vezes que seus pés a guiavam sem ela precisar pensar. Bonnie passou pela escola primária, cujo parquinho era transformado em uma feira de antiguidades nos fins de semana, a padaria italiana empoeirada onde Avery encomendava todos os bolos de aniversário. Ela caminhou até quase chegar ao Columbus Circle, onde o trânsito se adensava e coagulava em um lento rastejo. Lá, em um quarteirão decadente dos anos sessenta, ficava a Golden Ring. Ela tinha uma grande vitrine na fachada, de modo que toda a academia podia ser vista da rua; Bonnie costumava olhar para lá depois de uma luta, e sempre via um bando de turistas ou de estudantes de um colégio próximo colados no vidro, assistindo. Agora, ela estava no lugar deles, espiando lá dentro enquanto o calor de julho a atingia. Pavel estava lá, como ela sabia que estaria, recostado na parede distante e observando a figura agressiva e ágil de um jovem treinando boxe-sombra.

...

Um dia depois que Nicky morreu, Bonnie sentou-se com a família e descreveu inúmeras vezes como a encontrara. Lucky e Avery tinham pegado voos noturnos de Londres e Paris; elas imploravam, com o rosto vazio e exausto, para ela repetir cada segundo de novo, como se, dominando cada detalhe do que aconteceu, elas pudessem, de alguma forma, mudar os fatos. Bonnie contou-lhes tudo nos mínimos detalhes, exceto um: que Nicky tinha telefonado para pedir os remédios. Se era para proteger Nicky ou a si mesma, ela não sabia. Foi a polícia que encontrou o saco ziploc com comprimidos no balcão da cozinha. Havia dez deles, de um rosa-claro, a cor favorita de Nicky. Bonnie era tão ingênua. Ela nunca tinha ouvido falar de fentanil. Naquela noite, quando todos estavam indo para a cama cedo, Bonnie voltou para a academia. Ela não sabia o que mais poderia fazer. Pavel a encontrou treinando com o saco de pancadas, no escuro, as luzes da rua lançando longas faixas alaranjadas no piso. Ele tocou o ombro dela de leve, mas ela não parou. Quando ele falou, sua voz estava carregada de tristeza.

Eu cancelo a luta.

Bonnie continuou esmurrando o saco. *Jab, jab,* cruzado. *Jab,* gancho, cruzado. *Jab, jab, uppercut.*

Bonnie, você ouviu?

Bonnie desferiu outro gancho com um *jab.*

Eu vou lutar, ela bufou entre dois golpes.

Bonnie, pare. Vá ficar com sua família agora.

Bonnie continuou batendo.

Você disse, ela alegou, com voz insensível, *boxe em primeiro lugar, família em segundo.*

Pavel olhou para ela com uma expressão pesarosa.

Não assim.

Não foi — soco — *o que* — soco — *você me disse?*

Ela deu um direto com a mão direita tão forte que as correntes que seguravam o saco gemeram. Pavel colou a mão nas costas dela para fazê-la parar, mas ela se desviou e o empurrou para longe. Ele deu um passo adiante outra vez, mas ela o empurrou de volta. A voz dela estava rasgada.

Não era assim que você queria que eu fosse? Ela bateu no peito com a luva. *Você me fez assim! Você me fez!*

Ele tentou parar as mãos dela, mas ela apontou as luvas para ele e bateu em seu peito. Ela não estava batendo com força; os golpes eram muito irregulares para serem fortes. Pavel levou os socos sem se encolher, até que, em um movimento rápido, ele colocou os braços ao redor dela e a puxou para si. Ela se apoiou no coração dele, entregue.

Está bem, ele murmurou, mas é claro que não estava, nunca mais estaria. *Está bem.*

Ele deslizou a palma das mãos na cabeça dela, do alto até pescoço, como em uma consagração, uma bênção. Então, segurando os dois lados do rosto de Bonnie, pressionou a testa contra a dela, mantendo os rostos a poucos centímetros um do outro. Era o mais próximo que seus lábios haviam estado. Bonnie ainda estava entre as mãos dele.

O que eu faço?, ela soluçou.

Se você quer lutar, ele sussurrou, *nós lutamos.*

...

Dezesseis anos depois de olhar através da janela pela primeira vez ao lado de Nicky, Bonnie estava diante da academia Golden Ring novamente. Pavel olhou para ela do outro lado do vidro. Ele não era homem de se surpreender com facilidade, mas ela o viu vacilar. O que ele via quando olhava para ela agora? Bonnie com o cabelo loiro pálido e os olhos azuis ainda mais pálidos, seu corpo compacto, em que nada era supérfluo. Ela era como uma pedra estática no rio do olhar dele. Metade da sua vida havia passado desde que se conheceram, mas ela ainda era jovem, capaz de se surpreender e de o surpreender. Se Nicky estivesse lá, ela teria pegado Bonnie pela mão e a levado para dentro. Então, Bonnie imaginou a palma da mão quente da irmã na sua e abriu a porta.

CAPÍTULO SEIS

Avery

Em sua sala de jantar perfeita, decorada com um sofá vintage reestofado com o tecido feito à mão pela terceira geração de artesãos de xilogravura em Jaipur, uma mesa de café com pedestal de mármore enviado da Dinamarca e papel de parede com relevo em ouro, por oitocentos e quarenta libras o rolo, de Soane Britain, designers de interior da família real, Avery estava se preparando para esfolar a irmã mais nova e não tão perfeita assim.

— Era uma *festa,* Avery — Lucky disse, já na defensiva antes mesmo que Avery pudesse começar sua empolada frase de abertura, que ela tinha ensaiado no chuveiro naquela manhã. — Você se lembra? Eu bebi demais, como todo mundo, e tive uma pequena dificuldade em colocar a minha chave na fechadura. Por favor, não crie um problema por causa disso.

— Eu encontrei você seminua e desacordada lá fora, e você está me pedindo para não criar problema? Por que *você* não leva as coisas a sério? Você se preocupa tão pouco assim consigo mesma?

Lucky revirou os olhos com tanta força que Avery ficou surpresa por ela não ter causado um dano no ligamento. Elas estavam em pé, uma em cada lado da sala, a mesa de café lotada de livros lustrosos de exposições em galerias e *New Yorker*s que Avery nunca chegou a ler, e que formavam uma proteção entre elas. A silhueta de Lucky se desenhava contra grandes janelas de correr com vista para a rua. Lá fora, o sol do dia anterior havia desaparecido por completo, como se nunca tivesse existido. Era um típico dia inglês, silencioso e cinzento.

— *Todo mundo* ficou bêbado! — Lucky disse. — Você está por fora, sem falar que sempre faz tempestade num copo d'água.

Avery bufou com escárnio.

— Tempestade? De onde você tira essas coisas? Eu sou realista. Eu vivo na *realidade*. Talvez você devesse experimentá-la.

— A negatividade não é uma versão superior da realidade. É só um julgamento. Pelos seus padrões, todo mundo na Inglaterra tem problema com bebida.

— Hum, oi, eles *têm* mesmo. Você viu os homens deste país? *Todos* parecem ter cinquenta anos.

Agora foi a vez de Lucky bufar.

— Como alguém que está realmente interessada em homens, eu posso jurar que não.

Avery, irritada, balançou a cabeça.

— Você sabe que eu tive namorados antes da Chiti. Lembra do Steve?

Lucky soltou uma risada seca.

— Aquele cara que trazia potes com ovos recheados para o apartamento? Steve *não* conta.

Avery se virou, frustrada. Steve tinha sido um fracasso, sem dúvida. Ela não devia ter mencionado Steve.

— Quem está julgando agora? — ela retrucou. — De toda forma, isso não tem nada a ver. Você quer normalizar essa merda? Tudo bem. Mas eu não vou ficar sentada aqui e dizer que você está bem. Você *não* está bem.

— Acho que sou eu quem deve julgar se estou bem ou não. E eu estou. Estou ótima. Estou cada vez melhor, porra.

Avery dirigiu-se a Chiti, que tinha aparecido à porta, e apertou as mãos contra o peito.

— Eu não consigo falar com essa pessoa — Avery resmungou, apontando para Lucky. — Não adianta.

— Querida — Chiti disse para Avery. — Sente-se. Vamos fazer chá e discutir isso como pessoas que se amam.

Lucky e Avery se olharam e quase sorriram. Era igual à mãe delas. Conflito familiar, turbulência emocional, câncer, crise climática... Aparentemente, não havia nada que não pudesse ser solucionado, ou pelo menos aliviado, com uma xícara de chá. Mas Lucky desviou o olhar e o momento passou. A raiva de Avery logo estava de volta.

— Ela está se matando, Chiti! — Avery se virou para Lucky. — Você não aprendeu nada com a Nicky? Você ainda não consegue entender a porra da fragilidade da vida?

— Ela não quis dizer isso — Chiti disse para Lucky.

— Ah, foda-se — Lucky respondeu para Avery. — Você age como se fosse muito melhor do que nós. Você não é. Não é melhor do que ninguém. Sempre foi uma babaca nervosa. Só que agora ficou rica.

— Ela não quis dizer isso — Chiti garantiu para Avery.

— E aproveitando, você não é minha mãe — Lucky continuou. — Eu já tenho uma inútil, não preciso de outra.

— Ela é *minha* mãe inútil também! — Avery revidou. — E eu não quero ser sua mãe. Você tem vinte e seis anos, Lucky. Não tem mais graça. Ser um total desastre não é motivo de orgulho.

— Você não é um desastre — Chiti disse para Lucky, e então para a esposa: — Isso não é justo, Avery.

Avery voltou-se para Chiti.

— Por que você a está defendendo?

— Eu não estou defendendo ninguém. Estou tentando fazer vocês duas verem que ficar se atacando não vai ajudar a resolver a situação.

Avery olhou para cada uma delas por um bom tempo. De repente, com uma clareza surpreendente e abrasadora, ela sentiu falta da mãe, aquela mulher que a decepcionara constantemente. Pelo menos com a mãe, ela tinha permissão para se lembrar de já ter sido criança. Junto das irmãs, ela era sempre a mais velha, o que significava que, comparada com elas, Avery nunca tinha sido jovem. Mas ela estava cansada de ser adulta. Estava cansada de ser ela mesma.

— Sabe de uma coisa? Estou farta disso — ela disse. — Estou farta de ter que bancar a vilã o tempo todo.

— Isso porque você *é* — Lucky disparou. — Desde que você comprou esta casa, parece um ciborgue corporativo tendo um chilique.

Avery se dirigiu a Chiti.

— Eu não posso chamá-la de desastre, o que ela é de verdade, mas ela pode me chamar de qualquer coisa corporativa... Por acaso isso é justo?

— Ninguém está concordando com ela. — Chiti tentou acalmar a discussão.

— Eu estou! — Lucky contestou. — Eu estou concordando comigo!

— Sabe de uma coisa? Você está certa — Avery disse, a voz transbordando desprezo. — Me desculpe por ter sido bem-sucedida. Me desculpe por não ser como nossos pais e forçar minha família a viver em uma maldita caixa de sapatos e beber até esquecer. Me desculpe por eu querer alguma coisa melhor do que a educação que tivemos.

— E você acha que eu não? — Lucky ofegava. — Por que acha que eu faço o que faço? Você acha que eu gosto que tirem minhas medidas todo ano como se eu fosse gado, porra? Sabe o quanto é degradante e besta noventa por cento da merda que eu tenho que fazer? Você acha que eu quero usar *tule rosa*? Mas eu ganhei mais dinheiro quando estava no ensino médio do que a maioria das pessoas ganha em... eu nem sei! Eu ganhei a porra de uma tonelada de dinheiro!

— Não tenho dúvida de que você ganhou — Avery comentou. — Mas onde ele está, Lucky? Você tem economias? Ações? Onde está aquele dinheiro hoje?

Lucky desviou o olhar.

— Eu vou ganhar mais — ela murmurou.

— E ele vai escoar pelo ralo também — Avery declarou.

— Chega! — Chiti disse. — Eu não consigo mais ouvir vocês duas se atacando. Vocês duas dão duro no trabalho. Vocês duas já passaram por muita coisa. Não é uma competição.

Mas Chiti não entendia o que era ter irmãs. Contra os pais, contra o mundo em geral, elas eram grandes aliadas. Mas, entre elas, tudo era competição. Nunca havia atenção suficiente, nunca havia dinheiro suficiente, nunca havia amor suficiente. Então elas disputavam cada migalha.

— Eu não preciso passar por isso — Avery disse. — Vou sair.

— Isso mesmo, pode ir — Lucky concordou. — Me trate como você trata todo mundo que não atende aos seus padrões implacáveis.

— Ignore isso — Chiti pediu para Avery. — Aonde você vai? Não saia.

— Eu não sei — Avery disse, andando depressa em direção à porta. — Voltar para o escritório.

— É domingo — Chiti implorou.

— E daí? Preciso sair deste lugar.

— Nós não acabamos a conversa — Chiti disse.

— Você pode não ter acabado — Avery disse —, mas eu terminei. Pra mim já deu.

— É por isso que você não tem amigos! — Lucky gritou quando ela saiu da sala.

Avery bateu a porta de frente e desceu a rua. Ela esperou para ver se ninguém a estava seguindo e então ligou para ele, que atendeu no segundo toque.

— Então agora a gente é do tipo que faz ligações? — ele disse.

— O que você está fazendo? Quer fumar um cigarro?

Ele riu baixinho.

— Eu até queria, mas estou em casa.

— Onde fica? Eu posso ir de carro.

— Você quer vir aonde eu moro?

— Eu quero ver você.
Uma pausa. Avery se esqueceu de respirar.
— Vou enviar o meu endereço — ele respondeu.

...

Se Avery não tivesse voltado para o AA na semana anterior, se ela não tivesse escolhido uma reunião pouco frequentada à qual nunca tinha ido, se ele não estivesse sentado na fileira de trás quando ela entrou de fininho, atrasada, talvez ele nunca tivesse se tornado a rocha sobre a qual ela arremessaria seu casamento e sua vida. Mas ela voltou e ele estava lá, e o resto era inevitável.

 Ela estava aliviada porque a reunião era no mesmo horário que seu grupo anterior, então era improvável que algum conhecido estivesse lá. Ela não queria ouvir perguntas sobre onde estava no ano anterior ou como se sentia, se continuava mantendo sua condição espiritual ou vivendo seus defeitos de caráter. Porque Avery, segundo suas próprias estimativas, estava vivendo todos eles: roubando, mentindo, julgando, temendo e tendo ressentimento contra tudo e todos. Para evitar as conversas-fiadas de antes da reunião ou as perguntas ansiosas sobre se era nova no grupo, ela tinha esperado na esquina uns quinze minutos depois de a reunião começar, uma atitude difícil para alguém como Avery, para quem a pontualidade era um tipo de religião.

 Quem estava falando era uma mulher de meia-idade com maquiagem pesada, que já estava no meio da sua história quando Avery entrou discretamente. Ela deu uma olhada rápida pela sala; nenhum conhecido. Ela sentou-se no fundo, perto da mesa de biscoitos e das bandejas de chá morno. A mulher estava catalogando uma lista aparentemente sem fim de relações abusivas com homens, começando pelo pai (é claro) e terminando com um ex-marido que havia roubado dinheiro dela e depois a trocado pela filha de uma amiga. Agora, em seu terceiro ano de sobriedade, além do álcool, ela estava se abstendo de todos os seus "gatilhos": açúcar, cigarros, café, compras, revistas de fofocas e sexo. Principalmente sexo, ela teve o cuidado de reiterar.

— Outro dia eu estava louca para sair e pegar um homem — ela disse. — Mas aí eu tive que perguntar a mim mesma, isso me deixaria mais perto ou mais longe da bebida? É isso o que o Poder Superior realmente quer para mim? Então eu mudei de ideia e fui para uma reunião. E eu peguei um apadrinhado!

Risadinhas indulgentes na sala toda. Avery revirou os olhos sem querer. Em algum lugar durante o giro, eles pararam no homem que estava perto dela. Ele estava escrevendo com verdadeira concentração em seu caderno. Sério que ele estava tomando notas daquilo? Então ela lembrou que fazia o mesmo quando era mais jovem. Ela adorava as reuniões, adorava as histórias, a profundidade da identificação que podia borbulhar do nada, como uma fonte termal em um deserto. Ela podia ouvir alguém totalmente diferente dela, e que descreveria, com misteriosa precisão, seus exatos pensamentos e sentimentos. Esta era a mágica do companheirismo, quando ele funcionava: a percepção de que partes do seu eu que estavam bem escondidas, as mais constrangedoras, eram as que a conectavam mais profundamente com os outros. No AA, você nunca é um excluído, nunca está sozinho. Durante anos, parecia que ela sempre tinha uma rede dourada de pessoas sóbrias abaixo e ao seu redor, prontas para levantá-la se ela caísse. Mas ela estava caída havia um ano, e ninguém a tinha levantado ainda.

A verdade é que Avery sabia que o problema era ela. Identificar-se com as outras pessoas era um esforço; há pouco mais de um ano ela teria adorado esse depoimento também. O que lhe disseram que o "ismo" de alcoolismo representava? *Eu me separo*. Essa era ela, isso mesmo. Separando-se e então se perguntando por que se sentia separada. Avery deixou seus olhos escanearem a página do vizinho. Ele parecia estar escrevendo poesia. Ela sorriu para si mesma. Um poeta sóbrio, exatamente o que o mundo precisava. Enquanto ela estava pensando nisso, ele deu uma olhada para cima. Poderia ter ficado constrangido, como ela teria ficado, e fechado a página, mas ele apenas sorriu em cumplicidade. Eles se olharam. Ele era jovem, negro e fascinante, embora não exatamente bonito. Tinha um rosto incomum: a boca reta, séria, e olhos redondos no formato de dois arcos desenhados. Avery ficou impressionada.

Depois da reunião, ela o encontrou do lado de fora, fumando. Ele estava sozinho, parado perto do grupo que estava discutindo em qual Le Pain Quotidien deveriam ir para o companheirismo. Ela parou ao lado dele.

— Posso filar um cigarro? — ela perguntou.

Graças a Deus que você fuma, ela pensou, o argumento inicial de conversa para os tímidos, os desajeitados socialmente e os estranhos autodestrutivos do mundo todo. Ele tirou um cigarro do maço e se curvou para acender o dela com um velho isqueiro Zippo prateado.

— Eu sou Charlie — ele disse, quando a chama surgiu entre eles.

— Avery — ela respondeu, inalando. — Então, você é poeta?

Ele tinha um sorriso irreprimível, como se estivesse em um constante e divertido diálogo consigo mesmo.

— Acertou — ele disse. — E você é americana.

Ela sorriu.

— Acertou também — ela disse.

Um momento de silêncio pairou entre eles como um balão perdendo gás.

— Eu não sabia que poetas de verdade ainda existiam — ela comentou.

— Eu não sei o quanto sou de verdade — ele confessou. — Mas eu existo. Você é americana de verdade?

— Sou de Nova York — ela respondeu.

— Então, não — ele disse, e ela riu.

— E você consegue viver de poesia?

Uma centelha de constrangimento a invadiu. Ela parecia estar fazendo uma entrevista de emprego. Quando se tornara tão conservadora? Ela tinha escrito poesia também quando morava na comunidade. O rosto de Charlie, no entanto, continuou aberto e sociável.

— Alguns conseguem. Mas eu ganho a vida como um humilde *copywriter*.

— Isso não parece tão humilde para mim — Avery disse.

O grupo do Le Pain Quotidien, inclusive a mulher que estava criticando os homens, vinha em bando na direção deles, talvez para convidá-los a participar. Charlie e Avery trocaram um olhar que transmitia o desejo mútuo de fugir. Era ruim, ela sabia, formar duplas e se separar do grupo, uma velha forma de vínculo que não servia para a sobriedade dela, mas então Charlie tocou em seu cotovelo, e ela só conseguia pensar no jeito mais rápido de escapar dali.

— Ei — ele começou, lançando-lhe um olhar de entendimento. — Você vai até o metrô?

Que se foda, ela pensou.

— Vamos — respondeu.

Antes que os outros os alcançassem, eles se afastaram juntos em passos rápidos, os dois dando tragadas regulares no cigarro, uma aprazível sensação de ter escapado apressava o ritmo deles. Era uma bela tarde de verão, e a luz, enquanto eles subiam a ladeira, era como o amarelo intenso da boa manteiga francesa. Londres era adorável quando queria ser, Avery pensou. Charlie virou-se para ela e sorriu.

— E você? — ele perguntou.

— Eu o quê?

— O que você faz?

— Você não sabe que essa é uma pergunta indelicada?

Aquele sorriso de novo. Seus dentes eram surpreendentemente pequenos e brancos, como pequenas pérolas.

— Me desculpe — ele disse.

Avery olhou para seu rosto divertido, tão perto de ser bonito e, no entanto, um pouco fora do padrão, e sentiu que podia perdoar qualquer coisa nele.

— Sou advogada — ela respondeu.

— Ah! — Ele assentiu. — A menos humilde das profissões.

Então Avery sorriu. Era verdade.

— E o que você está fazendo aqui? — ele perguntou, apontando para a reunião com a cabeça. — Muito champanhe e cocaína para você? Teve que desistir?

Isso estava tão longe da verdade dos seus últimos anos como andarilha viciada em drogas que Avery teve de rir.

— O que o faz pensar que essas eram minhas drogas favoritas? — ela indagou.

— Você parece um tipo de senhora elegante.

— Por quê?

— Eu não sei. Os seus sapatos, talvez.

Avery olhou para os mocassins Gucci com fivela. Ela os estava usando no final de semana passado, quando roubou a carteira Chanel acolchoada. Ninguém suspeita de uma mulher de mocassins. Ela ficou corada.

— Não, não me entenda mal. São bonitos — ele acrescentou. — Só estou surpreso de encontrar alguém como você em uma reunião, só isso.

— Há quanto tempo você está lá? — ela perguntou.

— Acabei de completar noventa dias.

Ele mal conseguia esconder seu orgulho. *Então ele era um novato*, ela pensou. Talvez ainda esteja em uma nuvem cor-de-rosa, aquele período de euforia no início da recuperação, quando já se superou a abstinência física, mas a realidade ainda não se impôs. Uma breve janela de tempo em que tudo parece possível. Ela sentia falta disso.

— Veja só, tem todos os tipos aqui — ela explicou. — Em Nova York, dizemos que essa doença ataca todo mundo, da Park Avenue até o banco do parque.

Ele riu.

— Gostei. Qual seria o equivalente em Londres?

— Eu não sei, do Mayfair até o...

— Meu quarto — ele completou.

O rubor não sumia do rosto dela.

— Pode ser — ela disse.

— Como é que eu nunca te vi aqui antes?

— Eu parei de vir por um tempo — ela respondeu.

— Parou por quê?

— Honestamente?

— Claro.

— Eu não conseguia mais ouvir as pessoas falarem de Deus.

Charlie ergueu as sobrancelhas.

— Continue — ele pediu.

— Eu só... Eu não conseguia ouvir que o Poder Superior de alguém nunca manda alguma coisa com a qual a pessoa não consiga lidar. Se fosse assim, nós não teríamos estupro, abuso de menor, incesto ou violência doméstica, e as pessoas não ficariam com estresse pós-traumático, traumas complexos ou dependência de drogas incapacitantes, já que tudo isso é resultado direto de receber *exatamente* as coisas com as quais elas não conseguem lidar.

Charlie estava prestando bastante atenção, mas Avery não sabia dizer se com respeito ou reserva.

— Então você não acredita que tudo acontece por alguma razão e esse tipo de coisa? — ele perguntou.

Ela puxou o ar com força. Poderia dar uma resposta agradável, apropriada para um novato, mas ela era de fato uma advogada, e a compulsão por estar certa, por martelar seu ponto de vista, estava *tão* arraigada nela quanto a respiração.

— Eu acredito que tudo *acontece* — ela esclareceu. — Ponto. Ou ponto-final, como se diz. As coisas acontecem, e temos de aprender a viver com elas, contanto que suicídio não esteja na jogada, claro. Se conseguirmos encontrar sentido nelas, muito que bem, mas, mesmo se não conseguirmos, ainda teremos de viver com elas. O significado é uma meditação posterior, uma anestesia. *Acontece* é a única palavra empírica dessa declaração. O resto é qualquer coisa que o ajude a dormir à noite.

Charlie olhou para ela como se estivesse avaliando a capa de um livro que tinha escolhido mas não tinha certeza se iria querer ler.

— Acho que não consigo contestar isso — ele disse.

Eles andaram juntos, em silêncio, pelas pacatas ruas residenciais. Atrás de um muro de tijolos coberto de hera, duas crianças em uma cama elástica apareciam e sumiam da vista deles, o cabelo loiro subia e caía ao redor do rosto delas, enquanto elas gritavam de alegria.

— E também, minha irmã morreu — Avery disse.

Quando Charlie olhou para ela novamente, a avaliação dele parecia ser outra, mais suave. Havia uma ternura em seu rosto que era totalmente espontânea.

— Sinto muito por isso — ele disse. — Faz pouco tempo?

Avery concordou com a cabeça.

— No ano passado.

— Você se importa se eu perguntar como?

— Não, tudo bem. — Avery limpou a garganta. — De overdose.

— Nossa! — Charlie balançou a cabeça levemente. — Sua irmã era viciada também?

Avery negou com a cabeça. Ela nunca pensou em Nicky desse jeito quando ela estava viva, e pareceria uma traição fazê-lo agora.

— Não — ela disse, com firmeza. — Ela tinha dor crônica. É uma doença chamada endometriose. Os homens não têm isso. — Ela tentou manter a amargura fora da voz enquanto continuava: — Ela foi a muitos médicos, fez cirurgias, mas parece que não conseguiam ajudá-la. Na verdade, eles não serviram de nada.

Ela se lembrou de estar sentada com Nicky no pronto-socorro quando a dor era forte demais para ela conseguir dormir. Ela se curvava toda, como se pudesse ficar pequena demais e a dor não conseguisse encontrá-la. As enfermeiras trataram-na como se ela fosse criminosa. Pensaram que Nicky estava lá por causa das drogas. Tudo o que ela estava pedindo era conforto, um pouco de alívio. Nesse sentido, talvez ela não fosse tão diferente de um viciado. Não estavam todos procurando alívio para alguma dor invisível? Não eram todos pessoas?

Avery tentou modular a voz de modo a parecer razoável, como alguém que estivesse simplesmente contando uma série de eventos trágicos, e não uma mulher meio doida de raiva e tristeza.

— Como é compreensível, em virtude das dores que sentia — ela começou a contar com critério —, ela tomava analgésicos. É para isso que eles servem. Eles *acabam com a dor*. Mas ela criou dependência e acabou comprando um lote na rua que continha fentanil e...

Avery inspirou bruscamente. Algum dia seria mais fácil contar essa história? Algum dia ela deixaria de querer agarrar o mundo, como se fosse uma folha de papel em que tivesse sido feito um erro terrível, e rasgá-la, picá-la e começar de novo?

Mas houve também uma centelha de alívio que Avery nunca admitiu para ninguém. Nicky estava sofrendo havia anos quando morreu. O problema com a dor é que ela é invisível. Avery gostaria de ter lhe dado muletas, algum objeto que a tornasse óbvia para todos em volta dela, mas agora ela sabia que quase toda dor é privada.

A linguagem passava perto, mas nunca a captava. Cada vez que Nicky tentava encontrar as palavras certas, a dor parecia mudar de forma. Às vezes, ela dizia que era uma dor fraca, chata, agourenta e inevitável, como a escuridão do céu antes de uma tempestade. Às vezes era como descargas elétricas quentes que a espetavam e zuniam dentro dela, deixando-a recurvada e com falta de ar. Às vezes, ela dizia que a sentia como ondas batendo, que ganhavam impulso e recuavam, suas entranhas pareciam uma costa marítima açoitada e inflexível. E, quando passava,

Nicky esperava por ela, como um marido inconstante que tinha ido embora com raiva, mas que voltaria uma hora ou outra. Às vezes, ela dizia que a espera era a pior parte.

Quando a linguagem falhava, os números não faziam melhor. Quantas vezes tinham pedido a Nicky para classificar sua dor em uma escala de zero a dez? Era um enigma: se ela escolhesse um número muito baixo, ela poderia não receber o alívio necessário, se escolhesse um muito alto, seria dispensada como histérica. Qual era o número mágico? Ela tentou seis, sete, oito, nove... Nunca se atreveu a se considerar um dez. Avery a tinha visto se contorcer nas salas de espera de hospitais e consultórios médicos, tentando encontrar a combinação certa de palavras e números que desbloquearia o alívio permanente.

Ela nunca a encontrou, mas Avery partiu para Londres assim mesmo. Ela ainda podia se lembrar do lamento de dor que escapou pelo telefone quando Nicky ligou para contar o que os médicos haviam dito. Era tarde da noite em Londres, em uma sexta-feira, e Avery estava em um bar no Soho para conhecer outros amigos terapeutas de Chiti. Ela queria causar uma boa impressão, e não tinha vontade de atender ao telefonema. Mas ela atendeu, ela se lembrava agora, atendeu, sim. A chuva tinha parado logo antes do fim de semana, e as ruas ainda estavam escorregadias quando ela saiu. *Histerectomia.* Ela pressionava a mão no ouvido para abafar o som dos frequentadores que passavam, todos bêbados e animados depois da chuva. *Você poderia repetir?* As luzes néon do bar tremeluziam e cintilavam na calçada molhada. *Histerectomia.* Essa era a palavra que ela não conseguira ouvir. A remoção total do útero. A chave para o alívio permanente.

Na última vez que Avery viu Nicky, ela percebeu que a irmã estava diferente, embora fosse impossível dizer exatamente o porquê. Depois, era dos olhos dela que Avery se lembrava. As pupilas estavam muito pequenas, dois pontos minúsculos que não sustentavam o olhar. O rosto de Nicky parecia água, sempre se movimentando, se ondulando, dançando. A mãe delas costumava dizer que ela deveria ser atriz; ela podia transmitir qualquer emoção — divertimento, irritação, incredulidade — ao arregalar minimamente os olhos ou erguer a sobrancelha. Mas da última vez que Avery a viu, ela estava estranha, muito quieta, como se estivesse se preparando para alguma coisa.

Elas estavam andando pelo Regents Park; Nicky tinha vindo para as férias de primavera, e eram seus últimos dias antes de voltar para Nova York. Ela se comportou como sempre na maior parte da viagem, mas nos últimos dois dias estava mais recolhida. Avery percebeu depois que ela provavelmente estava ficando sem comprimidos, aumentando o espaço entre cada dose para fazer o estoque durar até ela chegar em casa. Era um dia muito quente para a estação, então Avery comprou dois Cornettos no café perto do lago. Enquanto caminhavam, Nicky teve dificuldade em tirar o papel do cone; suas mãos pareciam não cooperar.

Você está bem, Nicks?, Avery perguntou, espiando os dedos trêmulos. Ela pegou o sorvete de Nicky, retirou o papel com delicadeza e o devolveu a ela. *Tem certeza de que está disposta a viajar de avião?*

Por que as pessoas ficam me perguntado se eu estou bem?, Nicky disparou.

Avery olhou-a com surpresa; ela não sabia que havia mais gente perguntando.

Eu vou ficar menstruada, Nicky revelou, depois de uma pausa.

Ah, me desculpe. Avery dirigiu-se para um banco onde elas pudessem se sentar. *E... você sente dores?*

Ela nunca sabia bem como falar sobre a doença de Nicky, por ter consciência, como sempre teve, da injustiça de sua menstruação sempre ter vindo sem incidentes.

Sinto, é óbvio, Nicky confirmou de forma brusca, e então pareceu tentar suavizar sua irritação. *E é um semestre bem ocupado, tenho muitas notas para dar no avião. Mas não é problema. Estou bem, eu prometo.*

Entendo, Avery disse, cautelosa para não a pressionar ainda mais. *Eles têm sorte de ter uma professora que se importa tanto quanto você. Lembra das freiras?*

Nicky deu uma risada seca. As quatro tinham ido para uma escola católica no ensino médio, dirigida por um grupo de freiras que eram desatentas ou ativamente inadequadas para atender às necessidades das crianças. Elas se sentaram em um banco de madeira sob um freixo e observaram os patos com seu andar gingado e pomposo ao redor do lago. Duas crianças gêmeas, vestindo macacões de cores vivas e minitênis Converse de cano alto, correram em direção a um pato selvagem e soltaram gritos agudos de terror e encantamento quando ele abriu as asas e grasnou irado para elas.

Veja aquilo, Nicky disse, sorrindo de repente.

Tão engraçadinhos, Avery comentou, respeitosa, embora na verdade ela achasse que as crianças deveriam deixar o pobre pato em paz.

Você sabia que eu fui mordida por um pato quando éramos crianças?, Nicky perguntou.

Você foi? Quando?

No Central Park, perto do Turtle Pond. Eu devia ter, tipo, uns quatro anos, mas não contei para a mamãe; ela não ficou sabendo.

Por que você fez isso?

Eu achei que ia ter problemas. Ela sempre ficava tão irritada quando a gente precisava de alguma coisa. Acho que eu sabia, desde aquela época, que era melhor me virar sozinha.

Avery assentiu. Ela podia imaginar a cena com precisão. Lucky devia ter só dois anos; Nicky, quatro; Bonnie, sete; e Avery, nove. Um dia no parque com elas teria sido tratado pela mãe como equivalente a um curso de invasão militar. O surpreendente, pensou Avery, é que com apenas quatro anos Nicky já tinha entendido a realidade da família, mas é claro que todas tinham.

Bem, se você for mordida outra vez, Avery alertou, segurando a mão da irmã, *espero que você me conte.*

Nicky sorriu com tristeza.

Meus filhos sempre vão poder me contar, ela disse. *Sempre.* Avery olhou para ela e viu a esperança sob a exaustão, como o sol espiando entre as nuvens. *Mas enfim,* Nicky disse, com uma risada, *fodam-se os patos.*

Avery poderia tê-la pressionado um pouco mais, ela poderia ter feito mais perguntas, mas não fez. Ela ficou sentada no banco segurando a mão da irmã, olhando os patos deslizarem pela água cristalina seguidos por seus patinhos, e ficou em silêncio, feliz por estar com a irmã.

Obviamente, Nicky recusou a histerectomia. Ela queria ser mãe mais do que queria ser livre. Ou, melhor, a maternidade era a forma de liberdade que ela tinha escolhido; não uma vida sem dor, mas uma vida organizada ao redor da dor, o amor combinado com o medo para sempre, uma casa de bonecas de papel construída perto de uma chama acesa. Era para isso que ela estava tomando os analgésicos, para adiar um tipo de dor e abrir caminho para outro melhor. E agora lá estava Avery, prometendo uma criança para Chiti. Mas era isso o que ela queria? O sonho pelo qual Nicky havia vivido? Morrido? Ela poderia amar uma criança porque sua irmã teria amado uma criança? Porque Chiti amaria? Seria suficiente para ela? Deveria ser?

— Merda — Charlie murmurou ao lado dela. Avery tinha quase se esquecido de que ele estava lá. — Lamento que isso tenha acontecido com ela. E com você. Eu, eu não sei mais o que dizer.

Ela o olhou com nervosismo e, de repente, notou a idade dele. Ele era jovem. Uns vinte e poucos anos, vinte e cinco no máximo. O que ele poderia saber sobre perdas?

— Não há nada a dizer — ela respondeu, sua voz voltando à qualidade de nítido controle. — Aconteceu, e eu tenho de viver com isso. Fim da história. Nenhuma justificativa, nenhuma lição oculta, nenhuma *atitude de gratidão.* — Ela quase cuspiu as palavras. — Ela morreu e eu ainda estou viva. A vida é aleatória e injusta, e às vezes é aleatória e mais do que justa. É isso.

A luz amarela estava esfriando para um tom empoeirado de azul. Avery ainda se encantava com a duração das tardes de verão em Londres. Em Nova York, elas pareciam acabar com a velocidade de uma música pop, entregando-se às noites igualmente quentes, mas, na Inglaterra, a luz permanecia como uma nota musical sustentada a perder de vista.

— Eu tive um irmão que morreu também — Charlie disse.

Os olhos de Avery fixaram-se nele com surpresa.

— Sério?

— Sim, de leucemia. Eu ainda era muito jovem, então realmente não entendi o que tinha acontecido até ficar mais velho. Só me lembro da minha mãe chorando o tempo todo.

— Isso é horrível. Coitada da sua mãe. E de você.

— Uma coisa que nunca muda é que eu ainda penso em mim como um dos três, embora sejamos só minha irmã e eu desde os meus sete anos. É como um membro invisível que ninguém sabe que eu tenho, mas que está sempre lá. Faz parte de mim.

Avery assentiu com vigor.

— *Exatamente.* Eu sinto exatamente a mesma coisa. Exceto que sou uma entre quatro, ou era. Todas mulheres. Eu sou a mais velha.

— Ah, entendo, é mesmo difícil. E, se é a mais velha, você sente que tem de ser forte por causa das outras, pelo menos foi assim com minha irmã. Sinto muito por você estar passando por isso. Eu não entendo, mas entendo. Você entende?

Avery assentiu.

— Entendo.

Charlie olhou para ela e sorriu.

— Bem estranho, não? Que nós dois tenhamos passado por isso? Eu sabia que tinha alguma coisa em você.

Avery se permitiu dar o mais leve dos sorrisos. Havia muito tempo desde que alguém a fazia se sentir especial.

Ela jogou o cigarro no chão e o apagou com o salto dos mocassins ridículos.

— Então, e você? — ela perguntou. — Você acha que tudo acontece por alguma razão? Que há um Deus benevolente zelando por nós?

Charlie passou a mão pela nuca e ofereceu algo entre um sorriso e uma careta.

— A recuperação realmente nos tira a capacidade de ficar só na conversa-fiada, hein?

Avery riu baixo.

— Você não precisa responder.

— Não, é uma boa pergunta.

Ele olhou para um bando de pombos que voaram da árvore acima deles, partindo em uníssono, como os pássaros sabem fazer de uma maneira mágica.

— Eu não acho — ele falou, baixinho. — Mas gostaria de achar. Eu gostaria de ter o Deus da minha mãe, na verdade. Não toda aquela coisa de Testemunha de Jeová que ela pratica, aquilo é um pouco demais para mim. Mas ela acredita em algo que acredita nela, ou pelo menos que ela *acredita* que acredita nela. E isso a conforta, sei que sim. Eu a invejo por isso.

Avery seguiu o olhar de Charlie até a árvore agora vazia. As folhas brilhavam em um verde elétrico à luz da noite.

— Eu gostaria de ter o Deus da sua mãe também.

Charlie assentiu, pensativo.

— Se eu o tivesse, com certeza teria gastado muito menos dinheiro com cocaína — ele disse.

Avery soltou uma gargalhada.

— Verdade. E eu provavelmente não teria injetado heroína na minha virilha — ela contou.

Charlie fitou-a com surpresa.

— É mesmo? Não consigo nem imaginar. Ou você era uma daquelas garotas chiques da heroína?

Avery enrubesceu de leve. Até onde ela sabia, nunca ninguém havia pensado nela como chique fazendo algo, fosse heroína ou qualquer outra coisa.

— Eu morei em uma comunidade por um tempo, um grupo de libertários marxistas e anarquistas, e depois em um estacionamento em Tenderloin. Acho que devia significar algum tipo de protesto de vinte e quatro horas contra o sistema, mas o que mais fazíamos era nos injetar e transmitir piolhos.

Charlie riu, e o som era como deslizar suavemente por um corrimão, de um andar até o outro andar, até outra vida.

— E deu certo? — ele quis saber. — Você se sentiu livre das correntes do capitalismo?

— O que eu mais senti foi coceira — ela respondeu.

— Quanto tempo durou?

— A coceira?

— Aquela vida.

— Até eu fazer vinte e três e ficar sóbria.

— Então você tem...

Ele estava tentando adivinhar a idade dela, mas ela permitiu que ele soubesse.

— Dez anos no mês que vem — ela revelou.

Vinte e três mais dez. Ela tinha trinta e três anos, estava sóbria havia mais tempo do que tinha bebido ou usado drogas. Mas não se sentia sóbria de forma alguma. Ela se sentia perdida.

— Caramba, isso é sensacional — Charlie disse, e a palavra na boca dele soava como algo suave e delicioso, como uma fruta de um país estrangeiro que ela ainda iria provar.

— Ainda não sei o que é — Avery afirmou. — Mas, definitivamente, é alguma coisa.

Na estação de metrô, eles trocaram os números de telefone e um abraço estranho e longo. Quando ela chegou em casa, foi direto para o escritório pesquisar o nome dele. Ficou surpresa ao encontrar dezenas de artigos sobre o trabalho dele e vídeos de suas leituras; ela o tinha considerado um amador, mas ele era uma coisa raríssima: humilde.

Espiando por cima do ombro para ver se Chiti não estava por perto, ela deu play no primeiro vídeo que apareceu. Parecia ilícito, como se ela estivesse vendo pornografia, e não uma leitura de poesia.

Ele estava em pé diante de uma multidão compacta em um dos bares de East London, onde Avery nunca tinha estado, o público voltado com o rosto para ele. Eram todos magros, jovens e capazes de sentar-se no chão, de pernas cruzadas, sem qualquer dificuldade. Ela pôde ver uma jovem usando uma boina militar vintage.

Charlie parecia descontraído em um casaco de moletom vermelho e jeans, parado acima dos outros, todos os olhares fixos nele. Então começou a falar, sem cerimônia, sem constrangimento, recitando de memória, com um meio-sorriso no rosto que parecia sugerir que, sim, ele estava lá, participando de forma honesta dessa tradição antiga da poesia oral, mas ele também ria levemente de si mesmo por estar lá, ria de todos eles, da iniciativa toda. Enquanto falava, ele flutuava com suavidade entre a gravidade e a leveza, o cósmico e o cômico, nunca aterrissando em um lugar por muito tempo.

Na hora em que o poema terminou, Avery não sentiu que *o* queria, não exatamente; ela queria *ser* ele. Ela queria fazer uma cama no quarto do peito dele e morar lá. Queria falar, e que as palavras dele saíssem da boca dela. Queria ser um homem no palco, com uma mulher de boina olhando-a fixamente como se ela tivesse acabado de inventar o idioma. Queria ver o mundo como ele e fazer disso uma oferenda.

No dia seguinte, Charlie mandou uma mensagem para ela avisando que iria para uma reunião às seis horas da tarde, e Avery respondeu imediatamente que iria encontrá-lo lá. Era o mais cedo que ela sairia do escritório em meses; com frequência, ela ficava trabalhando até depois das oito da noite, e levava mais serviço para casa para dar uma olhada após o jantar. Chiti já aceitara isso havia muito tempo e, às vezes, até agendava clientes tarde da noite também, sobretudo aqueles que, assim como Avery, lutavam com os limites do trabalho.

Mas elas passavam tempo suficiente juntas, Avery disse para si mesma. Elas faziam longos passeios a pé no parque nacional de Lake District e iam jantar regularmente no restaurante italiano na parte superior da rua principal, onde a massa vinha assada em papel-alumínio e o anfitrião sempre trazia para elas uma fatia de tiramisu como cortesia. Mas Avery não saía cedo do trabalho para ficar com Chiti havia muito tempo, e era isso, mais do que qualquer outra coisa, que a incomodava enquanto ela seguia até a igreja.

Então entrou na reunião e viu Charlie, sentado tranquilo na última fileira, com um braço apoiado no encosto de uma cadeira que estava guardando para ela, e Avery não pensou em mais nada.

— Oi, americana — ele disse.
— Oi, poeta.

Ele lhe ofereceu um exemplar de *Os doze passos e as doze tradições*, que o grupo estava lendo naquela semana. Eles compartilhavam o livro, as cabeças inclinadas e próximas, acompanhando enquanto cada pessoa lia uma passagem.

O AA muitas vezes fazia Avery se sentir como se estivesse na escola outra vez, com a leitura em voz alta, os estudos do Livro Azul, o trabalho dos passos com um padrinho, tão semelhante a uma lição de casa.

Ela gostava do fato de as reuniões sempre começarem e terminarem no horário, cada início com o preâmbulo familiar e cada final com a mesma prece entoada em grupo. Depois de anos de caos e turbulência, elas lhe davam a sensação de segurança, estrutura — que deveria ser, ela imaginava, o objetivo.

Mas agora, sentada ao lado de Charlie, ela realmente se sentia como uma estudante de novo, a força quente da paixão formigando nas maçãs do rosto quando ela inalava o perfume de almíscar e fumo que era apenas a brisa masculina da pele dele. No fechamento, quando eles formaram um círculo e ela deslizou a mão sobre a palma fria e seca dele, Avery sentiu algo que não sentia havia muito tempo: o *frisson* do desejo.

Mais para o final daquele semana, ela encontrou Charlie em outra reunião. Lucky estava chegando de Paris naquela noite, e ela sabia que deveria ir direto para casa depois do trabalho para encontrá-la, mas era tão agradável, pelo menos uma vez na vida, não fazer o que ela deveria fazer. E, para ser honesta, ela queria uma desculpa para não ficar em casa. Chiti já tinha começado a pesquisar os sites de doadores de esperma depois da conversa no aniversário de morte de Nicky, e ficava alegre ao atormentar Avery com perguntas que modificariam a vida com a mesma leveza de quem pergunta o que ela iria querer para o jantar — ela tinha preferência quanto à raça do doador? Altura? Ela queria saber onde ele tinha feito faculdade? —, enquanto Avery sentia que o ar estava sendo sugado lentamente da sala.

Ela o encontrou no subsolo de uma igreja no Belsize Park, em uma reunião de meditação onde discutiam o décimo primeiro passo. Avery abriu os olhos durante a meditação e viu Charlie observando-a com seu olhar calmo e imóvel. Primeiro, ela tentou brincar com a situação e fez uma cara de boba para fazê-lo rir, mas ele continuou olhando para ela com sua compostura serena. Por fim, ela se aquietou também, e eles ficaram sentados assim, olhando-se nos olhos em um silêncio que parecia alcançar a eternidade. Só quando o sinal tocou e a sala voltou à vida, com os suspiros e ruídos habituais, é que os olhares deles se separaram. Enquanto a secretária lia o roteiro, Avery olhou para o colo, tomada de repente pela vontade de se sacudir como um cachorro molhado, ou de cair na gargalhada ou escancarar a boca em um grito, *qualquer coisa* para aliviar a intensidade daqueles últimos poucos minutos. Todo o seu corpo estava vibrando com uma nova eletricidade. *Química,* ela pensou, maravilhada. Impossível forçar ou fingir. Inexplicável e inegável. Quem poderia saber por que ela sentia isso com Charlie? Ela só sabia que sentia.

Ele a estava levando de volta para Hampstead depois da reunião quando ela se dirigiu a ele.

— Eu assisti algumas das suas leituras — ela disse.

Charlie ergueu as sobrancelhas, surpreso.

— Você andou me pesquisando?

— Só fazendo minha auditoria legal. Afinal de contas, eu sou advogada.

— O que você achou?

Ela sorriu.

— Pegando uma palavra sua emprestada... sensacional.

Charlie sorriu e não fez nenhum esforço para esconder sua satisfação.

— Elas eram o que você esperava? Minhas poesias?

— Pensei que elas seriam mais políticas, mas são um tipo de poesia festiva.

Ele riu.

— Não, eu quis dizer de um jeito bom! — Avery continuou. — Tipo, elas poderiam ser lidas no meio de uma festa e não interromper o fluxo das festividades. Mesmo quando são tristes, elas parecem uma celebração.

Charlie arrancou a folha de um arbusto e começou a parti-la em confetes verdes.

— É interessante você dizer isso. Acho que há uma expectativa de que alguém como eu tenha de defender algo político, mas eu sou filosófico. Gosto mesmo dessa ideia de que meu código de ética não tem de vir de nenhuma doutrina. Não existe o certo ou errado intrínseco, só o que é certo ou errado para mim.

— Então, em essência, niilismo moral cruzado com egoísmo psicológico?

— Sim, é exatamente disso que se trata — Charlie confirmou, lançando-lhe um olhar impressionado.

— Eu estudei filosofia na graduação, um fato que em geral me torna insuportável para noventa e nove por cento das pessoas.

— Acho que você é o oposto de insuportável — Charlie disse. — Eu te suporto com alegria.

Avery ficou corada, então ficou mais ainda ao perceber que estava ficando vermelha. Ela limpou a garganta.

— Então você age em interesse próprio o tempo todo? — ela perguntou.

— Bastante.

— Mesmo à custa dos outros?

— Às vezes.

— Mas se todo mundo agisse dessa forma e meus interesses e os seus estivessem em oposição, como haveria ordem? Se não houvesse um sistema de valores ou código moral aceito?

Charlie limpou os restos da folha das mãos.

— Olha, cara, tudo o que eu sei é que cresci em um ambiente religioso severo, que me dizia que a maior parte do que eu queria me tornava moralmente errado. Eu me senti muito mal por muito tempo da minha vida, achava que aquele era o jeito que tinha de ser. Então comecei a fazer *muito esforço* na outra direção, e percebi que não tinha. Total independência moral, é nisso que acredito. Responder a mim mesmo e a mais ninguém.

Avery sorriu. Ele falava como ela dez anos antes.

— E como você se sente?

— Livre. Eu me sinto livre.

Charlie correu à frente dela e pulou para se agarrar a uma barra de andaime. Ele se ergueu em uma rápida sucessão de *flexões na barra*; a camiseta subindo para revelar os quadris estreitos. Ele era ágil e firme, como um peixe.

Avery se aproximou e ficou abaixo dele, incapaz de esconder a admiração. Ela olhou para seu rosto, que estava contraído pelo esforço.

— Ai, você é tão grande e forte — ela brincou.

Ele desceu com graciosidade na ponta dos pés, em frente a ela, parado com o rosto a poucos centímetros do dela.

— O que você disse? — ele perguntou.

Seu rosto estava aberto em um sorriso, e os olhos não se desviaram dos dela.

— Você é tão grande — ela disse.

Ele a puxou para perto de si.

— E?

— E forte — ela concluiu.

Então ele a beijou, e Avery finalmente entendeu o significado da expressão "perder a cabeça". Os lábios dele encontraram os dela e foi como o suave som de um fusível explodindo. Tudo dentro dela foi lançado em uma escuridão bem-vinda. Sua mente estava linda e alegremente em branco. Que alívio não ter mais de pensar. Não ter mais de fingir que estava inteira. Eles se beijaram por uma hora, as mãos dele agarrando e amassando o corpo dela com tanta força como se pudessem moldá-la em outra forma, em outra pessoa. Quando ela finalmente se separou dele para ir encontrar Lucky, ela já sabia que era tarde demais.

...

Avery estava parada do lado de fora do endereço que Charlie havia enviado para ela, e expirou bem devagar. Iria mesmo fazer isso? Um beijo era uma transgressão, mas isso... Isso seria uma traição. Seria pior por ele ser homem? Chiti sempre ficou só com mulheres, pois sempre soube que era o certo para ela. Avery ficou com homens na adolescência, depois nunca mais; "meninos" era o termo mais adequado. Ela sempre disse que só tinha amado Chiti, mas não era cem por cento verdade. Primeiro, houve Freja, embora equiparar aquele relacionamento ao que ela tinha com Chiti era como comparar uma lareira com um incêndio florestal. Uma era conforto; a outra, uma hecatombe.

Avery conheceu Freja em um aula chamada Odisseia Humana para o Existencialismo Político, durante seu último ano em Columbia, onde Freja também estava se formando em filosofia. Ela era da Suécia, e parecia mesmo ser. Os olhos dela eram como vidros marinhos, com sobrancelhas e cílios brancos e brilhantes, e sua pele ficava da cor de areia molhada ao sol. De inteligência feroz e arrogantemente determinada a viver de acordo com seus próprios princípios, ela acreditava que a satisfação pessoal era a mais nobre das atividades, e a busca da independência era o objetivo moral da vida. É claro que ela lia muito Ayn Rand. Ela não era, Avery se dava conta agora, diferente de Charlie. Foi Freja quem lhe apresentou a heroína — *horse,* como ela a chamava com sua despreocupação bacana, insistindo que não era de fato viciante, a não ser que fosse injetada. Considerando seu comprometimento com a autodeterminação, não foi tanta surpresa o fato de Freja ter saído da faculdade antes de se formar para fazer parte de uma comunidade anárquica, não hierárquica e dirigida por consenso no norte da Califórnia, embora, com seu *éthos* de independência acima de tudo, Avery tenha imaginado que ela teria problemas com a parte do consenso. O grupo vivia em uma fazenda vazia fora de São Francisco, propriedade dos avós de um dos fundadores, um garoto com um fundo fiduciário e que não era anarquista o suficiente para acreditar na abolição da herança, e que mantinha Freja dependente de um suprimento regular de sedativos. A dependência de drogas, pelo que se vê, foi um supressor eficiente da independência.

Todo mundo as chamava de sal e pimenta, pela forma como o cabelo loiro-branco de Freja parecia quando estava perto do chanel preto de Avery, mas também porque elas eram inseparáveis. Elas pertenciam uma à outra. Freja foi a primeira pessoa que Avery amou de verdade fora da família, a primeira mulher com quem ela tinha dormido, a primeira pessoa a lhe proporcionar um orgasmo. Elas ficavam no minúsculo quarto mobiliado que Freja havia alugado, perto do campus, de um casal de idosos que ela conhecera por intermédio do Conselho de Habitação da Igreja Sueca. O quarto tinha sido da filha deles — antes de ela ter se casado ou morrido, Avery nunca confirmou qual dos dois tinha acontecido — e estava coberto de crochê, bonecas de porcelana e lembranças da Virgem Maria.

Na primeira vez que Freja desapareceu debaixo das cobertas para beijar o sexo de Avery, Avery olhou para cima e viu uma imagem de Maria sorrindo para ela. O tempo derretia e diminuía de velocidade; pequenas ondas de prazer se sobrepunham e se reuniam nela como uma piscina natural de águas quentes. A sensação era tão boa, tão certa. A boca de Freja, suave e insistente como as ondas do mar, dava aquela sensação dentro dela, de luz sobre a água. Nada como os meninos de antes. Acima dela, a Virgem Maria sorria, e foi encarando seus olhos cinzentos e benevolentes que Avery teve um orgasmo intenso pela primeira vez. Desde então, ela tinha um ponto fraco secreto pela Mãe de Deus.

Avery gostava dos efeitos da heroína, mas foi Freja quem a deixou chapada de verdade. Depois que Freja partiu para a Califórnia, Avery passou por uma das piores separações da sua vida. Ela sentia falta de tudo em Freja: os pelos loiros sedosos nas pernas, o gosto doce-salgado, a risada alta e rouca, o jeito de acrescentar uma questão negativa a suas afirmações, como se convidasse e desafiasse Avery a contradizê-la. *Muita luz do sol é ruim para o pensamento crítico, não é? Vamos fazer amor na biblioteca e depois tomar um sorvete, não?* Avery esperou até se formar e todas as irmãs saírem de casa, sofrendo de saudade o tempo todo, e então se mudou para o Oeste atrás de Freja. Elas estavam morando juntas na fazenda havia alguns meses, sem objetivo e cada vez mais drogadas, quando um dos outros membros da comunidade subiu até a janela do quarto delas e estuprou Freja enquanto Avery dormia ao lado dela, inconsciente e entorpecida pelas drogas. No dia seguinte, quando Freja contou para o grupo, a maioria dos homens disse que estupro era uma *escolha;* ela tinha a opção de ver a experiência como consensual, bastava exercê-la.

As duas fugiram para São Francisco, dormiram nas ruas ou em motéis quando os pais de Freja mandavam dinheiro, e roubavam todo o resto de que precisavam. As duas estavam muito magras, aflitas com os piolhos, as aftas, a pele seca e as abstinências intermitentes, mas elas ainda eram sal e pimenta, Avery acreditava, ainda feitas uma para a outra. Então, Freja teve uma overdose. Ela sobreviveu, mas os pais, altos e loiros, chegaram no Hospital Geral de São Francisco parecendo deuses nórdicos, pegaram Freja e a levaram de volta para a Suécia sem dizer uma palavra para Avery. Foi para Nicky que ela ligou do telefone público do hospital. Nicky usou todas as suas milhas aéreas para reservar um voo para ela voltar para casa, embora Avery não fosse aparecer para agradecê-la pessoalmente durante mais um mês. Seu orgulho não permitia que ela fosse vista naquele estado por nenhuma das irmãs, então foi para uma clínica de desintoxicação gratuita diretamente do aeroporto, naquele tempo em que ainda era possível aparecer sem avisar e ficar por vinte e oito dias. Ela nunca mais teve notícias de Freja, mas, com o tempo, parou de tentar encontrá-la e sentiu-se aliviada. Aquele amor tinha sido um tipo de loucura e, assim como afirma o segundo passo do AA, ela precisava voltar à sanidade.

 Mas agora, parada na frente da casa de Charlie, aquela velha insanidade estava de volta. O que havia nela que amava um incêndio? Era inútil fingir para si mesma que ela não iria entrar depois de ter feito todo o trajeto até ali. Aquele tormento anterior fazia parte do processo. Ela não conseguia nem mesmo se autossabotar de uma forma espontânea. O hedonismo, ela estava descobrindo, não funciona bem quando se está sóbria, aflita e com trinta e três anos. O endereço que ele tinha dado a ela era de uma casa geminada de tijolos vermelhos no coração de Willesden Green. Era provável que ele tivesse colegas de quarto, ela teve o pensamento sombrio, o tipo de banheiro com xampus de muita gente atrapalhando na borda da banheira. Avery subiu a escada curta e estreita até a porta da frente, pintada em um tom vivo de verde, e ergueu a aldrava. Sua mão tremia. Ela olhou-a fixamente e percebeu que estava toda tremendo. Podia parar com tudo agora mesmo, ela se lembrou, podia dar meia-volta e ir para casa. Mas ela sabia que não o faria, ela se sentia viva demais.

 Charlie abriu a porta vestindo calça de moletom preta e sem camisa, os músculos dos ombros e dos braços ondulando.

Avery quase riu. Pelo menos ele estava vestido para a ocasião. Ela passou pela porta e o beijou. O peito dele, sob as mãos dela, parecia algo retesado e pronto, sem a maciez da oferta de carne a que ela estava acostumada. Ela beijou o peito dele, desceu a língua pelo abdômen, e ajoelhou-se ali mesmo no corredor. Era como lamber mármore. Sensacional.

— Aqui, não — ele disse, rindo enquanto a levantava.

Agora que ela tinha se decidido, estava se sentindo no auge da própria imprudência. Seria quase um alívio ser pega. Só algo de fora dela poderia pará-la agora. Mas a casa estava silenciosa. Avery seguiu-o escada acima, espiando a sala pequena enquanto passava. Viu um sofá floral desbotado, a lareira cheia de fotografias de rostos sorridentes. Charlie quando era um menininho de óculos e gravata. Uma adolescente com beca. Uma foto em preto e branco de uma mulher bonita, provavelmente a mãe dele, em um longo vestido de noiva branco e ao lado de um homem de postura rígida com terno e colete. No quarto dele, livros estavam por todo o lugar, empilhados em uma cômoda pequena e encostados nas paredes. Os lençóis cinza na cama baixa de solteiro estavam esticados e dobrados meticulosamente, como em um hotel.

— Você tem cama de solteiro — ela disse.

Ele sorriu.

— É a casa dos meus pais.

Avery largou a bolsa no chão e tirou os sapatos.

— Claro que é.

— Ei, os aluguéis não são baratos em Londres, cara.

— Eu não vou ter que encontrar a sua mãe, vou?

— Ela está no grupo da igreja, e meu pai está no trabalho — ele respondeu. — Então você vai ter que se contentar comigo.

— Você nunca mencionou o seu pai antes — Avery notou.

— Não tenho muito o que dizer. É só um homem bom, sólido.

— Como você?

Poderia ser uma afirmação, mas foi uma pergunta.

Charlie deu um sorrisinho maroto.

— Acho que você não veio aqui pra falar da minha família — ele disse.

Ele habilmente desenredou Avery do vestido trespassado até que ela estivesse na frente dele só com a tanguinha preta de algodão. Os olhos dele se arregalaram ao observá-la. Ela tinha uma serpente delgada enrolada em um braço, a língua em forma de punhal lambia-lhe o cotovelo. Um pequeno estorninho aninhado sob cada clavícula.

— Belas tatuagens — ele comentou.

Avery deu de ombros.

— Vida passada.

— Quantas você tem?

Ela olhou para ele com malícia.

— Você vai ter que descobrir.

Ele a pressionou contra o colchão e escorregou os dedos no corpo dela em uma suave escavação, verificando a sola dos pés, a parte interna das coxas, sob cada seio. Ele encontrou um barquinho deslizando nas ondas das costelas, um rosto desenhado com um único traço, como o de Matisse, na parte interna do braço, o símbolo da anarquia no ombro, que ela tinha deixado Freja fazer com uma agulha improvisada enquanto estava chapada. Sobre o coração, ela tinha três letras pequenas: BNL. Ele traçou-as com os dedos.

— Minhas irmãs — ela explicou.

Ele assentiu em silêncio.

— Só tem mais uma — ela informou.

Ele se sentou nos calcanhares.

— Eu desisto.

Ela puxou o lábio inferior para revelar um trevo de quatro folhas tatuado na carne rosada da parte interna da boca.

— Você é cheia de surpresas — ele disse.

— Como um ovo de Páscoa?

Ele subiu na cama, encaixando o corpo no dela.

— Não um ovo de Páscoa que eu já tenha ganhado.

Avery fechou os olhos quando Charlie deslizou a mão sob a calcinha. Oito anos com Chiti e elas ainda faziam sexo, mas ela tinha de *escolher* ficar excitada. Não era mais instintivo, do jeito que tinha sido no começo, um impulso carnal impossível de ignorar ou negar. No presente, um alarme interno soaria em uma delas avisando que já havia se passado muito tempo, e então elas decidiriam transar. Ainda era bom, mas parecia mais manutenção do que luxúria. Aqui era diferente. Seu corpo agia sem pensamentos, sem instruções.

— Uau — ele disse.

Ele retirou a mão do meio das pernas dela, e seus dedos estavam escorregadios com a umidade.

— Desculpe — ela sussurrou, embora não tivesse bem certeza pelo quê. Parecia excessivo, de alguma forma, evidência de algo demasiado nela.

— Não, eu adoro, adoro — ele murmurou.

E então ele ficou de joelhos, tirou a calcinha dela e colocou a boca, a respiração quente, a língua nela. Ela o puxou de volta para cima.

— Assim, não. — Ela foi com a mão até o meio das pernas dele. — *Assim.*

Ele se libertou da calça em um movimento, e ela percebeu que ele estava sem cueca. Ele se acariciou com uma mão e colocou um dedo da outra de volta dentro dela.

— Tem certeza? — ele perguntou, as mãos se movimentando em conjunto, uma nele, outra nela.

Avery assentiu e fechou os olhos. Ele se deitou sobre ela e então empurrou o membro para dentro em um longo ímpeto. Ela ficou ofegante. Quando foi a última vez que ela tinha sentido isso? Dez anos antes? Mais? Ela nunca tinha dormido com um homem sóbrio. Charlie começou a se movimentar, entrando e saindo devagar, e ela se ouviu emitir sons que não eram familiares, gemidos e ganidos animalescos. Ele parecia estar tocando na parte mais profunda dela. Enquanto ela gemia, ele apoiou a cabeça dela entre as mãos dele e a olhou. No rosto dele, acima dela, não havia defesa alguma.

— Eu não estou te machucando? — ele perguntou.

Ela balançou a cabeça.

— Não.

— Quer que eu pare?

— *Não.*

Ela cerrou os olhos novamente e levou a boca até a dele. Ela respirou seu hálito. Tinha um gosto vagamente doce, como suco de maçã. Então ele estava se movimentando dentro dela outra vez, em golpes rítmicos profundos, direcionados ao centro dela. Ela estava transpirando, e ele também, os peitos de ambos se esfregando e escorregando. Ele afastou o cabelo das têmporas úmidas dela e a beijou ali. Ela afundou o rosto no calor do pescoço dele. Não pensava em nada, exceto na sensação que ele lhe causava. Era de não pensar que ela mais gostava, o não pensar que ela queria que nunca terminasse.

— Estou quase — ele disse, finalmente.

— Espere por mim.

Ela agarrou as nádegas dele e o puxou para dentro dela, cada vez mais fundo, em uma sucessão de golpes rápidos e nítidos. Então ela espremeu a mão entre a pélvis dele e a dela, para que pudesse se tocar enquanto ele se movimentava dentro dela. Com uma imensa onda latejante, ela gozou. Sentiu dor e mais dor. Quando a onda serenou, ela sentiu uma liberação involuntária e ouviu um suspiro suave enquanto ele se derramava dentro dela. O olhar de Avery se voltou para dentro de si. Lá estava ela, aquela sensação não solicitada e, no entanto, não esquecida, do prazer combinado com a dor. Assim como pressionar o êmbolo de uma seringa.

...

Depois, eles estavam deitados lado a lado, as costas na parede, as pernas meio para fora da cama estreita. Ele se inclinou para pegar a calça amassada e colocou-a sobre a virilha, em um gesto de constrangimento que a surpreendeu. Ela olhou para baixo, para ver o sêmen escorrendo de dentro dela. Ele formou uma mancha escura no edredom cinza, entre as pernas dela.

— Merda — ela disse. — Desculpe.

— Aqui.

Ele pegou uma perna da calça e pressionou-a contra ela, como se estivesse estancando o sangue de uma ferida.

— Obrigada — ela disse, limpando-se de qualquer jeito com o tecido.

— Você usa... algum tipo de método contraceptivo?

Ela olhou para ele.

— Por que os homens sempre perguntam isso *depois* de gozar dentro da gente?

Charlie abaixou a cabeça, envergonhado.

— Não se preocupe — ela falou. — Eu cuido disso.

— Lamento não ter perguntado — ele disse. — Me avise se eu puder pagar pelo...

— Não, de jeito *nenhum* — Avery vociferou.

Ela se levantou e vestiu a calcinha, então começou a se embrulhar de volta no vestido. Estava com dificuldade de encontrar o buraquinho pelo qual a faixa passaria para amarrá-lo na cintura.

— Sou eu quem deveria pedir desculpas — ela disse, depressa. — Você é novato, e eu sou...

Charlie se levantou e vestiu a calça de moletom, visivelmente indiferente ao fato de ela ter sido usada para enxugar esperma. Ele deu um passo até Avery e tirou a faixa da mão dela, passando-a com habilidade pela fenda no tecido na cintura, e então amarrou-a com a outra faixa depois de dar a volta no corpo dela.

— Olha, eu tenho três meses, mas não três meses de idade. Eu tenho vinte e sete, cara.

Avery olhou para o rosto dele. A idade de Nicky. Ele tinha a idade de Nicky.

— Vinte e sete é jovem — ela disse, em voz baixa.

— Não me parece.

— Só que... é o seu primeiro ano no programa. Você vai ver, é um período de vulnerabilidade.

— Eu sei, eu sei. Mas já mudei muito.

Charlie foi até a calça jeans pendurada na cadeira da escrivaninha e tirou um maço de cigarros e o isqueiro Zippo prateado do bolso de trás. Abriu a janela e fez um gesto para ela se aproximar.

— Quando você começou a fumar? — ela perguntou, aceitando o cigarro que ele lhe oferecia.

— Quando eu tinha doze anos. Fumei meu primeiro baseado e meu primeiro cigarro no mesmo dia, com meu primo mais velho. Eu só queria ser como ele.

— Onde está seu primo agora?

— Ele trabalha no centro, a esposa dele é modelo e tem gêmeos a caminho. Acontece que eu fui a má influência. E você?

— Catorze, eu acho. Estava no Central Park voltando da escola para casa e pedi um para um empresário japonês. Eu fumei muito rápido e acabei vomitando numa planta. Prometi para mim mesma que nunca mais fumaria.

— É, conheço essa ladainha. Nunca mais, nunca mais.

Avery sorriu com tristeza. Ela estava dizendo isso para si mesma naquele exato momento.

— Você conhece esta piada que meu padrinho me contou? — Charlie perguntou. — Um alcoolista vai roubar a sua carteira, mas um viciado vai roubá-la *e* ajudar a procurá-la. É por isso que sei que definitivamente sou viciado, porque, juro por Deus, eu já fiz isso, porra. Eu já menti tanto que nem sabia mais que estava mentindo.

Honestidade? O que Avery sabia a respeito de honestidade? Ela apoiou a cabeça no batente da janela. Uma brisa quente soprou.

— Talvez esta não seja uma boa hora para dizer que eu sou casada — ela confessou.

— Eu sei — ele disse.

Ela olhou para ele com surpresa.

— Com uma mulher — ela acrescentou.

— Eu sei — ele respondeu.

— Como?

— Eu pesquisei sobre você também. Você tinha um registro de casamento. Sua esposa tem um nome muito bonito. Eu não consigo me lembrar agora.

— Chitrita — Avery disse, com suavidade. — Eu poderia ser divorciada.

Charlie assentiu.

— Poderia.

— Mas não sou.

— Tudo bem.

— E isso não faz nenhuma diferença para você?

— Monogamia, fidelidade, heterossexualidade... *Não são palavras a que eu dê muito valor.*

— Certo — Avery concordou. — Porque você é um egoísta amoral.

— Exatamente.

— Bem, isso é conveniente para você, o triste é que essas palavras de fato significam alguma coisa para mim.

Charlie virou-se de modo a ficar de frente para ela na janela.

— A verdade é que eu estou tentando não entrar em nada complicado agora. Você parece uma pessoa inteligente, bacana, que está passando por alguma merda. Se quiser me usar para se sentir melhor, eu não reclamo. Já estive com homens. Já estive com mulheres. Casadas, solteiras. Não vou me sentir mal por alguma coisa só porque alguém me disse que eu deveria. Eu decido o que é bom para mim.

— Porque você é livre — ela disse.

— Exatamente.

— Bem, obrigada por me deixar te usar.

Charlie riu.

— Quando você quiser. Você é bacana, sabe? Você é real.

— Você é real também. — Ela sorriu com certo constrangimento. — Seja lá o que isso quer dizer.

Ele olhou ao redor do quarto.

— Agora, eu só preciso mesmo é de um apartamento e de uma cama maior.

Avery riu e olhou pela janela para o gramado seco do jardim. Havia uma rede de futebol estraçalhada em um canto, um bonito pé de hortênsia com flores espumantes no outro. Em algum lugar, por uma janela aberta, ela podia ouvir o público rindo na TV.

— Você sabe o que realmente me torna viciada? — ela perguntou. — Não é a quantidade de drogas que eu usei nem o quanto bebi. Não são nem mesmo as mentiras.

— O quê?

Ela inspirou tão profundamente que seus pulmões arderam.

— Eu encontro o que me dá prazer e embarco nisso até me dar dor — ela respondeu. — Toda vez.

Charlie olhou para ela com seu meio-sorriso engraçado.

— É, mas de que outra forma você saberia quando parar?

CAPÍTULO SETE

Lucky

Lucky ficou dois dias de ressaca, o que era um recorde para ela. No sábado, ela passou quase o dia todo na cama; ao acordar, encontrou primeiro chá com torradas, então macarrão e paracetamol, e finalmente sopa e bolachas salgadas na mesa de cabeceira, colocados por Avery ou Chiti. O domingo trouxe a inevitável explosão de raiva de Avery, cujo universo de domesticidade enfadonho não fora construído para suportar a invasão de uma bola de canhão como a libertária Lucky. Avery e Lucky tinham brigado muito a vida toda, mas nunca guardaram rancor. Rápidas na raiva, rápidas no perdão, esse era o jeito delas. Então Lucky ficou surpresa quando Avery não voltou para casa até tarde da noite e foi direto para o quarto sem dizer uma palavra, enquanto ela e Chiti estavam sentadas no andar de baixo assistindo a um filme. Lucky se virou e viu a figura de Avery deslizando silenciosa e suavemente escada acima, e sentiu, pela primeira vez, que não conhecia a irmã tão bem como imaginava.

Na segunda-feira de manhã, Avery, ainda reticente, saiu para trabalhar e Chiti desapareceu no seu consultório de casa para atender aos pacientes, de modo que Lucky ficou sozinha. Ela já não sentia o corpo como se fosse um travesseiro que tivesse sido enchido com pedras e vidro quebrado, depois colocado em uma secadora, mas também não se sentia tão bem. Tinha sido uma daquelas quedas contraditórias que nunca a deixavam se estabelecer em um lugar por muito tempo; ela era letárgica e saltitante, ácida, mas doce, em pânico intermitente e alheia a tudo ao seu redor. Passou a manhã na cama assistindo desenho animado no notebook e fumando os últimos baseados que tinha conseguido esconder na lingerie do Eurostar.

Perto da hora do almoço, Lucky checou o celular pela primeira vez em quarenta e oito horas. A tela, ela viu, estava quebrada, mas ainda podia ser usada. Ela esperava por uma mensagem de desculpas de Avery, mas havia só uma ligação perdida e uma mensagem de voz de Bonnie, uma mensagem em francês de Sabina, que seu cérebro não se empenhou em traduzir, e uma enxurrada de mensagens da Boneca Troll, que ela não se deu ao trabalho de ler. Lucky percebeu, com um sentimento de decepção, que Avery provavelmente tinha entrado em contato com Bonnie primeiro. Pelo menos era possível confiar que Bonnie não gritaria com ela, embora sua preocupação confusa muitas vezes fosse ainda mais angustiante. Na caixa de entrada havia um e-mail de sua agente, de dois dias antes. Ela viu o assunto — Precisamos conversar — e o deletou sem abrir, então voltou para a mensagem de voz de Bonnie. Ela deu play e colocou o telefone perto do ouvido.

Oi, Lucky, só para saber como você está. Avery disse que você teve uma noite um pouco difícil. Estou aqui se você quiser conversar ou... se não quiser também. Qualquer coisa. Uma pausa durante a qual Lucky podia sentir o desconforto da irmã. Ela não era de falar muito nem nas melhores situações, mas uma mensagem de voz, um monólogo forçado, era para Bonnie o equivalente a vestir um urso com um tutu e fazê-lo dançar. *De toda forma, eu estou em Nova York, o que Avery já deve ter dito. É estranho estar aqui sem você. Seria ótimo ter você aqui, de verdade, mas sem pressão... Ah, estou treinando na Golden Ring de novo. Acho que vou ficar aqui até mamãe e papai venderem o apartamento, depois vou decidir o que fazer. Eu ainda não olhei as coisas da Nicky, mas vou guardar o que você quiser. A não ser que você queira vir e pegar pessoalmente. O que acha? Mas, então, como eu disse, sem pressão... É isso, eu acho. Me ligue de volta.*

Lucky sentou-se na cama desfeita e deu play novamente. Então Bonnie estava lutando boxe outra vez e, aqui em Londres, Avery ia ter um bebê. Todo mundo estava seguindo adiante com a vida, exceto ela. Mas Bonnie a queria lá, era óbvio. Sua irmã quase nunca pedia nada, mas tinha pedido para ela ir (*sem pressão!*) duas vezes em uma mensagem. E era como se Avery não a quisesse ali.

Com a súbita onda de alívio que sempre sucedia a uma possibilidade de fuga, Lucky checou o aplicativo da companhia aérea em seu telefone de tela partida. Ela tinha milhares de milhas acumuladas dos seus anos de viagens, e havia um lugar em um voo que partiria na tarde do dia seguinte. Passou rapidamente pelo processo de pagamento, então enviou as informações do voo para Bonnie só com uma carinha sorridente e "bjs" no corpo do e-mail. Era melhor não detalhar tudo o que havia acontecido aqui até ela estar mais uma vez na presença de Bonnie, de longe a irmã mais compreensiva. Isso a deixava com pouco mais de vinte e quatro horas em Londres, uma cidade que claramente não tinha grande influência sobre ela.

Seria bom ir embora daqui, ela pensou, e mostrar para Avery que ela não iria ficar rodeando à espera de perdão como um cão chutado. Isso faria sua irmã mais velha acordar.

Se havia alguma coisa em que Lucky era mestre de verdade, era em ir embora.

Lucky zanzou pelas escadas até chegar na cozinha, mas ela não tinha fome. Gostaria de ter trazido o violão, mas ele tinha ficado em Paris. Pela primeira vez, ela se preocupou vagamente com o que viria a seguir. Com certeza, ela iria a Nova York ajudar Bonnie com o apartamento, mas e depois? Ela sabia que não queria mais ser modelo, mas pelo menos era algo para *fazer*.

Era sobre isso que as pessoas não falavam, o quanto na vida era só preencher o tempo. Seus anos foram divididos em conjuntos específicos de estações por muito tempo, o giro semestral por Nova York, Londres, Milão, Paris, então a Semana de Alta-Costura sempre em janeiro e julho, sessões de fotos em estúdios em Nova York, nos parques em Berlim, no alto de arranha-céus em Hong Kong, nas praias de Bali. Durante tantos anos ela esteve ocupada demais, com tanto jet lag ou chapada demais para sentir qualquer coisa direito. E, agora que ela queria sentir o mínimo, não havia nada para distraí-la.

Ela abriu a porta da geladeira e fechou-a novamente com uma onda de náusea.

A pior parte eram os flashes das lembranças de sexta-feira à noite. Fragmentos se iluminavam como fósforos acesos e logo apagados. Ela estava dançando nos faróis duplos de um táxi — ou estava caindo? Mãos agarravam seu peito emplumado. Ela era um pássaro sendo depenado. Estava empurrando o motorista para longe, ignorando os gritos dele, escapando dele para escalar os degraus de forma furtiva e desabar na porta de Avery.

Lucky abriu as portas francesas da cozinha e foi até o jardim. Fazia um dia claro e bonito. Ela acendeu um cigarro e o tragou. *O bebê da Nicky*. Essa era a parte da noite que ainda estava fora de alcance. Alguém a havia chamado de bebê da Nicky. Uma pessoa naquela festa conhecia Nicky, e Lucky não conseguiria parar de pensar nisso até descobrir quem era. Ela pegou o telefone e ligou para a Boneca Troll, que atendeu no segundo toque.

— Ai, meu Deeeus, achei que você estivesse morta — ela disse. — Olha, desculpe pelas mensagens que eu te mandei, tá? Eu estava fora de mim.

— Sem problemas — Lucky respondeu.

— Eu fiquei pra lá de *envergonhada* no dia seguinte.

— *É sério*, tudo bem — Lucky garantiu. — Eu já esqueci.

Isso era uma meia verdade, já que ela não tinha nem se dado ao trabalho de lê-las. A Boneca Troll exalou com alívio.

— Lendária. Então, quando você vai embora? Posso te ver outra vez?

— Eu vou para Nova York logo. As coisas estão... estranhas com minha irmã.

— A advogada?

— É.

— Por que você não vem ficar comigo? Eu adoraria!

Lucky suspirou e revirou os olhos. Ela fez o máximo para parecer educada.

— Eu não quero te dar trabalho.

— Você não me daria trabalho! Me daria *prazer*, como no paraíso.

Lucky optou por ignorar essa parte.

— Olha, eu queria te perguntar, sabe aquele lugar em que fomos na outra noite? Você tem o endereço?

— Por quê? Você não está pensando a sério em *voltar* lá, está? É, tipo, um clube de sexo, você sabe.

— Eu perdi uma coisa e queria saber se está lá.

— Sua camiseta? Está comigo! Eu dormi com ela ontem à noite, que triste, não? — Ela fez um som inspirado de humilhação, ou talvez de esperança.

— A Flopsy disse que você pode ficar com o boá de plumas, por falar nisso.

— Eu não me importo com a camiseta. Eu estou procurando... outra coisa.

— As drogas? Tenho certeza de que você já usou todas, *babe*.

— Você pode só me dar o endereço?

A Boneca Troll cantarolou no telefone.

— Se eu te der, você vem me ver depois?

Lucky ficou em silêncio, até que ouviu um pequeno suspiro de derrota da Boneca Troll.

— Vou mandar agora.

— Obrigada. Eu agradeço.

— Eu juro — a Boneca Troll disse, com tristeza. — Você é pior do que qualquer garoto, Lucky.

...

Lucky passou a tarde em um pub escuro, com painéis de madeira e escondido em uma das ruas sinuosas perto da casa de Avery. Hampstead era sempre tão pitoresco que era difícil não se encantar com o bairro. Especialmente quando o sol estava brilhando e continuava assim até nove horas da noite, especialmente quando o pub, com as treliças forradas de hera, parecia algo saído de um livro de histórias do século dezoito, especialmente quando havia um jovem barman, de aparência nada má (e que estava em uma escola de pintura figurativa, ele garantiu a Lucky), servindo-lhe cervejas grátis em troca, ao que parecia, do prazer de poder lançar seu olhar treinado sobre ela. Lucky passou umas boas horas alegres bebendo e jogando dardos em troca de cigarros com um bando de homens ingleses mais velhos e bronzeados, enquanto era observada ansiosamente pelo barman fascinado. Ela saiu para fumar e verificou o telefone. Outra mensagem da agente. Instigada pelas cervejas e sentindo a impenetrabilidade líquida que vinha na primeira onda de uma nova bebedeira, ela deletou a mensagem sem lê-la. Pela primeira vez desde que tinha quinze anos, estava desempregada. Para comemorar, entrou de novo para mais uma rodada.

Quando foi embora do pub, ela tinha ganhado cinco cigarros e já era tratada pelo primeiro nome por um bando dos melhores aposentados de Londres, sendo que todos concordavam que ter emprego era um completo desperdício de tempo. Lucky pegou o ônibus que fazia todo o trajeto até o clube para matar o tempo, um trajeto que ocuparia boa parte das duas horas. A novidade de estar na parte superior de um ônibus de dois andares não passou despercebida para ela, ainda mais porque conseguiu pegar os dois privilegiados bancos da frente, e esparramou as longas pernas pelos dois assentos de modo a espantar qualquer possível vizinho. Com essa vantagem, através da enorme janela de acrílico, ela podia observar Londres se desdobrar sob um dossel de árvores frondosas. Diferente de Nova York, em que o calor era considerado um direito de maio a setembro, todo dia quente de verão em Londres era especial e fugaz. Mulheres com vestidos coloridos que elas esperavam o ano inteiro para usar entravam e saíam das lojas; homens descalços chutavam bolas de futebol em parques verdes enormes; os mais velhos, de manga curta, relaxavam na parte externa dos cafés, com cachimbos de narguilé na mão. Lucky via tudo do seu poleiro com um distanciamento que só lhe era possível depois de várias canecas de cerveja. Ela estava perfeitamente bêbada, ainda consciente, mas não mais completamente dentro do espaço e tempo. A melhor palavra em que ela conseguia pensar para esse seu estado era *desamarrada*; ela era um balão quase escapando da mão gananciosa do mundo.

Enquanto o ônibus serpenteava pelas ruas manchadas de sol, ela se recostou no assento e pensou em Avery. A irmã era tola por desistir de tudo isso e viver o tempo todo na realidade. Avery tinha ido longe demais por ter se viciado em heroína, esse foi seu erro. Ela poderia ter ficado com os clássicos: bebida, maconha, cocaína, comprimidos e uma psicodelia ocasional. Como Lucky, que sabia o que estava fazendo. Ela podia lidar com suas cagadas, pensou com satisfação alcoolizada, o que significava que, ao contrário de Avery, ela nunca teria de parar. Uma brisa morna rodopiou das portas então abertas do ônibus até o andar de cima. A agitação da cidade, da vida em geral, parecia bem longe, lá embaixo. Como um pássaro na segurança do ninho, Lucky apoiou os óculos de sol no nariz, escondeu o queixo no peito e apagou.

...

Ela não estava sonhando, era mais como se lembrar. A gravação foi em um estúdio no centro, perto do rio Hudson, do qual ela gostava porque havia máquinas de pebolim no saguão e ela podia jogar nos intervalos entre as gravações. Ela era melhor no pebolim do que na passarela, pensou. Aquele dia foi especialmente ruim porque ela tinha falas. Ela estava lendo uma folha que o assistente do diretor segurava atrás da câmera, mas continuava errando. Ela não era boa na leitura em voz alta, e sempre a evitava na escola, não porque não soubesse ler, mas porque ficava tão nervosa que se esquecia de respirar.

Tudo bem, vamos tentar de novo, disse o fotógrafo. *Sem pressa.*

Mas, quanto mais constrangida ela ficava, mais difícil era recuperar o fôlego. As luzes estavam muito quentes, e ela podia sentir gotas de suor se aglutinando no lábio superior. Isso não ficaria legal. Ela queria limpar o rosto na manga, mas como estava vestindo seda, era provável que isso também não fosse permitido. Queria que todos piscassem simultaneamente para lhe dar, no mínimo, um segundo para enxugar o rosto, mas os olhos de todos permaneceram sobre ela. Nunca lhe ocorreu que poderia pedir um intervalo. Ela estava tentando secar o rosto discretamente com o dorso da mão quando ouviu risadinhas de duas das estilistas que estavam perto das araras. Ela olhou para lá e as viu trocando um olhar que dizia: "Surpresa, surpresa, uma modelo que não sabe ler". Não era a primeira vez que ela tinha visto, por acaso, o desprezo logo abaixo da superfície de outras mulheres, nem seria a última. Ela tinha quase um metro e oitenta, e pesava cinquenta e cinco quilos aos quinze anos. Ela era o padrão de beleza a que essas mulheres estavam submetidas e, conscientemente ou não, elas a odiavam por isso. *Bem-vindas ao clube*, ela queria lhes dizer. Ela se odiava também.

O fotógrafo lançou-lhe um olhar de avaliação; então, para seu alívio, ele sorriu para ela. Ele tinha longos cabelos cor de areia e o ar despreocupado e alegre de quem tinha sido criado em meio à abundância de sol e dinheiro. E Lucky também fora informada pelo maquiador, ansioso, que ele tinha começado a namorar uma supermodelo famosa.

Lucky entendeu que ele era muito importante, e escutou muitas vezes da agência como ela teve sorte em ser escolhida por ele logo no primeiro ano da carreira. Ele se afastou da câmera e lhe deu outro sorriso encorajador.

Sabe de uma coisa?, ele disse. *Vamos só tirar algumas fotos. Na verdade, por que não esvaziamos o set por um segundo? Só eu, você e meu assistente, Jared, aqui.*

Lucky concordou com a cabeça, aliviada, e viu cabeleireiros, maquiadores, estilistas e vários membros da equipe começarem a se afastar para esperar na área de alimentação, onde eles ficariam, sem dúvida alguma, falando dela.

Posso só fazer uns ajustes?, pediu uma das maquiadoras, correndo em direção a ela para secar-lhe o rosto e cobri-lo com uma fina camada de pó. *Boa sorte,* ela sussurrou sem entusiasmo e desapareceu também.

O fotógrafo pegou a câmera e piscou para ela, com alegria.

Tudo bem, meu amor, ele disse. *Vamos começar com você em pé.*

Ele andava em círculos em volta dela, tirando fotos, e Lucky se movimentava com ele, instintivamente. A verdade é que ela era um talento natural. Quando Lucky via as fotos depois da sessão, sempre se surpreendia por parecer tão diferente em comparação a como se sentia sendo fotografada. Parecia madura, completamente à vontade e segura de si. Parecia uma mulher.

Você está indo muito bem, Lucy, o fotógrafo incentivou.

É Lucky, ela sussurrou. Então acrescentou, automaticamente: *Perdão.*

Lucky, é claro. Ele demonstrou o erro ao bater na testa. *Esse nome é perfeito para você. Quantos anos você tem, Lucky?*

Quinze, ela disse, depois retomou no rosto um olhar de inescrutabilidade sem expressão.

Uau, eu diria que você é mais velha pelo jeito como se comporta. Você deve ter uma alma antiga, Lucky.

Lucky tinha certeza de que sua alma também tinha quinze anos, mas assentiu assim mesmo. Eles continuaram com as fotos por mais algum tempo, o rosto do fotógrafo obscuro por trás da câmera, e Lucky se concentrando em parecer sexy, mas um pouco assustada, como tinham lhe ensinado, quando ele parou de repente. Ela ficou com medo de que ele fosse dizer que não estava dando certo e a mandasse para casa, mas, em vez disso, ela passou a mão pelo cabelo e sorriu.

Certo, eu quero tentar uma coisa. Ele entregou a câmera para o assistente sem desviar o olhar dela. *Vamos tentar a Pentax com preto e branco.* Ele a chamou mais para perto. *Você se importa de se ajoelhar?*

Ela hesitou, e o fotógrafo se dirigiu ao assistente.

Desculpe, Lucky, eu devia ter pensado. Você poderia arranjar alguma coisa, Jared? Uma almofada ou qualquer outra coisa?

O assistente pegou uma toalhinha na cadeira de maquiagem, dobrou-a e colocou-a no chão à frente dela. Proporcionava o mínimo de estofamento entre suas pernas e o chão de concreto, mas ela se ajoelhou assim mesmo.

Está ótimo, Lucky. Ele tirou algumas fotos. Estava repetindo o nome dela muitas vezes, talvez para compensar por ter errado antes. Ela sentia que ele queria que estivesse à vontade, e tentou ao máximo dar a impressão de que estava.

Agora, Lucky, você pode abrir a boca?

A voz dele não se alterou; ele deu essa instrução com a mesma objetividade alegre com que havia pedido para Jared trocar as câmeras. Ela hesitou novamente, então separou um pouquinho os lábios.

Perfeito. Um pouquinho mais.

Ele caminhou na direção dela e, muito gentilmente, enfiou o polegar em sua boca. Mais acima, ela ouvia o clique da máquina fotográfica. O polegar dele tinha gosto de cigarro mas havia algo de terra também, como raiz de vegetais, misturado com um toque metálico desagradável. Sem movimentar a cabeça, ela direcionou o olhar para o assistente, Jared, mas o rosto dele permanecia impassível, até entediado. Ela piscou, então abriu os olhos outra vez e reparou na virilha do fotógrafo, que estava agora no nível do olhar dela. Ela nunca tinha visto um pênis antes, mas, de alguma forma, sabia como identificar se ele tinha uma ereção. Ao ver que não, ela sentiu uma estonteante onda de alívio. Então isso devia ser parte do serviço.

Olhos aqui para cima, ele murmurou.

Só então a voz dele abaixou e assumiu um tom rouco, como se estivesse dividindo um segredo com ela. Ele continuou a fotografar, movimentando o polegar bem de leve para dentro e para fora da boca dela. Ela manteve a mandíbula rígida e a boca aberta, colocando a língua sob o dentes, de modo que o mínimo possível dela tocasse a pele dele. Nos anos seguintes, ela sonhava em mastigar aquele dedo, travar a mandíbula como um pit-bull e apertar a pele até chegar no osso, até que ele gritasse para ser solto. Em vez disso, ela ergueu o olhar. Ele olhou para ela e sorriu.

Você é um talento natural, Lucky. Agora, poderia fechar os olhos e chupar?

...

Lucky acordou com um sobressalto de pânico. Por um momento doentio, ela não tinha ideia de onde estava. Um ônibus? Mas onde? Ela deu uns tapinhas no corpo. Carteira, telefone, chaves, cigarros, estava tudo lá. Ela olhou para fora da janela. Ainda estava claro. Viu, com alívio, que o ônibus estava passando por uma estação de metrô não muito longe do endereço que tinha conseguido. Lucky soltou o ar. Ela tinha baixado a guarda de novo, mas estava em segurança. No banco à frente, uma mulher mais velha de blusa lilás folgada sorria para ela.

— Você tirou uma soneca — a mulher disse. — Não se preocupe, eu estava de olho em você. Eu a teria acordado antes de descer.

— Obrigada — Lucky resmungou.

Ela olhou para a mulher, cujos olhos levemente vincados a observavam com interesse benigno. Lucky ficou envergonhada quando percebeu lágrimas afligindo os seus. Os óculos de sol tinham caído no colo durante o sono; ela os colocou de volta no rosto e movimentou-se para ficar em pé.

Devia estar perto do seu ponto, e precisava se manter em movimento.

— Cuide-se, querida — a mulher gritou enquanto Lucky desaparecia, descendo as escadas.

...

Lucky tinha alguma lembrança do clube na sexta-feira, mas era vaga. Era uma construção estreita, modesta, em uma rua silenciosa. Escadas com piso preto e branco levavam à porta da frente. Lucky procurou por um nome ou uma empresa escrito abaixo da campainha de bronze, mas não encontrou nada. Tocou assim mesmo. Ela emitiu um som alto e estridente, como o grito de uma gaivota. Lucky esperou. Nada. Ela deu um passo para trás e tentou espiar pelas janelas, mas todas as pesadas cortinas vermelhas estavam fechadas. Lucky esperou nos degraus durante vários minutos até alguém aparecer.

Quando ficou claro que ninguém viria, ela foi até o outro lado da casa, onde havia um beco pequeno. Lá, parada entre engradados de bebidas embalados em plástico, estava uma mulher. Ela parecia um pouco mal-arrumada em um par de botas Ugg gastas e short feito de jeans cortado, uma camiseta rosa-claro com aplicação de um coração brilhante, no qual faltavam algumas pedrinhas no meio. Seu rosto, no entanto, era outra história. Estava maquiado com capricho, a pele recoberta de pó marfim, lábios vermelhos e brilhantes como sapatos adornados com joias e cílios enormes com duas pequenas penas vermelhas no canto de cada olho. Na cabeça, uma meia transparente da mesma cor da pele. Ela parecia um boneca de porcelana pintada cujo cabelo ainda não tinha sido colado. Lucky avançou hesitante na direção dela. A mulher, cautelosa, observou-a se aproximar.

— Posso ajudar?

— Hum... Eu não sei. Estou procurando uma pessoa.

A mulher ergueu a sobrancelha desenhada a lápis.

— Você quer dançar?

Lucky fez que não com a cabeça. A mulher exalou uma nuvem de fumaça.

— Pena.

— Um cara que é segurança aqui — Lucky esclareceu. — Pelo menos, eu acho que é.

A mulher deu uma tragada no cigarro manchado de batom vermelho na ponta. Encarou Lucky sem dizer nada, então decidiu que ela de fato merecia uma resposta.

— Então, como ele é? O sujeito que você está procurando.

Lucky fechou os olhos e tentou evocar a imagem do homem que tinha visto na sexta-feira à noite. Ela viu a figura como uma montanha, colossal, que eclipsava as luzes acima deles.

— Grande... — ela disse.

A mulher riu sozinha.

— Você está procurando o BGA, o Bom Gigante Amigo, como na história de Roald Dahl. Você tem sorte, porque ele entra cedo. Quer que eu o chame?

— Se você puder, sim.

Mas ela não deu a entender que iria sair, então Lucky simplesmente esperou. A mulher continuou fumando, os olhos se movendo para cima e para baixo, como que a avaliando. Lucky olhou para os pés, desajeitada.

O que ela estava fazendo aqui? O que ela achava que iria encontrar? Estava só matando o tempo, supunha. Matando o tempo em vez de se matar. Ela afastou o pensamento imediatamente. O que havia de errado com ela? É claro que ela não iria se matar. Só estava de ressaca.

— Você é modelo? — a mulher, enfim, perguntou. — Você parece ser.

Lucky pensou um pouco.

— Era.

— Você é tão magra — a mulher disse, com naturalidade.

Lucky assentiu. Não havia muito o que dizer a esse respeito. Ela era mesmo.

— Você tem anorexia? Todas vocês, modelos, têm, certo? *Nada tem um gosto tão bom quanto se sentir magra*. A Kate Moss não disse isso? — Ela fungou. — Aquela vaca.

— É uma coisa da genética — Lucky respondeu, dando a resposta que ela sempre dava. — E a Kate Moss disse isso, sim, mas ela estava citando outra pessoa.

— É?

A mulher olhou para ela, fungou de novo e cuspiu entre os pés.

— E também, eu não sou de comer muito, e uso muitas drogas — Lucky esclareceu. — Então é isso.

A mulher jogou a cabeça para trás e riu alto de prazer. Lucky sorriu timidamente.

— Eu morria de vontade de ser modelo quando era criança — a mulher confessou.

Lucky sorriu com tristeza.

— Você não perdeu grande coisa.

A sobrancelha arqueada se ergueu outra vez.

— Perdi por não ser parecida com você; eu queria muito ser assim.

Lucky se encolheu. A vida toda ela odiou elogios. Como as outras mulheres se ressentiam da aparência dela, Lucky fazia o possível para não se apresentar como uma ameaça. Isso implicava, em geral, não falar muito ou achar um jeito de rir de si mesma. Surpreendente era que as únicas pessoas com quem nunca se preocupou em ter ciúme da sua aparência eram as irmãs. Elas a amavam demais para usar isso contra ela.

— Você tem seios mais bonitos — Lucky sugeriu.

A dançarina riu alto outra vez.

— É verdade. Aposto que você não consegue fazer isto.

Ela levantou a camiseta cor-de-rosa e revelou dois seios macios e atrevidos. Os mamilos estavam pintados de vermelho-
-escarlate, como um alvo, e seu abdômen era redondo e suave. Ela começou a assobiar a melodia de "We Will Rock You" enquanto erguia um seio por vez. O seio esquerdo se contraía,

então o direito, até que, ao chegar em *rock you*, os dois subiram e desceram em uníssono. Lucky ficou de boca aberta.

— Não mesmo — ela disse, depois que a mulher tinha concluído várias rodadas da música. — Eu não consigo fazer isso.

A dançarina se envaideceu, visivelmente satisfeita consigo mesma.

— Foi o que pensei. Certo, vou chamar o BGA para você, querida.

Ela jogou o cigarro no chão, esmagou-o sob a bota desgastada, mandou um beijinho para Lucky e desapareceu pela porta dos fundos. Alguns minutos depois, a porta foi aberta outra vez. Um homem colossal saiu dela, abaixando a enorme cabeça careca ao passar pelo batente da porta para evitar bater. Ele usava um colete de couro preto folgado que deve ter exigido o sacrifício de várias vacas para ser confeccionado. Ao redor do pescoço grosso, havia uma corrente prateada, de onde pendia um pingente de crânio enorme.

Ele olhou para ela e sorriu.

— Esqueceu alguma coisa, amor?

Lucky limpou a garganta.

— Você se lembra de mim? Eu estive aqui na sexta-feira.

Ele soltou uma gargalhada.

— Você quer dizer na festa dos *Ricaços que Enlouqueceram*? Me desculpe, queridinha, havia gente demais para eu vigiar. Mas o que você está procurando? Eu posso ir lá no fundo olhar, para ver se está aqui.

Lucky se sentiu uma idiota. *O que* estava procurando? Mas já que ela tinha vindo até aqui, tinha pelos menos que tentar.

— Você me falou uma coisa — ela disse. — Não se lembra?

BGA apertou os olhos e deu um passo cauteloso para trás.

— Eu nunca dei cantada em cliente — ele asseverou. — Seja lá quem for em que você está pensando, não fui eu.

— Não, não. — Lucky agitou as mãos para dissipar essa linha de pensamento. — Você disse alguma coisa sobre minha irmã Nicky. Sobre eu... — ela estava encabulada, mas tinha de dizer — ... sempre ser o bebê dela — concluiu, baixinho.

BGA inclinou a cabeça para o lado como um pássaro enorme e olhou-a com curiosidade.

— Eu não conheço nenhuma Nicky — ele afirmou. — Ela estava na festa também?

Lucky balançou a cabeça em negativa. Ela percebeu que não estava sendo muito clara.

— Ela está morta. — Simples assim.

BGA olhou para ela horrorizado.

— Ela morreu depois da *festa*?

— Não, ela morreu há um ano, de overdose. Eu pensei... só pensei que você tivesse dito que a conhecia.

Ele pareceu relaxar ao ouvir isso, balançando a cabeça em sinal de compreensão.

— Ah, lamento ouvir isso. Coisa terrível, as drogas. O suficiente para manter você longe delas.

Lucky mexeu a cabeça em um vago gesto de concordância, embora, é claro, a morte de Nicky parecesse ter tido o efeito oposto sobre ela. Lucky sempre usara drogas recreativamente, mas no último ano ela precisava admitir que tinha chegado a um nível de desafio da morte que era novo até para ela.

— Fique apenas com a bebida, é o que eu sempre digo — ele acrescentou.

— Então você *não* conhece a Nicky? — Lucky perguntou.

BGA balançou a cabeça.

— Lamento, amor. Conheço uma Becky, se isso ajudar.

Lucky olhou para os pés. Ela tinha tanta certeza de o ter ouvido dizer aquilo. Sentiu que estava enlouquecendo. É lógico que ela não estava em perfeito estado de lucidez. Mas parecia tão real, como uma mensagem só para ela, um raio de sol atravessando a neblina. *O bebê da Nicky*. Seu inconsciente poderia saber que ela queria tanto uma mensagem da irmã que gerou uma alucinação?

Ela devia estar mais fodida naquela noite do que imaginava. Quando olhou para cima de novo, BGA estava olhando por cima da cabeça dela, pensativo. Ele era um homem que havia passado a vida toda olhando por cima da cabeça dos outros.

— As pessoas têm dificuldade para falar da morte — ele disse. — Você não acha? Depois que meu pai morreu, ninguém sabia o que dizer.

— É — Lucky concordou. — É uma merda.

Ela estava perdendo tempo. BGA não conhecia Nicky; ninguém aqui a conhecia. Ela tinha sido tola em vir.

— Não era um bom momento para ele, meu pai — BGA continuou, alheio. — Imagino que foi igual com a sua irmã.

— Ele... Foram as drogas? — Lucky perguntou.

— Não, se enforcou. Mesma coisa, né?

Lucky desviou o olhar para o beco. Ela não queria discutir com o homem, mas não era a mesma coisa. Nick estava tomando sedativos para *viver*, não para morrer.

BGA acendeu um cigarro, e Lucky juntou-se a ele, sacudindo um do maço que ela tinha ganhado no pub. Esse já parecia um dia completamente diferente. Ele ofereceu fogo, Lucky inclinou-se sobre a chama, e seus olhos se encontraram em um momento de cumplicidade agradável.

— Você se divertiu na festa, pelo menos? — ele indagou.

Lucky já ia dar uma de suas vagas respostas prontas, então parou.

— Eu fiquei tão fodida que mal me lembro de qualquer coisa — respondeu. — Exceto que eu realmente aborreci minha irmã. A mais velha — ela acrescentou. — Não a Nicky.

O homem deu um assobio.

— Isso é ruim, muito ruim. Você deveria tomar cuidado. Um cliente nosso teve o nariz corroído pela cocaína. Ficou com um narina enorme, em vez de duas. Eu não estou te sacaneando.

Lucky riu contra a vontade.

— Eu vou tomar cuidado.

— Sabe por que eu acho que as pessoas usam drogas? — BGA perguntou de repente.

Lucky fez o sinal de rock 'n' roll com as mãos, depois revirou os olhos.

— Por que é bacana? — ela disse.

BGA suspirou suavemente pelo nariz.

— Eu acho que elas estão tentando se apaixonar pela vida outra vez — ele destacou. — É isso o que eu vejo no clube toda noite. Todo o sexo, a bebida, a cocaína, a merda toda, não se trata de nada disso. São pessoas que perderam o amor pela vida tentando recuperar o jeito como elas se sentiam, sabe?

Ela olhou para ele. BGA ainda estava assentindo lentamente, perdido nos próprios pensamentos. Foi isso o que tinha acontecido com Lucky? Ela tinha perdido o amor pela vida? Ela com certeza não via muito sentido em fazer as coisas que os outros faziam para tornar a vida significativa: trabalhar, se casar, ter filhos, construir um lar. Mas não conseguia se lembrar de uma época diferente. Seria possível perder o amor pela vida se nunca o tivesse tido?

Uma vez, alguns anos depois de Lucky ter começado a trabalhar como modelo, ela e Nicky caminharam juntas pelos penhascos que circundam o lago Minnewaska. Do alto da floresta ao longo da cordilheira, elas olharam para a superfície preta do lago, que refletia as nuvens brancas e as árvores verdes como um espelho. Bem no centro, um minúsculo ponto com respingos atravessava o lago. Hipnotizadas, elas olharam mais de perto e descobriram que era uma nadadora solitária. A touca de natação vermelha dela se movimentava logo acima do nível da água, enquanto os braços cortavam pequenas lágrimas claras na superfície do lago. Elas se sentaram lado a lado em uma rocha, observando como duas águias atentas, até que finalmente a minúscula figura fustigada se dirigiu rumo à costa e saiu da água, desaparecendo na mata densa lá embaixo. Em seguida, Nicky se virou para Lucky.

Aquela é você, ela disse. *Você é a nadadora.*
Lucky balançou a cabeça e sorriu.
Mas eu estou bem aqui.
Mas, lá embaixo, é assim que eu vejo você, respondeu ela.

Nicky sabia. Não importava de quantas pessoas Lucky se rodeasse, parte dela estava sempre nadando sozinha em um lago grande e escuro. A única hora em que ela sentia que não estava sozinha na água era quando estava com as irmãs.

Mas Nicky era diferente. Nicky era sempre a primeira pessoa a fazer uma pergunta na hora que uma palestra abria para aqueles que tinham alguma pergunta, porque não suportava ver a pessoa no palco enfrentar o silêncio constrangedor depois de ter ficado vulnerável. Ela não precisava beber para dançar, ou fazer um discurso em um casamento ou ir a um encontro, como a maioria das pessoas precisa. Ela se atirava no centro das coisas. Nicky tomou aquelas drogas para *não* perder o amor pela vida. Tudo o que ela queria era ficar. E agora aqui estava Lucky, viva, quando sua irmã já não está; destruindo a si mesma. Ocorreu-lhe, com uma clareza repentina, que a melhor maneira de honrar a irmã seria viver a vida do jeito que Nicky queria, bem acordada e sem anestesiar nenhuma parte sua. Mas ela não sabia como fazer isso e ficou com medo de nunca conseguir, então afastou esse pensamento.

Ela limpou a garganta e olhou de novo para BGA.

— Sinto muito pelo seu pai — ela disse finalmente.

— Ah. — Ele balançou a mão e voltou de onde suas lembranças o tinham levado. — Ele era um velho bêbado.

Lucky deu um sorriso lúgubre.

— O meu também.

Ele olhou para baixo para vê-la.

— É mesmo?

Lucky concordou com a cabeça.

— O amor é estranho, né? — ele disse. Tirou um canivete do bolso e rasgou o plástico de um dos engradados de bebida.

Deu a ela uma garrafa de sidra. — Quer uma de saideira? É por conta da casa.

...

Lucky acabou com o rosto entre as pernas da Boneca Troll. As mãos da Boneca Troll seguravam a parte de trás da cabeça dela, empurrando-a com força contra seu clitóris surpreendentemente inchado, os músculos da coxa espremendo as maçãs do rosto de Lucky, que estava com a boca cheia do gosto salgado de vagina. Ela se lembrou de uma coisa que um cara que estava saindo em Paris, um modelo francês-caribenho cujo corpo tinha servido de molde para um famoso vidro de perfume, tinha dito depois de gozar. *Eu bebo minha morte nessa vagina.* Lucky rira naquela época, pensando que havia algum erro de tradução, mas agora ela entendia. Existe isso de morte pela vagina, e ela estava chegando perigosamente perto de experimentá-la. Ela jogou a cabeça para trás e o edredom para o lado, tentando respirar.

— Estou quase — a Boneca Troll gemeu.

Lucky inspirou uma grande quantidade de ar.

— Estou morrendo.

A Boneca Troll pegou a mão de Lucky e a enfiou entre as pernas, usando os dedos dela para esfregar com fúria o clitóris até que, com um grito penetrante que lembrava o acasalamento de raposas, ela gozou. Lucky enxugou os dedos na coberta e se deitou perto da Boneca Troll, que estava corada e ofegante.

— Isso foi... — a Boneca Troll suspirou — ... paraíso. — Ela se virou e ficou de frente para Lucky, observando seu rosto com ansiedade.

— Você tem um baseado? — Lucky perguntou.

A Boneca Troll revirou os olhos.

— Você parece um garoto, um adolescente — ela comentou, e se virou para abrir a gaveta da cômoda, de onde tirou um cigarro eletrônico de maconha. — Só falta você me perguntar se pode jogar videogame.

Lucky apoiou uma mão sob a parte de trás da cabeça e com a outra colocou o cigarro entre os lábios. A Boneca Troll descansou a cabeça no canto do braço de Lucky enquanto ela inalava, e acariciou seu tronco nu, pensativa.

— Eu sabia que você viria me ver — a Boneca Troll disse, baixinho. — Eu sabia que tínhamos uma conexão.

— Humm — Lucky murmurou, observando a nuvem de fumaça subir acima de sua cabeça.

A Boneca Troll continuou acariciando-a cada vez mais para baixo, até que sua mão estava debaixo da calcinha de Lucky. Muito gentilmente, Lucky a retirou de lá.

— Estou bem — ela disse. — Mas obrigada.

A Boneca Troll olhou para ela.

— Mas eu quero — ela reclamou.

Lucky balançou a cabeça e deu mais uma tragada. Um silêncio pousou entre elas, e Lucky ouviu o eco daquelas palavras. *O bebê da Nicky.* Deveria esquecê-las, ela sabia, atribuí-las a um delírio induzido pelas drogas, mas algo dentro dela continuava acreditando que a mensagem era real.

— Você acha que os mortos tentam se comunicar com a gente? — ela perguntou, de repente. — De onde quer que, você sabe, eles estejam agora?

A Boneca Troll inclinou a cabeça e riu.

— Certo, essa é uma conversa *realmente* estranha para depois do sexo, hein.

— Mas você acha? — Lucky insistiu.

A Boneca Troll virou de costas e deu uma risadinha.

— Eu era *fascinada* pela Wicca na escola. Nós jogávamos nos tabuleiros ouija e tentávamos falar com a princesa Diana e tal.

— Funcionou alguma vez?

A Boneca Troll achou graça.

— É lógico que não! Tentamos levitação também. Sabe como é... — Ela declamou em um sussurro afetado de encenação: — *Leve como uma pena, rígida como uma tábua, fria como gelo, quieta como uma coruja de celeiro...* Toda aquela bobagem. Mas, e aí, por que você está perguntando? Não está ligada nessa coisa de bruxaria *fake* em segredo, está?

Lucky franziu um pouco a testa.

— Então, você não acredita que a gente vai para algum lugar? Depois que morre?

A Boneca Troll se apoiou no cotovelo e olhou para ela.

— Se fôssemos, nós já não saberíamos a essa altura? — ela rebateu. — Eu não acredito que as pessoas ainda acreditam em céu e inferno. Isso *é tão*... provinciano.

Se Lucky acreditava em algo parecido com o céu, era isto: um quadrado de água azul-clara em um vasto campo verde, as irmãs deitadas ao lado dela, o calor atordoando-as como lagartos sob um sol quente e maduro. Foram as primeiras férias em família de verdade; depois de muito implorar e adular, elas convenceram os pais a alugar uma casa afastada do centro durante uma semana em agosto.

A casa em si era escura e úmida, mas elas não se importavam; passavam o dia todo no quadrado cintilante e incandescente de azul. Não havia árvores para fazer sombra nelas, nada de guarda-sóis, e as velhas cadeiras de piscina de plástico eram terrivelmente temperamentais, então os pais se recolhiam na varanda ou saíam para passeios durante o dia na região, deixando as quatro aproveitar a piscina sozinhas.

Toda manhã, elas enchiam uma caixa térmica com garrafas de coca-cola, batatas fritas e picolés, e sobreviviam com isso o dia todo, até que o sol se desvanecesse no horizonte em um frenesi derradeiro de rosa e ouro e elas fossem forçadas a entrar. Elas eram leitoras vorazes, trocavam os livros de bolso ondulados pelo calor, discutiam quem iria ler o quê da próxima vez e quem tinha molhado e estragado as páginas. Depois de um tempo, o calor ficava insuportável, e uma delas largava o livro e deslizava para a água; as outras a seguiam como um bando de focas escorregando de uma pedra.

Avery tinha ensinado todas a nadar, mas Nicky era a melhor nadadora; ela podia atravessar a piscina três vezes sem levantar a cabeça para respirar. Às vezes, ela permanecia embaixo d'água por tanto tempo que Lucky ficava nervosa, observando-a da beira da piscina, mas ela sempre reaparecia, espalhando grandes gotas de água como diamantes voando dos cabelos, e respirava fundo para recuperar o fôlego. Elas ficavam na água fazendo paradas de mão, depois festinhas de chá no piso escorregadio da parte rasa até que esfriassem, e então emergiam de volta para o perímetro de calcário quente e retornavam a um silêncio soporífico. Elas passavam dias inteiros assim, o sol bronzeando-as enquanto tudo em volta zunia: abelhas, libélulas e cigarras, mil formas de vida desconhecidas.

Está quente como o céu, Nicky comentou, deslizando a mão preguiçosamente pelo ar.

Você quer dizer inferno, Avery corrigiu. *Quente como o inferno.*

Nicky deslizou o dedo pelo ar como se pudesse desfazer os pontos da costura do dia e deixá-lo se abrir.

Não, o céu é quente, ela disse. *Deste jeito.*

...

Lucky olhou para o teto acima dela e da Boneca Troll quando os faróis de um carro que passava o riscaram com faixas de luz.

— Quente como o céu — ela murmurou.

— O quê? — a Boneca Troll perguntou.

Lucky piscou e se sentou. Ela não tinha a intenção de falar. A Boneca Troll deu uma risada estridente.

— Você já está chapada? — ela quis saber. — É por isso que está ficando toda existencial?

Lucky engoliu em seco.

— É, é isso — ela disse. — Pode me ignorar.

Os olhos da Boneca Troll brilharam de repente.

— Você tem certeza de que não quer que eu te toque aí embaixo? — ela perguntou.

Lucky negou com a cabeça.

— Dormir — ela respondeu. — É isso o que eu quero.

A Boneca Troll descansou a cabeça no peito dela com um breve suspiro. Lucky ficou deitada com o peso dela prendendo-a ao colchão, e olhou para cima. Podia sentir as lágrimas ardendo nos olhos quando tragava fundo o cigarro eletrônico. Ela manteve o olhar fixo no teto por muito tempo, ouvindo a Boneca Troll ressonar baixinho, até que, felizmente, o sono a levou também.

...

Lucky foi acordada por um flash na escuridão. Ela abriu os olhos e viu a Boneca Troll acima dela com o celular na mão.

— O que você está fazendo? — Lucky rosnou.

Sua voz estava rouca, a boca terrivelmente seca por causa da erva.

— Ops, eu não percebi que o flash estava ligado. — A Boneca deu uma risadinha. — Desculpe.

— Estava tirando uma foto minha?

— Você parecia tão angelical dormindo assim. É basicamente arte.

— Apague — Lucky disse.

— Por quê?

— Só apague.

— O que você vai me dar em troca? — a Boneca Troll provocou, segurando o telefone acima da cabeça.

Lucky saltou e passou os braços em volta da cintura da Boneca Troll, derrubando-a no colchão. As gargalhadas da Boneca Troll logo se transformaram em gritos de pânico quando Lucky a manteve deitada e segurou os dois punhos dela juntos. Como as irmãs descobriram quando eram mais jovens, Lucky parecia delicada, mas era surpreendentemente forte quando provocada. Ela imobilizou a agitada Boneca Troll com os joelhos e agarrou o telefone das mãos dela.

— É *meu* — a Boneca Troll gritou.

Com o telefone na mão, Lucky saltou para fora da cama de modo que a Boneca Troll não conseguisse pegá-lo de volta. Ela achou a foto, seu rosto pálido e peito nu expostos na luz fria do flash, e pressionou o ícone de excluir. Ela foi para a pasta de fotos apagadas e a excluiu permanentemente de lá também.

A Boneca Troll levou a mão até o rosto avermelhado e, mal-humorada, observou Lucky.

— Você me arranhou — ela disse.

Lucky jogou o telefone no edredom ao lado da Boneca Troll e começou a vestir os jeans. O rosto da Boneca se endureceu quando ela pegou o aparelho e segurou-o contra o peito.

— Você me *machucou* — ela acusou.

Lucky olhou ao redor, procurando a camiseta, e vestiu-a.

— Você é uma psicopata do caralho, sabia? — perguntou a Boneca Troll.

Lucky começou a amarrar as botas.

— Está me ouvindo? — ela gritou. — Responda!

Lucky deu umas batidinhas nos bolsos. Não encontrou os cigarros. Não tinha importância.

— Você está, tipo, *perturbada* — a Boneca Troll insistiu. — Era só uma foto. Tiram tantas fotos suas no trabalho, puta merda!

— Não mais — Lucky murmurou.

Ela pegou o restante das suas coisas e bateu a porta ao sair do apartamento. Lucky caminhou até a estação de metrô, que ficava fechada à noite. Tinha se esquecido de que em Londres, a mais sonolenta de todas as capitais, os trens paravam de circular à meia-noite.

Ela fez sinal para um táxi preto na King's Road e abriu a porta, mas a lembrança do motorista de táxi da noite da sexta-feira a atingiu com uma onda nauseante, e ela o dispensou imediatamente, retrocedendo na calçada. Ela verificou o mapa no telefone e aumentou o zoom. Levaria uma hora e quarenta minutos para ir a pé para casa. Ela fixou o olhar no círculo azul da tela, à deriva naquela colcha de retalhos nada familiar de verde e cinza, e começou a andar.

...

Já passava das duas da madrugada quando Lucky entrou na casa escura em Hampstead. Através da sala de visitas, viu Avery sentada à mesa de jantar em uma poça de luz amarela, cercada por pilhas de papéis e várias canecas de café. Ela ergueu o olhar quando Lucky entrou. Estava usando seus óculos tartaruga e parecia inteligente e exausta.

— Você fica acordada até tarde — Lucky disse.

— Olhe só quem fala — Avery rebateu. — Onde você estava?

Lucky deu de ombros.

— Amigos.

— Parece que você tem amigos aonde quer que vá — Avery apontou.

Lucky ergueu as sobrancelhas.

— É uma coisa boa — Avery acrescentou.

— No que você está trabalhando?

— Pré-contencioso. — Ela empurrou a cadeira para trás em um gesto de derrota. — Muito chato.

Lucky caminhou em direção a ela e se ajoelhou. Sem dizer nem uma palavra, ela colocou os braços em volta da cintura da irmã e apoiou a cabeça no colo dela. As mãos de Avery pousaram gentilmente na cabeça de Lucky. Elas acariciaram os cabelos curtos, os lóbulos aveludados das orelhas, a nuca.

— O que está acontecendo, Lucky Lou? — ela murmurou.

Lucky levantou a cabeça e olhou para a irmã mais velha. Eram tantas coisas que ela queria perguntar. *Por que eu sou assim? Por que você é assim? O que há de errado com a nossa família?*

— Lembra das nossas férias no subúrbio? — Foi o que ela perguntou em vez disso.

— Eu me queimei feio — ela disse.

— Foi?

— Aham, e o papai saiu dirigindo por tudo que é lugar procurando babosa fresca pra mim.

Lucky franziu a testa.

— Eu não me lembro disso.

— Pois é. Ele trouxe aquela folha grande pra casa, e com ela fizemos cubos de gelo que derretiam nos meus ombros.

— Nem parece coisa dele.

Avery deu um tapinha suave na cabeça dela.

— Você tende a se lembrar dos tempos ruins com mais entusiasmo.

Lucky contraiu o rosto ao ouvir aquilo. Ela sabia que Avery e Bonnie se lembravam de uma época em que o pai habitava mais estados além do catatônico ou do explosivo. Talvez elas tivessem conhecido uma versão diferente do pai, menos embriagado e mais presente como progenitor, mas isso não mudava o fato de que, quando Lucky surgiu, ele já havia praticamente desistido. Ela pensou em dizer isso, mas seria inútil. Se Avery precisava acreditar nele, o problema era dela.

— Você ainda está brava comigo? — foi o que ela perguntou em vez de fazer o comentário.

Avery negou com a cabeça.

— Eu estava preocupada — ela disse. — Me expressei mal. Eu devia ter lidado melhor com a situação.

— Peço desculpas por te assustar.

Avery continuou negando com movimentos de cabeça.

— Você me assustou, mas... entendo. Ou talvez não, e esse seja o problema. Só Deus sabe que não tenho condição de te julgar.

Lucky elevou o olhar para a irmã e franziu a testa.

— Mas você é, tipo, perfeita.

Avery fez um som sufocado que não era bem uma risada.

— Você não faz ideia de como estou longe da perfeição.

Lucky olhou para o rosto cansado da irmã. Por um instante, ocorreu-lhe que poderia estar acontecendo alguma coisa com Avery que seria maior do que a briga delas. Ela pensou no que

Chiti havia dito. *Às vezes a sua irmã é como uma fortaleza medieval.* Mas o que poderia estar acontecendo? Avery nunca cometia erros, ou pelo menos não os cometia havia muito tempo. Essa era a função de Lucky na família.

— Você está bem, Aves? — ela perguntou. — Com Chiti? E tudo o mais? Você me diria se não estivesse bem, certo?

Os olhos de Avery focaram nos dela.

— Claro! Por quê? Chiti disse alguma coisa?

Lucky ficou surpresa com a pergunta, já que Avery e Chiti pareciam estar sempre em perfeita sincronia, mas ela tentou não demonstrar.

— Não — respondeu, com cuidado. — Eu estou só checando. Sendo uma boa irmã, sabe como é.

Avery lhe deu um sorriso de alívio.

— Você nunca precisa se preocupar comigo — ela disse. — Essa não é a sua função.

Lucky a olhou com desconfiança

— Eu me preocupo se você quiser.

Avery negou com a cabeça.

— Só se cuida, tá? Por favor. — Ela colocou as mãos sobre a cabeça e fez um alongamento rígido. — E lamento não termos tido oportunidade de passar muito tempo juntas. É só um período conturbado de trabalho para mim.

— Quando é seu período tranquilo no ano? Posso voltar nessa época.

Avery a olhou com muito cansaço.

— Quando descobrir, eu te conto.

Lucky apoiou o queixo no joelho de Avery, como um cachorrinho, e olhou para ela.

— Eu vou para Nova York amanhã — ela contou.

Avery piscou.

— Já?

— Eu pensei em me despedir do apartamento. E acho que a Bonnie vai precisar de ajuda.

— É gentil da sua parte — Avery disse, com dúvida. — Mas ainda acho que consigo convencê-los a ficar com o apartamento.

— Talvez — Lucky respondeu. — Mas Bonnie está lá agora, e eu acho que ela precisa de mim.

Se Lucky tinha esperança de que Avery tentaria convencê-la a ficar, ela não demonstrou a decepção quando Avery apenas assentiu.

— Que horas é o seu voo?

— À tarde.

— Eu posso sair do trabalho mais cedo e levá-la até o aeroporto. O que você acha?

Lucky assentiu. Olá e adeus, nisso sua família era boa.

— Eu ia adorar — ela disse, com sinceridade.

Avery sorriu e fez um carinho na cabeça dela, mas seu olhar já estava voltando para página que ela tinha abandonado.

...

No dia seguinte, Lucky estava sentada na cama, ao lado das malas prontas, ignorando uma enxurrada de mensagens da Boneca Troll, que ora implorava, ora a atacava, quando ouviu uma batida suave na porta do quarto.

— Entre, Aves! — ela gritou.

Ela ergueu os olhos e encontrou Chiti em pé à porta.

— Ela está aqui? — Lucky perguntou.

— Ela acabou de ligar — Chiti disse. — Está presa no escritório. Acho que ela te mandou uma mensagem.

Lucky olhou para o telefone e viu que, entre as mensagens maníacas da Boneca Troll, havia de fato uma mensagem sucinta de Avery pedindo desculpas.

— Ah — Lucky soltou.

Ela temia que, se dissesse alguma coisa, sua voz poderia traí-la.

— Eu sei que ela sente muito por não se despedir — Chiti afirmou. — Vou chamar um carro para você.

Lucky limpou a garganta.

— Não precisa. Eu posso chamar.

Chiti parou de olhar o telefone, depois de ficar ocupada digitando nele.

— Seis minutos. — Ela entrou timidamente no quarto. — Você tem um minuto antes de ir embora? Eu gostaria de conversar com você sobre um assunto.

Lucky movimentou-se mais para o lado e abriu espaço para Chiti sentar-se ao lado dela na cama pequena, coberta com os lençóis da cor de quartzo-rosa.

— Olha, desculpe por ir embora tão depressa — Lucky começou. — Você sabe que adoro ficar com vocês, mas preciso ir para Nova York.

Chiti ergueu a mão.

— Tudo bem — ela garantiu, com suavidade. — É uma boa ideia você ir para casa um pouco. Eu queria falar com você sobre outra coisa.

Ela enfiou a mão no bolso da saia e colocou uma cartela em cima da cama, entre elas.

— Eu sei que não é da minha conta — ela disse. — Mas eu achei isso no lixo do quarto de hóspedes. Eu só queria dizer que... bem, se você precisar de alguém para conversar, eu estou sempre aqui. Queria que soubesse disso.

Lucky pegou a cartela e a inspecionou. Havia um círculo de plástico vazio no centro, onde ficava um comprimido. Ela a virou e leu o verso. Era uma pílula do dia seguinte. Ela olhou para o semblante de Chiti, crispado de preocupação.

— Chiti... — ela disse, devagar — ... isso não é meu.

Os olhos de Chiti se arregalaram um pouco.

— Mas estava no seu lixo — ela afirmou.

Lucky negou com a cabeça.

— Eu não sei o que isso estava fazendo lá, eu não faço sexo com homem há... — Lucky fez uma pausa para pensar. O motorista de táxi. Mas ela não tinha feito nada, graças a Deus.

— Muito tempo — foi a resposta que deu.

— Entendo — Chiti disse, baixinho.

— Talvez seja de uma das suas clientes? — Lucky tentou.

Chiti olhou para ela, distraída.

— Tenho certeza de que há uma explicação.

— É claro. — Lucky balançou a cabeça com força o suficiente para, quem sabe, convencer as duas. — Sem dúvida.

Lucky pensou no rosto de Avery na noite anterior. *Você não faz ideia de como estou longe da perfeição.* Um silêncio tenso se instalou entre elas. Chiti se levantou e alisou os amassados em sua longa saia de seda.

— Certo, quero te dar um abraço antes de o carro chegar.

Chiti abraçou-a, e Lucky fez o possível para não transmitir a tristeza que ela sentiu, de repente, por ir embora.

— Me desculpe mesmo — ela disse, mergulhada no cabelo de Chiti.

— Não tem nada pelo que se desculpar.

— Não fui uma hóspede muito boa.

Chiti afastou-se e colocou as mãos dos dois lados do rosto de Lucky.

— Você precisa se cuidar, querida. Por favor, Lucky.

— Eu estou bem — Lucky assegurou. — *Você* se cuide.

Chiti a encarou com seu olhar escuro e compreensivo.

— Não — ela disse. — Você não está.

...

Lucky olhou para fora da janelinha redonda da cabine e viu o céu preto da noite e seu próprio rosto refletido de volta, enevoado. A pílula poderia ser de Avery? Mas com quem diabos ela o teria usado?

Se havia uma coisa da qual Lucky tinha certeza, era de que ela poderia confiar em Avery como uma força estável em sua vida — mas, é claro, ela tinha pensado a mesma coisa sobre Nicky. Elas eram duas de quatro, mas eram, sem dúvida, tão próximas quanto gêmeas, apesar da diferença de idade.

Nicky tinha só dois anos quando Lucky nasceu, por acidente, em casa, abrindo espaço com os cotovelos pelo canal de nascimento em apenas quinze minutos, enquanto a mãe estava de cócoras no chão do quarto. Nicky podia ter ficado ressentida com Lucky pelo fim precoce de seu mandato como o bebê da família, mas foi o contrário. Em vez disso, ela declarou que Lucky era *seu bebê*, e a carregou para todo canto nos meses seguintes, arrastando a estoica Lucky como um saco de farinha pelo apartamento.

Quando elas tinham dois e quatro anos, Lucky seguia Nicky em todo lugar como um patinho, um cachorro. Desde o princípio, foi Nicky quem ela escolhera, acima de todas as outras pessoas. Até onde ela sabia, o mundo começava e terminava com a irmã.

Quatro e seis, estavam as duas tomando banho juntas, deslizando uma sobre a outra como filhotes de foca, rindo. O brinquedo favorito de Nicky era uma gata rosa com quatro gatinhos dentro da barriga de velcro, que nasciam e voltavam para a mãe inúmeras vezes. Era uma tarde no Central Park, e elas tomavam sorvete, com longos riachos de creme escorrendo pelos braços. Foi Nicky quem insistiu em dar um pouco para os gatinhos. *Ah, eles comem tão bonitinho,* ela disse, suspirando.

Seis e oito, elas ficaram com o mesmo corte de cabelo tigelinha, que a mãe fez em cima da pia da cozinha. Elas brincavam de esconde-esconde, coreografavam passos de dança e falavam uma língua que só elas entendiam.

Oito e dez, o pai quebrou o jogo de porcelana do casamento. Naquele ano, ele derrubou sobre si a árvore de Natal enquanto estava bêbado. Elas ficavam no quarto compartilhado ouvindo música baixinho quando ele estava em casa. Lucky era Baby Spice, e Nicky era Posh. Não precisavam de nenhuma outra identidade além dessas.

Dez e doze, a pequena diferença de idade de repente ficou grande. Nicky chegou à puberdade de forma precoce e intensa, enquanto Lucky ainda era apenas uma criança. Lucky aprendeu a temer a bolsa de água quente, sabendo que, quando Nicky a mantinha pressionada contra o abdômen, ela não tinha disposição para brincar. Pela primeira vez, Nicky viajou para um lugar ao qual Lucky não pôde ir junto. Era assustador e exigia pomada para a acne.

Doze e catorze, Nicky deixou o cabelo crescer, comprou um sutiã com bojo na Bloomingdale's e começou a usar francesinha. Lucky cresceu trinta centímetros, descobriu os Ramones e declarou que preto era sua cor favorita. Elas nunca mais ficaram parecidas.

Catorze e dezesseis, Nicky voltou mais cedo da escola depois de desmaiar durante o período menstrual. A mãe disse que ela estava sendo dramática e Lucky concordou, em segredo. Por que Nicky achava aquilo tão difícil? Todas as outras suportavam. Perto do final do ano, as irmãs eram como quatro íris azuis crescendo para além do seu vaso compartilhado. Elas queriam ter o próprio quarto, o próprio gosto, o próprio espaço. Elas ansiavam por quebrar o vaso e escapar.

Dezesseis e dezoito, elas conseguiram. Lucky era modelo em tempo integral; Nicky entrou na faculdade e ingressou em uma irmandade. Lucky fumava um maço de cigarros por dia. Nicky namorava um rapaz chamado Chad. Lucky não passou nos testes do ensino médio. Nicky tinha tirado a nota máxima. Lucky era desafiadora. Nicky era obediente. Elas se falavam todos os dias.

Dezoito e vinte, Lucky foi para o Japão e Nicky foi diagnosticada com endometriose depois de desmaiar durante o exame final de psicologia. Lucky se sentiu culpada por pensar, em segredo, que a irmã exagerava na cólica menstrual. Enquanto Lucky estava em Tóquio, Nicky telefonou para ela do hospital, mas não falou muito. A medicação que ela estava tomando deixava-a sonolenta e irritadiça. Lucky entendeu que a irmã tinha ido para mais um lugar aonde ela não poderia ir. Lucky tinha certeza, no entanto, de que ela voltaria.

Vinte e vinte e dois, elas tiveram a pior briga, depois que Lucky se embebedou na festa de formatura de Nicky e, sem querer, colocou fogo no cabelo de uma das três garotas que compareceram, chamada Britney. Ela detestava as moças da irmandade de Nicky, com seus cabelos alisados, sandálias Tory Burch e uma linguagem secreta de que todas elas pareciam compartilhar. Lucky tinha certeza de que elas a julgavam por não ter se formado no ensino médio. Tente passar cinco anos rejeitando as investidas de fotógrafos atrevidos, os ataques de ciúme de outras modelos e investigações constantes dos agentes de seu peso e dieta, era o que ela queria lhes dizer. *Aquilo* era uma educação. No banheiro, Nicky jogou água no rosto de Lucky. *Quando você ficou tão chata?*, Lucky a insultou por cima da pia. Nicky agarrou-a pelos ombros e a sacudiu até seu crânio chacoalhar. *Não há nada de errado em querer ser normal!*, ela gritou. Na noite seguinte, os pais tinham planos de irem todos jantar fora, para comemorar, mas Nicky disse que ela nunca mais falaria com Lucky. *Certo*, a mãe disse. *Mas a reserva é para as sete da noite, então você não poderia parar de falar com ela depois desse horário?* Elas acabaram dividindo a sobremesa.

Vinte e dois e vinte e quatro, elas continuaram se perdendo uma da outra. Nicky voltou a morar em Nova York para se formar em pedagogia, e Lucky voou pela Europa antes de se estabelecer em Paris. Nicky tentou acupuntura, exercícios de respiração, banho de gelo e sauna de infravermelho para ajudar a controlar a dor, mas tudo foi inútil. Lucky bebia todos os dias e fumava um baseado toda noite para poder dormir. Os telefonemas diários se tornaram semanais e, às vezes, mensais. Mas, como nas brincadeiras de esconde-esconde da infância, mais cedo ou mais tarde, uma delas estaria sempre lá, na outra ponta da linha ou no portão do aeroporto, esperando pela irmã, na esperança de ser encontrada.

Vinte e quatro e vinte e seis, Lucky voltou para visitar Nicky em Nova York. Era cedo para buscar a irmã na escola de ensino médio em que ela estava dando aulas, então Lucky vagou pelos corredores silenciosos até encontrar a sala certa, espiou pelo vidro e viu Nicky em pé diante da classe, relaxada e sorrindo em um vestido colorido de verão, fazendo vinte adolescentes rirem. Sua irmã, Lucky pensou, era mágica. No playground, alguns alunos tinham instalado uma obra de arte chamada "árvore dos desejos"; eles pediam para os transeuntes escreverem um desejo em uma fina tira de papel e amarrá-la na árvore para encher os galhos com flores de esperança. Lucky tentava espiar o papel de Nicky enquanto elas escreviam, mas ela ria e escondia-o junto ao peito. *Se você olhar, não vai se realizar!* Mais tarde, quando Nicky correu para dentro para pegar mais papel, Lucky encontrou o galho em que a irmã tinha amarrado o dela e o desdobrou. Ela já sabia o que Nicky desejava, um marido e um bebê, as mesmas coisas que ela pedia para as velas de aniversário todos os anos, desde que tinha se formado na faculdade, mas ela sentia uma estranha compulsão de checar. Ela abriu o papel, e lá, escrito na letra cursiva e feminina de Nicky, estavam três palavras: *chega de comprimidos*. Depois, quando Lucky perguntou, ela negou que o desejo fosse dela.

No vigésimo quinto aniversário de Lucky, Nicky enviou-lhe um par de borboletas azuis emolduradas. No vigésimo sétimo aniversário de Nicky, Lucky se esqueceu e ligou para ela de ressaca no dia seguinte. Logo depois, ela ofereceu a viagem para Nicky ir a Paris como um presente atrasado; era verão, afinal de contas, férias de Nicky, e Lucky poderia reservar os voos já para o dia seguinte usando milhas. Mas Nicky deu uma desculpa.

Eu não estou me sentindo tão bem, Lucky Lou, ela disse. *Talvez outro dia.*

Lucky suspirou ao telefone.

Por favor, não fique brava comigo para sempre, ela continuou. *Eu quero me redimir por isso.*

Nicky fez uma pausa.

Você sabe o que eu realmente quero para o meu aniversário? Encontre o que te faz feliz, então vá fundo nisso.

Lucky olhou para as próprias mãos. Quem ela seria se soubesse como fazer isso?

Eu tenho que ir, ela disse, por fim. *Eu te amo.*

Nicky parecia querer dizer mais alguma coisa, mas então fez uma pausa e disse o que ela sempre dizia.

Eu te amo também. Sem o também.

Elas desligaram, Lucky foi se arrumar para alguma festa e essa foi a última vez que ela falou com a irmã.

Enquanto o avião voava estável durante a noite para Nova York, Lucky bebeu vodca pura e ignorou as minilatas de soda colocadas junto ao seu copo de plástico. Ela não dormiu. Naquela névoa suspensa, continuava voltando ao mesmo pensamento. Ela estava viva. Parecia óbvio, mas Lucky havia passado o último ano negando esse simples fato, ao existir em um estado induzido pelo álcool e pelas drogas, que não era nem de vida nem de morte. Ela estava viva, e Nicky, não. Isso não estava certo, simplesmente era assim. E como era ela que ainda estava viva, iria encontrar um jeito de viver.

Quando desceu do avião, andando vacilante entre os passageiros e os carrinhos de bagagem, viu Bonnie esperando por ela no saguão de desembarque do JFK. Lucky viu Bonnie primeiro, observando atenta a multidão na esperança de encontrá-la sob as fortes luzes fluorescentes. Bonnie estava segurando uma placa com o nome Lucky. Ela havia desenhado dois pontos acima do "U" para fazer uma carinha sorridente. Lucky se atirou nos braços dela.

CAPÍTULO OITO

Bonnie

Bonnie não voltou à academia durante uma semana, mas estava claro que sua velha vida tinha terminado para sempre. Pavel cumprimentou-a com fria formalidade depois que ela apareceu sem avisar. Se ela estava esperando um pedido de desculpas, não iria recebê-lo. Se ele estava esperando um dela, não iria recebê-lo também. Qualquer plano que ela tivesse de explicar os detalhes de por que tinha ido embora depois do funeral e o que havia acontecido naquele ano se evaporou da sua língua quando ela se viu diante dele. Ela podia treinar na Golden Ring, ele havia deixado claro, mas não iria treiná-la. Ela teria de encontrar outra pessoa. Bonnie percebia agora que nunca antes tinha se importado com a hierarquia e o sistema de favoritismo dissimulado da academia, porque sempre estivera no topo, a inquestionável estrela em ascensão e principal lutadora de Pavel. Agora, estava aprendendo como era frio estar fora do centro das atenções dele.

Ela se posicionou em seu campo de visão enquanto fazia o aquecimento, esperando para ver se ele a notaria. Ele estava sentado cautelosamente diante de um jovem lutador búlgaro, Danya, que recentemente havia vencido suas duas primeiras lutas profissionais, a última por nocaute. Bonnie estava olhando para eles quando Pavel virou a mão do jovem lutador entre as dele, e sentiu os fios gêmeos do ciúme e da saudade se entrelaçarem dentro dela. Era um de milhares de gestos comuns entre boxeador e treinador. Durante anos, Pavel enxugou a testa dela, removeu o protetor bucal, enfaixou suas mãos, amarrou as luvas, afivelou o capacete, deu-lhe água na boca, besuntou sua fronte com vaselina e realizou um longo ritual de outras devoções diárias. Essa intimidade bruta e despretensiosa não era a mesma de um amante. Era parental, mas não exatamente paternal. O mais próximo dela, Bonnie imaginou, era um toque de mãe. Bonnie observou Pavel murmurar algo para Danya, e ficou imaginando qual lição preciosa ele estava aprendendo e da qual ela tinha sido excluída.

Ela se lembrou de Pavel ensinando um passo de golpe enquanto Nicky assistia do seu poleiro no banco de madeira perto do ringue. Bonnie estava aprendendo a fechar a lacuna entre ela e o oponente, dando o golpe ao se movimentar para a frente com o pé dianteiro, e então deslizando o pé de trás rapidamente enquanto recolhia a mão. Era um movimento simples e essencial que, uma vez dominado, permitiria a ela começar a criar suas combinações.

Firme os pés, Bonnie, Pavel implorou.

Mas toda vez que se movimentava para a frente para dar o soco, ela dava um pulinho como um cervo saltando adiante no gelo. Pavel balançou a cabeça. Ele se virou para Nicky.

Nicky? Eu quero que você ouça também.

Nicky, séria, concordou com a cabeça. Ele se dirigiu a Bonnie, que estava arfando de frustração.

Bonnie, de onde vem sua força?

Ela olhou para ele, confusa.

Do meu soco?, ela balbuciou pelo protetor bucal.

Pavel se direcionou de Bonnie para Nicky.

Nicky, de onde vem a força da Bonnie?

Da raiva que ela tem do patriarcado!, ela gritou.

Bonnie bufou.

Na verdade, é o contrário, Pavel disse. *Ela vem da mãe.*

Bonnie e Nicky ergueram a cabeça.

Mãe Terra.

Ele se ajoelhou e tocou nos pés de Bonnie, que estavam recobertos pelos elegantes sapatos de boxe vermelhos que ela tinha ganhado no aniversário de dezesseis anos.

A Mãe Terra é a fonte de toda a força. Ela vem do chão, atravessa os seus pés, passa pelos joelhos, que estão dobrados, obrigado — Bonnie, obediente, dobrou os joelhos —, *sobe pelo quadril, atravessa o ombro e chega ao punho. Toda vez que você tira os pés do chão, você perde sua fonte de força. Entendeu?*

Mãe Terra, Bonnie murmurou.

Pavel assentiu.

Vamos de novo.

Ela golpeou à frente, desta vez dando passos rápidos com os pés sempre no chão, em vez do pulinho que estava dando antes. Ela olhou para Pavel, cujo rosto se dividiu em um sorriso incontrolável. Havia um espaço grande entre os dois dentes da frente, que davam ao semblante dele, em geral embrutecido, uma surpreendente qualidade infantil. Os olhos claros estavam iluminados, e olhavam para ela com algo como satisfação, ou respeito, ou amor. Então ele retornou o rosto à expressão de inescrutabilidade fria e limpou a garganta.

Melhor, ele disse. *De novo.*

E, embora seus pés nunca saíssem do chão, ela sabia que Nicky podia ver que ela estava voando.

...

Nos últimos dias, Bonnie sentiu o peso da gravidade de forma mais aguda do que nunca. Todo o corpo doía quando ela terminava os alongamentos. Ela olhou para Pavel e Danya, ainda fechados em seu colóquio particular, pegou as luvas e caminhou na direção deles. Estava cansada dessa merda. Mas esse ímpeto de confiança logo diminuiu quando ela se viu diante de Pavel. Ela evitou os olhos do lutador búlgaro, que a media com desprezo mal disfarçado.

— Eu pensei que poderia voltar ao *sparring* hoje — ela disse.

Pavel fez um leve aceno de cabeça sem erguer os olhos da faixa da mão de Danya.

— Não está pronta.

Bonnie esfregou um pé no outro.

— Olhe, eu não parei tudo. Treinei corrida. Ainda estou em forma.

Pavel olhou-a rapidamente, de cima a baixo.

— Não está pronta — ele repetiu.

Ao lado dele, Danya exalou suavemente, divertindo-se. Bonnie apertou os olhos.

— Eu posso treinar com ele. Temos pesos semelhantes.

— Não — Pavel disse.

Danya ergueu as mãos e sorriu.

— Eu não luto com mulher.

Nessa hora, Bonnie viu um sinal de impaciência cruzar o semblante de Pavel.

— Paciência, Bonnie — ele pediu. — Por favor.

Se Bonnie fosse um outro tipo de pessoa, ficaria marcada pela frustração.

— Felix vai te acompanhar nos aparadores — Pavel disse, e inclinou a cabeça para indicar que a conversa estava encerrada.

Felix era um novo treinador da academia, um ex-boxeador mexicano peso-médio conhecido por ser equilibrado e ter a fala mansa, uma raridade em um esporte de personalidades fortes e incendiárias. Pavel chamou-o pelo nome e ele apareceu, vindo do escritório do fundo da academia, observando os três com um olhar rápido de quem havia entendido tudo.

— Vamos, Bonnie — Felix chamou, com suavidade. — Coloque as luvas.

Ele a guiou para o outro lado da academia, então pegou as luvas dela entre as mãos e começou a amarrá-las. Era o tipo de proximidade súbita a que Bonnie estava acostumada; os lutadores de boxe passam a vida sendo tocados e manuseados. Quando os punhos estavam seguros, ele olhou para ela por baixo dos cílios longos e retos, como os de um elefante, e lançou-lhe um olhar tão gentil e compassivo que ela ficou maravilhada ao ver que esse era o mesmo homem que uma vez golpeou um oponente com tanta força que encontraram dois dentes dele no ringue depois do gongo.

Bonnie treinou com ele nos aparadores, e sua mente logo clareou. Estavam treinando combinações de três socos e passos laterais. Ela podia sentir o foco de Felix enquanto ele absorvia os padrões e movimentos intuitivos dela, murmurando instruções em um tom de voz que era pouco mais do que um sussurro. Não havia mais nada que ela pudesse fazer agora, exceto respirar e se movimentar. *Jab*, direita, gancho, respira. *Jab* no corpo, *jab* na cabeça, gancho, respira.

Uma imagem do homem que ela tinha golpeado em Venice, caído na calçada, surgiu na sua mente, o olhar de horror no rosto da namorada dele. Mas Peachy dissera que ele estava bem, ela se lembrou, e havia enviado mensagem informando que ele não tinha aparecido no bar de novo. Com grande esforço, ela afastou a imagem. *Jab, jab*, direita, respira. Agora, mais do que nunca, ela precisava de disciplina, não apenas física, mas também mental. Ela não poderia deixar nada distraí-la do treinamento. Ela não poderia ficar atravessada em seu próprio caminho.

— Isso aí, Bonnie — Felix murmurava em intervalos. — Gosto do direto de esquerda.

Bonnie fez um pequeno aceno de cabeça em reconhecimento e continuou treinando, mas ela sentiu que o elogio desencadeara um calor familiar no seu interior. Tinha se esquecido de como era ser elogiada. Isto é o que vale a pena no treinamento: por mais duro que seja, por mais exaustivo que seja, há nele alguma doçura. Ser observada, nutrida e incentivada, era disso que Bonnie gostava mais do que qualquer coisa. Ela nunca tinha de fato se preocupado em ser uma boa boxeadora, só estava preocupada em agradar Pavel. E em tudo o que ela fazia agora, ela ainda o tinha em mente. Ele até podia ignorá-la deliberadamente, mas ela sabia do esforço que ele tinha de fazer para não a observar. Mesmo quando eram mais próximos, Pavel não falava muito. Mas ela podia *sentir* que ele a tinha em mente também. Pouco perceptível, não notado por ninguém, eles inclinavam-se um na direção do outro, como plantas para quem o outro era o sol.

Além das viagens para as lutas, eles passaram pouco tempo juntos fora da academia. Mas houve alguns momentos. Uma vez, dez anos depois que eles começaram a treinar juntos, Bonnie estava caminhando para a academia, quando parou de repente. Do outro lado da rua, sentado sozinho a uma mesa da lanchonete da 68ª Street, estava Pavel. Uma garçonete caminhava na direção dele com uma fatia de cheesecake à frente; o rosto dele se iluminou quando a moça se aproximou. Bonnie pensou em continuar andando; havia algo tão inocente na cena, tão terno, que parecia quase uma violência interferir, mas ela se viu atravessando a rua e abrindo a porta da lanchonete, atraída na direção dele como uma abelha para uma flor. Pavel levantou o olhar quando ela se aproximou, um grande pedaço de torta espetado no garfo. Ele deu um sorriso constrangido.

Você me pegou, ele declarou.

Ele fez um gesto para ela se sentar na frente dele, e ela se acomodou à mesa. Sem tirar os olhos dela, ele colocou a torta na boca, visivelmente encantado com a experiência.

Você descobriu meu único ponto fraco, ele disse entre as mordidas.

Cheesecake?

Cheesecake. Pavel concordou com a cabeça. *Este é muito bom. Não temos assim na Rússia. Você quer uma fatia?*

Bonnie ia recusar — ela mantinha uma dieta severa nos treinos, que incluía pouquíssimo açúcar —, quando se surpreendeu aceitando com um gesto de cabeça.

Claro, ela disse. *Por que não?*

Ele pediu uma fatia para ela e a observou com fervente intensidade quando ela deu a primeira mordida.

O que você acha?, ele perguntou, ansioso. *É bom, não?*

Para ser honesta, na opinião de Bonnie aquilo tinha gosto de um cheesecake comum, mas o entusiasmo dele era irresistível.

Delicioso, Bonnie assentiu com a boca cheia.

Pavel sorriu, radiante.

Na próxima luta que você ganhar, eu te presenteio com isto, Pavel prometeu.

Eles ficaram sentados em um silêncio pacífico, comendo a torta, até que os dois pratos estivessem limpos. Bonnie imaginou que Pavel iria apressá-la para voltarem correndo para a academia, mas ele se ajeitou na cadeira e sorriu para ela, satisfeito.

Você quer café?

Outro prazer que ela raramente se permitia desde que Pavel desencorajara qualquer dependência de estimulantes, inclusive cafeína.

Você vai tomar?, ela perguntou, surpresa.

Hoje, vamos viver um pouco, ele anunciou, e pediu dois cafés. Duas xícaras fumegantes foram colocadas diante deles, e Bonnie experimentou um golinho, observando, sobre a beirada da xícara, Pavel tomar um gole longo e aprazível.

Aaaah, ele exalou, colocando a xícara à sua frente e observando-a com seu olhar divertido e compreensivo. *E como você está, Bonnie?*

Como ela estava? Como... uma pessoa? Bonnie não sabia o que responder. Nos últimos meses, Pavel havia perguntado como estavam suas combinações de golpes, se o ombro direito ainda a incomodava, se ela ficava sem fôlego entre os rounds do treino, se estava baixando o queixo e mantendo a guarda... mas nunca como ela estava. Ela murmurou alguma coisa sobre estar bem, então tomou um gole grande de café e queimou a língua.

E as suas irmãs?, ele a pressionou. *Como vai a Nicky?*

Essa era mais fácil para ela.

Ela vai bem. Bonnie assentiu com orgulho. *Começou a faculdade de pedagogia. Ela quer ser professora de inglês.*

Bom para ela. Pavel deu um tapinha na cabeça e sorriu. *Essa é a Nicky, sempre tomando notas.*

Pois é.

Bonnie retribuiu o sorriso, satisfeita, como sempre, por estar falando sobre a querida irmã mais nova. Um silêncio pairou novamente; ela colocou as mãos em volta da xícara e pigarreou.

E... como você está?, ela tentou, com cautela. *Como vai a Anahid?*

Ela não sabia por que tinha perguntado aquilo. Pavel raramente mencionava a esposa, e Bonnie nunca perguntava. Nas poucas vezes em que Anahid visitou a academia, Bonnie achou que ela era muito séria e deslumbrante, exatamente o tipo de parceira impressionante e intimidante que se esperaria para Pavel, até conhecê-lo melhor e descobrir a versão boba, pateta e infantil dele, que adorava dançar e fazer malabarismos. *E,* Bonnie pensou, sorrindo para si mesma, *que come cheesecake sozinho em lanchonetes.*

Eu acho que ela vai bem, ele disse.

Bonnie franziu a testa. Acha?

Nós nos separamos, ele esclareceu. *Já faz em tempinho.*

Ah.

Bonnie não sabia o que dizer. Falar sobre qualquer coisa além do boxe, ainda mais sobre algo pessoal como a separação, era como tentar andar com Pavel no gelo; nenhum dos dois tinha muito equilíbrio.

Na verdade, ele continuou, *assinei os papéis do divórcio hoje.*

Ele deu uma risada singela, aparentemente maravilhado com a estranheza da declaração que acabara de fazer. Bonnie procurou no rosto dele sinais de um coração partido, mas era o mesmo Pavel de sempre. O mesmo nariz chato e quadrado — um verdadeiro nariz de boxeador, ele brincou, muitas vezes quebrado em submissão —, plantado abaixo de olhos surpreendentemente brilhantes e gentis.

Eu sinto muito, Pavel, ela disse em voz baixa.

Ele deu de ombros.

É dura essa vida que nós escolhemos, ele disse. *Não é para todo mundo.*

Bonnie concordou com a cabeça, séria, mas um *frisson* de prazer passou por ela diante do "nós".

Então... cheesecake, ela disse.

O rosto de Pavel se dividiu com aquele sorriso juvenil.

Às vezes precisamos de cheesecake, ele concordou.

Pavel pagou a conta, recusando com um gesto a tentativa de Bonnie de pegar a carteira. Eles se levantaram juntos, e ele segurou a porta para ela passar, guiando-a com um toque mínimo nas costas. Bonnie sentiu, então, uma palpitação de esperança, como a mais suave das brisas, de que a vida poderia ser assim com ele, tão doce e tão simples. Café da manhã juntos antes da academia, a mão dele a tocando, não para corrigi-la, mas simplesmente por ternura, os dois conversando, não como treinador e lutadora, mas como duas pessoas, conversas cheias de afeto e risadas. Eles caminharam juntos até a academia lado a lado, e Bonnie deixou aquela suave brisa carregá-la por todo o trajeto, até a porta. Então entraram na Golden Ring e Pavel passou à frente dela, instruindo-a de forma ríspida, por cima do ombro, para que ela se aquecesse logo, já que estava atrasada, e Bonnie entendeu que, às vezes, um cheesecake era só um cheesecake, e deixou a brisa morrer.

...

Bonnie trouxe a mente de volta para os aparadores que Felix estava segurando. Ela precisava de foco. *Golpe, golpe, golpe,* giro. Mas, de lado, Bonnie viu Pavel olhando para eles. O olhar dele era como uma corrente de ar frio. Imediatamente, ela bateu um pouco mais forte, deslizou um pouco mais rápido. *Pow, pow, pow.* Como se puxado por uma maré invisível, ele foi até o lado dela do ringue. Bonnie caprichou na combinação, encorajada pelo olhar dele. *Hiss hiss hiss.* Mas Pavel não se traiu em nada enquanto a observava. Na próxima vez que ela o espiou, ele já tinha lhe dado as costas.

...

Bonnie voltou tarde para casa, e encontrou o longo corpo de Lucky curvado no sofá, o queixo encaixado nela mesma. Por instinto, inclinou-se para ver se ela ainda estava respirando, mas o peito de Lucky subia e descia suavemente. Bonnie exalou. Ela se empoleirou no braço do sofá, observando a forma notável da irmã. Lucky a fazia lembrar de uma corça ou raposa adormecida, alguma criatura do bosque, elegante e misteriosa, fora do alcance da companhia humana. Assim de perto, ela podia ver a pele pálida de Lucky coberta por uma camada fina de suor. Seu semblante, mesmo no sono, era tenso. Ela estava usando uma camiseta branca surrada, a espinha dorsal se sobressaindo como um fio de pérolas. Bonnie franziu a testa. Ela teria sido sempre assim tão magra? Como poderia se proteger desse jeito, se fosse necessário? A irmã que desceu tropeçando do avião vindo de Londres, instável como uma criancinha, a aterrorizou. Sabia que Lucky era uma prodigiosa frequentadora de festas, e ela sempre a admirara por isso em segredo, mas parecia não haver alegria nas atuais bebedeiras de Lucky.

A bolsa da academia de Bonnie ainda estava pendurada no ombro; ela a colocou no chão e foi tomar um banho, mas se viu voltando para observar Lucky mais um pouquinho. A irmã mais nova não estava bem, ela podia ver agora. Mas, mesmo assim, só por tê-la por perto, Bonnie pôde relaxar. Alguma parte atávica dela nunca ficava em paz até que estivesse com uma das irmãs. Depois que Nicky morreu, Bonnie tinha medo de nunca mais sentir quietude, calma verdadeira, de novo. *Isso é a família,* ela pensou com tristeza, *a raiz de todo conforto e caos.* Mas, sentada aqui, agora, observando Lucky adormecida, ela sentiu, embora fraca, uma tranquilidade antiga. Ela tomaria conta de Lucky. Enquanto estivesse por perto, ela a protegeria. Esquecendo-se do chuveiro, Bonnie se deitou no tapete ao lado do sofá como um cachorro ao lado do dono e, finalmente, encontrou o sono.

...

Ela estava pulando corda no dia seguinte quando Pavel se aproximou. Sentiu que ele estava vindo, embora seus olhos estivessem grudados no Salmo 18 emoldurado e pendurado na parede desde que ela tinha entrado pela primeira vez na academia. O papel por trás do vidro estava velho e amarelado; as palavras, esmaecidas pela exposição ao sol. Não importava; Bonnie o sabia de cor. O Salmo para o qual ela olhava enquanto pulava corda tinha sido seu foco ano após ano. As palavras eram parte dela agora, como se ela própria as tivesse escrito.

> *É Deus quem me reveste de força*
> *e torna perfeito o meu caminho.*
> *Torna meus pés ágeis como os de uma corça;*
> *sustenta-me firme nas alturas.*
> *Ele treina minhas mãos para a batalha*
> *e meus braços para vergar um arco de bronze.*
> *Tu me dás o escudo da tua salvação,*
> *e tua mão direita me sustém;*
> *a tua ajuda me faz grande.*
> *Tu ofereces um amplo caminho para meus pés,*
> *para que meus tornozelos não cedam.*

Este era o segredo de Bonnie, o que ela nunca contava para ninguém da família: ela acreditava em Deus. O pai era católico não praticante e a mãe ateia convicta; eles não batizaram Bonnie nem as irmãs, e não havia discussão sobre fé, espiritualidade ou vida após a morte. Quando o hamster de Bonnie morreu, a mãe informou com frieza que o *objetivo* de um animal de estimação era ensinar a respeito da morte. Mas elas tinham sido mandadas para uma escola católica no ensino fundamental e médio, e algo claramente ficou nela. Não que Bonnie acreditasse no céu propriamente, ou em um Deus que parecia humano, mas ela acreditava em alguma coisa.

Isso teve início quando ela estava no ensino fundamental. Primeiro, começou a ter ataques de pânico, falta de ar e a ver ondas escuras que partiam dos cantos dos olhos. Para ela, parecia que as únicas vezes que o pai não ficava bravo eram quando ele começava a beber ou via Bonnie praticar esportes, instruindo-a aos brados das laterais para ela atacar mais, ir mais fundo, ser mais forte. Se ela contasse para a mãe que tinha ataques de pânico, ele ficaria sabendo, e isso ela não podia permitir. No fim, encontrou um jeito de lidar com os ataques sem envolver mais ninguém; ela ia em segredo para o único banheiro individual da escola, situado no andar mais alto, junto ao almoxarifado empoeirado, e rezava. Bonnie falava com Deus até que sua frequência cardíaca diminuísse e sua respiração se estabilizasse. Depois, sempre que precisava de calma ou coragem, pensava naquela presença quieta e atenta, e automaticamente sentia paz interior.

Com o passar do tempo, seu Deus se tornou um pouco mais amorfo e expansivo do que o Deus católico punitivo que lhes ensinaram na escola. Era um sentimento de quietude que morava dentro dela. E, por fim, se ela ouvisse com cuidado suficiente, Ele a respondia. Ele ou Ela, ou o que quer que fosse Deus, tinha uma voz pouco mais alta do que o som do vento na areia. Mas Bonnie só podia ouvi-la quando ela estava muito, muito quieta. *Isso está certo para você*, a voz dizia. *Isso está errado.* E, quando falava com ela, Bonnie se sentia supremamente cuidada, tão profunda e existencialmente bem, que sua fonte só poderia ser divina. Trazia calma e tranquilidade, uma drástica reconfiguração interna do caos para a harmonia. Quando a ouvia, nada precisava mudar para que tudo ficasse diferente. Mas ela não a ouvia havia mais de um ano.

Bonnie saltava com um movimento suave, como o de balé, de um pé para o outro, cruzando a corda com enorme habilidade em frente a ela. Pular corda, como tudo no boxe, envolvia habilidade, mas também estilo. Quando Bonnie balançou a corda, passando-a desafiadoramente de uma mão para outra enquanto os pés mal tocavam o chão, ela fazia o possível para se movimentar como um cisne na água, todo o esforço abaixo da superfície. Pavel atravessou toda a academia para ficar diante dela, observando-a com sua expressão usual de inescrutabilidade vazia, tendendo para uma leve hostilidade.

— O parceiro de treino do Danya se machucou — ele disse. — Você quer?

Bonnie deu um rápido aceno de cabeça, sem perder nenhuma batida da corda. Ela não lhe daria a satisfação de vê-la entusiasmada.

— Hoje à tarde — Pavel disse. — Seis rounds. Coma um almoço leve.

Foi só depois que ele virou as costas que ela se permitiu dar um breve sorriso de êxtase.

...

Bonnie veio da academia para casa almoçar, em parte porque era mais barato cozinhar, mas, principalmente, porque queria ver como Lucky estava. Ela chamou o nome da irmã assim que fechou a porta atrás de si, e ouviu um gemido baixo, animal, vindo do banheiro. Bonnie correu pelo corredor e encontrou Lucky curvada em volta da base de porcelana do vaso sanitário. Instintivamente, ela se ajoelhou e começou a dar tapinhas nela, procurando por algum ferimento.

— Qual é o problema? Onde dói?

Lucky levantou o rosto do piso de lajotas e olhou para ela, confusa.

— Você tem... um baseado?

Bonnie franziu a testa.

— Você sabe que não.

Lucky colocou o rosto de volta no chão. Ela falou com o chão em frente a ela:

— Eu não consigo, Bon. Eu preciso de alguma coisa.

Não consegue o quê? Seus olhos miraram a forma prostrada de Lucky. Então ela pensou no corpo de Nicky em seus braços, nos lábios azuis pálidos, e entendeu.

— Você não precisa disso — ela disse.

Lucky se curvou inteira e gemeu.

— Meu estômago tá doendo.

— É normal — Bonnie murmurou. — Vai passar.

Ela não tinha ideia do que era normal. Ela nunca tinha se embriagado ou usado drogas, quanto mais passado pelo que Lucky estava passando.

— Onde está seu telefone? — Bonnie perguntou.

— Por quê?

— Eu quero ver uma coisa.

— Use o seu.

— O meu é simples, não faz essas coisas.

— Credo, você é estranha — Lucky resmungou.

Bonnie sorriu, bem de leve. Ela ainda tinha atitude, o que era um bom sinal.

— Qual é a sua senha?

— O aniversário da Nicky.

Bonnie deu um leve tapinha em Lucky, como um reconhecimento, sem dizer nada. Era típico de Lucky mostrar amor das formas mais ocultas. Ela pegou o telefone na sala e olhou para o horário na tela inicial. Só precisava pôr Lucky na cama, e então poderia ir para a academia treinar e voltar logo em seguida para ficar com ela. Ao seu toque, a tela do telefone se iluminou com uma série de mensagens de alguém chamada Boneca Troll.

onde você está
é sério, atenda o telefone
certo, desculpe por tirar a sua foto kkk
sua puta
você já viajou pra ny???
sinto muito mesmo por favor fale comigo

Bonnie voltou para o banheiro e encontrou Lucky ainda mais enrodilhada.

— O que é Boneca Troll?

Lucky gemeu outra vez.

— Seja lá quem for — Bonnie disse —, é intensa.

Lucky levantou a cabeça, aparentemente usando suas últimas forças para dar um sorriso pálido, de loba.

— Você não faz ideia.

Bonnie desconsiderou as mensagens e abriu a ferramenta de busca no telefone de Lucky, deslizando os polegares sobre o teclado. Ela nem sabia o que perguntar. Ela olhou para o rosto pálido de Lucky, as meias-luas escuras sob os olhos. Digitou *"parar de beber e outras coisas"*. Dicas de clínicas de reabilitação apareceram automaticamente. Lucky precisava de reabilitação? Quanto custaria? Bonnie quis que Avery estivesse lá; ela era decidida como um machado.

— E se eu ligar para a Avery? — ela perguntou.

— Não! — Lucky gritou, com uma força surpreendente.

— Mas ela é melhor nessas coisas — Bonnie disse, um choramingo infantil de medo se infiltrando em sua voz. Ela limpou a garganta. — Ela pode ajudar.

— Ela já acha que eu sou uma bosta.

Bonnie ergueu as sobrancelhas.

— Eu acho que você a faz se lembrar dela mesma — ela explicou.

E, o que era mais preocupante, de Nicky. No entanto, ela não queria mencionar essa parte, não queria nem pensar nisso. Bonnie olhou de novo para o telefone.

— Aqui diz para tomar muito líquido e comer frutas e legumes.

Lucky sentou-se bem a tempo de vomitar no vaso. Ela produzia ruídos guturais que pareciam vir da parte mais profunda da barriga. Seu corpo tremia violentamente enquanto ela se curvava, mas já não tinha mais o que vomitar. Bonnie estremeceu; doía só de ouvi-la. Lucky rastejou, afastando-se do vaso, e sentou-se apoiada na banheira baixa, enxugando um fio de saliva da boca. As mãos dela estavam tremendo.

— Não sobrou nada dentro de mim — ela disse, entre respirações curtas.

Bonnie engoliu em seco, tentando manter a voz estável e sem emoção.

— Vai passar logo. Quantas vezes você vomitou hoje de manhã?

Lucky descansou a nuca na beirada curva da banheira e fechou os olhos.

— Um milhão. — Ela esfregou uma mão com força no rosto. — E não vou ao banheiro faz três dias. Você pode digitar isso também?

— Claro. — Bonnie fez outra pesquisa, mas só apareciam mais dicas sobre reabilitação. — Você consegue comer alguma coisa?

Lucky negou com a cabeça, sem abrir os olhos.

— O que mais diz aí?

Bonnie verificou a lista.

— Tome um banho frio.

Lucky estremeceu como se as gotas já estivessem atingindo sua pele.

— Só me deixe descansar aqui — ela pediu. — Posso?

Seria certo obrigá-la? Bonnie não sabia. Ela odiava obrigar Lucky a fazer alguma coisa que ela não quisesse; seria isso apenas "incentivá-la", como Avery diria? Ela continuou lendo a lista do site sobre reabilitação até chegar ao último ponto. *Se há alguma coisa a ser lembrada quando estiver passando pela recuperação, é disto: curve-se a ela. Quando a dor se apresentar, não a amorteça e não a faça desaparecer. Curve-se a ela e tome uma atitude contra seu vício.*

Bonnie concordou com um gesto lento de cabeça enquanto lia. Curvar-se à dor, isso ela sabia como fazer. Com certeza, se alguém ajudaria Lucky a passar por isso, esse alguém seria ela, que tinha vivido de superar limites físicos. Ela respirou profundamente e se ajoelhou em frente a irmã, segurando-a debaixo dos braços, como costumava fazer quando Lucky era bebê. Ela ergueu a irmã alta e ossuda com facilidade.

— O que você está fazendo? — Lucky choramingou.

Bonnie firmou o corpo de Lucky contra o peito, para que ela não caísse para trás. Ela parecia cortante e frágil como vidro.

— Você vai tomar um banho — ela explicou. — E comer alguma coisa.

Lucky retrocedeu para olhá-la, de modo que seu rosto estava a poucos centímetros do de Bonnie. O hálito estava amargo e o lábio tremia, exatamente como quando ela era uma garotinha à beira das lágrimas.

— Eu não consigo — ela sussurrou.

— Você consegue — Bonnie disse. — Eu vou te ajudar.

Bonnie despiu a irmã mais nova com o maior cuidado. Pensou em uma pintura que vira certa vez ser instalada no Museu Metropolitano de Arte de Nova York, o Met, e em como os instaladores usavam luvas brancas de algodão para desembalar a forração, os dedos deslizando sobre a moldura dourada com uma suavidade que parecia reverencial. Foi com esse cuidado que ela tentou lidar com Lucky, como se ela fosse a obra mais preciosa do Met. Bonnie tirou a camiseta dela pela cabeça, ignorando o cheiro de suor que ela exalava.

— Me desculpe se estou fedendo.

Lucky sorriu, constrangida. Bonnie desconsiderou com um gesto.

— Você devia cheirar os caras da academia.

Ela se ajoelhou para tirar o jeans de Lucky. Parecia algo devocional, como uma oração. Lucky apoiou as mãos no ombro de Bonnie para se livrar do tecido enganchado nos pés. As pernas eram brancas como leite e estavam machucadas. Quando ficou só com a roupa íntima, Lucky tocou Bonnie suavemente.

— Eu posso continuar.

Bonnie saiu para lhe dar um pouco de privacidade, e ficou escutando do outro lado da porta até ouvir o jato de água do chuveiro. Foi até a cozinha ver o que elas tinham de comida e o que poderia parar no estômago de Lucky. Por sorte, tinha feito um estoque de bebidas isotônicas, ovos, frutas, barras de proteína e grandes sacos plásticos com espinafre antes de Lucky chegar, comida adequada para repor as energias e, no fim das contas, para quem vai parar de beber. Ela deu uma espiada no relógio de parede. Se pudesse ajeitar Lucky, haveria tempo para comer alguma coisa rápida e voltar para a academia. Ela pegou um Gatorade — azul, o sabor favorito de Lucky — e tirou uma banana da penca.

No banheiro, Lucky estava em pé, enrolada em uma toalha e batendo os dentes. Bonnie ainda não estava acostumada com o cabelo curtíssimo e descolorido da irmã. Seu próprio cabelo loiro ficava escuro quando *úmido*, mas o de Lucky continuava inalterado pela água, pendendo da cabeça como espinhos molhados, brancos de peróxido. Ela olhou para cima quando Bonnie entrou.

— Estou congelando — ela disse entre os tremores.

— Aqui, comece com isto.

Ela deu o Gatorade e a banana para Lucky, pegou o secador embaixo da pia e levou Lucky para o quarto principal. Havia só dois quartos no apartamento: o maior, originalmente de Bonnie e Avery, mas que depois ficou sendo de Nicky, e o menor, que havia sido das duas menores. Esse quarto tinha uma cama *queen-size* e uma penteadeira; o tapete bege áspero estava manchado pelos anos de uso. O outro ainda abrigava os beliches em que as quatro tinham dormido em alguma etapa da infância, junto com um bicicleta ergométrica empoeirada e o primeiro saco de pancada de Bonnie. Bonnie ligou o secador e sentou-se na cama, indicando para Lucky se sentar entre seus pés. O secador ganhou vida nas mãos dela, passando-o pela cabeça de Lucky, esfregando o couro cabeludo com a ponta dos dedos para soltar as mechas molhadas.

— Continue tomando o Gatorade — ela falou mais alto do que o jato de ar quente.

Lucky, obediente, tirou a tampa e inclinou a cabeça para trás para tomar um bocado do líquido sintético azul, então mordeu um pedacinho da banana. Bonnie remexia ao redor da cabeça dela como um urso apalpando uma colmeia. Depois de seco, o cabelo de Lucky ficou tão macio na palma das mãos de Bonnie quanto dentes-de-leão. Quando ficou satisfeita e achou que Lucky não pegaria um resfriado, Bonnie desligou o secador e devolveu o silêncio ao quarto. Ela segurou a cabeça da irmã entre as mãos e, desajeitada, deu um beijo na parte mais alta.

— Tudo pronto. Vamos colocar você na cama?

Ela ajudou Lucky a vestir uma camiseta folgada e calças de moletom que estavam na mala bagunçada, então puxou as cobertas até o queixo da irmã. Só seu rosto fino e pálido estava visível, minúsculo entre as montanhas de travesseiros e lençóis. Bonnie acomodou-a e viu os olhos de Lucky se fechando.

— Me perdoe por seu uma puta vadia e isso tudo — Lucky disse, com os olhos já fechados.

Bonnie suspirou com suavidade.

— Eu não esperava me sentir tão mal — Lucky acrescentou.

— É, será que você... — Bonnie tentava pensar nas palavras certas — ... pegou muito pesado? — ela despejou, e imediatamente se sentiu um fracasso.

Lucky abriu os olhos e deu uma risada seca.

— Acho que foi isso mesmo.

Bonnie não queria arriscar e perguntar os detalhes para Lucky. Ela tinha medo de pensar no que a irmã andava fazendo, e esperava que sua imaginação fosse pior do que a realidade.

— Tudo bem. — Bonnie deu um tapinha nela por cima das cobertas. — Você é uma Blue. Você é feita de material resistente.

Lucky a encarou entre as montanhas de travesseiros.

— Material resistente — ela repetiu. — Do que era feita a Nicky?

Do canto do olho de Lucky, uma lágrima densa escapou e escorreu para o ouvido.

— Ela era de material resistente também. — Bonnie enxugou a trilha molhada que a lágrima tinha deixado na têmpora de Lucky com a ponta do edredom. — Ela só teve azar.

Bonnie fechou as persianas do quarto contra o sol do meio-dia e foi para a cozinha pegar um balde, caso Lucky ficasse enjoada novamente. Enquanto ela o colocava no chão ao lado da cama, a mão de Lucky surgiu de baixo das cobertas e puxou a manga de Bonnie.

— Você vai sair? — ela perguntou, em voz baixa.

Bonnie não precisou pensar antes de responder. Ela negou com a cabeça.

— Eu vou ficar bem aqui.

Ela se empoleirou na beirada da cama, vigiando Lucky como uma sentinela até que, finalmente, a irmã parecia estar cochilando. Quando teve certeza de que ela estava dormindo, voltou a ficar on-line e continuou a leitura. Ela podia sentir o coração pulsar na garganta enquanto rolava de página em página, tentando coletar todas as dicas que podia. A maioria dos artigos enfatizava os riscos da desintoxicação caseira. Mas Bonnie sabia que as chances de colocar Lucky em uma clínica eram de pequenas a inexistentes. Ela não iria de boa vontade e, de toda forma, Bonnie nem sabia como encontrar uma boa, menos ainda como pagá-la. Ela sabia que devia ligar para Avery, mas Lucky nunca confiaria nela outra vez se ela telefonasse.

Além disso, não conseguia evitar o sentimento de que *era ela* quem deveria ajudar Lucky a passar por esse processo. Quem mais seria capaz de ajudar Lucky a se curvar diante da dor? Anos de luta tinham ensinado a Bonnie que você precisa aproveitar uma abertura quando a vê. Ela precisava aproveitar essa pequena janela de boa vontade que se abriu dentro da irmã e fazê-la passar para o outro lado com toda sua força. Ela tinha falhado com Nicky, chegando alguns minutos tarde demais. Ela não falharia com Lucky.

Voltou para a cozinha e começou a preparar um caldo, seguindo uma receita que encontrou on-line de uma nutricionista holística que afirmava ser capaz de curar tudo, de dor de estômago até câncer, por meio da dieta. Enquanto cortava as cenouras com cuidado para não fazer muito barulho, ela espiava o relógio Kit Cat, com o gato preto balançando o rabo, na parede da cozinha. Danya deveria estar se aquecendo agora. Bonnie usou todos as suas forças para afastar esse pensamento, e voltou sua atenção para as finas fatias alaranjadas diante dela. Ela queria que dessem certo.

...

Nos dias seguintes, Bonnie ficou ao lado de Lucky, confirmando se ela tinha comido, tomado banho e descansado. Juntas, elas assistiam à horrível programação diurna da TV e faziam caminhadas lentas e sinuosas pelo Central Park, Lucky estremecendo ao sol enquanto se apoiava em Bonnie, a mão enfiada na dobra do braço da irmã mais velha. Elas se sentaram ao lado da estátua de Alice no País das Maravilhas e ficaram olhando as crianças em roupas alegres de verão subirem pelos cogumelos até o colo de Alice, cuja pátina de bronze fora alisada por milhares de minúsculas mãos e pés que a tinham escalado.

— Lembra de quando éramos assim? — Bonnie perguntou.
Lucky sorriu, lânguida.
— Nós já fomos assim tão crianças?
Bonnie ignorava todos os pensamentos sobre a academia e, em vez deles, lia os infinitos arquivos que descreviam os melhores remédios para a abstinência. Ela preparava sucos e *smoothies* para matar a sede de Lucky, esfregava óleo de hortelã nas têmporas para acabar com a náusea e orientava-a em um programa de exercícios de respiração de *pranayamas* que aprendera sozinha no YouTube para essa finalidade. Tudo parecia estar saindo conforme o planejado até a terceira noite, quando Lucky exigiu sair sozinha, para onde ou por que ela

não diria, e Bonnie não a deixou ir. Ela ficou na porta da frente, bloqueando a saída da irmã.

— É sério que você não vai me deixar sair? — Lucky questionou.

Como ela tinha feito muitas vezes como segurança no Peachy's, Bonnie cruzou os braços e não saiu do lugar, mantendo o rosto inexpressivo e inescrutável.

— Não posso deixar você fazer isso ainda — ela disse, com calma, sua voz não traía nem um pouco o turbilhão que ela sentia.

— É sério? — Lucky perguntou de novo, a voz se elevando com a frustração.

Bonnie assentiu.

— Você só pode estar me sacaneando — Lucky gritou, virando-se como se fosse ir embora.

Então ela girou, desembestou pelo corredor e se atirou contra Bonnie, tentando empurrá-la para o lado.

— Você não pode me controlar! — ela bradou.

— Eu não estou tentando te controlar — Bonnie disse, segurando facilmente os braços de Lucky contra o peito e mantendo-a imóvel. — Eu estou tentando mantê-la em segurança.

— Segurança? Eu posso me manter em segurança! — Lucky berrou. — O que você acha que eu andei fazendo todos esses anos, porra?

Lucky se debatia como um peixe preso nos braços dela. Seus joelhos se dobraram, e as duas caíram no chão do corredor. Todo o treinamento de boxe de Bonnie voou pela janela. Elas pareciam crianças de novo, brigando por causa de algum jogo que tinha dado errado. Lucky se desenroscou primeiro e voltou a se atirar em direção à porta, mas Bonnie agarrou-lhe os tornozelos, em uma tentativa de trazê-la de volta. Em vez disso, ela conseguiu puxar para baixo o moletom de Lucky, revelando as nádegas pálidas rodeadas por uma tanguinha cor-de-rosa surpreendentemente feminina. Com uma mão puxando a calça, Lucky lutava desesperadamente para alcançar a maçaneta com a outra, mas caiu de joelhos, a bunda ainda exposta. Ela abaixou a cabeça, com os ombros tremendo, e Bonnie percebeu, com agonia, que tinha feito a irmã chorar. Ela tinha sido muito dura, exatamente como quando eram crianças.

— Que merda, me desculpe, Lucky. — Ela se arrastou até Lucky pelo carpete e colocou a mão em seu ombro com toda a delicadeza que conseguiu. — Me desculpe.

Mas, quando Lucky se virou, seu rosto estava aberto em uma expressão divertida. Ela deu mais uma risada e puxou as calças para cima.

— Tá certo, foda-se — ela disse, enxugando os olhos. — Você venceu. Vamos ver um filme.

...

No fim da semana, Lucky parecia, pela primeira vez, não estar à beira de vomitar, apagar ou se matar, então Bonnie sugeriu que saíssem para correr de manhã cedo.

— É bom ter você aqui comigo — ela disse, incentivando Lucky enquanto elas trotavam lado a lado. Elas tinham percorrido um quilômetro e meio, e Bonnie podia sentir a endorfina começando a surtir efeito. Ela sorriu. — Companheira de corrida.

Lucky tentou fazer, o melhor que pôde, uma expressão de dúvida enquanto se esforçava para acompanhar o ritmo de Bonnie.

— Ainda... o maldito... *jet lag* — ela ofegou. — Também... não consigo dormir... a noite toda... sem... maconha ou Zolpidem.

Bonnie girou no ar e correu para trás, de modo que elas se olhassem de frente. Ela fez a mesma corrida na ponta dos pés que usava no ringue para ter leveza, saltitando com a elegância de um pônei em um show enquanto falava.

— Você vai conseguir. Só precisa de tempo para se adaptar.

— Você não está... nem suando — Lucky se esforçou para dizer. — Eu... te odeio.

Bonnie se virou, batendo de lado com os calcanhares para desacelerar no ritmo de Lucky. Lucky puxou o que parecia ser uma quantidade gigante de catarro da garganta e cuspiu com força na grama.

— Vamos descansar — Bonnie disse.

— Ah, graças a Deus. — Lucky desabou no gramado e esparramou os longos membros no formato de uma estrela. — Tenho que parar de fumar — ela murmurou.

Bonnie tinha lido on-line que não era aconselhável para os fumantes tentar parar no primeiro ano de sobriedade, já que tentar superar muitas dependências de uma vez poderia levar a uma sobrecarga e à recaída.

— Eu não me preocuparia com isso — Bonnie apressou-se a dizer.

Lucky olhou para ela.

— Pensei que você odiasse cigarro — ela comentou.

Enfrente os seus vícios na ordem em que eles poderiam te matar, um site anunciava com alegria. Considerando essa lógica angustiante, Bonnie imaginou que elas deveriam se concentrar na bebida e nas drogas por enquanto; todo o resto podia esperar.

— Eu vou te alongar. — Bonnie ergueu a perna de Lucky, segurando-a pelo tornozelo. — Mantenha estendida.

Lucky soltou um gemido baixinho, se de prazer ou de dor Bonnie não podia dizer, enquanto estendia a perna. A irmã fez um travesseiro para a cabeça com as próprias mãos e expirou de forma alegre. Prazer. Finalmente ela estava melhor, Bonnie notou com satisfação. Agora, ela precisava garantir que Lucky não se esquecesse do que já tinha passado.

— Você acha que deveríamos ir a, hum, uma reunião ou algo assim? — ela começou, mantendo os olhos na tarefa de alongar o tendão de aquiles de Lucky. — Como a Avery faz?

Lucky fez um som de *pffft*, ainda deitada.

— Ela não está tão bem quanto você pensa, sabe.

— Avery? O que você quer dizer?

Lucky abriu a boca para dizer alguma coisa, então aparentemente pensou melhor.

— Você não acha que é um pouco triste? — ela disse, por fim. — A Avery ainda precisar de reuniões depois de todos esses anos?

Bonnie olhou para ela e inclinou a cabeça.

— Elas ajudam. Por que parar?

Lucky apoiou-se nos antebraços.

— Mas não é um tipo de muleta? Tipo, agora ela está só viciada nas reuniões, em vez de nas drogas.

— Todo mundo é viciado em alguma coisa. Pode ser também uma coisa boa para você.

Lucky inclinou a cabeça e olhou para ela.

— Você não é, você é a Miss Sonho de Sobriedade Suprema.

Bonnie bufou com suavidade e trocou a perna.

— Você sabe que essa era minha segunda escolha para o nome do ringue?

— Não, sério — Lucky disse. — Você já foi viciada em *alguma coisa* na sua vida inteira?

— Lógico que já.

— No quê, então?

Bonnie mostrou os dentes.

— Dor, bebê.

Lucky apoiou a cabeça nas mãos e olhou para uma faixa azul do céu que não tinha as cicatrizes das nuvens. Ela suspirou.

— A questão é que... eu acho que isso pode ser bom para você também.

Bonnie baixou a perna de Lucky e estendeu-se perto dela no gramado. Havia algo que ela queria perguntar a Lucky nos últimos dias e, agora, finalmente, parecia ser uma boa hora.

— Eu tenho que perguntar... — Ela deu uma olhada na irmã. — Por que agora? O que fez você querer parar?

Lucky se sentou e passou os longos braços em volta dos joelhos.

— Não sei se consigo explicar — ela respondeu. — Só sei que tinha de tentar. Além do mais, eu tinha você. — Ela olhou solenemente para a irmã. — Eu não teria conseguido atravessar essa semana sem você, Bon. Estou falando sério.

Bonnie engoliu em seco e colocou a mão com firmeza nas costas de Lucky.

— Eu sempre vou estar aqui para te ajudar — ela disse. — Não importa o que seja. Você sabe disso, não sabe?

Lucky olhou para os pés e concordou com um aceno de cabeça.

— Ei. — Ela se virou e cutucou Bonnie no ombro. — Você não precisa ir para a academia?

Bonnie descartou a ideia com um gesto.

— O que eu preciso é ficar com você.

— Você não pode me vigiar para sempre, sabe.

— Não para sempre. — Bonnie deu uma risadinha. — Só hoje e amanhã e depois de amanhã...

Lucky balançou a cabeça.

— Eu não quero que você ferre a sua vida só porque eu já ferrei a minha.

Bonnie olhou para ela.

— Você não ferrou. O que você está fazendo requer muita coragem.

Lucky fez um ruído de desgosto.

— Por favor, não me chame de corajosa. É bem o contrário do que eu sou.

— Você ainda não consegue se ver — Bonnie apontou. — Mas verá.

Lucky arrancou uma grama e girou-a entre os dedos.

— Minha agência me dispensou — ela contou, em voz baixa. — Ou eu a dispensei. Não sei ao certo.

— O que aconteceu?

Lucky olhou para as próprias mãos.

— Eu só... Eu não quero mais fazer aquilo, Bon. Não dá mais, sabe. Minha carreira, minha vida toda reduzida a... — Ela ergueu o braço fino e o balançou. Bonnie assentiu em sinal de compreensão.

— Um corpo — Bonnie disse. — Eu entendo.

Lucky enrolou a grama em uma bolinha verde e a jogou longe.

— Foi por isso que você parou de lutar? Você se sentia assim?

Bonnie negou com a cabeça. Na verdade, ela amava a parte física do que fazia. Pedir para seu corpo fazer alguma coisa quase impossível e sentir que ele correspondia a deixava com a sensação de ser invencível. Ela não podia imaginar sua vida fazendo alguma coisa que não fosse física. Era o lado mental do esporte que a tinha aborrecido.

— Depois de Nicky — ela começou, devagar —, depois de perder os títulos, eu não via mais como continuar. E sem o Pavel... não sei lutar boxe sem ele.

— Por que você *deixou* o Pavel? Ninguém entendeu. Ele é, tipo, o melhor.

Bonnie respirou profundamente. Se ela tinha de ser honesta com alguém, seria com Lucky, que tinha sido corajosa o suficiente para se deixar ser ajudada nessa semana.

— Eu comecei a sentir...

Mas ela não conseguia encontrar a palavra. *Paixão* era ridícula. *Sentimentos* era muito insossa. *Amor* era impossível de dizer. Em vez de falar, ela passou a mão no peito, onde fica o coração, e olhou implorando para Lucky, que arfou.

— Pelo *Pavel*?

Bonnie escondeu o rosto entre as mãos. Ela estava toda vermelha. As maçãs do rosto pareciam asfalto cozinhando ao sol.

— Uau, eu *nunca* teria imaginado isso — Lucky disse.

Bonnie olhou para cima.

— Porque ele nunca... sentiria o mesmo? Por mim?

A expressão de Lucky se suavizou instantaneamente.

— Você está brincando? Ele teria tanta sorte! É só que... Sabe de uma coisa, deixa pra lá. Eu entendo, mesmo. Ele é bem bonitão. Do tipo "eu sobrevivi ao inverno russo lutando contra ursos e usando minhas próprias reservas de gordura como alimento".

Bonnie tentou sorrir, mas ela ainda estava ardendo de constrangimento.

— E você contou pra ele? — Lucky perguntou. — O que você sentia?

Bonnie negou com a cabeça. Lucky fez um som de desaprovação e um gesto de arma com a mão.

— O tradicional "dar no pé". Que ótimo.

Bonnie fez uma careta.

— Mas agora vocês estão juntos na academia outra vez — Lucky continuou. — Então é uma coisa boa, não é?

— Ele me mandou treinar com um cara, Felix, que é bom, você sabe, mas...

— Não é ele. Saquei.

As duas ficaram sentadas em silêncio, contemplando o dilema de Bonnie. No caminho, uma mãe carregando uma grande bolsa Chanel e várias sacolas de compras tentava pegar na mão do filho adolescente.

— O que você tá fazendo? — ele resmungou, desvencilhando-se dela.

Bonnie e Lucky sorriram. Apesar do constrangimento, era muito bom estar sentada lá com a irmã, conversando sobre a vida dela. De alguma forma, a situação com Pavel parecia mais gerenciável agora que ela tinha comentado em voz alta. Pela primeira vez em muito tempo, sentia algo semelhante a uma pequena alegria, só que mais leve e mais familiar. Era contentamento, ela imaginava. Aquela claridade que havia impulsionado tantos dos seus dias antes da morte de Nicky. Ela não sabia o quanto sentia falta desse sentimento até ele retornar. *Contentamento.* Tão descomplicado quanto um raio de sol.

— Então. — Lucky se virou para ela. — Você vai conversar com ele sobre... isso?

Lucky fez um movimento circular sobre o coração. Mas Bonnie não queria arruinar essa leveza recém-encontrada tentando decifrar como Pavel poderia ou não se sentir a respeito dela. *Não* sentir, ela se lembrou. Era óbvio que ele não sentia nada por ela, vendo pela atitude dele na academia.

— Vamos falar sobre você de novo. — Ela se levantou de pronto e ajudou Lucky a ficar em pé. — O que você quer fazer agora, já que não quer mais ser uma garota bonita?

Lucky riu e pegou as mãos dela.

— Você vai mesmo mudar de assunto?

— É sério. Você tem alguma ideia?

Bonnie iniciou uma corrida leve e fez um sinal para Lucky acompanhá-la.

— Sou só uma modelo — Lucky disse. — Eu não sei fazer mais nada.

Bonnie parou. Ela segurou os ombros de Lucky e sacudiu-a com gentileza.

— Você *não* é só uma modelo, Lucky. — Ela lançou-lhe um olhar significativo. — Acontece que você é também uma bela viciada em drogas pesadas.

Lucky deu uma risadinha.

— Como eu pude esquecer! — Ela baixou o olhar. — Eu não me formei nem no ensino médio.

— Ensino médio? Pff. — Bonnie descartou-o com um gesto. — Quem precisa disso? Você é Lucky Blue, porra. Você pode fazer qualquer coisa.

Lucky ergueu uma sobrancelha.

— Você está dizendo que eu posso fazer como na cena final dos filmes de esportes?

— É sério. — Bonnie riu. — Você é a melhor pessoa que eu conheço. Não abaixa a cabeça pra ninguém. Viajou pelo mundo todo. Fala *japonês*.

— *Nihongo sukoshi dekimasu* — Lucky disse, com suavidade.

— Viu?!

— Isso quer dizer que eu falo só um pouco.

— Ainda é mais do que qualquer outra pessoa que eu conheço. Qualquer coisa que você queira fazer, Lucky, você consegue. Isso não é verdade para todo mundo, mas é verdade para você. Nada pode impedi-la. Nem você mesma.

Lucky tentou dar um sorriso.

— Tá bom. — Lucky colocou as mãos nos ombros de Bonnie, de modo que elas ficaram como os dois lados de uma ponte. — E você?

— E eu o quê?

— Eu posso fazer um desses discursos de vestiário motivacionais também, sabia?

Bonnie deixou as mãos caírem para o lado. A diferença entre ela e Lucky era que Lucky era *realmente* excepcional. Assim também era Avery, cujo raciocínio rápido e terrível de eficiente poderia ser aplicado a qualquer coisa. E Nicky possuíra mais graça social do que todo mundo que Bonnie conhecia; seus alunos se agrupavam em volta dela como se estivessem se aquecendo no fogo de sua atenção. Mas Bonnie só sabia trabalhar duro. Se as irmãs fossem cavalos selvagens, ela seria apenas uma mula.

Ela tomou o caminho de casa e começou a correr outra vez. O horizonte de prédios do West Side elevava-se acima delas, as torres barrocas e pontudas do edifício San Remo eram mais familiares para ela do que qualquer montanha. Lucky correu para alcançá-la.

— É sério, e você? — ela perguntou. — Se eu posso fazer qualquer coisa, você também pode.

— Pode crer — Bonnie disse.

Lucky conseguiu beliscar o braço dela enquanto corria ao seu lado.

— Então diga!

— Pare com isso!

Outro beliscão.

— *Diga!*

Bonnie atravessou o caminho de Lucky, mas ela estava rindo.

— Tá bom, sua maluca. Eu posso fazer qualquer coisa também.

Lucky, milagrosamente, alcançou o ritmo e passou à frente de Bonnie, então virou-se para trás com um sorriso.

— Esse é o espírito de luta — ela disse.

Bonnie sentiu uma onda de felicidade que a carregou em todo o caminho até o prédio, passou pelo saguão, subiu o elevador e chegou até o andar do apartamento. Elas estavam conversando com alegria sobre que tipo de *smoothie* fazer para o café da manhã quando Bonnie parou, inalando profundamente.

— O que foi? — Lucky perguntou, vindo atrás dela.

Lá, sentada em frente à porta, estava Avery. Avery ainda não tinha olhado para elas e, por uma fração de segundo, Bonnie viu a irmã como ela realmente era. Sem verniz. Sem fachada. Sem desvio. Ela não sabia o que tinha acontecido, mas Avery estava sofrendo. Podia sentir a dor da irmã em seu próprio peito. Avery estava agachada na soleira da porta, a cabeça inclinada e os membros soltos, desabada sobre si mesma. Então ela levantou a cabeça e as viu. Ver Avery se recompor sob seu olhar era como assistir a uma grande marquise ser erguida, uma pilha de roupas frouxas ser transformada com agilidade em uma estrutura imponente por um forte puxão de cordas. Enquanto Bonnie corria no corredor em direção a ela pensou por um instante que a irmã estava sempre esticando as próprias cordas. Antes que Bonnie pudesse chegar até ela, Avery tinha se levantado para abraçá-la, e Bonnie desejou que, pelo menos uma vez, ela pudesse pedir ajuda.

CAPÍTULO NOVE

Avery

Na noite em que Lucky foi embora de Londres, Avery chegou tarde em casa, vinda do trabalho, e encontrou Chiti sonolenta no sofá, com uma colcha cor de vinho bordada em dourado em volta das pernas. Avery agachou-se ao lado dela e colocou a mão com suavidade sobre a coxa de Chiti, que se mexeu e espiou-a sonolenta.

— É tarde — Avery disse.

— Eu estava te esperando — Chiti respondeu.

— Vamos colocar você na cama.

Avery soltou Chiti do nó da coberta, mas Chiti sentou-se de forma brusca, tirou alguma coisa do bolso e colocou-a entre elas. Avery sabia o que era antes de a pergunta chegar, mas ela rezou, inutilmente, para que pudesse estar errada.

— Quem é ele? — Chiti perguntou. Sua voz era fria e baixa.

Avery inclinou a cabeça.

— Não se trata dele.

Chiti ergueu a mão para fazê-la parar.

— Você podia ter se livrado da prova em qualquer lugar, mas você deixou na nossa casa. Conscientemente ou não, você queria que eu soubesse. Então vamos falar sobre isso. Quem é o homem com quem você trepou?

Avery segurou a alça de sua pasta, como se estivesse se preparando para fugir. Mas é claro que não havia nenhum lugar para onde ir. Ela levantou a cabeça.

— Ele não é ninguém. Você precisa saber disso, Chiti.

Chiti bateu palmas em um falsa surpresa.

— Ah, é esse o script que estamos usando? Eu já li esse antes. — Ela imitou um sotaque americano exagerado, uma caricatura cruel de Avery: — Ele não é ninguém. Não significou nada. Por favor, me perdoe.

— E não *é* ninguém — Avery insistiu. — *Não* significou nada.

— Ele *não* pode não ser ninguém — Chiti vociferou. — Ele é uma pessoa. É aquele tal de Charlie, o poeta a que você tem assistido na internet?

Os olhos de Avery se arregalaram. Chiti jogou a coberta para longe e se levantou. Ela começou a andar pela sala, evitando o olhar de Avery.

— É, eu chequei o seu histórico de buscas — ela confirmou. — E eu nunca tinha feito uma coisa dessas antes. Mas, é claro, nunca senti que precisava. Até agora.

— Eu sinto muito — Avery disse, em voz baixa, inutilmente.

— Então foi esse homem, o Charlie? — Chiti perguntou, em pé diante dela.

Avery abaixou a cabeça outra vez. Chiti colou as mãos na cintura, as pulseiras de prata tilintando.

— Você trepou com um homem — Chiti declarou.

— Eu juro que ele só estava *lá,* Chiti. Não tem a ver com ele, tem a ver comigo.

Chiti deu a volta no sofá, e Avery se levantou. Elas se viraram para se encarar.

— Você não quer estar com uma mulher, é isso? — Chiti perguntou. — Você teve uma aventura lésbica e agora voltou para o pau?

Chiti pronunciou a palavra "pau" com tanta força que Avery quase riu, mas quando ela olhou para o rosto de Chiti percebeu que não havia nada de engraçado naquele momento.

— Você é minha *esposa,* Chiti. Você não é uma aventura.

— Eu sei que sou sua esposa, porra! — Chiti esbravejou. — Agora, *você* sabe?

— Sei! É por isso que eu tenho me torturado! Eu me sinto horrível. Eu me odeio por ter feito o que fiz.

Chiti balançou a cabeça, incapaz de acreditar.

— Você espera piedade?

— Não! Eu...

— Você se odeia, é? E daí? Você não é adolescente! Não precisa obedecer todos os seus impulsos autodestrutivos.

— Eu não estou dizendo que é uma desculpa, mas...

— Eu moro na casa que você queria — Chiti interrompeu-a outra vez. — Eu como a comida de que você gosta. Eu trato sua família como se fosse do meu próprio sangue. E você me *humilha*.

— Eu não te pedi esta casa — Avery murmurou.

A atenção de Chiti saltou para ela.

— O quê?

— *Você* quis comprar a casa que eu queria. *Você* insiste em fazer a comida de que eu gosto. Você se faz de mártir para que eu seja o monstro. Você precisa que eu seja má para você ser boa.

Chiti balançou a cabeça violentamente.

— Você está mesmo tentando dizer que não queria o meu amor? Que não se beneficiou com ele? Então por que você o aceitou por todos esses anos? *Por quê?*

— É lógico que eu queria! Mas você queria dá-lo! Você se beneficiou porque eu precisei de você também.

Avery ficou em silêncio outra vez. Chiti apoiou as mãos no encosto do sofá e se inclinou para a frente como se estivesse sem fôlego. Ela falou com as almofadas abaixo dela, sem olhar para Avery.

— Você sempre quis fugir de quem você é — ela disse. — Desde que eu a conheci. Mas nunca pensei que você iria querer fugir de... — a voz dela falhou, e Avery estremeceu diante daquele som, a dor crua e animalesca que ele continha — ... *mim* — ela conseguiu pronunciar.

— Não é isso — Avery disse, baixinho.

Os olhos de Chiti atacaram os dela. Eles eram de um preto flamejante.

— Então o que é? — Chiti gritou. — Fale comigo! Por que você não *fala*? Por que você tem que destruir sua vida para dizer que está infeliz? Eu sei que você está infeliz! Eu também estou infeliz! Então aja como adulta e *fale* comigo!

— Eu... eu não sei nem por onde começar — Avery disse.

Ela estava sendo covarde e sabia disso. Estava fazendo Chiti expressar os sentimentos das duas, em um ventriloquismo cruel. Chiti olhou para ela e bufou com repulsa.

— Você sabia que dizem que a bebedeira é o final da recaída? — ela comentou. — A recaída começa sempre meses antes, com o afastamento, os ressentimentos acumulados, as desculpas inventadas.

Avery franziu a testa, confusa.

— Eu não recaí — Avery garantiu. — Eu juro.

— Eu acredito em você. Mas trepar com um estranho é o *final* da traição. Você está se afastando de mim já faz um ano. Eu estava esperando por isso *havia um ano.*

— Só aconteceu uma vez — Avery argumentou, como se fizesse diferença.

As mãos de Chiti voaram para suas têmporas. Ela olhou ao redor como se estivesse procurando freneticamente alguma coisa. Todo o seu corpo estava tremendo. De repente, ela pegou um vaso da mesa lateral e o atirou no chão. Tinha sido comprado na lua de mel delas na Índia, um bonito cilindro de vidro soprado em redemoinhos de turquesa e rosa. Ele bateu entre as tábuas de madeira do piso e a parede, explodindo com tanta força como se estivesse esperando o tempo todo para se estilhaçar. Os fragmentos cobriam o tapete, cintilando e brilhando na luz.

— Isso é um décimo de como eu me sinto — Chiti disse, trêmula.

Como se os sentimentos pudessem ser divididos e entregues assim, pensou Avery. Quem dera!

— Fique aí — Avery pediu. — Não se mexa. Eu vou pegar a vassoura.

— Não — Chiti respondeu, algo entre um grito e um apelo. — Pelo menos uma vez na vida, eu quero que fique nos destroços que você criou. Não os esconda. Não os conserte. *Veja* o que você fez. — Ela estava ofegante. — Por favor. Uma vez na sua maldita vida, Avery.

Elas fixaram o olhar no vidro estilhaçado, brilhando como chuva.

Chiti deu um passo sobre ele com os pés descalços. Avery soltou um grito de dor como se fosse a sola dos pés dela que estivessem esmagando o vidro. Ela pensou ter visto sangue, mas eram apenas os dedos dos pés de Chiti pintados de carmesim.

— Pare! — ela gritou.

Chiti ficou parada no centro do vidro quebrado, olhando para Avery; seus olhos em chamas.

— Você acha que é a única pessoa nesta casa que está sofrendo? — ela exigiu saber.

— Chiti, por favor!

— Você acha? — ela insistiu.

— Não, eu não acho — Avery disse.

Chiti deu outro passo, estremecendo um pouco quando o vidro perfurou-lhe a pele.

— Você não é a única pessoa desta casa que está passando por uma época difícil, mas que porra, Avery.

Avery emitiu um som angustiado.

— Eu sei que você sente falta dela — Avery disse. — Mas ela era *minha* irmã.

Do centro da sua vida explodida, Chiti olhou-a com puro desprezo.

— Não é só a Nicky — Chiti salientou. — Você. Eu perdi *você*. Já faz mais de um ano que eu estou esperando você voltar para mim. Eu pude sentir isso no funeral, quando você não me deixou passar o braço ao redor da sua cintura.

Avery franziu a testa. Ela não se lembrava disso. O livro de orações, ela percebeu de repente. Ela tinha roubado o livro e não queria que Chiti o sentisse na sua cintura.

— Você vem se afastando de mim há meses — Chiti continuou. — E agora isso! Você acha que é uma surpresa para mim? Você está sabotando o nosso relacionamento em câmera lenta já faz *um ano*.

— Por favor, saia daí — Avery pediu. — Por favor, Chiti.

— Ah, agora você se importa se eu sinto dor? — Chiti acusou. — *Agora?*

— É lógico que me importo! — ela gritou. — Sua dor dói em mim! É um casamento!

Chiti ficou parada e a encarou. Seu cabelo havia se soltado sozinho do coque, e agora estava em volta dos ombros dela. Avery observou suas curvas e ondulações, mais familiares do que de seu próprio cabelo naquela hora. Ela tinha vontade de ir até lá e tocá-lo, de se enterrar naquela cortina escura como uma criança se esconde na saia da mãe, mas ela sabia que não havia nenhum lugar para se esconder agora.

— O que você quer que eu faça? — Chiti perguntou, sua voz tremia. — Quer que eu prove que *é impossível amá-la?* Que não merece a felicidade porque você estava enrolada demais na sua própria vida para salvar a da sua irmã? Porque eu não vou fazer isso. Eu *te amo*. Sua dor, sua raiva, seu silêncio, seus cigarros secretos, até suas mentiras. Tudo em você. Acontece que é incondicional esse amor que eu sinto por você. — Trêmula, ela inspirou tão profundamente que suas narinas empalideceram. — Embora agora eu preferisse mesmo que não fosse.

Com um passo suave, Chiti saiu de cima dos estilhaços. Elas se contemplaram em silêncio, como se tivessem acabado de saltar uma grande distância para ficarem frente a frente.

— Eu vou pegar uma pinça — Avery disse.

Ela voltou do banheiro com o kit de primeiros socorros e encontrou Chiti empoleirada no sofá. Ela se sentou ao seu lado e fez um sinal para Chiti colocar os pés no colo dela; então começou a inspecionar as solas, tirando lascas finas de vidro rosa e verde enquanto Chiti se encolhia.

Os pés de Chiti eram uma fonte constante de admiração e frustração para Avery. Eles eram completamente planos, com arcos tão diminutos que faziam som de sucção no banheiro molhado, um fato que Avery nunca deixou de achar hilário. Quando andavam lado a lado na areia, elas muitas vezes ficavam maravilhadas com a diferença nas pegadas; o arco pronunciado de Avery imprimia à sua pegada a curva esperada, enquanto a de Chiti se parecia mais com a de uma tábua. Os dedos também eram longos e ágeis; praticamente como os dedos das mãos, Chiti muitas vezes observava com alegria. Como eles doíam com frequência e Chiti se recusava a usar sapatos adequados para melhorar a situação, eles também eram a razão de as duas pegarem sempre táxi em vez de caminhar, o que Avery considerava um desperdício de dinheiro e da oportunidade de aumentar a contagem de passos.

Apesar disso, Avery sempre tinha achado os pés de Chiti uma das partes mais adoráveis dela. Eles eram esguios e longos como os peixes-reis; e segurando-os agora, Avery sentia como se os estivesse retirando da água, esses seres vivos dançantes, pegos em um infeliz anzol. Ajeitando a pinça, ela retirou a última lasca de vidro, parando o fio de sangue com um chumaço de algodão. Ela o pressionou no pé de Chiti e olhou para o rosto dela.

— Dói?

Chiti deu um sorriso sombrio.

— Eu vou sobreviver. Foi uma coisa tola de se fazer.

Avery encontrou o olhar dela.

— Eu já fiz pior.

Chiti apertou os olhos.

— Eu sei.

Dessa vez, foi Avery quem se encolheu. De repente, Chiti riu.

— Essa foi nossa pior briga, não? — ela perguntou, incrédula.

Avery concordou com um gesto de cabeça e deu um sorriso tímido.

— Pior do que a do Ano-Novo, quando a gente ficou com intoxicação alimentar porque eu inventei de pedir a torre de frutos do mar — ela disse.

Chiti deu uma risadinha de novo e se levantou, mancando por causa do pé cortado. Ela esfregou os olhos e suspirou.

— Odeio isso, querida. Não fui feita para dramalhões. Só quero encerrar a noite e ir para a cama. Eu sei que não podemos, mas... podemos?

Avery olhou para o semblante aberto de Chiti, depois segurou a mão dela e, de algum jeito, foram tropeçando para o quarto juntas. Elas se deitaram na cama em cima das cobertas, abraçadas, e dormiram a noite toda assim, como se estivessem amarradas, e Avery atreveu-se a pensar que, talvez, o pior já tivesse passado.

Então, na manhã seguinte, Chiti levou suas coisas para o quarto de hóspedes, e um silêncio recaiu sobre a casa, um que não se desfez até uma semana depois, quando Avery fugiu para Nova York.

...

— O que você está fazendo aqui? — Lucky perguntou.

Seu tom denotava mais suspeita do que surpresa. Avery estremeceu um pouco. As três estavam em pé na cozinha, Bonnie e Lucky coradas e transpirando sob as roupas de treino. Avery ergueu as sobrancelhas. Desde quando Lucky se exercitava?

— Uau, é bom finalmente ver vocês — ela disse.

— Você acabou de me ver — Lucky contestou, um tom de hostilidade reverberando na voz.

— Eu quis dizer todas juntas.

Lucky ainda estava visivelmente brava com ela por não a ter levado ao aeroporto. Avery tinha dito a si mesma que havia muito trabalho, o que era verdade em parte, mas ela sabia que o motivo verdadeiro era porque não conseguiria suportar um longo trajeto de carro sozinha com a irmã depois do que acabara de fazer com Charlie. Ela tinha sido tão arrogante em relação ao comportamento de Lucky, e agora, olhe para ela. Chiti tinha pedido para não manterem contato enquanto Avery estivesse fora, provavelmente para que pudesse pensar sobre o que queria fazer em seguida, e se isso envolveria Avery. Agora, Avery observava Bonnie lançar para Lucky um olhar que transmitia alguma coisa como *seja agradável,* e a intimidade do gesto aborreceu-a de imediato. Bonnie sempre tinha sido sua aliada na família. Agora, sem até mesmo Chiti, ela não tinha ninguém.

— É obvio que é bom ver você, Aves — Bonnie disse. — Por que você não nos contou que estava vindo?

— Eu queria fazer uma surpresa! Eu fiz, não fiz?

A voz não soou natural, estava alta e desagradável até para ela mesma. Avery pigarreou.

— É incrível — Bonnie constatou. — A gangue está de volta! Bem... — Ela olhou para as duas com uma súbita tristeza. — Vocês sabem o que eu quero dizer.

— Então, qual é o plano? — Lucky perguntou, virando-se para a pia para encher um copo de água sem olhar para Avery. — Quanto tempo você vai ficar aqui?

— O quanto for necessário para arrumar as coisas da Nicky — Avery respondeu.

Bonnie franziu a testa, preocupada.

— Você não tinha dito que não viria? — ela perguntou.

— E nós não precisamos da sua ajuda — Lucky acrescentou.

— Gente! — Avery bateu com a mão no balcão. — É tão estranho assim que eu queira vir para casa ver minhas irmãs juntas pela primeira vez depois de séculos?

Lucky tomou a água e então estreitou os olhos claros em direção a Avery.

— Por que Chiti não veio com você?

— Como assim?

— Por que sua esposa não está aqui? — Lucky entoou bem devagar.

Avery soprou um fio de cabelo do rosto. O apartamento estava sufocante. Por que não tinham ligado o ar-condicionado?

— Foi tudo de última hora. Ela tem os pacientes, né? Não pode simplesmente pegar as coisas e ir embora.

— Faz sentido — Bonnie disse. — Diga a ela que estamos com saudade.

Lucky a estava encarando com uma expressão estranha e intensa. *Será que ela sabe? Mas como?*, Avery pensou; ela precisava mudar de assunto para qualquer coisa que não fosse Chiti.

— E eu vou verificar o que está acontecendo de fato com a venda do apartamento.

— Talvez eles *devessem* vender este lugar — Lucky disse, de repente. — Seguir com a vida, sabe.

— Você não quis dizer isso — Avery falou.

— Por que ficar presa ao passado? Quem se importa?

— Niilismo é um luxo da juventude — Avery disse. — Acredite em mim, você vai se importar quando ele não estiver mais conosco.

— Olha, nós *não* precisamos da sua ajuda — Lucky garantiu. — Estava tudo indo muito bem aqui sem você.

— Ah, é? — Avery colocou as mãos na cintura. — Como estão indo as coisas da Nicky?

Bonnie e Lucky trocaram um olhar de culpa.

— Vocês nem começaram — Avery constatou, categórica.

— Nós tivemos... outras coisas para cuidar — Bonnie murmurou.

— Que coisas? — Avery quis saber. — O seu cronograma de treinamento está assim tão intenso?

— Na verdade, tirei uma folga curta do meu treinamento — Bonnie explicou.

Avery franziu a testa.

— Já?

— A gente só estava fazendo outras coisas — Lucky disse.

— Ficar se embebedando a noite toda com seus amigos não conta como coisas, Lucky.

Avery se arrependeu de ter dito aquilo no momento em que as palavras saíram de sua boca. O que ela tinha acabado de dizer para si mesma sobre sua arrogância? Ela era a repreensão, e ninguém queria ser repreendida em uma festa.

— Eu não estou fazendo isso — Lucky rebateu.

— Ela não está fazendo isso — Bonnie confirmou.

Avery olhou para cada uma das irmãs.

— Por que não? O que está acontecendo?

Bonnie olhou para Lucky, pedindo permissão para falar.

— Sério, gente — Avery disse, sentindo-se cada vez mais desconcertada com essa nova dinâmica. Lucky abriu a boca para falar, mas pareceu ter mudado de ideia. Ela deu a Bonnie um olhar de advertência.

— Nada — ela terminou por dizer. — Eu só estava com *jet lag*. Vou tomar um banho, e aí vamos olhar as merdas da Nicky.

— *Ótimo* — Avery disse. — Muito respeitosa.

Lucky ainda estava saindo da sala.

— Ela era nossa irmã, não uma santa — ela disse por cima do ombro. — As merdas dela ainda são as merdas dela, Avery.

...

Antes de começarem, Avery sugeriu que as três saíssem para comprar o café da manhã; ela sabia que estava procrastinando, mas não podia encarar as coisas de Nicky com o estômago vazio, e ela queria fazer alguma coisa para melhorar o relacionamento com Lucky antes de abrir a caixa de Pandora da vida da irmã. Elas estavam voltando da mercearia, fazendo malabarismos com os pãezinhos com ovo e queijo e os tão conhecidos copos de café de papel com decoração grega quando Lucky parou e ficou ofegante. Ela agarrou o braço de Bonnie e apontou para o outro lado da rua.

— Puta *merda* — ela gritou. — Vocês estão vendo o que eu estou vendo?

Elas olharam para a 89ª Street, onde uma geladeira Smeg cor-de-rosa estava placidamente na calçada, como se estivesse esperando por um amigo. A faixa de algodão-doce rosa contra a calçada cinza fez Avery se lembrar de uma pomba que alguém tinha tingido de cor-de-rosa e soltado entre os pombos cor de fuligem da Trafalgar Square durante suas primeiras semanas em Londres. Foi uma visão surpreendente e bonita.

— Uau — Bonnie disse. — Que bacana.

— Tenho certeza de que pertence a alguém — Avery comentou, mas Lucky já estava atravessando a rua correndo, com um aceno frenético para que elas a seguissem.

— *Vamos,* antes que alguém pegue — ela berrou por cima do ombro.

Bonnie olhou para Avery com um sorriso indulgente, deu de ombros e atravessou a rua também.

— Gente, é perda de tempo — Avery gritou.

Quando ficou óbvio que iriam ignorá-la, ela desistiu e correu atrás delas, esquivando-se de um táxi em movimento. As três estavam paradas na frente da geladeira, que era quase da altura de Avery, em uma reverência respeitosa. A geladeira as encarava de volta. Lucky abriu a porta e espiou lá dentro.

— Está, tipo, em perfeitas condições — ela constatou. — Sem sujeira nem mofo nem nada.

— Admito que é bacana — Avery disse. — Mas nós não precisamos de uma geladeira. Na verdade, a última coisa na terra de que precisamos agora é de uma geladeira cor-de-rosa.

Lucky tirou a cabeça lá de dentro.

— Aves, você não está vendo que isso aqui, tipo, *é* a Nicky em um objeto? Nós precisamos levá-la.

— É bem a cara da Nicky — Bonnie concordou.

Avery olhou para ela, demonstrando que esperava uma atitude melhor.

— Sem falar que estas coisas custam milhares de dólares — Lucky continuou. — É essencialmente o Santo Graal perdido em uma rua de Nova York.

— Mas nós estamos aqui para *nos livrar* das coisas da Nicky — Avery argumentou. — Não para acumular mais um eletrodoméstico do qual nenhuma de nós precisa só porque, por acaso, essa era a cor favorita dela. Onde iríamos guardá-la?

— No apartamento — Lucky disse, como se fosse óbvio.

— Certo, sim, lógico, no apartamento que eles pretendem vender em um mês. Ótima ideia.

A cara de Lucky caiu.

— Tá bom, vamos guardá-la na casa da mãe e do pai no interior. Ou vou despachá-la para Paris. Ou a Bonnie ficará com ela. — Lucky soprou pelas narinas com frustração, exatamente como ela fazia quando era uma menininha e não conseguia acompanhar as irmãs mais velhas. — Eu não sei! Tudo o que eu sei é que precisamos levá-la. É a Nicky, posso sentir que é. Nicky está nos dando esta geladeira.

Bonnie foi para a parte de trás da geladeira e inclinou-a para testar o peso.

— Não é tão pesada quanto eu pensava — ela disse. — Mas será preciso que nós três a carreguemos até lá.

Lucky olhou para Avery, implorando, mas ela balançou a cabeça em negativa.

— De jeito nenhum — ela decretou.

— Pooorr favoooorrr? — Lucky tentou persuadir Avery com seu sorriso licantrópico.

— É uma ideia ridícula — Avery disse.

O sorriso mágico de loba desapareceu do rosto de Lucky, e foi como se o sol sumisse no céu. Avery engoliu em seco. Por que, Avery perguntou a si mesma, ela sempre tinha de ser do contra? A adulta? Não seria divertido ser a irmã despreocupada de Lucky ao menos uma vez, em vez de a mãe repressora? Ela colocou a mão na superfície rosa brilhante.

— Eu pego no meio — ela disse.

...

Quando as três chegaram com a geladeira no prédio, estavam esbaforidas mais pelas risadas do que pelo esforço de carregá-la. Elas tiveram de colocar a Smeg de volta na calçada várias vezes para que pudessem dar vazão aos ataques de riso que as dominou. Não sabiam exatamente por que andar de lado pela calçada, como os Três Patetas, enquanto carregavam uma geladeira rosa gigantesca era tão hilário, mas era.

— Ei, vocês! — o porteiro disse, surpreso, quando elas passaram desajeitadas pela entrada. — As moças precisam de ajuda?

— Estamos bem — Avery garantiu. — Acho que nós mesmas precisamos levá-la para cima, por uma questão de orgulho a essa altura.

— É a cruz rosa que carregamos — Lucky brincou, apertando o botão do elevador com o cotovelo, e as três caíram na gargalhada outra vez.

O porteiro deu um sorriso perplexo.

— Se vocês têm certeza — ele disse. — Ah! Antes que vocês subam, sua mãe passou por aqui e deixou estes papéis para o corretor. Vocês querem levá-los? Ou devo deixar aqui para ele pegar?

As três pararam de rir e colocaram a geladeira no chão.

— Nossa mãe veio aqui? — Bonnie indagou.

— Veio, ela passou enquanto vocês tinham saído.

— Você disse a ela que estamos todas aqui? — Lucky perguntou.

— Claro, eu disse que vocês três tinham acabado de sair.

— E ela disse alguma coisa? Ela vai voltar? — Lucky insistiu, falando mais alto.

— E-eu acho que não — gaguejou o porteiro, visivelmente impactado pela súbita mudança de comportamento delas. — Ela só me deu os papéis e foi embora sem subir.

Lucky verificou o celular.

— Ela nem telefonou — disse.

— Claro que não — Avery murmurou. — Ela sabe que estamos aqui.

— Mas por que ela não quer nos ver? — Bonnie perguntou, baixinho.

Avery olhou para os rostos cabisbaixos das irmãs. Pareciam flores com todas as pétalas arrancadas. Ela não acreditava que a mãe delas poderia fazer aquilo; primeiro, o e-mail gélido sobre o apartamento, e agora isso. Exceto, é claro, que ela podia.

— Porque ela é uma puta — Avery respondeu. O porteiro olhou para ela, chocado. — Desculpe — acrescentou. — Mas *é* o que ela é. — As portas do elevador se abriram, e as três pegaram a geladeira, sem rir desta vez, e só então Avery pensou que ela tinha o tamanho e o formato exato de um caixão.

...

As três ficaram paradas lado a lado em frente ao armário de Nicky e, enquanto olhavam para ele, Avery sentiu que ele crescia até uma altura intransponível, de pelo menos trinta metros. Foi tomada por uma necessidade avassaladora de simplesmente se deitar. As três tinham deixado a Smeg na porta da frente; a mágica que parecia envolvê-la, e a elas, evaporara. De repente, era só a geladeira velha de alguém.

— Certo — Avery disse, forçando-se a parecer ágil. — Precisamos de três pilhas: ficar, doar e descartar.

Felizmente, a sempre organizada Nicky mantinha o armário arrumado. No entanto, ela adorava fazer compras. Como seu salário de professora não era alto, ela preferia as marcas de rua, como Forever 21, Strawberry ou Zara, lugares aos quais ela podia ir para uma compra rápida, como ela dizia, e encontrar alguma coisa para vestir na mesma noite, como um top para sair ou o tipo de bijuteria banhada a algo que deixava marcas verdes na pele. Como resultado, a maior parte das peças ia para as pilhas de doar e descartar: amontoados de camisetas, uma bolsa cheia de biquínis com crostas de sal, um chapéu de caubói enfeitado com penas, provavelmente para alguma festa de despedida de solteira onde todas teriam rido dela por comparecer daquele jeito. Avery tinha aconselhado Nicky muitas vezes a economizar o dinheiro e gastá-lo em uma coisa especial, em vez de em dez peças descartáveis, mas Nicky gostava de parar em uma loja depois do trabalho da mesma forma que outras pessoas gostavam de beber no happy hour: era um alívio.

 De muitas maneiras, o gosto de Nicky não tinha mudado muito desde que ela era criança; ela ainda gostava de penas, estampas florais e babados. Olhando para as coisas dela agora, Avery podia ver que todas as idades de Nicky estavam presentes naquele quarto: a criança de dentes separados fazendo apresentações de dança na sala, a adolescente vaidosa se preparando para um encontro, a garota da irmandade rindo com as amigas. Ela tocou as penas do chapéu de caubói gentilmente. E daí se Nicky gostava de coisas um pouco bregas? Olhando as pilhas de tops sem alça e as saias longas, botas de couro falso e colares de correntes emaranhadas, Avery se arrependia de ter pegado pesado com a irmã. Era meigo que Nicky gostasse dessas coisas; se as compras eram o pior dos seus vícios, ela tinha tido muita sorte.

 — Filha da puta! — Lucky exclamou do outro lado do quarto. — Eu sabia que ela tinha pegado isto de mim.

 Ela estava segurando uma camiseta vintage da turnê das Spice Girls. Quando a viram, Bonnie e Avery sorriram de forma involuntária. Como havia uma diferença de sete anos entre Avery e Lucky e os gostos musicais eram completamente diferentes entre todas as irmãs, havia só uma banda que conseguia atrair as quatro simultaneamente, que eram as Spice Girls. Quando Lucky tinha oito anos, Nicky tinha dez, Bonnie tinha treze e

Avery, quinze, elas convenceram a mãe a comprar ingressos para a turnê de reencontro. Era caro ir para Manhattan, mas elas conseguiram encontrar lugares no fundo do show em Long Island. Elas imploraram para alugar uma limusine, como outras garotas da escola tinham feito, para levá-las ao show na cidade, mas a mãe considerou essa uma despesa ridícula, além dos ingressos, então elas foram no trem da Long Island Railway. Como a mãe não queria pagar pelos cinco ingressos, ela encarregou Avery de tomar conta das irmãs e entregou-lhe um cartão de crédito apenas para emergências, com instruções severas de voltar direto para casa.

O show durou três divinas horas, com todas gritando e cantando as letras de todas as músicas com milhares de outras garotas, unidas em uma maré de alegria desenfreada e sem culpa, o sentimento de que ser uma garota junto de outras garotas não era uma fraqueza, como haviam dito, mas um poder, o melhor e mais feliz poder na terra. Depois, ainda movida por uma euforia induzida pelo estrogênio, Avery usou o cartão de crédito para comprar uma camiseta da turnê para cada uma, Bonnie, Nicky e Lucky. Ela alegou ser velha demais para usá-la, mas, na verdade, estava preocupada porque a mãe iria ver a fatura do cartão de crédito.

Bonnie pegou a camiseta enfeitada com os cinco rostos sorridentes e a invocação familiar *"Spice Up Your Life"*, tempere a sua vida.

— Não, essa era minha — ela declarou. — Viu? É a grande. Eu sempre comprei tamanho grande.

— E você, a superpequena — Avery disse, apontando para Lucky, que, verdade seja dita, estava usando uma minúscula camiseta *cropped* e jeans de cintura baixa, agora coroados pelo chapéu enfeitado de penas que ela tinha resgatado da pilha de descarte. — O que não mudou.

— Eu a deixei ficar com essa depois que Nicky deu a dela para a Carter Beaumont — Bonnie revelou.

— Carter-Cretina-Beaumont! — Lucky exclamou, como se fosse uma palavra só. — Eu tinha me esquecido daquela babaca.

Ela olhou de relance para Avery, para ver se ela ia repreendê-la, mas Avery estava rindo. Carter *era* uma babaca. Nos últimos anos do ensino fundamental e em parte do ensino médio, as quatro tinham estudado em uma escola católica financiada pela paróquia em East Eighties. Por causa disso, a mensalidade era muito mais baixa do que as outras escolas particulares da região, inclusive dava desconto para quem matriculasse várias crianças, e foi assim que os pais conseguiram colocar as quatro lá, depois de estudarem os primeiros anos em uma escola pública. Apesar da falta de matérias extracurriculares, especialmente de artes e ciências humanas, ela tinha boa reputação por oferecer uma educação integral e sem asneiras, razão pela qual muitos moradores ricos do Upper East Side — principalmente os que trabalhavam em finanças e viviam com medo de se arriscar a ter a prole orientada para as artes, que poderia aspirar a áreas tão pouco lucrativas como a escrita ou, pior ainda, o teatro — matriculavam os filhos lá. E também ninguém gosta mais de um bom negócio do que os ricos.

É por isso que, embora Avery e as irmãs nunca tivessem vivido com medo de ficar sem comida, um teto, livros didáticos novos, uniformes limpos e até pequenos caprichos como material de papelaria brilhante e pijamas combinando, muitas vezes elas se sentiam pobres naquela escola. Nunca tinha parecido estranho para elas que uma família de seis pessoas vivesse espremida em um apartamento de dois quartos — afinal, na escola pública elas conheceram crianças com moradia de todos os tipos, inclusive avós, tias, tios e primos, todos em uma casa —, até que conheceram tipos como Carter-Cretina-Beaumont. Carter morava em uma mansão entre a Madison e o Park, uma casa em que a campainha tocava a frase inicial de "Nessun Dorma" e cada um dos seis irmãos de Carter tinha o seu próprio andar.

Nenhuma das irmãs era muito boa para se encaixar nesse meio social, exceto Nicky, que no final da primeira semana já era a melhor amiga de Carter e de uma loira chamada Mary (havia no mínimo três Marys em qualquer escola católica), e elas se denominavam as "mosques", inspiradas nos Três Mosqueteiros. Mimada e mesquinha, Carter tinha grande prazer em colocar Mary contra Nicky e vice-versa, e de testar a lealdade entre elas. Logo depois do show das Spice Girls, Nicky tinha sido convidada para pernoitar na festa de aniversário de Carter, durante a qual elas assistiram *Titanic,* fizeram sundaes usando todo o sortimento de doces da Dylan's Candy Bar e criaram uma máscara facial seguindo uma receita de uma das revistas de moda da mãe de Carter.

Duas coisas terríveis aconteceram naquela noite, de acordo com Nicky. A primeira foi durante um jogo de verdade ou consequência, quando ela foi desafiada a comer um pouco da máscara facial, feita com uma mistura de abacate, óleo de coco e hidratante, e só uma pequena porção bastou para fazê-la vomitar o sorvete liquefeito em todo o banheiro da suíte de Carter. Isso já teria sido bastante ruim, mas o efeito duradouro foi pior. Como aquela tinha sido a primeira vez que ela experimentara abacate, Nicky nunca mais, mesmo depois de adulta, conseguiu desfrutar do prazer de um bom guacamole, já que mesmo o menor pedaço da polpa cremosa do abacate a lembrava imediatamente do sabor acre do hidratante de farmácia, um fato que, até o dia de sua morte, continuava sendo uma das suas maiores mágoas.

Mas pior do que o fiasco da máscara facial foi que a mãe sempre comedida e que — diferente de todas as outras mães do planeta, de acordo com Nicky — não tinha uma gaveta generosa cheia de presentes viáveis para os intermináveis aniversários de adolescentes aos quais ela estava destinada a ser convidada naquele ano, a tinha mandado para a festa munida apenas de uma câmara fotográfica descartável que havia comprado como presente em uma oferta no correio. Quando Carter abriu o embrulho, sua expressão não foi tanto de desgosto quanto de confusão, uma confusão profundamente humilhante para Nicky, tanto que ela logo se levantou, abriu sua mala do pernoite e pegou a camiseta novinha das Spice Girls que ela planejava usar com orgulho na manhã seguinte. Ela ofereceu-a para Carter, explicando que a mãe não tinha tido tempo para fazer o pacote do presente, e ela a aceitou com um gesto de satisfação.

— Você deu a sua para ela depois daquilo? — Avery perguntou.

Bonnie assentiu, ainda segurando a camiseta gentilmente.

— Ela ficou tão aborrecida depois — ela disse. — Você se lembra dela chorando quando chegou em casa?

Ela tinha soluçado até um vaso sanguíneo abaixo do olho se romper, mas Avery sabia que Nicky não teria agido de modo diferente se tivesse uma chance. Ela queria se encaixar naquele grupo de meninas a qualquer custo, e ela conseguira. Avery gostaria de ter a compaixão de Bonnie, mas ela se lembrava de ter sentido frustração. Por que Nicky tinha dado uma coisa que amava, sem falar em algo que tinha causado a Avery uma repreensão régia da mãe por ter feito a compra, só para puxar o saco de tipos como a Carter? Por que ela era tão rápida em abandonar a si mesma para ser popular?

Mesmo quando Nicky chegou aos vinte anos e, para alívio de Avery, fez amizade com gente mais relevante, como os colegas professores, ela mantinha os relacionamentos da juventude. *Sua irmã tem um talento especial para as amizades*, a mãe delas costumava dizer, e era verdade, mas ela também tinha um talento especial para se tornar o que qualquer um quisesse que ela fosse. A Carter-Cretina-Beaumont tinha até ido ao funeral, soluçando entre o pai milionário e a noiva da área de finanças, a mão envergada pelo pesado anel de noivado com diamantes. *Não se diminua para se encaixar,* Avery tinha implorado para a irmã, mas Nicky só ficou na defensiva. *Por que todo mundo nesta família acha que é ruim ser normal?*, ela retrucava. *Ser querida?*

Mas a família dela não era normal. O vício fluía entre todos eles como eletricidade em um circuito. Até Nicky tinha isso nela. Por que outra razão ela começaria a comprar mais comprimidos em segredo? Ela era viciada na fantasia de normalidade que tinha criado para si, a fantasia de uma vida comum e livre da dor. E Avery tinha comprado a fantasia também, fazendo vista grossa para as pupilas contraídas de Nicky, sua irritabilidade, seu sigilo crescente.

Olhando fixamente para as pilhas de coisas de Nicky, cada peça era uma tentativa de preencher a vida com cor, brilho e alegria, e Avery sentiu o peito doer com a injustiça disso tudo. Quem poderia culpar Nicky por querer ser normal? Era culpa de Avery não ter percebido os sinais a tempo, não de Nicky por criá-los.

— Bem, é minha agora — Lucky disse, arrancando a camiseta das mãos de Bonnie.

Bonnie riu, mas Avery enfureceu-se imediatamente. Sob a recriminação, havia outro pensamento incômodo também. Sim, ela devia ter visto o que estava acontecendo com Nicky, mas *por que* ninguém mais viu? Onde diabos estavam as irmãs? A mãe? O pai? Alguém?

— Por que você deveria ficar com ela? — Avery disparou. — Era da Bonnie primeiro. E, além do mais, fui *eu* que comprei.

— Tudo bem, Aves — Bonnie disse. — Eu nem ia usar.

— E eu sou o bebê — Lucky choramingou, demonstrando aquela mistura única de autoindulgência e autopercepção que deixava Avery louca com a irmã. Ela tentou tirar a camiseta das mãos dela, mas Lucky foi mais rápida. Ela tirou a própria camiseta de maneira brusca, expondo o peito nu, e vestiu a nova com uma desenvoltura assimilada desde cedo na carreira de modelo. Lucky nunca agiu de fato como se o corpo fosse dela, Avery pensou por um instante; ele tinha se tornado propriedade pública quando ela era muito jovem. — Serve perfeitamente — Lucky declarou, alisando a parte da frente.

— Você não *respeita* nada — Avery disse.

— Respeitar? — Lucky imitou-a com uma voz arrogante que não se parecia nada com a de Avery. — É uma camiseta das Spice Girls! Que porra eu deveria respeitar?

Lucky havia pulado na cama para escapar dela. Ela pegou o chapéu de caubói com pena de onde o tinha deixado e colocou-o na cabeça para completar o look.

— Não é só isso, é tudo! — Avery começou a contar nos dedos. — Você não telefonou para nós no aniversário de um ano. Na verdade, você nunca me liga. Você mal está ajudando a embalar as coisas dela. Só porque é a mais nova não quer dizer que você não tenha que *lidar* com nada.

Por que ela estava alimentando essa briga? Por que ela não conseguia se conter? Havia razões demais para serem contadas. Porque ela estava cansada do voo. Porque ela não queria estar separando roupas do armário agora — só queria demonstrar para Bonnie e Lucky que tudo o que era preciso para fazer alguma coisa era *fazê-la*. Porque, mais uma vez, a eficiência implacável de Avery estava saindo pela culatra, deixando-a ressentida por fazer uma tarefa que ninguém tinha pedido a ela que fizesse. Porque Bonnie e Lucky eram amigas agora, e ela deveria estar contente com isso, mas estava aborrecida. Porque ela estava no meio da destruição do seu casamento e não podia contar para ninguém porque era a mais velha e, portanto, tinha de dar o exemplo. Porque a mãe as tinha rejeitado mais uma vez, e ela tinha de dar um jeito nisso. Porque, sem Nicky, o equilíbrio entre elas estava abalado; elas deveriam ser um número par, e agora eram ímpar. Mas principalmente porque a irmã estava morta, a irmã bonita, animada, boba e carismática tinha partido, e nada neste mundo poderia consertar isso.

— Você acha mesmo que eu não me lembrei de que dia é o Quatro de Julho? — Lucky perguntou. — Você acha de verdade que eu sou tão bosta assim?

— Bem, você se esqueceu do último aniversário dela — Avery disparou. Lucky se encolheu como se tivesse sido atingida.

— Isso é tão injusto — ela disse, em voz baixa.

— Avery, pare — Bonnie pediu.

Avery virou-se para ela.

— E você não é melhor! Você fugiu para Los Angeles e enfiou a cabeça na areia. Alguma vez pensou em saber como *eu* estava indo? Deus me livre, vocês não se preocupam com mais ninguém além de vocês mesmas.

— Você tem razão — Bonnie começou, mas Lucky a interrompeu.

— Ah, você é tão mártir — ela disse. — Deve ser tão difícil ser você, na sua casa perfeita, com seu emprego perfeito e sua esposa perfeita. Me perdoe por não estarmos todas mais preocupadas com *você*.

Avery zombou dela.

— Você acha que era a única que queria jogar a vida fora neste ano? Fugir de todos os problemas? Você acha que é a única que está sofrendo?

Ela percebeu, quando disse isso, que foi exatamente o que Chiti tinha perguntado a ela.

— Não é isso o que Lucky está fazendo — Bonnie a interrompeu. — Na verdade, ela está...

— Cale a boca! — Lucky intrometeu-se. — Eu não quero falar com ela sobre isso!

— Ei — Bonnie disse, dando, sem querer, um passo para trás. — Estou tentando ajudar.

— Falar comigo sobre o quê? — Avery perguntou.

— Nada da sua maldita conta! — Lucky respondeu.

— O que está *acontecendo* com vocês duas? — Avery perguntou. — Bonnie, por que você não está treinando? Lucky, por que você não está trabalhando?

— Eu tirei uma folga — Lucky declarou, descendo da cama. — Eu tenho o direito de tirar uma folga!

— A sua vida inteira é uma folga! — Avery gritou, dando um passo à frente e derrubando o ridículo chapéu de caubói da cabeça dela.

— Não ponha a mão em mim! — Lucky bradou, empurrando-a.

— Não ponha a mão em *mim* — Avery respondeu, empurrando-a de volta.

As duas começaram a se empurrar e desviar até que Bonnie entrou no meio delas, separando-as rapidamente com eficiência profissional.

— Chega! — Bonnie esbravejou quando teve certeza de que as tinha separado. — Estamos velhas demais para esta merda.

— Ela está — Lucky disse, fazendo cara feia.

— Eu disse *chega,* Lucky — Bonnie respondeu. — É óbvio que está sendo difícil para ela voltar aqui. Para todas nós.

— Não está sendo difícil para mim — Avery disse, petulante. — Está difícil para *vocês*.

Bonnie encontrou os olhos de Avery e olhou para ela com gentileza.

— Vamos lá, Aves — ela murmurou. — Você não é assim.

Avery expirou longamente. É lógico que Bonnie estava certa; voltar para cá *era* difícil. Ela não tinha imaginado como seria difícil.

— Você tem razão. — Ela abrandou o tom. — Desculpe, Bon Bon.

Lucky deu um passo para trás e olhou para as duas.

— Eu sabia que isso ia acontecer. — Ela limpou o nariz no braço de modo grosseiro e apontou para Bonnie. — Eu sabia que você ia ficar do lado dela. Como sempre.

— Não é isso o que está acontecendo — Bonnie afirmou.

Lucky balançou a cabeça.

— Você é tão covarde — ela murmurou. — Você sempre faz o que a Avery diz.

— Lucky, peça desculpas à sua irmã — Avery disse.

Ela percebeu que era o passo errado assim que disse aquilo. Ordem materna impensada, o impulso garantido para enfurecer Lucky.

— Você acha que sabe tudo, não acha? — Lucky vangloriou-se. — Você não conhece a Bonnie.

— Do que você está falando? — Avery perguntou.

— Parem com isso — Bonnie resmungou.

— Quer saber por que ela não está treinando? Porque ela está apaixonada pelo Pavel e é covarde demais para dizer a ele, é por isso!

— *O quê?*

Avery virou-se para Bonnie com surpresa, que, por sua vez, lançou um olhar fulminante para Lucky.

— Eu não estou treinando porque eu estava ajudando *você*, sua merdinha ingrata! — Bonnie rebateu, enquanto Lucky se afastava dela.

— Bonnie e Pavel? — Avery pensou por um momento. — Bonnie e Pavel! — ela repetiu e sorriu sozinha.

Avery nunca entendeu por que Bonnie tinha parado de treinar com Pavel depois da última luta. Com certeza, tinha sido uma grande derrota, mas Pavel havia jogado a toalha para protegê-la, qualquer um podia ver. Ela sempre suspeitou que Pavel gostasse da irmã dela. Ela sabia que treinadores e discípulos mantinham um vínculo especial, mas era difícil não notar o modo extasiado com que Pavel observava Bonnie durante as lutas, encolhendo-se cada vez que ela era atingida, como se ele também estivesse absorvendo o golpe. Apesar de todo o seu estoicismo russo, ele sempre se iluminava como uma abóbora acesa no Halloween quando ela estava por perto. E agora, revelou-se que Bonnie abrigava também a sua própria vela acesa. Fazia sentido. Ela e Pavel eram tão parecidos, Avery pensou, parte do motivo pelo qual eles nunca ficaram juntos. Os dois eram fortes e tímidos, gentis, mas letais, como duas grandes orcas que se movimentavam em círculos na natureza, mas nunca nadavam lado a lado.

— Pare de falar nossos nomes assim! — Bonnie gritou. Ela olhou fixamente para Lucky de novo. — Eu não consigo *acreditar*. Depois de tudo o que eu fiz por você esta semana?

— Já deu! — Avery exclamou. — Alguém pode me explicar que porra vocês duas ficaram fazendo a semana toda?

— Não — Lucky disse, olhando com expressão dura para Bonnie.

Mas Bonnie só deu de ombros. Qualquer que fosse a aliança que elas tinham articulado, Lucky a havia traído.

— Eu estava ajudando Lucky a ficar limpa — ela explicou, em voz baixa. — Ela está sóbria desde que chegou aqui.

Lucky enfrentou-a.

— Vai se foder!

Bonnie olhou para ela, confusa.

— Me foder, eu? Vai se foder você!

— Esperem um minuto! — Avery interveio, erguendo as mãos para que elas parassem. Ela podia sentir a esperança se espremer naquela sala como um dirigível em um evento, difícil de manobrar e fora de lugar. Mas estava lá: uma boa notícia. — Você está *sóbria*, Lucky? — ela perguntou, tentando não deixar a animação transparecer na sua voz de forma muito óbvia.

Lucky revirou os olhos, afastou-se delas e foi para a cama. Ela agarrou um travesseiro contra o peito, como se estivesse se protegendo.

— Não! Bem, sim. Mas não é desse jeito. Eu só estou dando um tempo. E eu não vou nas suas malditas reuniões, então nem me peça.

— O que você quer dizer com dando um tempo? — Bonnie logo perguntou. — Eu pensei... pensei que você estava tentando parar para sempre.

— A coisa toda não é para ser um dia de cada vez? — Lucky retrucou.

— Mas você disse... vo-você disse que tinha *parado*, parado — Bonnie gaguejou. — E agora você só quer dar um tempo?

— Eu não sou como ela — Lucky disse, apontando para Avery. — Ela não conseguiu lidar com isso. *Eu* consigo.

Avery bufou com desdém. Sobre o que ela estava falando, "lidar com isso"? Ela *lidou* com isso ficando sóbria nos últimos dez anos e construindo uma vida adulta de sucesso.

Uma vida, ela tinha de admitir, para a qual agora ela estava fazendo um bom trabalho de destruição, mas Lucky não sabia de nada disso. Ela deveria ter a sorte de *lidar* com as coisas como a Avery!

— E a Nicky? — Bonnie perguntou. — E ela?

— Isso é completamente diferente — Lucky disse.

Bonnie deu a Avery um olhar desesperado.

— Ela falou que estava pronta — Bonnie garantiu.

— Eu estava! — Lucky berrou. — Eu estou! Eu não sei. Eu só não preciso de toda essa *pressão* de você duas.

— Não é pressão — Avery disse. — É preocupação. Nós estamos preocupadas com você.

— Eu não preciso da porra da sua preocupação! Parem de fazer projeções em mim. Eu não sou vocês, não sou o papai, não sou a Nicky. Eu sou só *eu*.

Avery se afastou, tentando deixá-la calma. Lucky já estava arranjando desculpas para si mesma. Era típico da irmã mais nova se eximir de qualquer responsabilidade. Avery tinha ouvido dizer que os ratos não tinham clavículas, razão pela qual podiam passar por buracos com uma fração do tamanho deles. Era assim que um viciado funcionava. Nada de clavículas — ou, nesse caso, de coragem.

— Você está sendo fraca — ela disparou. E isso porque queria mantê-la calma. — Pelo menos assuma a responsabilidade por quem e pelo que você é.

— Você não percebe que eu sinto falta dela todo segundo de todo maldito dia? — Lucky gritou. — Mas ela não está aqui, e eu estou fazendo o melhor que posso sem ela. Por que nada do que eu faço é bom o suficiente para você?

— Por favor! Me poupe da autopiedade. — Avery ergueu as mão no ar, exasperada. — Você não é a única que a perdeu. E também, nós a conhecíamos havia mais tempo do que você!

Essa era uma alegação ridícula e Avery sabia disso, mas ela estava furiosa demais para pensar em um argumento racional, o que só a deixava mais furiosa. Lucky soltou uma risada de descrença.

— Você ouviu o que disse? Só porque você é mais velha, isso não significa que a conhecia melhor. Nenhuma de vocês a conhecia como eu.

— Todas nós a conhecíamos de formas diferentes — Bonnie falou, olhando para o teto, parecendo resignada ao fato de que ninguém lhe dava ouvidos. Desde que Lucky tinha dito que não pretendia continuar sóbria, a briga parecia ter ficado longe dela.

— Por Cristo, Lucky! — Avery exclamou. — Eu estou farta de você agir como se isso fosse pior para você do que para os outros. Você não a conhecia melhor. Ela só estava mais disposta a suportar suas burradas do que o resto de nós.

Lucky se afastou dela como se estivesse puxando uma flecha em um arco, procurando pelo alvo.

— O que eu sei é que ela achava você uma puta julgadora.

Bem no alvo. Avery sentiu-se expirar involuntariamente quando a ponta aguda do insulto a perfurou. O único recurso era arrancá-la de lá e atirá-la de volta. Ela olhou nos olhos de Lucky.

— Melhor ser uma puta julgadora do que uma viciada fodida — ela disse. — Destinada a ir pelo mesmo caminho dela.

A atenção de Bonnie se desprendeu do teto.

— Não diga isso — ela bradou. — Nem mesmo pense nisso, Avery!

Mas Lucky estava dirigindo o olhar para Avery com um foco traiçoeiro.

— Eu posso ser uma viciada — ela rebateu, com suavidade —, mas você é uma mentirosa. Eu *sei* quem você é, Avery. Hipócrita.

Avery sentiu o sangue gelar. Seriam os roubos? A traição? Os dois? Mas ela tinha sido tão cuidadosa. Como Lucky poderia saber? E mesmo que por alguma bizarra reviravolta do destino ela soubesse, quem diabos era ela para julgá-la?

— Como você se atreve — ela disse, em voz baixa.

Lucky abriu seu sorriso de loba, expondo os caninos pontiagudos.

— Ela vai te deixar, sabia? — revelou.

Avery balançou a cabeça. Como se ela não estivesse dizendo exatamente isso para si mesma em cada momento da última semana.

— Você não sabe porra nenhuma do que está dizendo — ela afirmou.

— Do que nós *estamos* falando? — Bonnie interrompeu. — Avery? Aconteceu alguma coisa com a Chiti?

A pergunta foi feita sem acusação, mas Avery percebeu que estava se afastando como se fosse de uma chama. Ela e Bonnie tinham dois anos de diferença, mas sempre se sentiram um pouco como gêmeas. Elas estavam conectadas em um nível inconsciente, eram capazes de sentir o humor da outra de forma instintiva, como se percebe a mudança na temperatura, algo que Avery historicamente achava muito reconfortante. Mas não agora.

— Não faço ideia do que ela está falando — Avery afirmou. — Ela só está agindo como uma vadia.

Bonnie poderia sentir a mudança de temperatura em Avery? Ela tinha ficado gelada, mas agora a vergonha do caso extraconjugal se irradiava nela como uma queimadura de gelo.

— Você não a merece — Lucky disse.

Avery olhou para baixo. *Você acha que eu não sei disso?*, ela queria gritar. Mas não iria deixar Lucky vencer com tanta facilidade.

— Você é jovem e burra demais para saber a sorte que tem — ela disse, devagar. — Que nem todas nós temos o que merecemos.

— O que isso quer dizer? — Lucky perguntou.

Não diga, pensou Avery. *Não diga.* Mas ela disse:

— Porque, se tivéssemos, teria sido você naquele caixão, não ela.

O arrependimento estava em todo lugar, instantaneamente. Lucky olhou para ela chocada, em silêncio, a mesma quietude suspensa que surge depois que uma criancinha cai e ainda não decidiu chorar. Mas Lucky não chorou. Ela engoliu de imediato as lágrimas que inundaram seus olhos e esfregou o rosto com a palma da mão de forma rude.

— Bem, lamento tê-la decepcionado — ela disse e saiu.

Bonnie correu atrás dela, mas Avery sabia que Lucky não iria voltar depois daquilo. Então a porta da frente bateu e Bonnie voltou. Ela olhou para Avery com uma mistura de horror, desprezo e pena.

— Como você pôde dizer aquilo para ela?

Avery se sentou em um pilha de roupas e colocou a cabeça entre as mãos.

— Não, Bonnie, por favor.

— Você tem ideia de como ela está fragilizada agora? E se ela beber?

Avery suspirou com cansaço.

— Eu não consigo deixá-la bêbada e você não consegue mantê-la sóbria. Quanto mais rápido você aceitar isso, melhor será para você.

— Mas eu a *deixei* sóbria. Eu... eu dei tudo de mim para ela passar por esta semana.

— *Manteve,* não deixou, Bonnie.

— Então você vai desistir dela?

Avery negou com a cabeça. Ela estava cansada demais.

— Eu carrego esta família nas costas há muitíssimos anos. — Ela suspirou, então acrescentou, a propósito de nada: — Eu queria fazer faculdade em Berkeley!

Bonnie caiu na gargalhada, sem acreditar.

— Você foi para Columbia! Que não era exatamente uma faculdade comunitária. E então você *foi* embora. Desapareceu na Califórnia durante um ano antes de se mudar para Londres. Você sempre fez o que quis.

Isso fez Avery se aprumar.

— Você acha que eu *quis* pagar este apartamento por um ano? — ela contestou. — Eu não queria que vocês perdessem a casa, você *e* ela. Eu queria que você e a Lucky tivessem um lugar para onde voltar se precisassem. Tudo o que eu faço é para proteger vocês. Eu ensinei vocês *todas* a nadar. Sabe quem me ensinou? Ninguém! Eu tive que aprender sozinha, ou me afogaria. Estou falando literal *e* metaforicamente agora.

Bonnie revirou os olhos

— É, eu sei disso, Avery. Você não precisa falar assim comigo. Eu não sou uma das suas clientes.

— E quem você pensa que é para me acusar de desistir? — Avery continuou. — Você dedicou toda a sua vida ao boxe e desistiu depois de uma derrota. Uma!

Bonnie olhou para os pés.

— Você não sabe do que está falando.

— Eu sei que você está deixando os seus sentimentos pelo Pavel atrapalharem uma carreira para a qual você nasceu. Então você o ama? Grande coisa! Tenha culhões e fale para ele!

— Eu tenho culhões! — Bonnie gritou.

Avery teria rido se tudo não fosse tão terrível.

— Você tem trinta e um anos — ela disse. — O seu auge é *agora*.

— Não me dê sermão, Avery.

Mas ela não ia parar. Ela não se importava mais. Se Bonnie a odiava assim como Lucky, tudo bem. Tudo o que importava era que ela tinha feito o que era preciso para tirar Bonnie dessa dinâmica com Lucky, tirá-la dessa areia movediça de uma família disfuncional, desse momento de derrota de uma vez por todas.

— Você quer jogar tudo fora para ajudar a Lucky? — ela insistiu. — Tudo bem. Mas não se surpreenda se tudo o que você conseguir for outro corpo nas suas mãos.

O rosto de Bonnie se contorceu de dor. Ela abriu a boca, então a fechou. O que ela poderia responder? Avery foi capaz de dizer a coisa mais cruel em que ela conseguia pensar para as duas irmãs. Mas havia um alívio também. Ela poderia ser livre. O pensamento veio como um choque elétrico. Avery poderia ficar livre da responsabilidade do amor delas. Elas ficaram assim, cada uma fechada no seu silêncio, enquanto lá embaixo a cidade oferecia sua ladainha de ruídos. Um caminhão de lixo rugia descendo a rua. No lugar do canto de pássaros, os carros se comunicavam com uma profusão de buzinas. Em um andar abaixo, um cachorro dava um longo uivo. Por fim, Bonnie desviou o olhar da irmã. Ela caminhou até a porta.

— Às vezes, eu acho que você se esquece de que fui eu quem encontrou Nicky. Bem aqui. — Ela apontou para um lugar no chão do quarto. Sua voz era baixa, mas havia uma dureza nela que Avery não ouvia com frequência. — Você está certa quando diz que a morte de Nicky não aconteceu só para a Lucky. Mas ela também não aconteceu só para você.

CAPÍTULO DEZ

Lucky

Lucky saiu correndo do apartamento e chegou até a esquina do parque antes de se permitir parar para pensar. Estava respirando com dificuldade. Exceto pelo telefone no bolso, não tinha nada, nem mesmo cigarros. Ela rangeu os dentes e cravou as unhas na palma das mãos. Não ia deixar Avery fazê-la chorar. Ela andou para lá e para cá perto da entrada do parque, procurando alguém de quem pudesse filar um cigarro, até que finalmente viu um empresário fumando o que parecia ser um American Spirit. Ele ofereceu-lhe um assim que ela pediu, sorrindo para Lucky enquanto ela se curvava sobre a chama do isqueiro prateado dele.

— Você parece familiar — ele disse.
— Eu não sou — ela respondeu, inspirando profundamente.
— Alguma chance de eu conseguir o seu...
— Nenhuma — Lucky o interrompeu, se virou e desceu a avenida correndo.

Quando estava a uma distância segura, parou sob o toldo de um silencioso edifício com porteiro e deu uma tragada profunda, inalando até seus pulmões crepitarem. Ela odiava Avery. Ela exalou. Odiava *muito* Avery. Ela inalou rápido demais desta vez, e acabou se engasgando com a fumaça e cuspindo. Ela odiava tanto Avery que *estava se sufocando* com o cigarro. Depois de mais alguns minutos de tragadas furiosas, o porteiro saiu e ficou ao lado dela, pastoreando-a sem dizer uma palavra. Ela já tinha terminado, de toda forma. Lucky jogou a bituca na sarjeta, imediatamente quis mais um e dirigiu-se para o sul.

Na esquina da 81ª Street, ela parou e demorou um pouco no alto das escadas de acesso ao metrô. Ela sentiu um vago impulso de ir ao centro da cidade, de volta às vizinhanças onde se sentia mais ela mesma, onde havia menos lembranças das irmãs. Ela disfarçou na entrada, confirmou que não havia seguranças por perto, pulou a catraca com um movimento de quem já tinha prática e pegou o trem da linha C no mesmo instante. Ela gostaria de estar com os fones de ouvido para que pudesse ouvir música; em vez disso, observou os vários passageiros e tentou escolher uma peça de roupa de cada um para formar um traje para si. Uma mulher asiática que segurava um vaso de planta no colo, e cujas sandálias Lucky tinha decidido mentalmente formar um par com os tênis Dickies do homem ao lado, olhou para cima e sorriu quando encontrou o olhar dela. Timidamente, Lucky retribuiu o sorriso. Depois de passar a última semana inteira ao lado de Bonnie, era estranho estar sozinha na cidade outra vez, livre de trabalho, planos e de pessoas para ver. Ela não morava em Nova York em tempo integral havia anos, mas, quando voltava, sempre podia sair com Nicky.

Ela emergiu pela saída da 8ª Street, ao lado do estabelecimento do pedaço de pizza por um dólar e, sem nenhum motivo especial, virou no sentido oeste na Christopher Street. Ela parou em frente a um pet shop elegante e ficou olhando para um cachorrinho *cockapoo* flanando na vitrine como uma nuvenzinha presa no vidro. Quando a viu, ele ficou sobre as patas de trás e tateou com ansiedade a divisão que os separava, as patas fofinhas escorregando como espanadores pela vitrine. Lucky sorriu e ergueu a mão no vidro. Talvez devesse arranjar um cachorro? Com certeza seria mais leal a ela do que as irmãs. Talvez o cachorro que ela escolhesse teria, por alguma reviravolta cósmica, a alma de Nicky renascida nele, um cachorrinho com o temperamento e espírito exatos dela. Lucky se ajoelhou, de modo que o olhar dela e do cachorro estivessem no mesmo nível. Ela tentou olhar dentro daqueles olhos pretos e brilhantes, mas agora ele estava ocupado, correndo atrás do rabo, fazendo acrobacias no piso cheio de papel picado do recinto. O pelo era da cor de biscoitos de gengibre quentinhos. Ela ainda estava tentando captar o olhar dele — *Você é minha irmã?* — quando um casal vestindo camisetas de faculdade combinando parou ao lado dela para falar com o cachorrinho pelo vidro.

    Lucky se virou e continuou andando. É claro que o *cockapoo* não era Nicky. Aquele filhote tinha uma qualidade de ursinho de pelúcia, de agradar multidões, que poderia parecer com a de Nicky para um estranho, mas as pessoas que a conheciam de fato entendiam que aquela não era ela de verdade. Se Nicky fosse um cachorro, ela seria de uma raça nobre e ferozmente leal, como um *saluki*, aquelas criaturas míticas adoradas pela realeza egípcia, não o tipo de bolinha de pelo afável bajulada por qualquer casal de brancos no West Village. Mas seria algo mágico, ela pensou ansiosa, ter Nicky ao seu lado outra vez, colocar sua forma sedosa no colo, correr à frente dela para espantar visitas (ou irmãs) indesejadas, uma testemunha muda, mas conhecedora dos seus dias e noites. Ela gostaria de acreditar no céu como os católicos, ou na vida após a morte como os muçulmanos, ou mesmo na reencarnação como os budistas. Ela gostaria de acreditar em qualquer coisa.

    O funeral de Nicky fora realizado na Igreja de Santo Inácio de Loyola, no Upper East Side, uma decisão que os pais tomaram sem a opinião das irmãs. Lucky teria votado em colocar as cinzas dela em fogos de artifício e soltá-las no céu noturno, tal qual o funeral de Hunter S. Thompson, mas os pais insistiram em uma missa fúnebre e, para ser honesta, Lucky acreditava que Nicky teria gostado da pompa e circunstância do endereço da Park Avenue. Lucky, Bonnie e Avery tinham se escondido na sacristia no fundo da igreja, sentadas lado a lado em um silêncio sombrio perto do suporte com as batinas, enquanto, do lado de fora, as pessoas iam entrando. Provavelmente, foi melhor para Bonnie ficar fora de vista pelo maior tempo possível; ela tinha perdido a luta uma semana antes, e os ferimentos estavam naquele fase feia de cicatrização: amarelos, verdes e marrons doentios atravessando-lhe as maçãs do rosto e sob os olhos. A mãe espiou ao passar a cabeça pela porta e lançou-lhes um olhar fulminante.

Você estão aqui, meninas! O que estão fazendo aqui atrás? Vocês estão sendo indelicadas.

É o funeral da nossa irmã, mãe, Avery disse. *Ninguém espera que a gente dê um show.*

E quem são aquelas pessoas?, Lucky perguntou.

São pessoas que conheciam a Nicky, a mãe respondeu. *Óbvio.*

Elas se juntaram e espiaram pela porta os enlutados de preto que caminhavam pelo corredor até seus assentos. O pai, parecendo distante e pronto para uma bebida, estava em pé conversando com o padre. Duas mulheres, provavelmente membros da irmandade de Nicky, tinham — estava na cara — aproveitado a ocasião para se exibir, pois chegaram em saltos altos oscilantes e minivestidos decotados. Uma estava usando um sofisticado chapeuzinho todo enfeitado com penas.

Eu sempre disse que a Nicky tinha amigos demais, Avery afirmou.

Também acho, Lucky concordou. *Tipo, quem diabos é aquele ali?*

Ela apontou para um homem mais velho com cabelo assentado a óleo e usando um terno de linho que parecia caro.

Aquele é o pai da Carter Beaumont, a amiga da Nicky, eu acho, a mãe disse. *É sim, veja, lá está a Carter.*

Carter-Cretina-Beaumont!, Lucky balançou a cabeça. *O que eles estão fazendo aqui?*

Os Beaumont sempre gostaram da Nicky, a mãe explicou, melancólica. *E vocês, meninas, precisam ter bons modos. Foi gentileza dele vir. Ele é um homem muito importante.*

Avery bufou com desprezo.

Por quê? Por que ele é rico?

A mãe fez um aceno distraído.

Ele ajuda muitas pessoas. Ele inventou a gaita para bebês ou algo do tipo.

As irmãs se olharam, perplexas.

E pra que porra os bebês precisariam disso?, Lucky perguntou.

Acredito que eles precisem tanto quanto os adultos, a mãe disse, de forma afetada.

Eles já conseguem controlar a boca para tocar?, Avery indagou.

O quê?, a mãe perguntou.

Sem falar nos pulmões minúsculos, Lucky disse.

Não é para os pulmões, a mãe corrigiu. *É óbvio que é para o coração deles.*

Lucky olhou para as irmãs, que pareciam igualmente perturbadas. Até mesmo Bonnie, que tinha permanecido praticamente muda desde a luta, esboçou o mais leve dos sorrisos.

Acho que música é sempre para o coração?, ela sugeriu, com suavidade, e Lucky e Avery riram baixinho.

Com isso, a mãe enrugou a testa.

Música? O que os monitores de coração de bebês têm a ver com música?

A missa foi longa e, como era de esperar, intensa na narrativa de "Jesus morreu pelos nossos pecados". *Seja na vida ou na morte, pertencemos a Cristo,* entoava o padre enquanto colocava a mortalha e a cruz no caixão. Lucky pensou que Nicky teria preferido pertencer a um bom conselho de cooperativa ou a um clube de campo, mas, com certeza, sim, ela concordou com amargura, Cristo era bom também. Ela ficou sentada, inexpressiva, durante a homília, a eucaristia, as leituras do Novo e do Velho Testamento, sem sentir nada, ela confirmou para si mesma, absolutamente nada. Só quando o padre chegou ao louvor final, ela começou a desabar.

Ele balançava o turíbulo de incenso sobre o caixão, lançando fumaça ao longo de onde o corpo de Nicky repousava oculto, e

Lucky observava como a névoa se enrolava na mão dele e desaparecia no ar da cúpula. *Conceda à nossa irmã o sono em paz até que o Senhor a acorde para a glória.* Lucky inclinou a cabeça para frente. *Ela vai vê-lo face a face, e na sua luz verá a luz.* Ela podia sentir seu interior se partindo, uma sensação física do peito se rasgando. *Até que todos nós nos encontremos em Cristo e estejamos com o Senhor e com nossa irmã para todo o sempre.* Lucky soltou um suspiro de dor. Ela estava desabando sob seu sofrimento. Ao lado, podia sentir Bonnie tremendo. Então Avery estendeu os braços e pegou as mãos delas, puxando-as para si.

Gaita para bebês, ela sussurrou, e as três se desmancharam em um ataque de risadinhas tão inoportuno e inapropriado que Lucky ficou sufocada, tentando se conter. A mãe lançou-lhes um olhar assassino enquanto elas resfolegavam entre as mãos, mas elas não se importaram. Nicky teria rido também.

...

Lucky estava vagando sem rumo. Ela virou à esquerda, depois à esquerda novamente, até que se viu ao sul de onde começara, perto das quadras de basquete ao lado da entrada do metrô na West Fourth. Jogadores sem camisa e banhados de suor corriam de um lado para outro nas quadras, os tênis chiando no asfalto quando giravam e passavam correndo pelos outros. Ela talvez devesse aprender algum tipo de esporte em equipe? Isso daria algum propósito para sua vida? Ela tinha suportado um teste breve e humilhante na equipe de vôlei do ensino médio, depois que o treinador a persuadira a tentar, convencido de que sua altura incomum faria dela um talento natural para atacante.

Em sua primeira prática, a equipe a tinha iniciado fazendo um círculo apertado, com Lucky no centro e elas cantando "dizer o quê, o quê?", ao que Lucky foi instruída a responder "em ponto de bala!". Ela olhou ao redor para os rostos avermelhados e alegres das colegas atletas, todas gritando com o tipo de satisfação que se traduzia visualmente em angústia e terror, e saiu do círculo, abrindo espaço entre seus corpos inflexíveis com uma determinação silenciosa. Ela ainda se lembrava do alívio de sair daquele círculo infernal, de sair do ginásio, do vestiário, da escola, até que, finalmente, fora lançada de volta às ruas de Manhattan, onde era anônima e livre. Agora, ela olhava para as figuras agitadas nas quadras, seus rostos retorcidos em um êxtase de concentração e comunhão que ela nunca conheceria. Não, ela não aprenderia um esporte de equipe. Lucky não estava, e nunca estaria, *em ponto de bala.*

Ela precisava continuar se movimentando, ou as lembranças a oprimiriam; estava dando a volta para continuar vagando quando ouviu seu nome ser chamado por uma voz masculina sem fôlego, mas com grande animação. Era Riley, o modelo do sul que ela conhecera em Paris. Hoje, seu cabeço loiro e esvoaçante estava preso para trás por uma faixa elástica que deixava seu rosto bonito e inocente em plena exibição. Ele estava pingando de suor e olhava para ela com satisfação.

— Eu pensei mesmo que fosse você! — ele gritou.

Ele tinha um jeito lento e deslizante de falar, com vogais prolongadas que soavam como se estivessem mergulhadas em mel. Na boca dele, "eu" soava mais como um suspiro de satisfação do que um pronome. *Eeeuu.*

Lucky olhou para trás, mas era tarde demais para fingir que não tinha ouvido, pois Riley se aproximava com a animação de um cachorrinho. Ele agarrou o alambrado entre eles e sorriu.

— Caramba, estou feliz por ver você outra vez! — ele disse.
— O que está fazendo aqui?
— Sabe como é — ela desconversou —, só andando.
— Bela camiseta. — Ele sorriu. — Eu amo as Spice Girls. Você é a Posh dos pés à cabeça.
— Na verdade, eu sou a Baby — Lucky explicou. *Nicky é a Posh,* ela pensou, mas não disse.

Riley se virou e acenou para os colegas jogadores.

— Ei, pessoal! Olhem aqui! Esta é minha amiga Lucky.

"Amiga" parecia um termo generoso para as duas horas encharcadas de cerveja que haviam passado juntos, mas Lucky sorriu graciosamente. Os outros jogadores, muitos dos quais ela reconhecia como colegas modelos, acenaram para ela, então voltaram a se empurrar e se acotovelar, rindo com toda a energia de meninos. Lucky retribuiu o aceno, constrangida. Essa era outra coisa da qual ela se lembrava do ensino médio: a observação. O meninos tinham os grandes jogos esportivos, os meninos tocavam em bandas, os meninos faziam truques na sala de aula; e as meninas ficavam olhando. No começo, foi isto o que fez o trabalho de modelo tão emocionante e também tão assustador: pela primeira vez na vida, era ela quem estava sendo observada.

— Eu tentei te enviar uma mensagem depois de Paris, mas não consegui achar o seu perfil — Riley disse. — E a Sabina disse que não tinha notícias suas. Você é uma moça difícil de rastrear.

— Você me conhece — ela respondeu. — Mulher internacional do mistério.

Riley riu e balançou os cabelos.

— Eu acredito. — Lá estava ele de novo. Aquele *eeeuu*. — Então, o que você anda fazendo?

Desintoxicando-se de uns dez anos de drogas e álcool em seu organismo.

— Pouca coisa. Saindo com a família, essas coisas.

— Isso aí! — Se Riley estava esperando para responder à mesma pergunta, ele logo percebeu que isso não ia acontecer. — Ei, o que você vai fazer agora? — ele perguntou, com ansiedade no rosto todo.

— Eu... — Ela não conseguiu pensar em uma desculpa. — Nada. Absolutamente nada.

— Você pode esperar aqui uns minutos? Nós já estamos terminando, e então vamos só dobrar a esquina e beber alguma coisa. Você tem que vir.

Bebida. Lucky mataria por uma bebida agora. Uma bebida mataria Lucky agora. Ela olhou para o céu. Seria algum tipo de teste? Ela acreditava nessas coisas?

— Fique aqui — Riley pediu, sentindo a hesitação dela. — Não se mexa. — Ele caminhou de costas para se juntar aos outros jogadores, sem tirar os olhos dela. Estava radiante. — Caramba, cara! — ele gritou. — Lucky Blue é foda!

Quinze minutos depois, Lucky se viu espremida em volta de uma mesa circular no pátio sombreado de uma cervejaria belga aninhada na MacDougal Street, cercada por meia dúzia de modelos vestindo short de basquete.

— Então, Lucky, sua bebida é por minha conta — Riley anunciou. — E eu sei que você gosta de cerveja. O que eu peço para você? Eles têm uma loira gelada ótima, chamada Delirium Tremens.

Lucky emitiu um leve som de asfixia, mas conseguiu manter a compostura.

— Só água com gás para mim — ela disse.

Riley ergueu as sobrancelhas.

— Tem certeza?

— Tenho — ela conseguiu resmungar.

Lucky suportou a primeira rodada de bebidas fumando compulsivamente os cigarros dos outros modelos e engolindo a água com gás, enquanto respondia com monossílabos às perguntas do curiosíssimo Riley, que parecia ter a intenção de descobrir tudo o que podia sobre ela. Ela continuou imaginando o gosto da cerveja descendo gelada pela garganta. Era uma tortura. Quando Riley finalmente saiu da mesa para ir ao banheiro, ela viu a oportunidade de escapar. Ela saltou da cadeira.

— Eu vou só... — ela balbuciou — ... eu... já volto.

Ela se dirigiu para a saída e foi até a metade do caminho antes que mudasse de ideia e voltasse para dentro. O bar estava escuro e quente, intocado pela luz do sol dispersa lá fora. O aroma chegou até ela imediatamente. Ela podia sentir o cheiro da cerveja de uma forma que nunca conseguira quando bebia. Era tão doce e familiar. Era de migalhas de pão, folhas de pinheiro e caramelo. Era de terra e fermento e nectarina. Era de alívio. O barman se aproximou dela, esperando pelo pedido. Ela poderia beber. Ninguém nunca saberia. Ela abriu a boca para pedir.

— Onde fica o banheiro? — ela perguntou.

O barman apontou para o fundo, e Lucky esforçou-se para passar pelo balcão e ir na direção que ele tinha apontado. Havia dois banheiros individuais, cada um com uma janela de vidro fumê na porta. Lucky esperou do lado de fora, vibrando com o desejo contido. Uma mulher alta e atraente saiu de um deles e olhou duas vezes para Lucky antes de ir embora. Lucky estava acostumada com isso. As mulheres muitas vezes a olhavam mais descaradamente do que os homens, não por interesse sexual, ou nem sempre, mas por um tipo de pesquisa competitiva. Isso costumava incomodá-la, mas, desde a decisão de deixar de ser modelo, ela sentiu um distanciamento inédito do seu eu físico. A mulher podia olhar. Ela não estava mais lucrando com o corpo. Lucky esperou sem entrar no banheiro vazio até que Riley emergiu do outro. O rosto dele se iluminou ao vê-la.

— Ah, você — ele disse.

Ele segurou a porta aberta para ela passar, mas ela agarrou a parte da frente da camisa dele e empurrou-o de volta para o banheiro. Quando ele abriu a boca surpreso, ela pressionou a dela contra a dele. E então ela o estava beijando, beijos quentes, violentos, ferozes e vorazes, serpenteando a língua na boca dele, os dentes batendo nos dele. Ela agarrou punhados da camisa de basquete dele e os torceu com os punhos. Ela o envolveu com os braços, esmagando-o nela. Ela sentiu o aperto de suas costelas contra o peito dele. Eles desabaram na pia, e ele a levantou, apertando-a bem enquanto ela enroscava as pernas em volta da cintura dele. O rosto dela estava acima do dele agora, e, se pudesse, ela teria desarticulado a mandíbula e o engolido inteiro, como uma cobra faz com um ovo liso e redondo. Ela enfiou os dedos nos cabelos dele, tirou a faixa estúpida e jogou-a no chão. Ele a olhou maravilhado enquanto ela afastava mechas de cabelo dourado do rosto dele com as mãos. Lucky pressionou os lábios nos dele, sem fôlego e em confusão, até que as pernas dele se afastaram e ela voltou para o chão, fora dos braços de Riley. Ele se afastou dela e colocou uma mão na beirada da janela, recuperando o fôlego.

— Uau. — Ele exalou. — Eu não estava esperando por... Uau.

— Não diga nada — Lucky disse.

Ela se atirou nele de novo, empurrando a mão para dentro do elástico do short de basquete dele. Ela fechou os olhos e o tocou.

— Ei — ele falou, com suavidade, tentando tirar a mão dela. — Ei, espere.

Ela abriu os olhos.

— O que foi? — ela perguntou.

Poderia ter sido divertida, mas a pergunta foi tensa, impaciente.

— Eu só... — Ele engoliu em seco e tirou a mão dela de dentro do short. — Meus amigos estão lá fora...

— Vai ser rápido — Lucky garantiu, e tentou colocar a mão de volta.

— E eu não tomei banho...

Ele tentou dar um passo para trás e quase caiu no vaso sanitário. Lucky seguiu em frente.

— Eu não me importo.

— E... *Por Deus*, Lucky. — Ele agarrou-a pelos ombros e a segurou quieta na frente dele. — Eu gosto de você. E acho que você é bacana, sabe? Eu gostaria de sair com você um dia desses.

Lucky encarou-o sem entender.

— Você *gosta* de mim?

Ele a soltou e passou a mão pelos cabelos.

— Bem... gosto.

Lucky piscou.

— Mas você não sabe nada de mim.

Ele ergueu as mãos.

— Bem, eu tenho *tentado,* Lucky, mas você é um livro difícil de abrir. Talvez, se você fosse a um encontro comigo, eu conseguiria descobrir mais.

Lucky apertou os olhos.

— Um encontro? Que tipo de encontro?

— Eu não sei, não planejei ainda. Podemos fazer qualquer coisa. O que você gosta de fazer?

— Eu gosto de usar drogas — Lucky respondeu. — E de beber até apagar.

Riley deu uma risada nervosa, colorida com algo mais; se era medo ou fascínio, Lucky não soube dizer.

— Mas... estou aberta a sugestões — ela acrescentou.

Nessa hora, todo o ser dele se animou como um cachorro que acabara de ouvir a porta da frente ser aberta.

— Então é sim? — Ele abriu um sorriso. — Isso é ótimo. Uau, certo. Nós poderíamos... não sei, que tal jogar boliche?

Lucky balançou a cabeça.

— Nada de esportes. Nada de diversão organizada de nenhum tipo. Próxima.

Riley franziu a testa.

— Certo. Nada de diversão. Tudo bem.

— Diversão *organizada* — Lucky corrigiu. — Eu não sou um monstro. Não odeio diversão. Só odeio que ela me seja forçada.

Riley engoliu em seco, sério.

— Pode crer — ele disse. — Eu também.

Lucky engoliu o sorriso. Isso soava falso demais, já que a personalidade de Riley até agora parecia apreciar todo tipo de atividade, de uma festa de aniversário infantil a qualquer outra combinação. Mas ela gostou do esforço dele.

— Já sei! — ele exclamou. — A gente podia ir dançar. Eu sou um ótimo dançarino.

Depois disso, Lucky não pôde conter o sorriso.

— Você não devia dizer isso sobre si mesmo — ela disse.

— Mas eu sou. É sério. Tenho muita prática. Eu fazia parte do grupo de dança Kentucky Fried Hotties, lá na minha terra.

Antes que pudesse se conter, Lucky emitiu um som pelo nariz.

— Do *quê*?

— Kentucky Fried Hotties. Nós dançamos, tipo, em festas de despedida de solteira. Alguns aniversários também.

Lucky colocou uma mão no peito para se estabilizar.

— Espere um minuto, você era *stripper*?

Riley deu uma risadinha.

— Eu prefiro dizer que era entretenimento adulto, mas, sim.

— Certo, preciso ouvir mais sobre isso.

Riley riu, visivelmente satisfeito por ter conseguido a plena atenção dela.

— Eu fiz ginástica até a faculdade, mas me machuquei e perdi a bolsa de estudos, então entrei para o grupo de dança por alguns anos. Ganhava um bom dinheiro, pra ser sincero. Uma das moças da despedida de solteira era olheira de uma agência de modelos, e foi assim que eu vim parar aqui.

Lucky deu um passo para trás e observou-o com mais atenção. Uma coisa que ela nunca deveria subestimar era a capacidade das pessoas de surpreendê-la.

— Antes de eu dizer sim — ela disse, séria —, preciso ver esses famosos movimentos do Kentucky Fried.

Sem hesitação, Riley levantou a camiseta e fez um movimento que começou com a ondulação da cabeça e foi até o peito e o ventre, os músculos do abdômen se contraindo ritmicamente. Ele terminou com uma rotação líquida do quadril. Lucky não conseguiu evitar e deu gritinhos como se estivesse em uma despedida de solteira. Riley sorriu.

— Você deveria me ver no *pole* — ele comentou.

Lucky riu de novo.

— Não tem como você fazer isso no *pole*!

— Ah, cara, depois da ginástica, eu posso fazer qualquer coisa de ponta-cabeça. O único problema é que as terminações nervosas da sua perna morrem. — Ele bateu na parte de trás dos joelhos. — Sabe aqui? Eu não sinto nada.

Lucky deu um passo em direção a Riley e se abaixou, de modo que seu rosto ficou na altura do peito dele. Ela beliscou a pele macia atrás do joelho direito dele e, ao fazê-lo, pressionou o rosto no seu tronco.

— Você consegue sentir isso? — ela perguntou, puxando a pele esticada escondida atrás da rótula.

Riley olhou por cima da cabeça dela e tentou conter a risada.

— Não, madame.

Lucky ficou de quatro. O chão do banheiro não estava exatamente limpo, mas ela não se importava. Parte dela estava embaixo da pia, os canos velhos de ferro rangiam baixinho. Ela virou a cabeça até ver a parte posterior da perna dele e morder gentilmente a pele atrás do joelho.

— E isto? — ela perguntou; os dentes ainda segurando a carne dele.

Ele riu baixo.

— Isso — ele disse — eu posso sentir.

Riley ficou bem quieto, uma presa voluntária na mandíbula de loba de Lucky.

...

Lucky saiu do banheiro com Riley, sentindo muita adrenalina. Assim era mais satisfatório. Quando voltou para a mesa, a briga com as irmãs parecia muito distante. Ela se sentou e vasculhou as redondezas em busca de um cigarro, quando um dos modelos empurrou um copo de cerveja gelada na direção dela.

— Ei, nós pedimos esta para o Petey, mas ele teve que voltar. Você quer?

De repente, ela não conseguia se lembrar de por que havia dado tanta importância a parar de beber. Para quem ela estava tentando se provar, afinal? Bonnie? Avery? As irmãs não ligavam para ela. Avery havia dito, literalmente, que preferia que Lucky tivesse morrido, em vez de Nicky. E Bonnie sempre escolheria Avery em vez dela. Por que ela se torturava tentando ser uma coisa que não era para ganhar o amor de pessoas que não a queriam? *Foda-se,* pensou, e agarrou o copo. O gosto era tão bom quanto ela se lembrava.

As cervejas se transformaram em tragos em um bar de karaokê em Chinatown, que se transformaram em um serviço de bebidas em um clube no Soho, no qual eles entraram pela cozinha de um restaurante mexicano, que se transformou em tequila quente na cobertura do loft de um dos modelos, que se transformou em uma corrida a uma loja de conveniência às quatro da manhã para buscar mais birita, que se transformou em dança e carreiras de cocaína enquanto um dos modelos tocava o mais recente single da sua banda meio *cringe,* mas muito divertida, que se transformou em Riley tentando fazer Lucky pôr de novo a camiseta das Spice Girls que ela tinha arrancado do corpo enquanto gritava "*Fodam-se as Spice Girls!*" e tomava meia garrafa de vinho barato da loja de conveniência, que se transformou em Lucky dizendo a Riley que ele era um careta desgraçado que estava tentando controlá-la, que se transformou em Lucky dando uns amassos no dono do loft bem na frente de Riley para mostrar a ele como ela não se importava, que se transformou em Riley ameaçando ir embora, que se transformou em Lucky fazendo uma expressão chorosa falsa enquanto mostrava para ele o dedo do meio e exigia do cara do loft que ele fizesse mais uma carreira para ela, que se transformou em Riley indo embora de verdade, que se transformou em Lucky bebendo ainda mais vinho barato, e então em uma cachoeira de vômito em todo o elegante tapete berbere cor de creme do dono do loft, que se transformou em ele a colocando no olho da rua, que se transformou em ela parada na esquina da Greene com a Grand Street naquele horário totalmente morto entre cinco e seis da manhã, no qual só os caminhões de lixo estão na rua, que se transformou em Lucky percebendo que seu telefone estava sem bateria e desabando em uma grade de drenagem na calçada, determinada a dormir lá, que se transformou em olhar para cima e ver Riley caminhando na direção dela, parecendo cansado e triste, explicando que ele tinha voltado porque não achava que o modelo dono do loft fosse um cara muito legal e, no fim das contas, ele estava preocupado em levá-la para casa em segurança, que se transformou em Lucky lhe dizendo que ela não tinha casa, que ninguém a amava ou se importava mesmo com ela, então que ele a deixasse lá na grade da calçada para morrer, que se transformou em ele a levando para a casa dele e a colocando na cama com um copo de água e o telefone carregando perto dela, na mesa de cabeceira, que se transformou em ela chorando no travesseiro dele enquanto pedia desculpas inúmeras vezes, dizendo *eu nunca choro, eu nunca choro,* que se transformou em ele dizendo que estava tudo bem, e que ela só precisava dormir um pouco e tudo ficaria melhor de manhã.

...

Não ficou. Lucky acordou na cama de Riley e imediatamente desejou estar morta. A luz do sol perfurava as cortinas escuras com alfinetadas de luz; até mesmo o menor brilho parecia um ataque aos olhos dela. Na mesa de cabeceira, perto de uma pilha de livros que incluía *Sapiens* e *O poder do agora,* seu telefone estava totalmente carregado. Ela verificou a tela rachada e descobriu que era quase meio-dia, então voltou a se deitar no travesseiro com um gemido baixo, apertando os olhos com as mãos. O que ela tinha feito? Como podia ter bebido depois de tudo o que ela e Bonnie tinham feito juntas na última semana? Ela tinha estragado tudo. E pior ainda, tinha provado que Avery estava certa. Ela *era* uma bosta. A onda de vergonha que seguiu esse pensamento foi tão violenta que Lucky involuntariamente levou as mãos até a boca para não gritar, enquanto aquilo tomava conta dela.

Ela tinha ouvido dizer que a culpa era por alguma coisa que se tinha feito — você podia se sentir culpado por certo comportamento ou ato, e saber que, lá no fundo, ainda era uma boa pessoa —, mas a vergonha era mais profunda, a vergonha era por ser quem você é. Lucky não só fazia coisas ruins, ela *era* má, ela se deu conta. Se o seu verdadeiro eu aparecia quando ela estava embriagada, seu verdadeiro eu era, sem dúvida, um pesadelo. Ela era como um animal cruel que ficava rosnando em uma armadilha e atacando a mão que tentava ajudá-la. Ninguém que a tivesse visto na noite anterior, ou em qualquer uma das centenas de noites de embriaguez dos últimos anos, ia querer qualquer coisa que tivesse a ver com ela. E agora nem mesmo as irmãs iam querer. Avery já a odiava e, depois da noite anterior, Bonnie a odiaria também. Ela não tinha ninguém.

Ela não podia se esconder no quarto de Riley para sempre, por mais que quisesse, então desconectou o telefone — três ligações não atendidas de Bonnie, nenhuma de Avery — e saiu do quarto, estremecendo com a luz quando entrou na sala de estar. Riley morava em um loft em Williamsburg, com janelas que iam do chão até o teto e o tipo de mobília funcional, sem alma e em cores neutras que escondem as manchas, que se encontrava em imóveis alugados já totalmente mobiliados. A cozinha aberta tinha um ímã de quadro branco na geladeira, no qual alguém tinha escrito *Seja mais na vida real!*. Definitivamente, o apartamento de um modelo, Lucky observou.

Riley estava sentado à mesa de jantar, sem camisa, inclinado sobre o notebook. Ele olhou para cima quando Lucky entrou sem sorrir. Ela ficou impressionada, pela primeira vez, ao ver como era bonito aquele homem; de cabelo dourado e o corpo todo bronzeado, com sardas cor de canela salpicadas nas maçãs do rosto até os ombros. Com um constrangimento nada familiar, ocorreu-lhe que ela deveria parecer uma bosta completa.

— Ei — ele disse; sua voz não denotava nem calor nem frieza. — Você quer café?

Lucky negou com a cabeça. A única coisa que ela queria era sair dali o mais rápido possível e, então, de preferência, se enrolar em algum lugar e morrer.

— Eu preciso ir. — Sua voz saiu como uma queixa rouca. Ela engoliu em seco. — Me desculpe mesmo por ontem à noite.

Riley balançou a cabeça.

— Tudo bem. — Ele fez uma pausa. — Na verdade, não está tudo bem, Lucky.

Lá vinha ela de novo, aquela onda de vergonha tão alarmante em sua fisicalidade que Lucky teve de enterrar as unhas na palma das mãos e esperar até passar, como uma contração.

— Eu sei... — ela começou.

— Mas — ele a interrompeu —, eu tenho a impressão de que *você* não está bem. — Ele olhou para ela, e seu rosto se suavizou com preocupação. — Então... você está bem?

Lucky não esperava por isso, essa bondade diante da sua maldade. Ela não a merecia, e, no entanto, lá estava, tão simples quanto a oferta de café logo de manhã. Foi tão surpreendente que nem lhe ocorreu inventar uma mentira plausível.

— Não — ela deixou escapar. — Eu não estou bem. Eu sou... — Ela podia dizer de uma vez, pensou; a essa altura, ela não tinha mais nada a perder. — Eu sou alcoolista, Riley. E viciada. Eu realmente preciso ficar sóbria, mas não tenho a mínima ideia de como fazer isso.

Riley engoliu em seco. Lucky arrependeu-se imediatamente do que disse. Assim, sem nenhum verniz, aquilo não soava bem.

— Eu não tenho certeza se conheci muita gente assim — ele disse, por fim.

Lucky deu-lhe um sorrisinho.

— É só ficar mais uns anos no setor de moda. — Ela fez um gesto em direção à porta. — Vou indo. Obrigada de novo e, hum, desculpe por despejar tudo isso em você. Por favor, esqueça tudo.

Ela foi para a porta da frente, que, por alguma razão inexplicável, tinha três tipos diferentes de trinco. Ela tentou uma combinação, depois outra, mas não conseguiu abri-la. Tentou, sem sucesso, lembrar de quais trincos já tinha girado, quando sentiu o braço de Riley chegando perto dela.

— Eu vou te ajudar.

Ele moveu os trincos com a eficiência da prática, e a porta se abriu. Lucky sorriu para ele, envergonhada.

— Todo mundo pensa que é um gênio, até tentar abrir a porta da frente de outra pessoa — ela disse.

Riley riu.

— Ou usar o chuveiro — ele acrescentou. — A água quente nunca está na direção em que deveria estar.

— Verdade. — Lucky acenou para ele, desajeitada. — Certo, tchau.

Ela já ia passar pela porta quando Riley a segurou e a puxou para um abraço. Ele cheirava a sabonete e alguma coisa vagamente doce também, como madressilva. Era difícil Lucky ser mais baixa do que alguém, mas o topo da sua cabeça se encaixava com perfeição sob o queixo dele.

— Você consegue, Lucky — ele murmurou entre o cabelo dela. — "Nada vai funcionar a menos que você faça funcionar."

Ela olhou para cima, para ele.

— É um ditado do sul?

Riley sorriu e negou com a cabeça.

— Maya Angelou. — Ele a soltou. — Minha mãe é professora de inglês no ensino médio. E a senhora Angelou? *Aquela* dama sabia do que estava falando.

...

Lucky caminhou em direção à estação da Marcy Avenue, então mudou de ideia e continuou caminhando até a entrada da Ponte Williamsburg. Ela estava muito fraca e de ressaca para ficar fechada em um trem em movimento e, de toda forma, não tinha pressa de voltar para o apartamento e enfrentar as irmãs. O sol estava alto no céu azul-claro sem nuvens, e um calor abafado havia tomado conta das ruas. Do lado de fora de um café, um buldogue robusto estava deitado com a barriga espalhada no asfalto quente, e levantou, com preguiça, a papada para olhar Lucky enquanto ela passava, os olhos semicerrados. Lucky chegou até a entrada da ponte e ficou aliviada ao sentir a brisa que vinha da água. A estrutura vermelha familiar e o piso em grafite se estendiam diante dela como o tempo; um ciclista passou zunindo, e então a ponte ficou vazia.

 Ela começou a caminhar vendo a água, a balaustrada de metal se estendendo e se entrecruzando lá em cima. Sem fones de ouvido para escapar na música, ela ficou com seus pensamentos. Sua mente se lançava no mesmo circuito fechado das lembranças, como uma abelha presa dentro de um quarto bate inúmeras vezes na mesma vidraça, procurando uma saída. O desejo de Nicky rabiscado em um pedaço de papel em sua mão. *Chega de comprimidos.* Por que Lucky não a tinha pressionado quando ela negou ter escrito aquilo? Por que ela não contou para alguém? O último telefonema delas. *Encontre o que te faz feliz, então vá fundo nisso.* A vidraça final que a continha era sempre o funeral de Nicky. Lucky revia-o sem parar, como se voltar pudesse de alguma forma mudá-lo e abrir alguma janela fechada.

 Elas tinham se recolhido para uma sala lateral abafada, com tapetes altos e peludos e ar-condicionado no mínimo. Serviram chá, café e minissanduíches, e nada disso teria entusiasmado Nicky. Ela teria preferido um daqueles bolos que, quando cortados, liberam granulados de arco-íris, ou bandejas de *cupcakes* com cores suaves da cafeteria Magnolia, ou uma fonte de chocolate branco, alguma coisa irresistível e absurda para amenizar o clima. Os enlutados circulavam, conversando em tom sombrio, enquanto Lucky e as irmãs ficavam espremidas em um canto como as três bruxas de Eastwick. Logo, o tilintar de um copo sobressaiu no ambiente, e o pai, trêmulo, se levantou. Não estavam servindo álcool, então ele segurava água com gás, mas elas sabiam que ele tinha tomado alguma coisa antes para passar por aquela manhã. Loiro e de olhos azuis, ele sempre fora um homem bonito, estilo Frank Sinatra, mas Lucky viu a idade dele naquele dia. O rosto dele estava vermelho e marcado por veias, e seus olhos, no passado translúcidos, tinham um ar nublado. Ele limpou a garganta e olhou para a mão, que estava tremendo, e colocou o copo ao lado da mesa, perto dele.

Eu gostaria de dizer algumas palavras sobre a Nicky, nosso anjo, nossa menina querida, ele começou a dizer, olhando ao redor da sala. *Agora, a mãe dela não vai gostar que eu diga isso, mas quando ela nasceu, eu queria chamá-la de Holly. Eu tive a ideia porque, alguns meses antes de Nicky nascer, eu tinha lido* Bonequinha de luxo.

Ele fez uma pausa para risadas que não vieram.

A maioria de vocês provavelmente só conhece o filme com a Audrey Hepburn, que é feito para garotas, na verdade, não é coisa séria.

Podemos acabar com isso?, Lucky sussurrou para Avery.

Não até você descobrir onde fica o alarme de incêndio, ela sussurrou em resposta.

Mas o filme é, na verdade, baseado em um livro do Truman Capote, o pai continuou. *Bem, não é nem mesmo um livro inteiro. Como se chama mesmo quando é mais longo que um conto e mais curto que um livro normal?*

Uma novela, pai!, Avery gritou, visivelmente irritada, e algumas pessoas riram.

O pai levantou a mão trêmula e apontou para Avery.

Vejam, esta é a minha mais velha. Memória fotográfica. A mente como uma armadilha de aço. Não a contrarie, ela nunca esquecerá. Nunca esquece, nunca perdoa... Ele olhou para Avery com frieza, e o coração de Lucky se partiu. Ele ia mesmo criticá-la na frente de toda essa gente? No funeral de Nicky? Mas, felizmente, ele liberou Avery do seu olhar e voltou-se para o grupo de convidados. *Agora, onde eu estava? Ah, sim, a no-ve-la, obrigado, Avery*. Ele pronunciou a palavra com um floreado cético, como se sugerisse que Avery poderia tê-la inventado. *A narrativa de Capote é muito mais sombria do que o filme, muito mais sinistra. Ela é essencialmente uma prostituta no livro, embora não se designe assim. Uma acompanhante de alta classe, eu diria.*

Lucky podia sentir que estava se curvando para frente, como se pudesse se virar do avesso e, de alguma forma, desaparecer.

Mas ela é charmosa, sabem, carismática. Holly Golightly. Ótimo nome, significa "vá com leveza". Então eu disse para minha mulher, vamos chamá-la de Holly! Aqui, ele imitou, em uma caricatura exagerada, o sotaque britânico da mãe delas. *Nome de uma prostituta, querido? Acho melhor não!* Mais uma vez, ele fez uma pausa para risadas que não vieram. *Então, tudo bem, nós continuamos a procurar um nome e, por sorte, Nicky estava quase duas semanas atrasada, então tivemos um tempo adicional. Na semana antes de ela nascer, eu li* Suave é a noite, *do F. Scott Fitzgerald, que eu considero seu melhor livro. E há uma personagem nele, Nicole Diver é o nome dela, que começa o romance em uma ala psiquiátrica. Ela é muito bonita, mas é louca, sabem, uma verdadeira paciente com uma doença mental.*

Ele tem a capacidade de se lembrar dessa merda, Avery murmurou. *Mas nada dos nossos aniversários.*

Agora, eu sei o que vocês estão pensando, o pai continuou, sorrindo para si mesmo da própria piada. *Primeiro uma prostituta, agora uma louca? Esse cara não deve querer mesmo outra filha.*

Ao lado de Lucky, Bonnie deixou escapar um gemido discreto, o primeiro som que ela emitiu desde que o pai começara a falar.

Mas ao final do livro, Nicole é uma mulher diferente. Ao contrário da própria mulher de Fitzgerald, Zelda, que morreu em um incêndio trancada em um hospício, Nicole melhora. E, ao final do romance, ela está feliz, sabem, e ela é livre. Ele olhou ao redor da sala, para confirmar que todos estavam ouvindo. *E isso era o que eu queria para minhas filhas, que o que quer que fosse que a vida jogasse nelas — porque uma coisa que eu sei é que a vida jogaria coisas nelas — elas sobreviveriam e encontrariam um jeito de serem felizes e livres.*

O silêncio se aprofundou na sala, aquela qualidade curiosa de quietude quando se pode sentir que a atenção de cada pessoa presente se aprofundou.

É claro que agora eu acho que cometi um erro, ele disse. *Talvez, se eu a tivesse chamado de Holly, as coisas poderiam ter sido diferentes. Talvez ela não tivesse...* Ele parou por um instante. Lucky pensou, por um momento, que ele estava se sufocando, mas ele estava engolindo as lágrimas. A mãe delas se levantou e correu para o lado dele, mas ele a afastou com um gesto. *Sente-se,* ele rosnou, e a mãe, repreendida, voltou para seu lugar. *Vá com leveza é o que eu desejo para ela agora. A vida da Nicky se tornou difícil, difícil demais, e eu rezo para que agora, onde quer que ela esteja, que possa ir com leveza.* Ele se virou e enquadrou Lucky, Bonnie e Avery em seu olhar azul enevoado. *E para vocês, minhas filhas remanescentes, que continuam vivendo depois desta perda, é isso o que eu desejo.* Ele pegou o copo novamente, tremendo. *Então, se me permitem, façamos um brinde para nossa filha querida, nossa menina preciosa, Nicole Blue.* Ele ergueu o copo acima da cabeça, lágrimas rolavam incontidas pelo seu rosto. *Onde quer você esteja, Nicky, vá com leveza. Vá com leveza.*

Nicky, vá com leveza, entoaram os enlutados. Soava como uma canção, Lucky pensou, mas na realidade era uma oração. *Nicky, vá com leveza.*

...

Lucky estava quase do outro lado da ponte. *Vá com leveza, vá com leveza, vá com leveza.* Ela repetia as palavras para si mesma a cada passo. A cidade se esparramava à sua frente sem nenhum destino à vista. Ela não podia voltar para casa nesse estado, mas também não tinha nenhum lugar para ir. Ela ficou parada na Delancey Street e observou a cidade ao seu redor, suas atividades desatentas e desordenadas, que não paravam para ninguém. Sem admitir de forma consciente nem para si mesma o que estava fazendo, ela pegou o telefone e pesquisou reuniões do AA nas imediações. Ela observou a lista e se afastou para dar passagem a um entregador de bicicleta, que passava desatento pela calçada, e ficou surpresa com o grande número de reuniões que aconteciam na cidade a qualquer hora. Havia uma no East Village, na 12ª Street, que começaria logo. Ela pesquisou quanto tempo demoraria para chegar até lá a pé — vinte minutos, dizia, mas seria menos com as pernas longas de Lucky — e começou a caminhar para o norte.

Conforme ela caminhava, seu coração batia disparado. Ela experimentaria apenas uma, não por Avery ou Bonnie ou os pais, nem mesmo por Nicky, mas por ela mesma. Ela precisava saber quem realmente era. Ela chegou ao East Village e passou pelo endereço várias vezes antes de voltar e encontrar uma porta de metal caindo aos pedaços, coberta de adesivos e de tinta descascando. Ficava logo abaixo do nível da rua, a uns poucos degraus de tijolos. Ela desceu e tentou abrir a porta, mas ela não se mexeu. Tentou puxá-la. Nada. Ela balançou o trinco de metal e forçou o ombro contra a porta. Trancada. Lucky subiu os degraus e virou-se depressa, caso a porta tivesse sido aberta por magia, agora que ela parara de tentar. Ela continuava tão impenetrável quanto antes. Lucky não conseguia acreditar, depois de ter se preparado mentalmente para vir e tudo mais.

— Bem, foda-se você também — ela murmurou.

Uma mulher de aparência alegre em traje de corrida neon passou correndo, ficou surpresa e diminuiu o ritmo para um trote sem sair do lugar.

— A oficina está alagada! — ela avisou para Lucky. — Tente dar a volta na esquina da Saint Marks. — Ela olhou o relógio Apple. — Deve ter uma reunião que começa daqui a pouco.

— Obrigada — Lucky gritou depois que a mulher foi embora correndo.

Lucky observou-a desparecer ao virar a esquina; ela estava surpresa, perplexa. Quantos nova-iorquinos de aparência comum ficavam sóbrios em segredo? Ela verificou a lista no telefone e viu que a mulher estava certa, havia outra reunião a apenas alguns quarteirões de onde ela estava que começaria em vinte minutos. Ela caminhou rumo à Saint Marks e decidiu que não conseguiria chegar cedo e ficar de conversa-fiada, então parou em uma varanda com sombra lá perto, querendo um cigarro. Do outro lado da rua, um casal colocou a bagagem no carro conversível para uma viagem de fim de semana e se beijaram rapidamente enquanto fechavam o porta-malas. Na parte da varanda com sol, perto dela, um homem de cabelos brancos penteava o seu golden retriever, soltando tufos de pelo como dentes-de-leão voando na brisa. Ele viu que ela o estava observando e sorriu. Apesar de tudo, ela estava feliz por voltar a Nova York, a cidade natal para a qual ela não planejava retornar, mas que de alguma forma a recebia de volta.

O funeral de Nicky tinha sido o último dia de Lucky na cidade. Depois que o velório terminou, os pais voltaram imediatamente para o interior, incapazes de entrar no apartamento de novo. Sem verbalizar, as irmãs sentiram o mesmo. Avery, em silêncio, pagou para as três e Chiti ficarem em um hotel próximo, uma situação que todas sabiam que não poderia durar. Na noite do funeral, as três se encontraram no restaurante sem graça do hotel, enquanto Chiti dormia no andar de cima. Normalmente, quando todas as irmãs estavam juntas, era uma luta para conseguir falar, mas, nessa noite, as três ficaram sentadas em um silêncio sombrio. O cardápio continha muitas variações de homus, que, por sinal, era o esquema de cores da decoração, bem como da fisionomia do garçom que pairava perto delas.

Eu vou tomar só um chá de hortelã, Avery disse, e fechou o cardápio.

Eu também, Bonnie falou. *E... a entrada de homus.*

Qual delas?, o garçom perguntou. *Temos várias.*

Bonnie lançou-lhe um olhar de pânico. Seu olho direito ainda estava inchado e fechado, de uma cor roxa feroz. Desde que tinha encontrado Nicky e perdido a luta, ela mal conseguia dizer uma frase completa em voz alta.

Eu... eu não sei, ela gaguejou.

Ela vai querer a primeira e uma porção de pão, Avery declarou, e Bonnie olhou para ela com gratidão.

Eu vou tomar uma vodca soda, Lucky pediu. Avery olhou para ela e ergueu as sobrancelhas. *Nem vem,* Lucky acrescentou.

Eu não disse nada, Avery contestou.

Suas sobrancelhas disseram.

Avery negou com um aceno.

Ah, elas têm vontade própria, ela disse com leveza, e a tensão se dissipou momentaneamente.

Mas, à medida que se arrastava, a refeição tornou-se insuportável. Elas não funcionavam como um trio; foram *feitas* para ser um quarteto, e estar juntas sem Nicky só piorava a situação. Bonnie foi a primeira a "rachar", admitindo que ela tinha decidido dar um tempo no treino e ir para Los Angeles. Lucky alegou que tinha de voltar a Paris no dia seguinte para um trabalho (imaginário) que ela não poderia recusar de jeito nenhum. E Avery, é claro, tinha uma vida em Londres com Chiti para a qual voltar.

Vão com leveza, o pai havia implorado a elas. Mas não lhes mostrara como, então elas tinham simplesmente ido. Bem, Lucky pensou, saindo da varanda para ir até a reunião na Saint Marks Place, talvez ela pudesse mudar isso agora.

Ela chegou ao endereço e apertou os olhos quando viu um toldo vermelho desbotado com o nome de um teatro escrito nele. Degraus íngremes e em ruínas levavam a uma porta aberta. Lucky permaneceu plantada na parte de baixo, como se estivesse avaliando uma montanha que não tinha certeza se conseguiria escalar. Um homem careca com um lenço de pescoço roxo brilhante e óculos redondos no estilo de David Hockney passou por ela. Ele a olhou de cima a baixo.

— Você vai entrar, querida?

Lucky olhou brevemente para ele, em pânico.

— Eu não sei.

Ele sorriu, os óculos brilharam na luz do sol.

— Primeira vez?

Lucky assentiu, insegura.

— Você sabe o que acontece toda vez que alguém vai à primeira reunião?

— Um anjo ganha asas? — ela arriscou, de forma sombria.

— Uma pessoa recupera a dignidade — ele disse.

E nunca mais vai se divertir, ela pensou. Ela odiava essas banalidades, odiava essa linguagem estranha que todos do AA pareciam usar. Avery era a principal culpada. *Companheirismo. Programa.* O que tudo isso significava? Soava mais como coisas de alguma universidade de elite, não um grupo gratuito de autoajuda para pessoas burras o suficiente para destruírem a própria vida.

— Eu não acredito em Deus — ela disse, de repente. — E nem vou acreditar.

— Ah, isso não é pré-requisito. — Ele piscou para ela. — Mas o fato de você estar aqui me diz que alguma coisa certamente acredita em você.

E, com isso, Lucky seguiu-o escada acima.

Do lado de dentro, a sala era pequena e modesta. Um tapete cinza manchado cobria o chão; um círculo de cadeiras velhas de madeira fora montado no centro dela. À esquerda ficava uma cozinha pequena com uma cafeteira e copos de papel colocados perto da pia. Lucky virou-se para a porta, ansiosa. Eles bem que podiam ter colocado um cartaz acima dela dizendo "fim da diversão".

Um homem veio em direção a eles do outro extremo da sala, carregando uma pilha de livros azuis nas mãos. Ele parecia ter trinta e poucos anos, com um topete de cabelos grossos e escuros e óculos com armação de metal. Ele não era nada mau, ela constatou, tinha um estilo Harry Potter nerd. Ela logo se sentiu aliviada — pessoas atraentes iam ao AA também! —, e depois uma idiota por se importar com aquilo.

— Oi, que bom vê-lo aqui, cara — ele disse para o homem de óculos que a acompanhara na entrada.

— Cooper, esta é... Qual é o seu nome, querida?

Lucky disse a ele.

— É a primeira reunião dela.

— Uau! — Cooper exclamou, largando os livros em uma cadeira e esfregando as mãos nos jeans. — Bem-vinda. Isso é muito bacana. Bem-vinda. Eu acabei de dizer isso.

Cooper virou a cabeça para o ombro direito e produziu uma série de sons repetitivos entre a língua e os dentes. Ele se virou para ela e piscou exageradamente.

— Obrigada — Lucky disse, espiando na direção da porta outra vez.

— Você quer ler o Como Funciona? — ele perguntou, depois pegou uma folha plastificada e entregou a ela. Lucky virou-a nas mãos; estava impressa com bastante texto nos dois lados.

— Não precisa — ela garantiu, devolvendo-a para ele.

Outro giro de cabeça e uma série de sons altos. Ele se virou para ela.

— Eu tenho síndrome de Tourette — ele explicou, entre piscadas. — E não se preocupe com a leitura. É ótimo que você esteja aqui.

Lucky se sentou e olhou para os próprios pés enquanto Cooper e os Óculos Hockney se ocupavam abrindo pacotes de biscoitos para acompanhar o café e colocando um livro em cada cadeira. Cooper entregou um a Lucky, e ela o abriu, fingindo ler. Ela podia sentir algo afundando dentro de si, como se uma válvula tivesse sido aberta no fundo do seu estômago, suas entranhas descendo através dela. Era uma sensação tão familiar, embora não a sentisse havia anos. Era a sensação de estar de volta à escola.

Ao contrário da brilhante Avery e da naturalmente acadêmica Nicky, Lucky não era boa na escola. Até Bonnie, que encarava o dia de aula como uma refeição da qual ela não gostava para chegar à sobremesa do boxe, tinha sido melhor do que ela. Lucky nunca levantava a mão para participar, nunca chamava a atenção para si de uma maneira que pudesse ajudar. A pior parte era quando todos na classe tinham de ler em voz alta. Em geral, ela dava um jeito de ir ao banheiro para escapar, mas uma vez a professora forçou-a a ficar. Com o coração disparado, ela contou os alunos à frente, tentando descobrir qual seria sua parte na leitura. Quando chegou a vez dela, a voz saiu baixa e trêmula. Ela mantinha os olhos na página, mas podia ouvir os alunos se virando para encará-la. Ela leu o mais rápido que pôde, tentando acabar logo, mas isso só a fez perder o fôlego. O coração martelava dentro do peito quando ela percebeu, com pânico cada vez maior, que não conseguia recuperá-lo. Ela ficou sentada lá, ofegante como uma criatura marinha monstruosa que, de repente, tivesse sido expulsa para a terra. Alguns alunos começaram a rir baixinho e cochichar. *A Lucky não sabe ler!* Mais cabeças se viraram para encará-la.

Ninguém esperava que ela fosse tímida, não com aquela aparência. Também não esperavam que ela fosse muito brilhante. E lá estava ela, provando que eles estavam certos. Por fim, a professora lançou-lhe um olhar perturbado e pediu para o próximo aluno continuar de onde ela tinha parado, e a aula seguiu. Lucky manteve o rosto fervendo perto da página enquanto as outras vozes enchiam a sala, uma por uma. O único alívio que ela podia encontrar era saber que Nicky estava em algum lugar no corredor, na sua aula. Só de pensar na irmã era como colocar um cubo de gelo sob a língua. Ela a encontrou no intervalo e contou o que havia acontecido enquanto os alunos passavam correndo pelo corredor.

É claro que você sabe ler, Nicky disse, com ênfase. *Você só se recusa a ler sob ordens.*

Eles acham que eu sou burra, Lucky sussurrou.

Ela virou o rosto para os armários, tentando conter as lágrimas. Nicky puxou-a para um forte abraço.

Não, Lucky disse, com medo de que as pessoas vissem. Mas Nicky só apertou com mais força.

Você não é burra, Nicky sussurrou com intensidade no ouvido dela. *Você é rebelde. E os rebeldes são sempre incompreendidos pelos seus pares.*

Lucky afastou-se e esfregou a palma das mãos com força no rosto molhado.

Não pareceu muita rebeldia, ela disse, em voz baixa. Parecia mais com estar afogando, só que em ar, em vez de água. Nicky parou para pensar.

Bem, fodam-se, ela disse, finalmente. *Quem se importa com o que eles pensam? Provincianos míopes.* Nicky estava estudando para o vestibular, e usava palavras diferentes sempre que surgia uma oportunidade. *É só chamá-los disso se tentarem mexer com você.*

Provincianos míopes. Lucky repetiu a frase para si mesma no resto do período escolar e, de alguma forma, sobreviveu até o sinal da última aula. No ano seguinte, Nicky foi para a universidade e Lucky começou a trabalhar como modelo em tempo integral. Foi um alívio poder estudar para os testes do ensino médio sozinha, fazendo um trabalho no qual raramente se esperava que ela abrisse a boca. Exceto por uma vez no início da carreira, quando teve de ler um texto para aquele fotógrafo desprezível, em quem ela tentava nunca mais pensar, Lucky passou o resto da vida evitando falar ou ler em público. E agora ela estava sentada nesta salinha sombria, se preparando para ser humilhada outra vez. *Não,* pensou Lucky. *Não, obrigada.*

Ela se levantou para sair, mas a porta estava bloqueada pelas pessoas que entravam. Uma senhora idosa, esguia como uma árvore no inverno, entrou ajudada por um jovem de terno. Um skatista segurando os *trucks* do seu skate com uma mão e uma garrafa de Seltzer na outra vinha atrás deles.

— Tem alguém sentado aqui? — ele perguntou, apontando para a cadeira que ela acabara de deixar vazia.

— A Lucky — o Óculos Hockney gritou logo atrás. — É a primeira reunião dela.

Lucky virou-se para ele, e o rosto do rapaz se iluminou.

— Massa — ele disse, oferecendo o punho para ela bater. — Bem-vinda.

Ele sentou-se algumas cadeiras à direita dela, e Lucky sentou-se de novo, olhando fixamente para o colo. Por que todos estavam tão satisfeitos por ela estar ali? Não percebiam que para ela era uma punição? O murmúrio baixo das conversas preenchia a sala enquanto mais pessoas iam chegando, cumprimentando-se com familiaridade. Ela espiava de vez em quando os outros membros que iam entrando e ocupavam seus lugares no círculo. Todos pareciam tão felizes. Era muito estranho.

— Muito bem, vamos começar? — Cooper disse, e a sala ficou em silêncio.

Um casal alto, de braços dados e brincado entre si como se fossem cachorrinhos, ocupou as duas últimas cadeiras vagas bem na frente de Lucky. A mulher segurava um estojo de violão desgastado, forrado de adesivos, que ela colocou ao lado da cadeira. O cabelo dela estava tingido no tom dos Cheetos sabor Flamin' Hot. Ela usava óculos de lentes alaranjadas com armação preta grossa, um vestido de seda pêssego vintage e sapatilhas rosa-bebê, naquele tipo de cetim usado por bailarinas de verdade. Ela parecia um pôr do sol. O companheiro, por outro lado, era o mar. Ele vestia calças boca de sino, em tecido suede e da cor da parte mais profunda do oceano, e uma camiseta de malha azul-lavanda, sob a qual Lucky podia ver o contorno do seu torso quase todo tatuado. O cabelo dele, como o de Lucky, era descolorido, de um branco como o das ondas de surfe.

Lucky não conseguiu parar de encará-los. Eles eram tão *bacanas*. A mulher olhou para cima e encontrou o olhar de Lucky, e seu rosto se abriu em um amplo sorriso. *Oi,* ela fez com a boca. Lucky desviou o olhar rapidamente para Cooper, que estava lendo algo em um fichário aberto no colo.

— Bem-vindos à reunião de estudos do Livro Azul de Alcoólicos Anônimos. Meu nome é Cooper e eu sou alcoolista.

— Oi, Cooper — a sala respondeu com alegria.

Ele seguiu lendo, e o coração de Lucky começou a disparar na garganta. Estudo do Livro Azul? O que isso queria dizer?

Por instrução de Cooper, o skatista leu algo do cartão plastificado que Lucky havia recusado antes, mas ela não conseguia se concentrar no que ele estava dizendo. Ela achava que as reuniões eram só de gente sentada, reclamando de como tinham estragado a vida e por não poderem mais beber. Isto era tão organizado, como na escola, mas pior, porque todos eles *escolheram* estar lá. Ela queria que Avery estivesse lá para explicar que diabos estava acontecendo.

— Obrigado pelo seu serviço — Cooper disse quando o skatista terminou. — Nesta reunião, leremos uma parte do Livro Azul, cada um lerá um parágrafo por vez, começando na página... — Cooper verificou suas anotações — ... página oitenta e um. Quem gostaria de começar?

— Eu vou — a mulher de cabelo laranja se ofereceu, com entusiasmo.

Ela se apresentou como Butter, que significa manteiga, e começou a ler em voz alta, em uma voz britânica alegre. Seu sotaque era muito diferente do de Chiti ou da Boneca Troll, Lucky percebeu. Ela pronunciava o "th" como "f". Definitivamente, não era chique. Era uma voz agradável, mas Lucky não conseguia ouvi-la muito bem porque agora estava contando o número de pessoas entre ela e aquela britânica com cabelo cor de fogo, que tinha o nome de um derivado do leite, e então escanear as páginas para ver qual passagem teria de ler. Butter estava sentada bem na frente dela, então, independentemente do sentido em que as pessoas do círculo fossem ler, Lucky estava fodida.

À medida que cada pessoa lia, Lucky implorava a si mesma para levantar e sair. Essas pessoas não importavam. Ela nunca mais teria de as ver; ela poderia se libertar como tinha se libertado do círculo de cantoria do vôlei.

— Passo — o homem que estava ao lado dela disse depois de ler a sua passagem.

Ela teve vontade de sair, mas alguma coisa — constrangimento ou elegância ou alguma combinação dos dois — a manteve na cadeira. Ela encarou o livro entre as mãos. As palavras pareciam filas de minúsculas formigas pretas caminhando pela página. *Nada vai funcionar a menos que você faça funcionar,* ela se lembrou, e respirou fundo.

— O alcoolista é como um tornado abrindo caminho por meio da vida dos outros — ela começou, em voz baixa e trêmula.

Então respirou outra vez e continuou lendo. Felizmente, sua passagem era mais curta e, por razões inexplicáveis para ela, terminava com a descrição de um fazendeiro que saía de um abrigo contra ciclones e encontrava sua casa arruinada, e então fingia que nada tinha acontecido. Ela ouviu um murmúrio baixo de concordância pela sala, pontuado por risadinhas que ela conhecia bem. Lucky levantou o olhar. Eles estavam rindo *dela*? Mas os semblantes mostravam só incentivo. Ela expirou longamente.

— Passo — ela disse.

Enquanto a próxima pessoa lia, Lucky manteve o olhar na página, e não se atreveu a olhar para ninguém. Mas, se alguém estivesse observando com atenção, teria notado uma nova luz em seus olhos, algumas fagulhas do calor da confiança em um canto dela que antes estava escuro. *Não foi nada,* ela disse para si mesma. Quem se importava que ela tinha lido um mísero parágrafo? Mas havia outra voz, mais suave, dentro dela, que dizia uma só palavra: *milagre.* Pequeno, concedido, imperceptível para qualquer um, exceto ela, mas, mesmo assim, um milagre.

CAPÍTULO ONZE

Bonnie

— Estou te enfaixando no estilo mexicano — Felix disse.

Ele girou a faixa de tecido entre os dedos e a palma da mão dela na forma de um X, cantarolando em voz baixa. Bonnie olhou atrás da cabeça dele. Havia se espalhado um boato na academia de que Danya e Bonnie finalmente iriam lutar, e um bando de boxeadores, cansados dos seus treinos, já se acomodava em volta das cordas. Aparentemente, todos queriam ver o que ia acontecer.

Bonnie tinha saído daquela discussão horrível com Avery e Lucky e ido direto para a academia. Era difícil para ela admitir que estava com raiva das irmãs, até para si mesma, mas estava. Era doloroso admitir, mas elas eram umas idiotas. Pronto, ela disse. Ela as amava, mas nem sempre elas eram boas pessoas. Admitir isso não lhe trouxe conforto. Ela sentia falta de Nicky, cuja natureza como a outra irmã do meio era mais próxima da sua. As duas tinham temperamento calmo e eram ponderadas, agraciadas pela ordem de nascimento com uma diplomacia de que as impetuosas irmãs mais velha e mais nova não compartilhavam. Lucky e Avery não conseguiam ver que eram muito parecidas. Na pior parte, elas eram egoístas, teimosas e autodestrutivas. Na melhor, possuíam uma confiança destemida que exigia o máximo delas mesmas e de todos ao redor, revigorando suas vidas com a potência do destino. Era mais fácil ficar furiosa com Avery, que era forte o suficiente para aguentar, mas até que Lucky estivesse segura — comprometida com algum tipo de sobriedade e feliz —, a preocupação de Bonnie com ela sempre superaria a raiva. E, no entanto, o que Bonnie mais queria enquanto cruzava a Central Park West em direção à academia era ficar livre desse amor, só por um dia. Era muito pegajoso, muito desgastante, o que ela sentia pelas irmãs. Ansiava pela simplicidade do ringue de boxe, por uma luta que tivesse regras que ela poderia entender.

Avery nunca deveria ter dito o que disse, mas ela tinha razão sobre uma coisa: Bonnie *estava* ficando sem tempo. Ser atleta não é como outras carreiras. Você não tem décadas para se desenvolver. Havia uma breve janela em que sua habilidade, experiência e boa forma estavam todas no auge; só mais alguns anos e a velocidade e resistência de Bonnie diminuiriam inevitavelmente. Ela já tinha perdido um ano da sua janela dourada em Los Angeles, e não poderia perder outro.

Ela correu como uma bola de canhão para a academia na esteira da briga com as irmãs e marchou direto para Pavel, que se virou para ela com um ar de leve surpresa. Ela parou diante dele e inspirou. Ele cruzou os braços sem falar nada.

— Você me deu uma chance ao me deixar lutar — Bonnie começou. — E eu não apareci. Não vou dar uma desculpa porque não sou esse tipo de pessoa. Não tem desculpa. Mas você sempre me disse que não se pode mudar o último round. O único round que importa é o próximo. Eu estou aqui para dizer que o próximo round é o *meu* round. Eu fui campeã por uma razão, e vou ser de novo. Se você me der esta chance, não vou desperdiçá-la. Não vou vacilar. Meu destino é estar aqui e agora eu sei disso. Eu estou aqui.

Ela deixou escapar uma respiração trêmula. Era provavelmente a primeira vez em anos que falava tanto assim, de uma vez só, e ela se sentiu um pouco exaurida pelo esforço. Pavel piscou devagar. Se fosse qualquer outra pessoa, ele a teria mandado cair fora da academia; já tinha dado a ela uma segunda chance, e não se recebe terceiras chances no boxe. Mas Bonnie não era qualquer pessoa. Ele descruzou os braços e olhou para ela por um bom tempo. Ela sabia o que ele iria dizer antes que dissesse. Podia ver nos olhos dele.

— Vá se aquecer — ele mandou, e se afastou dela em direção ao ringue.

...

Os outros lutadores estavam apoiados nas cordas, balançando-se com as tolhas ao redor do pescoço, encharcados de suor e exaustos dos seus próprios treinos. Um murmúrio de expectativa pairava sobre eles.

— Acabe com ele, GD! — alguém gritou, seguido de uma saraivada de risadas.

Garota Dourada era como a chamavam. Bonnie sempre foi reservada durante os treinos, mas não era impopular. Tímida demais, séria demais para participar do tipo de brincadeira e falatório que fazia um lutador realmente ser querido, ela era, no entanto, respeitada. Seu pedigree no Campeonato Mundial de Boxe Feminino da Associação Internacional de Boxe e a reputação do trabalho duro e incansável garantiram-lhe respeito. E enquanto havia um punhado de outras lutadoras que entravam e saíam, ela era a primeira a ter sido treinada do começo ao fim na Golden Ring. Seu sucesso trouxe um orgulho para a academia de que todos compartilhavam. Até, é claro, ela ir embora.

— Não se preocupe com eles — Felix murmurou. — Faça como nós praticamos.

Danya estava no outro *corner*, falando baixo com Pavel, com ar de intimidade. Bonnie sabia que Pavel não estava preocupado se ela poderia machucar Danya, do contrário ele não a teria chamado. A terceira luta profissional de Danya fora adiada para a semana seguinte; ela sabia que, na semana antes de uma luta, o treinador quer parceiros que possam exigir bastante do boxeador, mas que não cheguem a espancá-lo. E, embora fosse a lutadora mais experiente, ela tinha perdido a prática. Exceto pelo que aconteceu do lado de fora do Peachy's, ela não batia em ninguém havia mais de um ano.

Mas ela estava tentando não pensar no que acontecera no Peachy's. Na verdade, a lista de coisas em que Bonnie não estava pensando ativamente antes de voltar ao ringue continuava crescendo: sua humilhante derrota para a sul-africana no ano anterior, a sempre crescente frieza de Pavel com relação a ela e, é lógico, as babacas das irmãs. E sempre, sob tudo isso, havia Nicky. Desde que voltou ao apartamento, Bonnie começou a sonhar de novo com aquela peregrinação longa e inútil até os elevadores. Às vezes, ela ainda podia sentir o corpo da irmã nos braços, ver os lábios azuis pálidos que tornavam seu rosto pouco familiar de um jeito estranho. Ela não queria pensar naquela luta desesperada e inútil para salvar uma vida que já tinha partido, então entregou o pensamento a Deus. *Você cuida da Nicky,* ela rezou. *E eu cuido disto aqui.* Imediatamente, ela se sentiu mais calma.

— Espalhe mais os dedos. Agora dobre. Muito apertada ou está bom?

A mão humana não foi projetada para a destruição. Vinte e sete ossos em cada uma, a maioria dos quais não é mais grossa do que um cigarro Virginia Slim. Uma boa faixa de mão é essencial, e é aí que entra o treinador. A transformação cósmica pela qual todo o boxeador deve passar antes de entrar no ringue, a revolução de mortal para lutador tem início no momento em que o treinador começa o enfaixamento.

Bonnie fez um gesto de cabeça para mostrar a Felix que estava bom. O protetor de cabeça já estava afivelado; ela preferia lutar sem ele, mas o sempre precavido Pavel havia insistido.

— Nós estamos prontos para as luvas? — Felix perguntou.

Bonnie deu um sorriso pálido. As pessoas não percebem, mas com um bom treinador, um boxeador é sempre *nós.*

— Estamos prontos — Bonnie disse.

Primeiro round, eles estavam se sondando. Danya tinha a confiança de um homem que ainda não havia sido testado de verdade. O corpo dele era escasso e econômico, a musculatura magra bem aderida aos ossos. Bonnie o golpeou com um *jab*, testando os reflexos dele. Ela ficou exposta por uma fração de segundo a mais, e ele aplicou um *jab* na testa dela, sem muita força, mas o suficiente para desestabilizá-la. Ela tinha visto o golpe chegando e se viu defendendo, mas as mãos não cooperaram. Ela exalou pelo nariz.

Ferrugem do ringue. Essas três palavras eram temidas por todos os lutadores. Elas significam a perda de velocidade e acuidade que pode vir depois de um tempo fora do ringue. Mas a mente de Bonnie estava afiada como sempre. Na verdade, ela sentia uma sintonia mais aguda com os movimentos de Danya do que com qualquer outra coisa em meses. Ela podia ver os batimentos cardíacos pulsando na garganta dele como uma borboleta presa sob a pele. Ela praticamente podia ouvir o zumbido das maquinações nos pensamentos dele. Mas seu corpo estava mais vagaroso do que ela estava acostumada, como se o ar ao redor dela tivesse ficado mais denso e resistente. Enquanto ela pensava nisso, Danya acertou-a com um causticante *jab* duplo. Ele esticou os lábios em um sorriso de satisfação, e ela notou que o protetor bucal dele estava pintado com os dentes pontiagudos de um tubarão. Seus movimentos pareciam os de um tubarão também; ele nadou no primeiro round em movimentos suaves e constantes, pontuados por ataques perversos e agressivos. Ela resistiu a uma enxurrada de socos no corpo, então outra, antes de girar para ficar fora de alcance. Logo antes de soar o gongo, ambos golpearam com a direita ao mesmo tempo, mas enquanto ele desviava a cabeça para evitar o golpe, o soco a atingiu direto abaixo do olho.

Ela voltou para o *corner* com a eletricidade fervilhando atrás da cavidade ocular. O olhar de Felix voltou-se rapidamente para o rosto dela, com preocupação. Seu olho ficaria roxo até o anoitecer.

— Como você está se sentindo? — ele perguntou, com suavidade.

Ela engoliu o curto jato de água que ele espirrou na boca dela. Bonnie só podia tomar um gole para evitar que o líquido se agitasse no estômago. Firme e com sede, era assim que um lutador precisava estar.

— Ele é rápido — ela ofegou.

Felix enxugou a nuca dela com uma flanela.

— Você está só se aquecendo.

Bonnie lançou-lhe um olhar suplicante.

— O que eu faço?

— Você faz o que praticamos. Combinações de três socos e saia.

— Eu não consigo chegar perto dele.

Ela nunca tinha sentido isso antes, essa dúvida sobre suas habilidades. Ao contrário de Danya, agora ela sabia como era a derrota. E cada vez que espiava, podia ver Pavel observando-a como se ela fosse uma estranha que tivesse tropeçado para dentro do ringue.

— Ei. — Felix colocou a mão no ombro dela e aproximou os lábios do protetor de cabeça. — Ele não é tudo isso, Bonnie.

Se ele estava falando de Danya ou de Pavel, ela não saberia dizer.

Segundo round. Bonnie se arrastou de volta para o ringue. O boxe é composto de apenas quatro golpes — *jab*, direto, gancho e *uppercut* — que, como as quatro camadas da Terra, se combinavam para criar algo infinitamente mais bonito e complexo do que suas partes. Mas Bonnie não conseguia encontrar a beleza hoje. Suas combinações pareciam desperdiçadas, pouco inspiradas. Não havia ferroada por trás do seu *jab*, nem jogo em seu quadril. Era só um treino, ela se lembrou; o objetivo era praticar a técnica, não vencer. Mas havia algo pessoal entre esses dois, qualquer um podia ver. A antiga favorita e a estrela em ascensão. Danya estava defendendo ambiciosamente o que era novo para ele; desde que Bonnie foi embora, ele tinha sido o centro da atenção tranquila e vital de Pavel. Bonnie, enquanto isso, estava apenas tentando provar que ainda pertencia àquele lugar. Ela não se importava com o que Pavel pensava do seu desempenho, disse para si mesma. A única pessoa para quem Bonnie precisava se provar era Bonnie.

Mas Danya queria sangue. Ele golpeou o nariz, a têmpora, a garganta, o maxilar, qualquer parte vulnerável dela que não estava coberta pelo protetor de cabeça. No final do segundo round, ela se sentia como se estivesse lutando com um enxame de abelhas.

Felix segurou os punhos e balançou os braços dela.

— Você precisa relaxar lá — ele murmurou. — Respire. *Respire.* Ele não está trabalhando muito o corpo, então mantenha as mãos elevadas.

— Eu estou com... ferrugem de ringue — ela conseguiu dizer entre respirações longas e pesadas.

Felix contraiu as sobrancelhas escuras e fez uma carranca.

— Ferrugem de ringue? Eu não acredito em ferrugem de ringue. Esse tipo de conversa é para os perdedores, Bonnie. E você é uma campeã.

— Ex-campeã...

— Que nada, Bonnie. Eu quero dizer que você é *campeã*. Eu nunca vi ninguém se movimentar como você.

Com grande esforço, Bonnie ergueu uma sobrancelha.

— Estamos falando de, tipo, recentemente?

— Estou falando da semana passada.

Ele deslizou o protetor bucal dela de volta para o lugar e deu-lhe uma chacoalhada na cabeça.

— Não se esqueça de quem você é, Bonnie Blue.

Terceiro round. O boxe, como qualquer lutador diria, é noventa por cento mental. Os outros dez por cento são suor. Danya e Bonnie trocaram socos pouco inspirados no primeiro minuto e meio, cada um tratando de evitar o pior que o outro tinha a oferecer. Até que Bonnie percebeu algo importante:

Danya estava momentaneamente enfraquecido. Ele recuperaria a energia, mas se cansara cedo demais espancando-a no segundo round. Por fim, alguma coisa se agitara bem no fundo de Bonnie. Ela atraiu a atenção de Danya. *Você acha que é tudo isso? Bem, você não passa de um bosta.* Bonnie conseguiu simular um *jab* desferiu um *uppercut* bem no meio do golpe e então deu um direto bem na cara dele. Ela continuou com um gancho no estômago saído de um *jab*.

— Boom, boom, baby! — alguém gritou ao lado do ringue. Pela primeira vez até então, Bonnie ficou desapontada ao ouvir o gongo.

Felix estava sorrindo quando ela voltou para o *corner*.

— Gosta disso?

Bonnie concordou com a cabeça, tentando não sorrir.

— Então vá lá e faça mais!

Quarto round. Bonnie partiu para a ofensiva e lançou-se contra Danya logo após o gongo. Ela o desequilibrou por um instante com outro gancho no corpo, na hora certa. Danya recuou e mudou de uma posição ortodoxa para a canhota, tentando confundi-la. Da primeira vez funcionou; ela foi atingida no rosto pelo *jab*. Mas, no decorrer do round, ele fez aquilo com muita frequência e, no final, Bonnie cronometrou-o e o pegou com os braços muito separados para se defender. Ela pensou no Salmo 18, nas horas e horas que tinha passado encarando o pedaço de papel desbotado durante o treinamento, se preparando para momentos exatamente como este. *Os pés de um cervo.* Ela saltou para frente. *Minhas mãos para a luta.* O direto dela atingiu a parte inferior da caixa torácica de Danya. *A mão direita me sustenta.* Ela pôde ouvir o ar saindo dos pulmões de Danya como uma válvula se abrindo de repente. Ele cambaleou para trás com uma expressão de enorme surpresa no rosto. *É isso mesmo, filho da puta.* A direita dela era tão perigosa, se não mais, do que a direita de qualquer homem do mesmo tamanho. Antes que ele pudesse recuar, ela o golpeou. *Meus tornozelos não cedem*. Ele conseguiu aproximar os cotovelos do corpo e erguer as mãos enquanto ela o atacava por dentro. Gongo. Bonnie saltou de volta para o *corner* com fogos de artifício nos calcanhares.

— Quando for para a direita, balance a partir do quadril e do coração — Felix instruiu. — Tem que pousar no seu *coração* primeiro.

Bonnie assentiu. Amor e dor, os únicos disciplinadores que ela conhecia no ringue e na vida. Mas o amor tinha morrido junto com Nicky, outra vez quando as irmãs se desentenderam e mais uma vez quando Pavel a olhou como se ela fosse uma estranha. O que a deixava com a dor. Essa, ela podia entregar a partir do coração.

Quinto round. Bonnie ficou na ponta dos pés o tempo todo, o que desperdiçava um pouco de energia, mas as pernas estavam fortes e firmes. Ela dançava para ficar dentro e fora de alcance, golpeando Danya com *jabs* tão diretos e precisos como a agulha de uma máquina de costura. Ela estava de volta. Ela se inclinou para frente, as mãos abaixadas, atiçando Danya para atacá-la. Rápida como uma pipa mudando de direção no vento, ela se virou para trás e desferiu-lhe um gancho de esquerda. Depois de acertar um soco limpo, ela retrocedeu, movendo-se para o lado para descansar. Era uma tática que ela tinha aprendido com Pavel e servia para duas finalidades: enfurecer o outro *corner* e ganhar um tempo para descansar entre os ataques. Mas era difícil com um oponente tão rápido quanto Danya. Da próxima vez que ela tentou, ele a atingiu com um *uppercut* que lhe chacoalhou o crânio. Aconteceu tão depressa, um piscar de olhos inoportuno e ele teria passado despercebido. Bonnie balançou a cabeça, como se estivesse espantando um sonho ruim, mas não abaixou as mãos.

De volta ao *corner* depois do gongo, ela deu uma espiada e viu Pavel com o rosto abaixado próximo ao de Danya, falando sério com ele. *Está gostando do seu menino agora*?, ela queria gritar. Mas seria uma falsa bravata. Ela sempre teve medo, em segredo, de que Pavel preferisse um homem campeão no fim das contas.

Mais dinheiro, mais oportunidades. Pavel nunca a fez sentir-se algo diferente de um prêmio, mas agora, vendo-o com Danya, ela se sentia a primeira filha indesejada de um rei.

Sexto round. Ela estava cansada. Ela estava com sede. Ela estava começando a ver pontos pretos diante dos olhos.

— Coragem — ela murmurou para si mesma. — Coragem, Bonnie. — Danya, enquanto isso, estava se recuperando. No primeiro minuto, ele se lançou contra ela com uma velocidade exagerada, nunca deixando que ela se orientasse. Ela conseguiu girar para fora do *corner* bem a tempo.

— Firme os pés!

Era a primeira vez que Pavel falava durante os seis rounds. Bonnie desviou o olhar instintivamente para ver com quem ele estava falando. Pavel havia dito para Bonnie firmar os pés durante quinze anos. Danya golpeou-a com um *jab* na têmpora assim que ela virou a cabeça. São os golpes que os boxeadores não veem chegando que realmente os desequilibram, e Bonnie não tinha visto esse. Porque ela estava olhando para Pavel. Por um longo momento, eles se olharam, e foi como se os dois estivessem suspensos acima do ringue, um olhando para o outro através de uma infinidade de fortes correntes esvoaçantes de ar. Eles resistiram à atração por mais um segundo. E mais outro. Os olhos dele não largaram os dela. Finalmente, ela caiu. Ela caiu de joelhos, uma prece momentânea, depois voltou a ficar em pé. Conseguiu não ser derrubada novamente no resto do round, chegando mesmo a desferir alguns bons *jabs* limpos, mas a luz tinha se apagado nela.

— Você foi bem, Bonnie.

Felix pegou uma toalha e esfregou o pescoço e os ombros dela rudemente. Pegou seus punhos e começou a desamarrar as luvas.

— Ele me tirou o chão. Nunca ninguém fez isso.

— Golpe de sorte. Você tem que ficar de olhos abertos.

Ela balançou a cabeça quando suas mãos ficaram livres. Suas faixas estavam encharcadas de suor. Ela procurou por Pavel, mas não conseguiu vê-lo.

— Não foi sorte — ela disse.

Felix ajoelhou-se em frente a ela e balançou-lhe os braços, chegando mais perto do olho dela.

— Vamos colocar gelo nisso. — Ele sorriu. — Você tem uma festa para ir hoje à noite, *muchacha*!

...

Se você não sabe dançar, não sabe lutar boxe.

Pavel repetia a frase *ad infinitum* para todo lutador que ele treinava. Você precisa de ritmo. Você precisa de *timing*. Você precisa de trabalho de pés. Você precisa ser capaz de *movimentar o quadril*. Bonnie descobriu, com o passar dos anos, que isso vinha naturalmente para muitos boxeadores, mas ela teve de se esforçar. Ela era dura. Seu quadril lembrava mais gelo do que água. E ela ainda era uma adolescente com vergonha do próprio corpo quando começou a treinar.

Ela odiava principalmente o boxe-sombra, tinha horror dos olhos dos outros acompanhando-a enquanto ela se movimentava ao redor do ringue, lutando com um oponente imaginário, sentindo-se tola. Mas Pavel encontrou um jeito de ajudá-la. Depois de todo mundo ter ido embora, ele apagava todas as lâmpadas da academia. De fora, as luzes da rua lançavam um brilho âmbar pela vitrine, marcando a silhueta dos dois. Ele colocava música com ritmo — salsa, afrobeat, disco — e aumentava todo o volume dos alto-falantes. Então, eles se movimentavam.

Foi assim que Bonnie aprendeu a praticar o boxe-sombra: sozinha no ringue com Pavel, espelhando seus movimentos, nenhum olhar nela exceto o dele. Devagar, como se estivessem se movimentando imersos em óleo, eles seguiam o fluxo das combinações. Bonnie começava rígida, tímida como uma estudante em sua primeira dança, mas gradualmente a música ia derretendo-a. Então ele a deixava ir, afastando-se para que ela pudesse seguir seu próprio ritmo, como que em transe, assim como ele seguia o dele. Na escuridão, eles voavam ao redor do ringue como mariposas enormes. Pela primeira vez na vida, ela conseguia sentir cada parte de seu corpo se movimentando em uníssono; seu *uppercut* avançava sem esforço quando ela dobrava os joelhos, o direto com a direita chegava mais longe quando virava o punho para baixo, o gancho atingia o alvo quando ela golpeava a partir do quadril, e não do ombro. Eles giravam e rodavam em volta um do outro, os braços balançando como fitas na água, e ela aprendeu a dançar como uma boxeadora.

Em homenagem a esse princípio essencial do seu sistema de treinamento, Pavel havia iniciado uma tradição anual em que todos da academia saíam para dançar juntos uma noite em cada verão. O local era sempre o mesmo, uma casa noturna que pertencia a um amigo de Pavel, um ex-peso-médio que, quando se aposentou, deu uma de LaMotta e abriu seu próprio lugar, desta vez sem as menores de idade. Todo ano, os lutadores da Golden Ring, em sua maioria homens, iam a essa pequena casa noturna no Harlem com seus amigos, família, esposas e namoradas para uma noite de música e exibição na pista de dança. Era uma tradição adorada, principalmente a apresentação solo de Pavel todo ano, em que ele dançava com grande entusiasmo uma tradicional música folclórica russa.

E no entanto, este ano, Bonnie estava com medo.

Ela voltou para o apartamento, na esperança de que uma das irmãs estivesse lá para fazer as pazes, mas Lucky e Avery tinham saído. Ela tentou falar com Lucky, mais para verificar discretamente se não estava em um bar, mas ela não atendeu; então pensou em ligar para Avery, mas decidiu que ela ainda estava muito brava. Em vez disso, foi para o quarto, abriu sua malinha e ficou olhando para o conteúdo banal. Ela só tinha uma calça jeans, e o restante era roupa de treino. Vestiu os jeans, estremecendo enquanto fechava o zíper nas partes macias do ventre que haviam sido atingidas por Danya. Estaria ainda pior no dia seguinte, ela sabia, quando a dor muscular retardada realmente atacaria, incômoda como qualquer acesso de gripe forte. Mas esse era um problema para amanhã; o de hoje era o que vestir. O que mais ela tinha? Pegou uma camiseta, cheirou nas axilas e jogou-a de volta na pilha. Não era muita coisa, afinal. No canto do quarto estavam as sacolas com as roupas de Nicky para doação. Bonnie abriu uma delas, revirou-a e tirou uma camisa de seda preta, simples. Ela a vestiu, atrapalhando-se com os botões, e olhou no espelho. Parecia a irmã.

Nicky não era como as outras; ela adorava maquiagem, velas aromáticas, banhos de espuma e tratamentos de beleza. Nada a deixava mais contente do que quando tinha a oportunidade de compartilhar esses encantos com as irmãs, quase sempre céticas. Foi ela quem levou Bonnie pela primeira vez à pedicure, uma experiência que ela nunca mais repetiria. Mas ela sofreu de bom grado o desconforto de ter os pés tocados por estranhos em nome do prazer de estar lá com Nicky. Bonnie adorava testemunhar o jeito amigável com que a irmã falava com as profissionais, que a conheciam pelo nome, e a confiança com que ela escolhia sua cor e dava dicas para Bonnie escolher a dela. *Eu sou uma cor clássica, Sapatilhas de Balé, mas você é definitivamente algo mais divertido, como Deslize Elétrico.* Bonnie saiu do salão com as unhas dos pés pintadas de cobalto brilhante; como ela não tinha nenhum removedor de esmalte, manchas de azul permaneceram nos seus dedos grandes durante meses, uma lembrança da irmã mais nova toda vez que ela tirava as meias.

Em seguida, ela precisava fazer alguma coisa com o olho, que estava começando a ficar de um roxo-avermelhado intenso. Ela procurou na pilha de descarte até encontrar a bolsa de maquiagem de Nicky, lotada com batons e conjuntos de sombras do que qualquer pessoa sozinha seria capaz de usar. Ela achou um corretivo e aplicou o bastão gentilmente sob o olho. Tinha o mesmo tom de pele da irmã, observou com tristeza. Ela passou o bastão muito perto do ferimento, e inalou com força. Sim, doía. Tudo doía. Mas a dor física era um alívio para sua contraparte invisível. Essa dor tinha ficado ainda mais pronunciada com as outras irmãs em casa, com a presença delas destacando a vastidão da ausência de Nicky. Agora, as duas sensações tinham começado a se misturar, a dor da morte de Nicky e a dor em seu corpo, e ela se viu sentada diante do espelho, curvando-se de saudade.

Foi Nicky quem a ajudou a disfarçar o primeiro olho roxo. *Eu não sei por que você parece estar tão satisfeita consigo mesma.*

Ela estava ajoelhada na frente de Bonnie, aplicando maquiagem sobre o ferimento recente para que os pais não o vissem. Bonnie tinha voltado de um torneio e estava orgulhosa de seu olho roxo, uma lembrança da sua vitória mais recente, mas não tão orgulhosa a ponto de correr o risco de a mãe percebê-lo e bani-la da competição. Nicky reclamou:

O que é que o árbitro diz? Proteja-se o tempo todo?

Não é um salão de baile, Bonnie disse. *Eu vou ser atingida.*

Eu não gosto disso, Bon. Nicky franziu a testa e enroscou a tampa de volta no corretor, colocando-o cuidadosamente de volta no seu estojo de beleza. A maioria eram coisas baratas, de farmácia, mas Nicky, orgulhosa da sua coleção, mantinha-a tão organizada quanto uma instalação militar.

Pavel não vai deixar nada acontecer comigo, Bonnie garantiu.

Não dá pra ter certeza. Eu li que é o esporte mais perigoso do mundo.

Bonnie pensou que era muito injusto, considerando que foi Nicky quem a levou até Pavel, para começar, e foi ela que a incentivou a treinar na Golden Ring. Ela não podia se acovardar só por causa de um olho roxo, principalmente porque Bonnie estava começando a ficar boa. Melhor do que boa, de acordo com Pavel. Mas ela não queria brigar com a irmã. Em vez disso, pegou três tangerinas que tinha surrupiado da cozinha e começou a girá-las no ar com uma graça acrobática. Ela tinha começado a fazer malabarismo quando era criança, mas Pavel a instruíra a voltar a praticar, depois de ler em uma pesquisa que ele melhorava o desenvolvimento do cérebro e acelerava as conexões neurais necessárias para reações mais rápidas. Era uma habilidade que ela apreciava muito, sobretudo porque conseguia fazê-lo sorrir quando a praticava.

Salto de paraquedas, ela disse, enquanto as tangerinas se misturavam na frente dela.

O quê?, Nicky perguntou.

Tenho a maior certeza de que esse é o esporte mais perigoso do mundo.

E isso lá é um esporte?

Sem tirar os olhos delas, Bonnie começou a jogar as tangerinas mais para o alto, até que elas dessem uma volta grande ao redor dela.

Futebol universitário, ela continuou.

Eles usam capacetes. Nicky tentou pegar uma tangerina, mas Bonnie afastou-se dela com habilidade.

Rugby!, ela gritou por cima do ombro. *Tourada.*

Todos homens, Nicky falou. *E abusadores de animais.*

Stock car, Bonnie disse.

Racistas e caipiras, Nicky retrucou.

Isso não é justo. Bonnie levantou a perna e jogou uma tangerina por baixo dela, sem interromper o ciclo. *Certo. Líder de torcida.*

Você não pode estar falando sério que ser líder de torcida é mais perigoso do que lutar boxe, Nicky resmungou.

Já viu um arremesso de cesta? Essas garotas saem voando.

Nicky se agachou como um gato, depois deu um salto para frente e agarrou uma tangerina no ar, em frente a Bonnie. O resto foi caindo. Ela começou a descascar sua conquista.

Se você morrer, eu te mato, Nicky ameaçou. *Só vou dizer isso.*

Ela ofereceu metade da tangerina para Bonnie, que a pegou.

O mesmo vale para você.

Nicky riu.

Eu? Eu vou ter um emprego confortável de secretária e viver até os cento e cinco anos. Ela colocou um gomo na boca. *Você não precisa se preocupar comigo.*

Bonnie guardou a maquiagem da irmã e se olhou no espelho outra vez. O que ela estava pensando? Não podia ir à festa. Pavel a tinha substituído, as irmãs não estavam falando com ela e, com toda essa maquiagem, ela parecia uma palhaça. Ela estava revirando a pilha de Nicky, à procura de um demaquilante para desfazer o trabalho da última meia hora, quando ouviu uma batida na porta.

— Bonnie! Bonnie Blue! — uma voz masculina gritou, áspera. — Abra! É a polícia.

Bonnie sentiu tudo dentro dela se revirar. O homem no bar com a namorada que parecia Nicky. Ele tinha prestado queixa e eles a tinham encontrado. É claro, porque ela estava na casa dos pais, o primeiro endereço em que iriam procurá-la. Uma onda de terror se apoderou dela, seguida de uma contracorrente de tristeza. Ela nem teve a chance de fazer as pazes com Avery e Lucky.

Outra batida. Bonnie continuou congelada. Ela podia escutar as batidas do coração nos ouvidos, então alguma outra coisa do outro lado da porta. Parecia... uma risada abafada? Ela rastejou até o olho mágico e espiou. Lá, dando risadinhas entre as mãos, estava Peachy.

— Você, seu filho da puta!

Ela escancarou a porta enquanto ele explodia em gritos de alegria.

— Sério, Peachy, você fez eu me borrar de medo.

Peachy pegou as mãos dela e fez o possível para parar de rir.

— Olhe, olhe, olhe, eu sinto muito, sinto mesmo. — Ele enxugou os olhos e então começou a rir de novo. — Mas o seu rosto, *babe*! — Ele bateu palmas. — Brincadeira clássica. *Brincadeira clássica.*

Bonnie tentou parecer furiosa, mas o alívio foi como inalar hélio. Logo, ela estava rindo também.

— O que você está fazendo aqui? — ela perguntou quando os dois já tinham recobrado o controle.

— Estou na cidade procurando por um novo local, o Peachy's Costa Leste! Eu tinha seu endereço, então pensei em aparecer.

Bonnie ergueu uma sobrancelha.

— Por que você não ligou?

Peachy esfregou as mãos e balançou a cabeça.

— Não pude, colega. Veja, meu telefone foi esmagado, mas tudo bem. Tenho um substituto que vai chegar *pronto*.

Bonnie olhou-o com compreensão.

— O que aconteceu com o seu telefone, Peachy?

Ele se inclinou com ar de conspiração.

— Lembra daquela gata que eu comentei com você? Aquela que queria rastrear meu telefone? Bem, ela me seguiu! Me encontrou em uma situação em que as coisas... *esquentaram*, por assim dizer. Então eu pensei em vir aqui e deixar a situação esfriar por um tempo, entende?

Bonnie balançou a cabeça.

— Você não fez isso.

Peachy olhou sério para ela.

— Ah, meu bem, eu fiz. — Seu rosto estava animado com a travessura. — Sem arrependimentos, no entanto! Sem arrependimentos.

Bonnie apoiou-se no batente da porta e sorriu.

— É bom ver você, Peachy.

Peachy retribuiu o sorriso.

— É bom ver você também. Na verdade... esse é o outro motivo pelo qual estou aqui. Eu sei que você não estava bem da última vez, então eu queria te dar a boa notícia pessoalmente. Ele desapareceu, querida. Nem um pio. Acho que você não precisa mais se preocupar com ele aparecendo no bar.

— Ah.

Bonnie sentiu como se estivesse oscilando no alto de um precipício. Ela se equilibrou por um minuto, então mais um, então se deixou cair em alívio. Vendo-a cambalear, Peachy segurou-a e deu-lhe um abraço apertado.

— Você sabe que não precisava vir de tão longe para me contar — ela disse, afundada no cabelo dele.

— Como eu disse, minha querida... — ele começou, mas Bonnie só o apertou com mais força.

— Mas eu estou muito feliz por você ter vindo — ela concluiu.

Ele a segurou pelos ombros e a sacudiu, com um sorriso largo.

— Eu senti falta da minha parceira — ele disse, deu um passo para trás e olhou para ela de cima a baixo. — Espere um pouco, o que *é isso* aqui?

Ele circulou um dedo longo pela roupa dela. Bonnie ficou corada e olhou para a camisa de seda.

— Estou ridícula, né?

— Só se com ridícula você quer dizer um *nocaute*, um arraso total. — Peachy deu uma piscadinha. — O trocadilho foi intencional. Aonde vamos esta noite com você assim tão elegante?

— Lugar nenhum. — Bonnie deu um puxão desconfortável na blusa. — Quer dizer, eu ia, mas não vou mais.

Peachy franziu a testa.

— Vamos lá, diga para o Tio Peachy o que está acontecendo.

Bonnie pensou em não dizer, mas cedeu.

— Tem a festa anual na academia de boxe...

— Uma festa? Por que não disse logo?

Peachy passou por ela e foi entrando no apartamento, segurando seu cabelo afro. Antes que Bonnie pudesse dizer qualquer coisa, ele já estava atravessando o corredor, falando com ela por cima do ombro.

— Me aponte onde é o banheiro! Eu só preciso passar um pente nesta juba e estou pronto para ir!

...

Eles pegaram o metrô na direção norte, para a 145ª Street, e Peachy fazia comentários contínuos sobre todos os acontecimentos do bar, inclusive a ideia dele e de Fuzz para o novo negócio, que era abrir uma lavanderia de fachada para vender bebidas, chamada Fuzz 'n' Fold. Bonnie ouvia esse monólogo sem acrescentar muita coisa; gostava de estar com ele, mas também estava ansiosa para ver como seria até o final da noite. Assim como em uma luta, ela imaginou, a expectativa era a pior parte.

Enquanto eles andavam até a casa noturna, a calçada cintilava com o brilho que é derramado de forma inexplicável no cimento da cidade, a combinação curiosa de luminosidade e sujeira que é simplesmente Nova York. Na porta, Bonnie fez um gesto de cabeça respeitoso para os seguranças, por quem ela agora sentia uma familiaridade tácita, e deu seu nome. A festa já estava a todo vapor quando eles entraram, a pista de dança lotada de boxeadores e seus amigos dançando, completamente desinibidos. Bonnie, por instinto, procurou Pavel no meio da multidão, mas não o viu. O perfume de manteiga de cacau e desodorante Axe emergia em ondas dos corpos dançantes. As mulheres voejavam como abelhas entre homens, músculos no lugar de pétalas, e as camisas desabotoadas até o umbigo como botões de flores se abrindo.

— Muito bem! — Peachy disse, olhando ao redor e batendo palmas, satisfeito. — Esses boxeadores sabem *festejar*!

Bonnie sorriu. O treinamento exigia disciplina implacável, uma tolerância não somente à dor, mas também à repetição entediante, pois era só executando os mesmos movimentos inúmeras vezes, ano após ano, que eles se tornavam instintivos no ringue; então, quando os lutadores davam uma relaxada, não era de surpreender que o fizessem com o mesmo entusiasmo visceral que dedicavam ao treinamento. E também, graças a Pavel, todos os lutadores, sem exceção, sabiam dançar.

— O que eu posso pegar para você? — Peachy perguntou. — Vodca soda? Cerveja? Champanhe?

Bonnie negou com a cabeça.

— Você acha que eles têm água com gás e limão?

— Certo, certo, seu corpo é seu templo, eu esqueci. — O rosto de Peachy se iluminou. — Você sabe do que precisamos? Suicídio. Nada dessa merda de água com gás e limão!

Bonnie parecia confusa.

— Suicídio?

Peachy fez um gesto de descrença.

— Não me diga que você não conhece suicídio? É feito com todos os refrigerantes *misturados*. — Ele começou a contar nos dedos. — Estou falando de Coca, Sprite, Dr Pepper... Merda, quais são os outros? Red Bull! Vamos turbinar e colocar Red Bull também! Só o açúcar dessa mistura criativa vai te levar às alturas. — Ele deu uma piscadinha para ela. — É sempre melhor do que cheirar farinha.

Bonnie seguiu Peachy até o bar. Quando levaram os copos daquela mistura sombria de refrigerantes até o lábios, Peachy insistiu para que eles disputassem quem conseguiria tomar mais rápido. Enquanto Bonnie bebia de uma vez só, e riachos do líquido pegajoso escorriam pelo queixo, ela sentiu uma felicidade antiga e infantil borbulhar dentro de si. Era uma noite quente de verão e ela estava com um amigo em uma festa. A visitante havia muito tempo esquecida havia chegado: a *diversão*. Bonnie ganhou a disputa depois que Peachy engoliu o refrigerante pelo nariz, e então pediu outra rodada para o dois. Ela foi tomando golinhos da mistura gelada, sentindo o açúcar fazer seu espírito flutuar. Peachy entornou a dele mais uma vez, e então soltou um arroto alto.

— Vamos dançar, porra! — ele declarou.

Felix e a esposa já estavam no centro da pista quando eles chegaram, praticando alguns passos de salsa impressionantes. Os dois se alegraram quando viram Bonnie, e puxaram-na para se juntar a eles. Logo, ela ficou cercada de lutadores, pesos-mosca ágeis, pesos-médios ligeiros e pesos-pesados imponentes, a música embalando-os todos juntos como se um cordão estivesse amarrado na cintura deles. A certa altura, Bonnie olhou ao redor e viu Danya sentado em uma banqueta acolchoada perto da parede, dando um copo de água para a esposa grávida. Eles fizeram um movimento de cabeça, um em direção ao outro, um cumprimento respeitoso. Os dois sabiam que, no ringue, era guerra, mas a família era o que mais importava fora.

Bonnie dançou até que o suor se acumulou no final da coluna e grudou o cabelo nas têmporas. Depois de algumas músicas, ela sempre olhava para a massa de corpos em busca de Pavel, mas ele nunca estava lá. Uma música lânguida sobre o verão e o desejo começou a tocar, e Peachy puxou Bonnie para si, empurrando o quadril contra o dela. Eles se movimentavam com as suaves ondulações da música, a mão de Peachy deslizava pela cintura dela, enquanto Bonnie deixava que a melodia a envolvesse como uma água morna e perfumada. Ela fechou os olhos e colocou o rosto no ombro de Peachy, permitindo que as mãos dele amassassem seu quadril. Ele a embalava em um ritmo ondulado e sinuoso, e ela se entregou ao prazer do movimento, do toque.

Quando ela tornou a abrir os olhos, Pavel estava na beirada da pista de dança, observando a multidão. Só os olhos dele se moviam, a cabeça regiamente imóvel, como a de uma ave de rapina. Então ele se virou para ela com um olhar tão direto que a abalou. Ele a manteve em seu olhar aviário e pensativo, e inclinou a cabeça. Instintivamente, ela quis afastar Peachy, ir até ele, mas não o fez. Ela continuou dançando, permitindo que Peachy girasse seu corpo para longe. Tentou espiar por cima do ombro de Peachy, e viu Pavel sair da pista de dança e desaparecer na direção da saída dos fundos. Bonnie chegou até o início da próxima música antes de se afastar de Peachy e fazer um sinal de que iria tomar um ar. Ele lançou-lhe um olhar momentâneo de decepção antes de notar uma garota do ringue que estava sorrindo para ele perto da cabine do DJ e seguir, otimista, na direção dela.

...

Sem parar para pensar, Bonnie saiu discretamente da pista de dança e se dirigiu para a saída. Ela subiu as escadas de metal, a música recuando para uma nota grave à distância, e abriu a porta dos fundos da casa noturna. Ali no beco estava Pavel. Ele fumava um charuto, a fumaça circundando-lhe a cabeça. A luz neon da placa acima dele se desmanchava aos seus pés e formava piscinas escorregadias nas cavidades do rosto dele. Se ele ficou surpreso ao vê-la, não demonstrou.

— É você — ele disse, com suavidade, enquanto ela pisava na calçada cintilante perto dele.

— Sou eu — ela concordou.

Ele olhou para longe dela, a cabeça dentro de um halo da luz neon.

— Se divertindo? — ele perguntou.

— Estou — ela respondeu, de forma mais enfática do que pretendia. — E você?

— Você me conhece. — Ele deu de ombros. — Eu me divirto se todo mundo estiver se divertindo.

Bonnie assentiu, e eles ficaram em silêncio outra vez. Ela o conhecia mesmo. Pavel olhou para o chão cintilante. As luzes neon formavam poças de azul e laranja em volta dos sapatos dele.

— Eu não sabia que você fumava charuto — ela comentou.

Pavel expirou com suavidade e fez uma careta divertida.

— Eu não fumo.

Ele deu mais uma tragada e soprou a fumaça em direção aos pés.

— Eu vi você dançando lá dentro — ele disse, sem olhar para ela. — Aquele homem com quem você veio… foi o motivo de você ir para Los Angeles?

— *Peachy?* — Bonnie riu alto.

— Qual é a graça? Ele é um homem bonito.

Bonnie riu de novo.

— Deve ser mesmo. É que… não tenho nada com ele. Ele é o dono do bar onde trabalhei como segurança. E não tenho a menor dúvida de que ele vai levar uma garota do ringue para casa hoje à noite.

Ela olhou para Pavel e, nas sombras do rosto dele, não viu nem alívio nem preocupação.

— É bom ver você se divertindo — ele disse finalmente. — Já faz muito tempo.

— É que eu não venho para Nova York desde...

Pavel se virou e limpou a garganta. Bonnie percebeu, com um sentimento de tensão no peito, que agora ele parecia desconfortável por estar sozinho na presença dela.

— Você está bem na academia? — ele perguntou. — Está feliz com Felix?

— Você jogou a toalha — Bonnie acusou, de repente. — Como você pôde fazer aquilo comigo? *Comigo?*

Pela primeira vez, os olhos dele se encontraram com os dela.

— Eu nunca devia ter deixado você subir naquele ringue — ele disse. — Vou viver com essa vergonha o resto da minha vida.

Bonnie balançou a cabeça.

— Eu *queria* lutar.

— Mas é *meu* trabalho te proteger. Eu falhei.

Bonnie procurou algum entendimento no rosto dele.

— É por isso que você me evita na academia? — ela perguntou. — Porque você sente culpa?

— Com você — ele começou, com suavidade —, eu não penso com clareza. Você está mais segura com Felix.

Bonnie olhou para baixo.

— Você sabe que eu preferiria ter morrido no ringue a você ter feito o que fez — ela falou, em voz baixa. Então olhou para ele, incapaz de se conter. — E você também preferiria! Como qualquer lutador de verdade!

Pavel cravou o olhar nela como um *jab*. Quando ele falou, sua voz era raivosa.

— Eu *sei* que você queria morrer naquela noite — ele disse. — Mas não porque você é uma boxeadora. Era por causa da sua irmã. E não, eu não deixei. Eu me arrependo de você ter lutado, mas não me arrependo de ter encerrado a luta, mesmo que você nunca me perdoe. Você não deve sua vida a ninguém.

— Foi a Nicky — Bonnie disse. — *Nicky*.

— E você é *você* — ele rebateu.

— Ela me trouxe para você. Ela é a razão de eu estar aqui.

Pavel desviou o olhar, aflito.

— Ela era... muito preciosa — ele disse, por fim.

— Ela era mais do que isso — Bonnie corrigiu. — Ela era... — mas não havia palavra para o que Nicky tinha sido — ... tudo — concluiu.

Pavel se virou para ela novamente e sorriu com tristeza. Ele tocou a têmpora.

— Ela estava sempre tomando notas — ele comentou.

Bonnie podia ver Nicky sentada no banco de madeira perto do ringue, observando-a treinar com aquela curiosidade inteligente que tinha por quase tudo na vida. Mesmo aos doze anos, ela era atipicamente perspicaz. Sabia que Bonnie era uma boxeadora antes mesmo de Bonnie perceber.

— Eu precisava de você, Pavel — Bonnie confessou. — Nesse ano, eu precisava de você.

Pavel levou as mãos ao peito, como se estivesse protegendo o coração. Ela sabia que ele não estava acostumado a falar de forma tão direta com ela nem com ninguém. Havia tantos anos que se conheciam, e ele permanecia estoico diante da vitória e da derrota. Ele mostrava seus sentimentos por meio de ações, não de palavras. Como Bonnie.

— Mas você me deixou, Bonnie. — Ele deu um sorriso triste. — Você, que era tudo para *mim*.

Os olhos de Bonnie vasculharam o rosto dele, tentando entender.

— Você sabia dos meus sentimentos — ela disse em voz baixa.

Ela nunca tinha admitido em voz alta antes, mas sabia que ele sabia. Havia uma brincadeira na academia, que ela era a pequena esposa de Pavel. Eles faziam tudo juntos. Todos sabiam o que ela sentia por ele.

— Não seria... Não é correto. Você é tão jovem. Tem uma bela carreira à sua frente.

— Tinha — Bonnie disse.

Pavel balançou a cabeça.

— Uma derrota, um ano, não acabam com uma carreira como a sua. Você não vai querer emparelhar-se com um velho como eu.

Emparelhar. Durante anos, Bonnie rira desses sucintos maneirismos de Pavel, as expressões estranhas que ele usava e que nenhum falante nativo de inglês diria. Ele coletava essas palavras indesejadas e as tornava bonitas novamente, como uma criança pegando pedaços de vidro marinho ao longo da costa. Mas, desta vez, Bonnie não sorriu. Ela tinha trinta e um anos e Pavel, quarenta e quatro. A diferença de treze anos, que parecia tão importante quando ela tinha quinze, não era mais um problema. Com certeza, ele podia ver isso. Era óbvio que ele não a amava; estava apenas dando uma desculpa para não ferir os sentimentos dela. Bonnie concordou com um gesto de cabeça, derrotada.

— Acho que vou procurar o meu amigo.

Ela se virou para abrir a porta da casa noturna, mas uma rajada de vento quente envolveu-a em um movimento trêmulo e flutuante, fazendo-a recuar. Foi o mesmo vento que soprou na cidade na noite do funeral de Nicky e que espalhou as irmãs pelos vários cantos do mundo. Agora, ele a estava trazendo para casa. Bonnie deixou o ar rodopiante cutucá-la e ameaçá-la, até ficar frente a frente com Pavel outra vez.

O lutador mais vulnerável é aquele que, estando com menos pontos no round anterior, vai fazer qualquer coisa para o nocaute. Eles não tinham nada a perder. Bonnie inalou a noite quente e olhou para ele.

— E se eu quiser? — ela quis saber. — Quiser me emparelhar com você.

Pavel balançou a cabeça suavemente.

— Bonnie... — ele murmurou.

Ela levantou a mão.

— Não diga o que você acha que deve dizer. O que você diria se não tivesse... se não tivesse medo?

Ela olhou para ele, em súplica. O rosto dele estava vívido com luz e sombra, como o mar. Ele jogou fora o charuto, e seu olhar se escureceu, a maré dos olhos perturbada e irrequieta. Durante quinze anos, Bonnie tinha seguido os humores dele. Eles haviam esculpido a forma da sua vida, assim como as ondas esculpem penhascos de rocha calcária, confrontando-os e acariciando-os de formas extraordinárias. Era isso o que um treinador fazia. O corpo dela tinha as marcas da atenção dele; sua beleza ou deformidade era obra dele. Ele a manteve em seu olhar estático e frio.

— Feche os olhos — ele pediu, com suavidade.

Sem hesitar, ela fechou. Incapaz de vê-lo, podia senti-lo. Por um momento, estavam de volta à terra firme. Eles eram como dois animais se cheirando no escuro, sentindo o caminho rumo ao outro. Ela sentiu ele se aproximar, e então parar diante dela. Podia sentir o peso da hesitação dele, mas continuou de olhos fechados. Ela se esqueceu de respirar. Então sentiu a respiração dele em seu rosto. Ele encostou os lábios na pálpebra dela, a que estava machucada. Os lábios dele eram secos e frios. Ele beijou a pele acima daquele olho, então do outro. Foi tão afetuoso que ela estremeceu.

— Tudo bem? — ele sussurrou.

— Sim — ela respondeu, ou talvez tenha só pensado, sabendo que ele iria ouvi-la. *Sim*.

Ela manteve os olhos fechados, e sentiu os lábios dele tocarem sua sobrancelha, as têmporas, as maçãs do rosto, a garganta.

— Bonnie — ele chamou, com uma voz que era pouco mais do que um sussurro.

Tentou dizer o nome dela de novo, mas ela interrompeu a boca de Pavel com a sua. Ele tinha engolido o suor dela, assoado o nariz dela, enxugado o sangue dela, enfiado os dedos na mandíbula dela, passado óleo na pele dela... mas nunca isto.

Ela pôde sentir o gosto da fumaça de charuto e, além, algo frio e oceânico, que era simplesmente ele. Pavel a beijou, e a sensação era de tentar ficar parada em uma onda enorme e crescente que quebrava sobre sua cabeça. Pavel enredou-se em torno dela, e Bonnie, que fora ensinada a vida toda a firmar os pés no chão, perdeu o equilíbrio e se rendeu aos braços dele.

CAPÍTULO DOZE

Avery

Avery acordou na manhã seguinte à discussão com as irmãs com a maior ressaca emocional da sua vida. Ela tinha feito check-in em um hotel sem alma no centro da cidade na noite anterior para evitar ver qualquer pessoa, e acordou com *jet lag* às cinco da manhã, com uma dor de cabeça implacável e uma sensação de vergonha palpável. Ela tinha passado o início da manhã sem pensar, assistindo televisão na cama, distraída por horas a fio enquanto zapeava pelos canais. Ela se lembrou de uma história que tinha ouvido a respeito de David Foster Wallace, que considerava a — televisão, não as drogas — seu principal vício; durante as viagens de divulgação de um livro, ele aparentemente fazia a sua equipe tirar a TV do quarto de hotel antes de ele entrar; da mesma forma, no início da recuperação, Avery pedia para esvaziarem o minibar com antecedência. Avery raramente assistia televisão em casa, e tinha se esquecido do notável efeito opioide que ela tinha. Quando finalmente se obrigou a desligá-la, ainda era a metade da manhã, e um dia vazio bocejava à sua frente. Ela não podia ir para casa, nem para Londres, nem para o apartamento. Da janela, observou a Lexinton Avenue e a vista familiar da Grand Central Station. Foi então que ela teve a ideia do que poderia fazer durante o dia: ir visitar a mãe.

Ela abriu o telefone e rascunhou uma mensagem. *Oi, mãe, eu tenho um dia livre em Nova York. Posso visitá-la aí no norte?* Ela leu-a novamente e, devagar, deletou cada palavra. Por que estava pedindo permissão? Se a mãe era covarde demais para interagir com as filhas quando sabia que todas estavam na cidade, ela não merecia a dignidade de um pedido. *Indo aí,* foi o que ela digitou. *Enviarei o horário estimado de chegada quando estiver no trem.* Ela apertou enviar e observou. Quase imediatamente, os três pontinhos que indicavam que a mãe estava digitando apareceram na tela, então desapareceram, apareceram e desapareceram outra vez. Finalmente, um emoji com o polegar para cima apareceu. Avery sabia que era melhor não ir antes do almoço, o horário em que o pai estava mais ativo; à tarde, ele costumava dormir, que era como Avery preferia. Sua melhor chance de passar um tempo com a mãe sem ser interrompida era esperar no mínimo até o meio da tarde. Avery ligou a televisão e deixou sua mente voltar ao vazio reconfortante.

...

Na Grand Central Station, Avery cruzou o andar principal e entrou na Hudson News. Ela pegou uma *Vogue,* uma revista que só olhava para ver se Lucky aparecia, e folheou as páginas, de olho na mulher atrás da caixa registradora que estava telefonando para alguém. Avery podia sentir a frequência cardíaca dela se acelerando, aquele pico glorioso de adrenalina que se sobrepunha a qualquer outro sentimento. Ocorreu-lhe por um instante que as únicas vezes que ela se sentia completamente presente em seu corpo eram quando estava fumando ou roubando, a satisfação de transgredir dando vida a cada respiração, tornando-a consciente de cada bombear de sangue do coração. Com uma indiferença adquirida pela prática, ela passeou até uma prateleira longe do caixa e colocou uma barra de chocolate com amêndoas e uma caixa de chicletes de hortelã dentro da revista. Então, sem olhar para o caixa de novo, ela se aproximou da saída em um ritmo despreocupado.

Só então ela notou a menininha que a encarava. A mãe dela estava ocupada com o irmão mais novo, então a garota estava momentaneamente desacompanhada, o olhar dela fixo em Avery com uma quietude esquisita. Avery nunca foi boa em adivinhar a idade de crianças — para ela, uma de seis anos era indiferenciável de uma de dez —, mas ela estimaria que a menina estava mais perto dos dez. Apesar de já ser alto verão, ela vestia uma camiseta rosa com a ilustração de uma gatinha acima das palavras MEOW-Y CHRISTMAS!. Avery sabia que tinha sido vista, mas agora era tarde demais. Ela estava quase na porta. A menina diria alguma coisa? Contaria para a mãe que a mulher ruim tinha pegado a revista sem pagar? O sangue estava rugindo nos ouvidos de Avery quando ela chegou à saída. *Não olhe para trás,* ela disse para si mesma, mas, assim como Orfeu, ela não conseguiu resistir. A menina não tinha se mexido nem tirado os olhos de Avery.

Avery foi até a plataforma e sentou-se em um banco no primeiro vagão, com o coração ainda disparado, e olhou para a revista no colo. Ela ainda tinha dez minutos até o trem partir. Estava prestes a rasgar a embalagem da barra de chocolate — ela não tinha jantado nem tomado café, o que, combinado com o *jet lag,* a deixava com fome —, mas então parou. Que tipo de pessoa rouba na frente de uma criança? Era assim que ela era? Quem ela queria ser? *Hipócrita,* Lucky tinha dito, e ela estava certa. *Já chega,* murmurou para si mesma. *Já chega.* Ela se levantou e saiu correndo do trem em direção à banca de jornal. A criança e a mãe já tinham ido embora. Não havia mais ninguém vigiando, então Avery marchou até o caixa antes que pudesse mudar de ideia e colocou a revista, o chiclete e a barra com amêndoas no balcão.

— Eu roubei isto — ela disse. — E eu gostaria de pagar.

A jovem atrás do balcão havia tingido o cabelo de preto intenso e tinha o olhar vidrado de quem preferia estar na cama. Diante da confissão de Avery, suas sobrancelhas se ergueram em uma surpresa muda. Avery tirou uma nota de vinte dólares da carteira Chanel roubada e colocou-a no balcão.

— Na verdade... — Ela tirou os cartões de crédito e os recibos das divisões de couro da carteira e jogou-os na bolsa, colocando a carteira, agora vazia, no balcão. — Se você não se importar, fique com isto também.

— Você realmente não... — a mulher começou, mas Avery interrompeu-a com um aceno afobado. Um casal tinha chegado atrás dela e estava esperando para pagar; ela olhou para trás e os viu assistindo a essa interação com espanto. Avery podia sentir as maçãs do rosto queimando.

— Eu tenho um problema — ela disse. — Me desculpe. — Se ela estava falando com a mulher atrás do balcão, com o casal atrás dela, com a menininha de antes ou com um Deus invisível acima dela, Avery não sabia; só sabia que era bom dizer isso em voz alta. Ela pegou a revista, a barra de chocolate e o chiclete, enfiou-os na bolsa e deixou a carteira e a nota de vinte dólares no balcão. A mulher abriu a boca para protestar, mas Avery já tinha se virado, passado ao lado do casal e saído correndo.

De volta ao trem, Avery sentou-se no lado da janela e devorou a barra com amêndoas, lambendo o chocolate derretido nos dedos. Quando saíram da estação, ela tentou pensar no que iria dizer à mãe, mas sua mente continuava levando-a de volta para casa, de volta para Londres e para Chiti. Naquela semana de silêncio entre elas, antes de Avery vir para Nova York, ela tinha telefonado para Charlie e dito que não poderia mais encontrá-lo, notícia que ele recebeu com serenidade, como em um jogo. Essa era a vantagem de ter ido para a cama com um poeta jovem, recém-chegado à sobriedade e à beira da aclamação literária, ela pensou. Ele estava, com todo o direito, muito envolvido com sua própria vida florescente para dar atenção às crises previsíveis de meia-idade e da classe média de Avery. Primeiro, ela tinha tentado se desculpar com Chiti de novo, mas suas tentativas atrapalhadas de contrição foram rejeitadas instantaneamente. Ela tinha comprado maços de boca-de-leão, as flores favoritas de Chiti, e as arrumado em conjunto nas tonalidades do pôr do sol — fúcsia, amarelo e pêssego — pela casa toda. Ela tinha escrito bilhetes e deixado nos sapatos de Chiti. *Por favor, me perdoe,* no salto direito. *Eu sou uma imbecil,* no esquerdo. Ela tinha tentado preparar um dos pratos favoritos de Chiti, *coq "no" vin* (*coq au vin*, mas sem o vinho) para o jantar, mas Chiti tinha aparecido antes que ela conseguisse terminar.

Por favor, saia da minha cozinha, Chiti disse, levantando a mão como se fosse para se proteger. Sua expressão era de angústia. *Chega de desculpas. Chega de bilhetes. Isso não está ajudando, Avery.*

Depois disso, Avery ficava fora de casa o máximo possível, mergulhando no poço infinito do seu trabalho. Quando estava em casa, ela se esquivava como uma sombra, tentando não incomodar Chiti com sua presença. Na sétima noite desse purgatório, Chiti bateu à porta do quarto enquanto Avery estava deitada na cama, acordada, observando as sombras se movimentarem pelo teto, vagarosas como o tempo.

Você não precisa bater. Avery sentou-se quando Chiti abriu a porta. *Este é o seu quarto. Continuo dizendo que eu é quem deveria estar no quarto de hóspedes.*

Chiti não se aventurou a ir mais longe no quarto.

Acho que você deveria ir para Nova York, ela informou, da porta. *Ficar com suas irmãs.*

Mas eu quero ficar com você, Avery implorou. *Nós temos... coisas a tratar.*

Chiti balançou a cabeça.

Não preciso de você aqui como um cachorro que cagou no tapete e está tentando reconquistar o carinho do dono.

Avery estremeceu, já que era exatamente assim que se sentia.

Mas eu quero melhorar as coisas, ela insistiu.

Chiti negou com um gesto de cabeça.

Você não sabe o que quer, ela disse.

Antes que Avery pudesse responder, Chiti tinha saído para o corredor, e a porta foi fechada suavemente atrás dela.

Assim, Avery tinha vindo embora, determinada pelo menos a ajudar as irmãs a enfrentar o poço de luto que eram os pertences de Nicky e manter o apartamento a salvo da venda, embora no final ela tenha atrapalhado isso também. Pela primeira vez em muito tempo, ninguém precisava dela. Ela deveria se sentir livre, mas só se sentia perdida.

Bonnie tinha razão quando disse que era difícil voltar ao apartamento de Nova York depois de tanto tempo, um lugar tão pequeno e, no entanto, tão cheio. A primeira coisa que Avery fez quando elas compraram a casa em Londres foi verificar se havia fechaduras na porta dos quartos. Mesmo depois de todos esses anos. Quando Chiti perguntou-lhe qual era o lugar favorito dela na casa depois que fizeram a oferta, ela disse, sem pensar, que gostava do fato de haver, além da porta da frente, uma porta de trás que dava para o jardim. Como sempre, Chiti entendeu o âmago da questão imediatamente. *O seu pai não mora aqui,* ela tranquilizou-a com gentileza. *Você não precisa fugir.* Mas o pai de Avery vivia dentro dela, a única casa da qual não podia sair. Uma vez ela ouviu um homem em uma reunião do AA contar como o pai costumava agarrá-lo pela nuca quando estava bêbado; mesmo já adulto, ele não podia se sentar no meio do salão de um restaurante sem se assustar toda vez que um garçom se movimentava atrás dele para servi-lo. A única coisa que suprimia esse nervosismo era ele mesmo beber. No fundo de uma reunião, sem ser notada por ninguém, Avery se surpreendeu ao cair no choro; ela não sabia, até ouvi-lo, por que sempre se sentava encostada na parede.

Avery fechou os olhos. Ela não queria se lembrar, mas as memórias vinham, firmes e contínuas como o rio lá fora. *Bang.* O pai batendo a porta da frente. *Bang.* Um armário de cozinha. *Bang.* A porcelana do casamento. Houve um Natal em que o forno tinha quebrado outra vez. O pai derrubou a árvore de Natal na sala em um ataque de raiva. Agulhas de pinheiro em todo o lugar; elas ainda apareciam no carpete durante a primavera. Os pais estavam gritando na cozinha; elas ouviram o baque de alguém sendo empurrado contra a pia. A mãe correra para o quarto onde Avery e as irmãs se amontoavam, e enfiou sua carteira magra nas mãos de Avery. *Vá com elas,* ela disse. Avery, obediente, correu com todas elas para fora do prédio, liderando-as em uma única fila como patinhos na Columbus Avenue, o vento cravando os dentes através dos seus casacos de lã. As irmãs não sabiam que Avery não tinha ideia de aonde levá-las. Acreditavam que a irmã tinha um plano. Elas caminharam por vários quarteirões diante de lojas fechadas e restaurantes vazios; parecia que todo o Upper West Side estava dentro de casa, celebrando com suas famílias. Finalmente, encontraram um restaurante chinês e se fartaram com rodada após rodada de bolinhos, fazendo jogos e brincando com o centro giratório da mesa. Quando elas voltaram para casa, o forno estava funcionando de novo e a árvore estava em pé. A mãe tinha assado um frango com batatas e, naquela noite, todos se sentaram à mesa sem mencionar o que havia acontecido. Embora estivessem mais do que satisfeitas, Avery e as irmãs comeram tudo o que a mãe tinha preparado.

Ela tinha feito o que era preciso fazer, Avery se lembrou agora. Ela havia ficado até a última irmã se mudar, um prazo facilitado pela carreira de modelo de Lucky, que decolou quando ainda era muito jovem. Avery saiu do apartamento e não voltou, nem naquele ano nem muitos anos depois. Só agora ela percebia como era raro pensar no pai e na infância. Construíra uma outra vida, distante e intocada em sua própria ilha, aquela vida que, até recentemente, tinha feito tudo para proteger. Ela não tinha como saber que um dia concretizaria o sonho tão esperado, uma casa onde ela nunca usasse a fechadura das portas. Ela não imaginava que a liberdade seria dessa forma, um esquecimento que estava tão próximo, mas que não era o perdão.

...

Como a mãe não tinha se oferecido para buscá-la, Avery pegou um táxi na estação. Os pais tinham se mudado para o norte do estado, cinco anos antes, mencionando a saúde do pai como motivo. Avery os visitara nesses anos, não tanto quanto Nicky, mas muito mais do que Bonnie ou Lucky se deram ao trabalho de fazer, mas o lugar não era o lar dela, e ela não tinha nenhuma conexão especial com ele. O táxi parou diante de uma pequena cabana de madeira com uma varanda convidativa. A casa estava em um estado pior do que ela se lembrava. Conjuntos de telhas haviam caído, deixando o telhado com manchas que lembravam uma cabeça um pouco careca, e um dos corrimãos de madeira ao lado dos degraus que levavam à varanda havia apodrecido. Uma variedade sibilante de sinos dos vento enferrujados oferecia sua cacofonia de notas, um tão grande quanto um relógio de pêndulo, outro não muito maior que um relógio de pulso. Avery observou um bando de galinhas douradas ciscar cautelosamente o chão ao redor da varanda. Então a porta foi aberta e a mãe apareceu.

 Avery ficou perplexa. Nenhuma delas tinha visto a mãe desde o funeral, mas ela parecia bastante mudada. Ela sempre teve essa aparência? Tão *bruxolenta*? O cabelo, grosso e contorcido como uma escova de limpeza de metal, estava preso no alto da cabeça. Ela usava camadas de um tecido preto diáfano, uma roupa estilo poncho que poderia ser tanto uma peça de preço extorsivo da Eileen Fisher quanto um trapo velho com um buraco cortado na parte de cima; Avery não saberia dizer. O rosto enrugado dela estava sem maquiagem, e ela não usava joias, exceto um grande relógio prateado masculino. O efeito geral era austero e, na cidade, poderia parecer bem estiloso, mas, neste contexto, emprestava-lhe uma qualidade de eremita. Quando Avery chegou mais perto, notou que havia sujeira preta ao redor e embaixo das unhas dela.

 — Eu sempre quis ter galinhas! — a mãe declarou no lugar de uma saudação. — E agora eu tenho.

 Avery havia praticado a fala com que abriria a conversa no trem: *Que diabos há de errado com você, sua puta?* Mas agora que estava diante da mãe, as palavras pareciam ridículas. O que ela esperava vindo até aqui? Que confrontaria a mãe... e daí? Que ela saltaria em um trem de volta para a cidade com a mãe, negociaria a paz entre as irmãs, daria-lhes um banho de amor maternal do qual elas foram privadas nos últimos trinta anos e tudo ficaria bem, em um passe de mágica? Todas tiveram seus papéis, e eles não iriam mudar agora. A mãe não era uma mãe de verdade, e Avery a substituiu; o pai não era um pai de verdade, e a mãe o substituiu. Tentar mudá-los agora seria uma dor desnecessária para todos.

Avery olhou para a área de sujeira para a qual a mãe estava apontando, onde um bando de aves cacarejava ao redor de um xilofone lascado. Ela o reconheceu como um dos seus antigos brinquedos, com o tom de arco-íris desbotado pelo tempo e pela chuva. Havia algo de insuportavelmente triste em vê-lo ali, mas ela tentou demonstrar entusiasmo com um movimento de cabeça.

— Elas põem ovos e tudo mais? — ela perguntou.

A mãe gargalhou.

— Que pergunta! Não, elas cagam chocolate. Sim, elas põem ovos! Por que você acha que eu as peguei?

— Eu estava brincando, mãe. Elas são bacanas.

Só a mãe podia fazê-la se sentir tão burra, tão adolescente. Para Avery, uma pessoa cuja inteligência era o gancho no qual ela pendurara toda a sua identidade, o sentimento era catastrófico. A mãe limpou as mãos na frente do que quer que fosse aquele vestido e soprou o cabelo para longe do rosto.

— Eu tenho andado ocupada com o que é eufemisticamente chamado de "colocar o jardim para dormir", ou seja, prepará-lo para o inverno, que é como dizer que O Massacre dos Inocentes de Herodes era um cuidado com as crianças. — Ela deu uma risada. — As caixas de compostagem estão ficando lotadas com todos os cortes, e eu passo os meus dias diminuindo tudo com grande entusiasmo. Como você pode ver, a abundância do verão não será domada.

Avery não tinha ideia do que dizer sobre isso. O jardim tinha mesmo uma aparência selvagem. Para além da casa, a grama na altura da cintura estava pontilhada de nuvens cor-de-rosa de asclépias e outras flores do campo que Avery não sabia nomear, em uma profusão decrépita. A mãe olhou para ela com expectativa, esperando, talvez, por alguma percepção compartilhada de admiração, então desistiu. Avery continuou olhando em silêncio.

— Bem — a mãe disse, com um toque de decepção.

— Por que as galinhas estão com o xilofone? — Avery tentou perguntar, mas a mãe já tinha encerrado o assunto.

— Como foi a viagem? — ela indagou, de repente. — Você se sentou no lado esquerdo para poder ver o rio?

Avery tinha sim, e gostara da visão da faixa escura e larga de água passando, mas odiava que qualquer pessoa lhe dissesse o que fazer, principalmente a mãe.

— Eu estava trabalhando — ela respondeu. — Trabalhei o trajeto inteiro.

— Você está tão ocupada que não pode olhar um rio?

— Estou no meio de um caso.

Avery, que estava com trabalho atrasado da semana anterior, não tinha feito nada disso, mas sentiu a necessidade imediata de deixar claro para a mãe que ela era *ocupada e importante*.

— Bem, você poderá vê-lo na volta se não estiver muito escuro. Você devia ter vindo mais cedo.

Avery se irritou na hora.

— Eu tinha um trabalho para terminar na cidade, mãe.

— Você está sempre ocupada, sempre correndo, esse é o seu problema.

A ideia da mãe de ser útil era de logo fazer críticas não solicitadas, aparentemente vindas do nada, o que era como ser atingido por um dardo no escuro. Quando você percebe que foi perfurado, o próximo já está a caminho.

— Deixe-me olhar para você — ela continuou. — Você não precisava caprichar na roupa para mim.

Avery olhou para a calça de linho e a camisa fina de algodão.

— Eu não caprichei — ela murmurou.

A mãe já estava marchando para dentro, gesticulando para ela segui-la. Lá dentro, a casa estava escura e lotada de objetos, alguns preciosos, a maioria, não. A cozinha era o centro da casa, o maior cômodo, com espaço para uma mesa de jantar em estilo casa de fazenda e oito cadeiras descombinadas. Uma grande pintura expressionista abstrata, pendurada na parede, contrastava com os jornais velhos amarelados e os livros curvados pela umidade espalhados sobre todas as superfícies disponíveis. Avery deu uma espiada na sala de estar, onde ela reconheceu um crânio de carneiro-da-barbária, que a mãe afirmava ter pertencido a Hemingway, com uma sacola plástica de compras pendurada em um dos chifres espiralados. Em um armário descascado perto da porta, havia um lampejo de rosa forte. Avery viu que era uma moldura contendo a fotografia das quatro irmãs e da mãe espremidas em uma mesa de restaurante, sorrindo sobre os pratos de profiteroles e *sorbet* derretendo. A mãe estava no meio, um braço envolvendo Nicky e Lucky à direita e o outro em volta de Bonnie e Avery à esquerda.

Ela soube instantaneamente que era do jantar de formatura da faculdade de Nicky, uma das raras lembranças felizes de que eles compartilhavam como família, em parte porque o pai havia parado de beber naquele verão depois de uma breve permanência no hospital com icterícia. Avery também estava sóbria àquela altura; por solidariedade a ele e a ela, todos tinham pedido Shirley Temples, rindo quando as misturas de sacarina chegaram enfeitadas com canudos decorados em espiral e cerejas marrasquino. Avery se lembrava vagamente de que Lucky e Nicky não estavam se falando no início do jantar, devido a algum conflito na festa de formatura de Nicky com suas irmãs da fraternidade, mas que, sem estardalhaço ou explicação, haviam se perdoado na sobremesa. Na foto, as duas estavam bem próximas, como dois narcisos no mesmo vaso, o brinco de argola dourada de Nicky repousando na bochecha de Lucky. Foi o pai quem tinha tirado a foto, *Quero tirar uma com todas as minhas Shirleys juntas,* e Avery se lembrou de que as mãos dele estavam firmes quando a tirou, de como ela estava orgulhosa por parecerem, por um momento, uma família normal. Inscrita na moldura da fotografia, na fonte curva em geral encontrada em pôsteres que declaram *Viva Ria Ame* ou *Fique Calmo e Beba Prosecco*, estava a frase *Mães & Filhas São Para Sempre*. Avery podia imaginar Nicky escolhendo-a na loja, sem uma pitada de ironia, na sua crença infantil de que as coisas boas poderiam durar para sempre, mesmo na família delas.

— Venha se sentar, venha se sentar — a mãe sinalizou, apontando para a mesa de jantar.

Ela estava agitada na pia, lavando as mãos. Avery se perguntou se ela a teria notado olhando a sujeira sob as unhas quando chegou. Ela desabou à grande mesa de madeira; no centro, em um pequeno espaço sem papéis, havia uma jarra pintada de azul cheia de lírios.

— Eu os colhi de manhã, quando vi que você estava vindo — a mãe disse. — São adoráveis, não são? As favoritas de Van Gogh. Eles sempre me lembram de você. — Ela se virou e tocou uma pétala azul-índigo com a ponta do dedo ensaboado.

— São mesmo — Avery concordou, embora a magoasse pensar na mãe tentando agradá-la desse jeito tão pequeno depois de a ter decepcionado de tantas formas grandes por tanto tempo. Ela desejou que a mãe fosse só boa ou má; essa oscilação era intolerável.

— Como estão as meninas? — a mãe perguntou.

Qualquer pessoa que ouvisse isso teria pensado que ela estava perguntando das filhas de Avery, mas é claro que ela estava perguntando das suas próprias. Se a mãe sabia que Avery tinha estado na cidade ontem, não deixou transparecer. *Muito bem*, Avery pensou, *você quer a negação? Vamos de negação.*

— Elas estão ótimas — Avery disse, com um belo sorriso. — É tão bom vê-las.

Não havia necessidade de mencionar que elas não estavam se falando; por lealdade, Avery preferiu apresentar uma frente unida para a mãe.

— O que elas estão fazendo de volta a Nova York?
Por que você mesma não pergunta?
— Lucky está tirando uma folga — Avery disse vagamente. — Bonnie voltou ao treinamento com Pavel.

A mãe fungou.

— Eu nunca vou entender a obsessão dela por esse esporte bárbaro. Culpa do seu pai.

— Ela é incrível, mãe. Você devia ter assistido a uma das lutas dela.

— Que mãe quer assistir àquilo? Os amadores eram uma coisa. Pelo menos eles usavam protetor de cabeça. Mas essa coisa de profissional? É masoquista. — Ela balançou a cabeça e se virou para a chaleira. — Chá?

— Não é masoquismo — Avery discordou, a velha defesa das irmãs subindo rapidamente à superfície. — É um esporte respeitado. Não, obrigada.

— É um circo sangrento e deveria ser ilegal. Tem certeza? Eu tenho o britânico forte com que você deve estar acostumada agora.

— Tá bom, pode ser, ok. — Avery movimentou a mão em um gesto de rendição. Ela tinha acabado de escapar de um país que considerava chá a solução para tudo, um fato que, ela percebia agora, provavelmente a aborrecia tanto porque era a mesma atitude da mãe.

— Você deveria convencer Bonnie a fazer outra coisa. Por que ela não vai ser treinadora? Ela seria uma treinadora maravilhosa.

— Porque ela quer lutar, mãe. Não posso convencê-la a parar. Ninguém pode.

— Aquele Pavel tem que a proteger melhor — ela disse. — É o trabalho dele mantê-la em segurança.

E então Avery o viu, o medo bruto, quase animal, guardado sob a lamentação da mãe. Ela temia por Bonnie, temia por todas as filhas. Ela tinha sido assim antes de perder Nicky? Avery não se lembrava de ter visto a mãe tão preocupada antes. O medo apareceu entre elas, não dito, mas surpreendente em sua franqueza, e então ele se foi.

— Ela vai ficar bem — Avery garantiu, com suavidade. — Pavel sabe cuidar dela.

— Eu nunca consigo arrancar mais do que um grunhido dela no telefone — a mãe continuou. — De qualquer uma de vocês! Eu poderia muito bem ter tido filhos. Eu achava que as meninas eram mais falantes.

Avery optou por ignorar essa parte. A mãe tinha uma longa lista de todas as formas como as filhas a tinham decepcionado, sempre em primeiro lugar o fato de nenhuma delas ter tido a magnanimidade de nascer menino.

— Onde está o pai? — Avery perguntou em vez disso. — Ele está dormindo?

O pai em geral caía no sono na sala de estar ou em algum lugar igualmente central para a vida da família; mesmo inconsciente, ele achava um jeito de dominar todo o lugar em que ficava.

— Sobre isso eu gostaria de falar com você. Ele não está aqui.

— Estou vendo.

A mãe se virou de modo a ficar de costas para a chaleira que estava manuseando e olhou para Avery.

— Ele voltou para o tratamento.

— O quê? Quando? Por quanto tempo?

— Algumas semanas atrás. Querem que ele fique seis meses desta vez.

— Seis? Por que tanto tempo?

— Ah, é a complicação usual do escrúpulo americano. Ele teve uns poucos episódios de gota no ano passado.

— *Gota?*

A mãe deu um suspiro exasperado.

— Ele está envelhecendo, querida. Isso é o que acontece com os homens velhos. E estão dizendo que ele tem algum problema no fígado, embora eu deva dizer que não vi nenhuma prova real disso.

— Prova? — Avery repetiu. — Se o médico disse, *essa* é a prova.

A mãe lhe lançou um olhar cansado.

— De toda forma, eles dizem que ele precisa de supervisão mais longa.

— Credo, mãe, por que você não contou para nós?

— Nenhuma de vocês nunca ligou para perguntar!

— O seu seguro cobre isso?

— Mais ou menos a metade, mas a outra metade é cara. É por isso que estamos vendendo o apartamento. Eu agradeço sua ajuda com a hipoteca, mas ninguém mora lá agora, e o dinheiro viria em boa hora. — Ela pegou um pano de prato e enxugou as mãos de forma distraída. — Embora tenhamos, só Deus sabe, pegado empréstimo com ele como garantia tantas vezes que não vai sobrar muito para nós agora.

Avery olhou para ela com incredulidade.

— O que você quer dizer com ninguém mora lá? — ela perguntou. — Eu acabei de dizer que Bonnie e Lucky estão lá agora.

A mãe puxou o pano de prato nas mão tensas.

— Por quanto tempo? Não se pode confiar que Lucky ficará em qualquer lugar por muito tempo, e Bonnie vai estar em algum campo de treinamento daqui a um ano. E elas são adultas! Se elas querem morar na cidade, podem achar o seu próprio lugar.

— Você não pode fazer isso com elas, mãe!

— Fazer o quê? Vender a casa que é minha? Eu não posso viver de acordo com as suas vontades, querida. Eu tenho que fazer o que é certo para mim e para seu pai.

Avery puxou os fios soltos da toalha de mesa marroquina desbotada.

— Primeiro Nicky, e agora isso — ela murmurou.

A atenção da mãe se voltou para ela.

— Nós deixamos Nicky ficar lá por uma fração do aluguel pelo tempo que ela precisou — ela disse. — Sabíamos que ela estava lutando para controlar a dor, o salário de professora e...

— Mas você não viu o que estava realmente acontecendo. Assim como não vai ver com o pai.

A mãe revirou os olhos.

— Ah, deve ser difícil para você — ela observou.

— O quê? — Avery perguntou, exausta.

— Ser a única pessoa no mundo cuja mãe não é perfeita.

Avery bufou de aborrecimento.

— Você não vai aprender alguma coisa com o que aconteceu com ela? Nenhuma de nós vai? Essa família é tão... — Ela tentou pensar em uma palavra que pudesse capturar a desastrosa mistura de recriminação, vício e negação que estava no âmago da sua família. — *Fodida!* — ela concluiu.

— O que aconteceu com a Nicky não tem nada a ver com isto.

Avery começou a contar nos dedos.

— O pai está em reabilitação. Eu não posso beber. Bonnie sabiamente nem começou. Lucky está... Bem, é um milagre que ela esteja viva. E Nicky *morreu de overdose.* Nossa família tem um problema, mãe. Um problema muito sério.

A mãe cruzou os braços e parou. Avery praticamente podia ver as engrenagens do cérebro dela zumbindo enquanto decidia qual comportamento adotar, entre negação, ilusão e defensiva.

— Você quer tanto assim ser chamada de alcoolista? — ela começou sem se alterar.

— Eu não *quero...* — Avery tentou protestar, mas a mãe continuou.

— Não posso impedi-la se você quer se chamar assim. Você era uma adolescente muito brilhante e sensível que se envolveu em algum problema de drogas. Isso faz de você uma viciada?

— Sim. É exatamente o que isso faz de mim.

— Não cabe a mim dizer. — A mãe dela estava falando com uma razoabilidade lenta e afetada. — É você quem tem que dizer. Mas o seu pai tem *gota,* sem falar da idade avançada. Bonnie é um pilar de saúde. Lucky é jovem e um pouco irresponsável, admito, mas tudo bem. E Nicky tinha *endometriose.* Ela usou aquelas drogas porque nenhum médico sabia como tratar a dor que ela sentia, resultado de um sistema de saúde que não prioriza o financiamento da pesquisa para a saúde da mulher. Eu não precisava te dizer isso, Avery.

Então ela tinha ido direto para a boa e velha negação. Clássico. Avery já tinha a contra-argumentação preparada.

— Há muitas mulheres vivendo com endometriose que não fizeram o que Nicky fez.

— Então você a está culpando? — a mãe contestou. — Como você pode falar assim da sua irmã? Se quer culpar alguma coisa, culpe a medicina androcêntrica. O que eu tenho te falado durante todos esses anos?

— Eu não preciso de lições sobre o patriarcado dadas por você. Só uma de nós é casada com o maldito patriarcado, e não sou eu!

Avery estava perdendo a calma, uma sensação que ela odiava mais do que tudo. A mãe curvou o lábio em algo entre um rosnado e um sorriso.

— Eu não a estou culpando — Avery continuou antes de perder completamente a linha da argumentação. — Ela estava *sofrendo*. E nenhum de nós soube como ajudá-la. Temos que falar sobre essa coisa ou ela vai continuar nos matando uma por uma.

A mãe apertou os olhos.

— Você não costumava ser tão histriônica. É a Chiti quem te diz isso?

A mãe sempre suspeitou de terapeutas, uma categoria profissional que ela associava a médiuns e curandeiros feitos para explorar os desesperados e os tolos. Avery suspeitava que ela tivesse medo de que as filhas consultassem algum porque achava que o terapeuta iria culpá-la pelo que havia de errado com Avery e as irmãs. *Eu não culpo minha mãe pelo que eu sou agora. Por que você deveria?* Avery suspeitava que a opção dela de se casar com uma terapeuta era considerada pela mãe uma traição não apenas do bom senso, mas da mãe também.

Cada parte dela queria gritar, mas com a maior generosidade imaginável, decidiu ignorar o ataque à sua esposa e tentar uma abordagem mais suave.

— Você pode pelo menos reconhecer que ele bebe um pouco demais? — ela perguntou.

A mãe andou tensa pela sala, como se estivesse procurando uma armadilha, então cedeu, relaxando levemente os ombros.

— Sim, eu posso admitir.

— Obrigada. Eu não estou tentando criticar você nem o pai. Estou só preocupada. É preocupante que ele precise ficar em tratamento por tanto tempo.

— Obrigada.

Sua voz estava cautelosa, mas ela relaxou a mandíbula. Avery continuou, com cuidado:

— Você já pensou em ir a alguma reunião do Al-Anon?*

Movimento errado. A voz da mãe subiu meia oitava.

— E ficar sentada ouvindo um bando de coitadas tristes que culpam os outros pelos seus problemas me dizerem que eu deveria largar o meu marido? Eu estou muito bem assim, obrigada!

Avery curvou as mãos sobre a mesa e apoiou a testa nelas, derrotada. Como ela foi acabar aqui outra vez? Não importava que linha de raciocínio escolhesse, ela sempre terminava no mesmo lugar inútil. Se desse jeito, ela teria largado os encontros havia muito tempo. Ela não iria mudar a mãe, nem agora, nem nunca.

— Não é assim — ela disse, com a voz exausta.

— Não me diga como é. Eu já fui.

Avery levantou a cabeça. Isso era novidade.

— Você foi? Quando?

— Elas me julgaram, Avery. Aquelas mulheres me julgaram. Elas me disseram para *continuar indo*. Vacas hipócritas.

Avery quase riu.

---

*   Al-W: associação de parentes e amigos de alcoolistas. (N. T.)

— É só um slogan. Elas dizem isso para todo mundo que é novo.

— Eu não preciso ser tratada como uma criança travessa. Eu sou uma mulher adulta com quatro filhas adultas. Não preciso que ninguém me diga para *continuar fazendo* alguma coisa.

— Três.

— O quê?

— Você tem três filhas adultas.

A mãe torceu o pano de prato entre as mãos. Quando ela falou, sua voz estava fria, desprovida de qualquer emoção que a estivesse perturbando internamente.

— Eu tenho certeza de que esse traço de pedantismo é muito útil na profissão que você escolheu, mas é muito irritante em uma conversa, Avery.

Avery fez uma careta.

— Mas por que você não pôde? — ela perguntou.

— Não pude o quê?

— *Continuar indo?*

— Eu acabei de dizer...

— Não por você, por *nós*. Quem nos ensinará a ficar bem se você e o pai não o fizerem? De que outra forma poderíamos aprender?

A mãe olhou para ela, surpresa.

— Mas veja você! Você *está* bem. Melhor do que bem! Você tem uma ótima carreira. Uma casa enorme, pelo que ouvi dizer. Uma esposa bonita. Bonnie foi campeã mundial, pelo amor de Cristo! Lucky está em cartazes no mundo todo. E Nicky era amada por aquelas crianças antes de... — Ela parou. — Será que fizemos um trabalho tão ruim se vocês todas terminaram assim?

Avery balançou a cabeça de um lado para outro.

— Você não pode fazer isso.

— O quê? O que eu estou fazendo?

— Usar nossas realizações como prova da sua competência como mãe. Elas são nossas, não suas.

— Eu estou *dizendo* que elas são suas, querida!

— E não venha me dizer como foi a minha infância. *Eu* sei como foi.

— Ai, meu Deus, isso de novo. Você apanhou? Passou fome? Dormiu no galpão do jardim?

— Nós não tínhamos um jardim.

— Você *sabe* o que eu quero dizer. Sabe o quanto vocês tiveram em comparação a tantas outras pessoas? A mim? E agora você vem aqui me dizer todas as decepções que te causei? Não, sinto muito, querida. Você está velha demais para culpar os pais pelos seus problemas. Foi-se o tempo de não responder pelos seus atos.

Mas Avery não estava pronta para retroceder. Todo o ressentimento, toda a recriminação, tudo o que ela tinha passado em anos tentando superar e seguir em frente continuava voltando. *Limpe a casa, acredite em Deus, ajude os outros.* Foi isso o que ela aprendeu no programa. Mas ela olhou ao redor agora e estava cercada de sujeira.

— Onde você estava quando eu fui para a desintoxicação? — ela questionou. — Onde você estava? Por que você sempre o apoia? Por que não apoia a gente?

— Você não nos contou que ia para a desintoxicação! Você não queria que nós soubéssemos. Nós não sabíamos onde você estava por mais de um ano, Avery!

— Você podia ter tentado me achar!

— Eu tentei! Eu fui à polícia! Mas você tinha vinte e um anos e tinha ido embora por livre e espontânea vontade. Nós não tínhamos nenhum direito legal. Você, mais do que ninguém, deveria entender.

Avery não sabia disso, e a dor dessa informação agora era muito pior do que a fúria presunçosa que ela sentira durante anos. A mãe nunca ter procurado por ela era enlouquecedor, mas ter tentado e não conseguido era comovente, comovente demais para Avery suportar. Ela queria pressionar a palma das mãos contra os olhos e chorar como uma criança. Ela queria encolher até que ficasse pequena o suficiente para a mãe pegá-la e embalá-la contra o peito. Ela queria ser um bebê outra vez, voltar ao começo, até o tempo em que ela era a filha única e não tinha irmãs para decepcionar ou perder. Antes de usar drogas, antes de sair de casa, antes de encontrar Chiti, antes de arruinar sua vida. Mas ela não podia, nenhuma delas podia, então ela ficou firme e olhou fixamente para frente.

— Como você pôde não subir? — ela perguntou.

— O quê?

— Ontem. Você sabia que nós todas estávamos lá, por que não esperou para nos ver? Elas sabem que você passou no prédio. Como você acha que Bonnie e Lucky se sentiram?

E eu, ela pensou, mas não acrescentou. A mãe abaixou a cabeça, constrangida.

— Eu queria ir — ela disse, baixinho.

— Então por que não foi?

— Eu sei que pode parecer fraqueza para você, mas aquele apartamento, todas as coisas de Nicky... Eu não consigo entrar lá, Avery.

Ela veio se sentar perto de Avery à mesa, descansando a mão aberta entre elas.

— Ela era minha menina — ela sussurrou.

Avery assentiu. Nicky era a favorita da mãe; não era certo, mas era verdade. Ela foi a única que conseguiu penetrar no coração da mãe, não com força, mas com uma atenção gentil e persistente. Avery pensou na fábula de Esopo, a do sol e do vento competindo para fazer um homem tirar o casaco e provar quem era mais forte; o vento soprou e soprou, mas só fez o homem se enrolar ainda mais no agasalho. Então o sol brilhou sobre ele com gentileza, aquecendo-o até que ele o tirou por vontade própria. Bonnie e Lucky nem se atreveram a tentar, mas Avery sempre tinha se aproximado da mãe como o vento, desejando e querendo que ela mudasse pela força. Só Nicky tinha sido o sol.

— Eu sei que era — Avery afirmou.

A mãe cruzou as mãos na frente dela.

— O que aconteceu com ela — a mãe disse — foi demais. Para todos nós. Mas, por favor, entenda que eu não posso aceitar o que você está sugerindo: que foi tudo culpa minha. — Avery tentou interrompê-la, mas a mãe ergueu a mão. — Eu não posso, eu não poderia... eu não poderia viver com minha consciência se isso fosse verdade.

Avery olhou para ela por cima da mesa. Ela parecia pequena naquele tecido preto, menor do que jamais a tinha visto.

— Você queria ser mãe? — Avery perguntou.

Ela não tinha planejado fazer essa pergunta, que era lamuriosa, e não acusatória. A mãe olhou para o teto como se as palavras pudessem ser encontradas lá.

— Honestamente? — ela disse, por fim. — Eu queria casar. Não tenho certeza se eu queria ser mãe. — Ela sorriu com tristeza. — Mas uma coisa puxa a outra.

Avery olhou para ela e percebeu, com um sobressalto de medo, que a mãe estava descrevendo seus próprios sentimentos.

— Então por que você teve quatro filhas?

A mãe deu de ombros.

— Catolicismo.

— Só isso? Uma palavra para explicar a existência da nossa família inteira? Você nem é religiosa.

— Bem, *eu* não sou católica, querida. Minha família é da Igreja da Inglaterra, o que nem conta, como você sabe. Era coisa do seu pai.

— Nós quase não íamos à igreja!

— Eu estou falando do ponto de vista cultural, e não da denominação.

— Então você simplesmente o deixou engravidá-la? Isso é insano.

— Era uma época muito diferente. Eu me casei com vinte e três anos. Dez anos mais nova do que você é agora. Você nem imagina como era.

— Mas não era a Idade Média, mãe. Você poderia ter dito que não queria filhos.

A mãe suspirou.

— Eu não sabia como seria difícil. Ser mãe é uma coisa chocante, Avery. É como pousar na lua. Tudo muda. — Ela olhou para Avery sob as sobrancelhas finas. — O pior foi com você.

— Certo — Avery disse. — Desculpe.

O que ela poderia dizer diante daquilo? *Ela* não tinha pedido para nascer.

— Foi um pouco melhor com as outras, mas eu sabia que não tinha uma ligação com nenhuma de vocês como deveria. Depois de cada nascimento, eu ficava... apática. — Ela balançou a cabeça. — Há um nome hoje para o que eu tinha, mas, naquela época, os médicos só diziam para continuar. Era visto como algo muito vergonhoso. Que tipo de mãe... — Ela parou. — De toda forma, não adianta remoer tudo isso agora.

Avery olhou para o rosto da mãe.

— Você falou com o pai sobre isso?

A mãe descartou a ideia imediatamente com um aceno.

— Ah, os homens não entendem essas coisas. Ele competia muito com vocês, de todo jeito. Vocês todos queriam mais de mim do que eu podia dar. — Ela soltou uma risada seca. — Não era como agora!

Avery tentou manter a voz neutra enquanto falava.

— Você alguma vez pensou em se divorciar dele?

A mãe olhou para o teto.

— Às vezes — ela falou finalmente.

Avery tentou não parecer chocada. Na verdade, ela não esperava que a mãe respondesse de forma tão honesta.

— É *mesmo*?

A mãe se recostou com um suspiro cansado, como se estivesse sendo forçada a repetir algo pela centésima vez, e não revelando um lado totalmente novo da sua vida interior.

— Eu nunca consegui pensar em um plano bom o suficiente — ela disse. — O que eu poderia fazer? Tirar vocês todas da escola e voltar para a Inglaterra? E morar onde? Meus pais já estavam mortos naquela época. Compartilhar a guarda e deixar vocês sozinhas com ele? Eu sabia com o que teriam que lidar... Você acha que as bebedeiras do seu pai eram ruins? As do meu eram piores. — Ela olhou para longe. — Meu pai era cruel — ela contou, com calma.

— Eu não sabia que você já tinha pensado nisso.

A mãe bateu a mão na mesa.

— E eu o amo! Eu me apaixonei por ele! Ele tentou ao máximo controlar a bebida, e eu podia proteger vocês, meninas, melhor desse jeito. Eu nos mantive separados de vocês. Entende? Eu sabia que vocês teriam umas às outras. E as mais novas teriam *você*. Achei que desse jeito vocês poderiam pelo menos crescer como mulheres. E vocês cresceram. E vocês cresceram. Olhe só você.

A voz de Avery, quando ela falou, era pouco mais do que um sussurro.

— Mas eu não estava preparada. Eu mal podia cuidar de mim.

A mãe fez um gesto para descartar essa ideia.

— Mas você *conseguiu*.

— Não com a Nicky. Eu perdi... Eu a perdi.

A mãe estendeu a mão do outro lado da mesa e segurou a de Avery com a ferocidade de um falcão ao segurar um rato-do-campo com suas garras. A intensidade do olhar dela assustou Avery.

— É isso o que você acha? — ela perguntou. — Que foi *sua* culpa?

— Você mesma disse, elas deveriam contar comigo.

— Para levá-las e trazê-las da escola, não para tomar conta delas o resto da vida!

Avery balançou a cabeça.

— Mas eu as deixei. Duas vezes. Primeiro para ir à Califórnia, e depois para Londres. Eu estava tão feliz com Chiti e meu emprego bom. Foi egoísmo. Eu deveria saber o que estava acontecendo com ela. Eu deveria ter voltado.

— Você acha que se tivesse voltado para Nova York poderia tê-la salvado?

— Eu não sei — Avery disse, em um lamento de criança. — Não teria?

Então a mãe fez algo muito raro; ela deu a volta na mesa e tomou Avery nos braços. Ela ninou a cabeça de Avery em seu peito, fazendo sons suaves e gentis para ela se calar enquanto acariciava seu cabelo escuro.

— Me escute — ela pediu. — Eu quero que você escute mesmo. — Ela aproximou a boca do ouvido de Avery para dizer em um sussurro feroz: — *Você não é tão importante assim.*

...

A mãe insistiu que Avery não poderia visitar o campo sem pegar alguns ovos caipiras, e foi assim que ela se viu ajoelhada na sujeira do galinheiro, procurando às cegas na escuridão silenciosa e estática que havia lá dentro. Finalmente, ela tocou em um formato familiar.

— Eles ainda estão quentes! — ela exclamou.

— Pode colocá-los aqui. — A mãe ofereceu-lhe uma caixa de sapatos cheia de palha. — Eu costumava recolhê-los uma vez por dia, de manhã, mas alguns ovos quebravam e as galinhas começaram a comer as gemas. Elas gostaram da coisa, parece que isso pode acontecer, e agora eu preciso olhar algumas vezes por dia para ter certeza de que elas não os estão bicando para fazer um lanchinho.

— Comer os próprios ovos? Isso é nojento.

A mãe bufou alto.

— Vocês, meninas, são crianças da cidade. Eu devia ter criado vocês perto das brutalidades da natureza; isso as teria endurecido.

— Você acha que crescer em Nova York não nos endureceu? Um homem sem-teto bateu punheta no saco de dormir em frente ao nosso passeio da escola, do lado de fora do Museu de História Natural. Acredite em mim, nós não precisávamos de galinhas.

A mãe deu uma gargalhada, e Avery sentiu o prazer espontâneo de dizer uma coisa que a mãe tinha achado engraçada. Avery entregou outro ovo, e a mãe segurou a mão dela antes que pudesse retirá-la.

— Quer me contar agora o que há de errado? Por que você parece tão triste?

Avery olhou para ela com surpresa, depois puxou a mão de volta.

— O que quer dizer? Se eu pareço triste, deve ser porque estava pensando na Nicky.

A mãe se inclinou para trás, apoiada nos calcanhares para observá-la, e franziu a testa.

— Não é isso.

Como a mãe podia vê-la com tanta clareza agora, depois de tudo o que ela tinha perdido por tanto tempo? *Você está muito atrasada,* ela pensou. Mas a força de ser entendida, de finalmente ser vista pela mãe, fez com que ela correspondesse o olhar.

— Eu traí a Chiti — ela contou.

A mãe concordou com a cabeça. Em volta delas, as galinhas cacarejaram como testemunhas.

— Com um homem — ela acrescentou.

A mãe concordou da mesma forma outra vez.

— E ela descobriu e agora está dormindo no quarto de hóspedes, e eu estou aqui — ela concluiu.

Um último movimento de cabeça. Avery esperou por uma resposta, mas a mãe só se acocorou, como um apóstolo antigo, piscando calmamente.

Avery fez um som exasperado.

— *Diga* alguma coisa — ela exigiu. — Eu estou destruindo a porra da minha vida aqui.

A mãe pegou um pedaço de feno e torceu-o entre os dedos.

— Quando você chegar na minha idade, terá aprendido que pode dar um monte de voltas erradas e ainda assim acabar no lugar certo.

— Eu não sei que porra isso quer dizer — Avery respondeu.

A mãe olhou para ela com ar sereno.

— Sabe, sim.

Avery suspirou.

— Ela quer ter um bebê.

— E você?

— Não. — Assim que a palavra saiu de sua boca, ela soou como uma traição. — Sei — ela acrescentou logo em seguida. — Eu não sei.

— Você nunca quis quando era pequena.

— Como sabe?

— Você me contou! Você estava sempre dizendo isso. Eu achava que era um pouco de acusação. Seu jeito de dizer que preferia não ter nascido.

— Provavelmente era. Não significa que eu me sinta assim agora.

— Bem, você sente?

Avery soltou uma risada seca.

— Vontade de não ter nascido? O tempo todo.

— Eu quis dizer de ter filhos. — A mãe deu um sorrisinho. — Mas bem-vinda ao clube.

Tudo o que Avery queria era alguém que lhe dissesse o que fazer. Ela gostaria que a mãe pudesse dar uma resposta, mas é claro que ela não daria. Ela não sabia o jeito certo de viver a própria vida, quanto mais a das filhas. Sua família não tinha orientação, Avery percebeu. A mãe de Charlie pelo menos tinha um Deus, e ele podia acreditar que ela acreditava nele, mesmo que ele não acreditasse.

No que a mãe de Avery colocava sua fé? No pai dela. E no que o pai dela tinha fé? No álcool. A mãe a tinha ensinado a acreditar em nada além da capacidade da mulher de sobreviver à decepção. E, no entanto, apesar de tudo isso, tudo o que Avery queria era o conselho dela.

— O que eu devo fazer? — ela perguntou. — O que *você* faria?

A mãe torceu um pedaço de palha entre os dedos, pensativa.

— Você ama aquele homem?

— Charlie? Não! Por Deus, não. Ele é... Não é isso. Eu não quero ficar com nenhum homem. Eu sou lésbica, mãe.

— Então assuma o compromisso com Chiti. Mostre que ela é a única para você.

Avery observou uma galinha andando empertigada atrás da mãe, com a cabeça se virando em minúsculos solavancos, como um robô enguiçado.

— E como eu faço isso? — ela perguntou.

A mãe sorriu e abriu as mãos.

— Dê a ela o que ela quer.

Avery baixou a cabeça, constrangida.

— E se eu não puder?

A mãe soltou o pedaço de palha e tirou os fiapos das mãos.

— Então você pode parar de se atormentar e seguir com a sua vida.

Avery olhou para o freixo sob cuja sombra elas estavam sentadas. Fitas de luz caíam entre as folhas. Uma brisa morna ganhou impulso e foi recebida por um coro harmônico dos sinos de vento.

— Você está bem aqui, mãe? — ela perguntou, de repente. — Tão sozinha?

A mãe manteve o olhar no ovo que tinha na mão.

— Não é seu trabalho se preocupar comigo, querida.

Quantas vezes Avery tinha dito aquilo para as irmãs? Ela mudou de lugar para se sentar no chão, perto da mãe. Quando era mais nova, costumava fantasiar sobre levar a mãe e as irmãs para algum lugar distante, longe do pai, onde elas pudessem viver juntas e sem medo. Um mundo de mulheres e meninas, era com isso que ela sonhava.

— Por que você não fica no apartamento com Bonnie e Lucky por um tempo? — ela sugeriu. — Só enquanto o pai não estiver aqui. Eu vou estar lá também. — Ela sorriu. — Poderia ser divertido.

A mãe colocou a mão no alto da cabeça de Avery e chacoalhou-a com firmeza.

— Nós estamos vendendo o apartamento, meu amor. É hora de seguir em frente.

O rosto de Avery se contraiu.

— Não, mãe. É cedo demais para mais perdas depois da Nicky. Por favor... — A mãe tentou dizer alguma coisa, mas Avery ergueu uma mão. — Eu vou pagar a reabilitação dele. Eu vou cobrir a hipoteca. Por favor.

A mãe lançou-lhe um olhar confuso sob a sobrancelha rija.

— Quanto você ganha?

— Uma porrada de dinheiro.

Era um exagero, mas ela daria um jeito e precisava convencê-la. A mãe se levantou e sacudiu os fiapos do tecido preto, então ofereceu uma mão para ajudar Avery a se levantar.

— Não — ela disse. — Eu não quero mais que você fique bancando todo mundo. Suas irmãs têm que crescer. Todas nós temos.

Avery pegou a mão dela, levantou-se e continuou em pé.

— Mas o que eu devo fazer? — ela perguntou em voz baixa.

A mãe levou a mão até o rosto de Avery e o acariciou suavemente com os nós dos dedos. Avery nunca se viu na mãe, mas ela via as irmãs nela. Lucky tinha os caninos pontiagudos. Bonnie tinha o nariz fino. Nicky tinha o rosto dela, em forma de tulipa. Ela tinha plantado pedaços de si em todas as filhas. Avery ficou se perguntando qual parte dela estava escondida em seu interior, quando ouviu o som tilintante de notas musicais. Ela olhou para baixo e viu um bando de galinhas bicando as barras coloridas do xilofone. Elas pareciam estar tocando juntas, cada uma tocando no tempo das outras. Era um som alegre, surpreendente.

— É por isso que as galinhas estão com o xilofone — a mãe disse.

...

Avery surpreendeu a si mesma e à mãe por querer ficar mais tempo no interior, dormindo lá duas noites na grande cama de ferro forjado ao lado dela, com uma das camisolas velhas da mãe. Ela passou os dias ajudando no jardim, cuidando das galinhas e lendo a coleção de livros de bolso clássicos da Penguin, já amarelados, que pertencia ao pai. Elas não conversaram outra vez com a objetividade de quando Avery chegou; elas falavam o que era preciso, e agora podiam passar um tempo juntas em companhia silenciosa. Foi o maior tempo que Avery passou com ela sozinha desde que Bonnie nascera, e ficou surpresa ao perceber como era aconchegante. Ela sempre se maravilhava com as mulheres que pareciam *querer* passar tempo com a mãe, planejando viagens de fim de semana e dias de mãe e filha com visível prazer, e ela suspeitava, em segredo, que nenhuma das duas partes poderia realmente apreciar aquilo. Agora, Avery pensou, com uma leve surpresa, que talvez pudesse ser uma delas, ou, pelo menos, entender o impulso. O tempo com a mãe a havia suavizado por inteiro, assim como uma mão quente suaviza a argila, e, ao final do segundo dia, sentiu vontade de voltar para Bonnie e Lucky, de se moldar ao redor delas e fazer as pazes. Só esperava que elas deixassem.

...

Na terceira manhã, Avery acordou antes de o sol nascer e tomou o primeiro trem expresso que pôde para voltar à cidade; ela entrou no apartamento assim que o sol começou a surgir no horizonte serrilhado.

Ela pressupôs que as irmãs ainda estariam dormindo — esperava largar suas coisas e ir comprar café da manhã para elas no restaurante da esquina como uma oferta de paz —, mas, enquanto andava sem fazer barulho pelo corredor, ouviu um som baixo de dedilhado vindo do banheiro. Sob a porta fechada havia uma faixa de luz amarela. Avery abriu-a e encontrou Lucky sentada na tampa do vaso sanitário com um violão Gibson vermelho-cereja no colo. Ela olhou para cima e parou de tocar quando Avery entrou.

— O que você está fazendo? — Avery sussurrou.

— Você voltou — Lucky disse; sua expressão se abriu por um instante, e se fechou novamente, como um leque. — Você não sabe bater?

— Esse é o seu violão? — Avery perguntou.

Lucky colocou o instrumento entre as pernas com um toque de constrangimento.

— Não, eu o roubei — ela zombou, inexpressiva. — Não é isso o que as desordeiras fazem?

Avery se virou e fechou a porta com cuidado para que elas não acordassem Bonnie. Lucky não tinha ideia do quanto essa afirmação era verdadeira; mas ela não estava mais roubando, Avery lembrou-se de que já tinha abandonado tudo aquilo. Ela tinha as intenções tão claras ao voltar para cá e, no entanto, assim que se via de novo na presença da irmã, as águas ficaram turvas. Era evidente que Lucky não estava pronta para fazer as pazes e, diante disso, a determinação de Avery ficou abalada. Por que era tão mais fácil amar a irmã mais nova de longe?

— Eu não sei — ela disse, voltando-se para Lucky. — Deixa só eu pôr o meu chapéu de vaca julgadora e ver se encontro a resposta.

— Eu te chamei de puta julgadora, não de vaca — Lucky corrigiu.

— Ah, certo, sem ofensas, então. Fico satisfeita por termos esclarecido isso.

No canto da boca de Lucky, Avery viu um minúsculo sinal de sorriso.

— Você precisa fazer xixi? — Lucky indagou, começando a se levantar. — Posso sair.

— Não. — Avery fez um gesto para ela continuar onde estava. — Continue fazendo o que estava fazendo. Eu já vou.

Lucky não disse nada para impedi-la, então Avery voltou para a porta. Com os dedos na maçaneta, ela parou. O que ela estava fazendo? Era a irmã mais velha; quem seria a adulta, se não ela?

— Estava bonito, a propósito — ela disse. — O que você estava tocando. Eu gostei.

Lucky ficou em silêncio, e Avery abriu a porta e voltou rapidamente para o corredor. Então ela ouviu a voz de Lucky, baixa, mas sincera.

— Você gostou mesmo?

Avery deu meia-volta, entrou de novo no banheiro e fechou a porta atrás de si.

— Gostei. — Ela assentiu. — Fazia séculos que eu não ouvia você tocar nada.

Lucky colocou o violão de lado e ficou olhando por um bom tempo para Avery, decidindo se ela queria explicar.

— Minha nova madrinha o emprestou para mim — ela disse finalmente.

Avery podia sentir o olhar de Lucky atento sobre ela, esperando sua reação. Ela tinha um rosto tão bonito, expressivo e inteligente, como uma corça ágil que precisava ser persuadida, sempre com muita gentileza, a comer na sua mão.

— Sua madrinha — Avery repetiu, devagar, tentando ganhar tempo. Se isso queria dizer o que ela achava que queria dizer, era uma situação delicada, e ela não queria estragar tudo.

— Eu a conheci em uma reunião no centro da cidade — Lucky explicou, tentando parecer despretensiosa, mas Avery podia ver o esforço dela. — Eu contei que costumava tocar, e ela disse que poderia ajudar na minha recuperação, registrar meus sentimentos com o violão.

Avery engoliu em seco devagar. Ela podia sentir as lágrimas alfinetando-lhe os olhos.

— E tem ajudado? — ela perguntou em voz baixa.

Lucky deu de ombros. Avery deu um passo à frente, tentando manter o nível da voz.

— Lucky, eu estou tão... — ela começou.

— Olha, eu não quero dar muita importância para isso — Lucky a interrompeu. — E eu sei que você acha que sou uma bosta e que provavelmente é tarde demais ou esse tipo de coisa. Mas eu estou tentando, certo? Eu estou tentando.

Na Inglaterra, havia um ditado popular usado por fãs de futebol: *É a esperança que mata você*. Uma derrota é sempre mais amarga se você se permite sonhar com a vitória primeiro. Baixas expectativas, é assim que os britânicos gostavam de viver. Proteção vestida de pragmatismo. Era como a mãe delas sempre funcionava. Mas Avery era americana. Ela acreditava na esperança, costumava comê-la no café da manhã junto com cereal Frosted Flakes e trechos de notícias locais sobre pessoas comuns que pulavam nos trilhos do metrô para salvar estranhos. E nada era mais esperançoso do que a sobriedade.

Mas ela era realista também. Ela conhecia os fatos: o vício é uma doença crônica que não tem cura, somente uma suspensão diária etc. etc. A maioria das pessoas não ficava sóbria. Em toda a reunião de aniversário de sobriedade no AA, ela via: dezenas de pessoas recebendo fichas pelos noventa dias, um punhado de gente celebrando de um a cinco anos, uns poucos de cinco a dez, e então um terreno baldio de aniversários de dois dígitos, nos quais você teria sorte se encontrasse uma ou duas pessoas celebrando. Para onde foram todos? Alguns ficaram ocupados com a carreira e a família e simplesmente pararam de ir às reuniões. A maioria voltou a beber. Muitos tiveram overdose ou desenvolveram doenças crônicas. Alguns morreram. Por que Avery era uma das poucas sortudas que ficaram tanto tempo, ela não sabia. Ela quase não conseguia acreditar que celebraria seu próprio aniversário de uma década na semana seguinte. Dez anos. Dez parecia tão alcançável quanto cem quando ela era nova. O que ela tinha aprendido nesse tempo é que poucas pessoas ficam. E a maioria delas nem chega a entrar em uma sala de reuniões.

Mas algumas entram. Ela entrou. Por algum milagre, Lucky tinha entrado. E se o vício percorria as famílias, talvez a recuperação também. Ah, lá estava ele novamente, inflando dentro dela, aquele elemento grande, infantil, colorido e americano: o otimismo. *Talvez dê certo para Lucky,* ela pensou. *Talvez ela fique bem.* Ela não conseguia evitar; os *talvezes* floresciam vistosos e fortes como dentes-de-leão, aquelas ervas daninhas adoráveis e não convidadas que sempre encontravam as rachaduras. Ela tinha esperança, esperança e esperança.

— Lucky, levante-se — ela pediu.

Lucky olhou para ela com cautela.

— Por quê?

Avery tentou ficar séria, mas não conseguia parar de sorrir. Ela percebeu, de repente, que lágrimas corriam pelo seu rosto, quentes e descontroladas.

— Porque eu vou te espremer até não poder mais.

Lucky manteve a guarda por um momento, então deixou o rosto se iluminar com seu sorriso brilhante, de loba.

— Mas eu não fiz nada — ela disse, se levantando.

Avery envolveu a irmã mais nova em seus braços e a segurou imóvel, apertada contra ela.

— Pela minha experiência — ela sussurrou perto do lóbulo macio da orelha dela —, *não* fazer nada é a parte mais difícil.

...

Avery e Lucky ainda estavam sentadas no banheiro, discutindo tudo sobre recuperação — ela já tinha começado os passos? Sua madrinha era mesmo uma cantora punk britânica chamada Butter? Sim, os slogans eram bregas, mas acabavam sendo surpreendentemente úteis —, quando Bonnie entrou no banheiro usando um short masculino de boxe e uma camiseta da Golden Ring. Ela as viu e se assustou.

— Vocês duas estão aqui — ela constatou, atordoada.

Avery soltou a mão de Lucky e sorriu para Bonnie.

— Nós te acordamos?

— Já passa das cinco — Bonnie disse. — É quando meu dia começa. O que vocês estão fazendo?

Lucky fez um pequeno movimento de ombros feliz. Avery pôde ver, pela tranquilidade das duas, que as irmãs já tinham se acertado sozinhas a parte delas da briga.

— Estamos fazendo as pazes — ela disse.

— Ah, graças a Deus — Bonnie respondeu. — Posso participar?

Ela se lançou na direção das irmãs com um abraço envolvente, e as três ficaram abraçadas, balançando e rindo, se apertando mais um pouco e rindo um pouco mais. Depois que se soltaram, Bonnie foi até a pia e começou a escovar os dentes.

— O que isso está fazendo aqui? — ela perguntou ao ver o violão apoiado no espelho do banheiro.

Avery apontou para Lucky.

— Ela escreveu uma música.

— Que bacana, Lucky! — Bonnie exclamou, a escova de dentes pendurada na boca. — Podemos ouvi-la?

Lucky pegou o violão e encostou-o no peito.

— Não!

— Vamos lá, por favooor. — Avery tentou convencê-la.

— Eu não consigo com vocês duas me olhando!

— Nós vamos fechar os olhos — Bonnie disse.

— Eu não confio em vocês. Vocês vão abri-los.

— Aqui. — Avery puxou a cortina do chuveiro e caminhou em direção à banheira. — Entre aqui. Nós vamos fechar isso aqui e não vamos ver você.

Insistindo um pouco mais, Avery e Bonnie conseguiram empurrar Lucky para a banheira e fechar a cortina para escondê-la.

— Está bom assim? — Avery perguntou.

A voz de Lucky veio vacilante do outro lado:

— Vocês prometem que não vão rir de mim?

Avery olhou para Bonnie para demonstrar que seu coração estava derretendo, e Bonnie demonstrou sentir o mesmo.

— Prometemos! — elas disseram.

Bonnie cuspiu na pia e enxaguou a escova, então as duas se acomodaram no chão do banheiro. Lucky tocou duas notas várias vezes, em uma sucessão de lamentos. Então, com muita suavidade, ela começou a cantar.

Suave, baixa e só um pouquinho rouca, a voz dela não era o que Avery esperava. Ela estava presa em algum lugar entre um lamento e um ronronar, um som feito para expressar a dor oculta no coração do prazer. Ela estava cantando sobre Nicky, sobre amar alguém sem conhecê-la completamente. *Se você tivesse sido minha irmã gêmea,* entoou Lucky, *teria eu compartilhado a dor em que você estava mergulhada?* Avery fechou os olhos. Ela gostaria de ter ficado com uma parte também. Talvez então ela pudesse tê-la protegido. Mas elas eram irmãs, não gêmeas. Elas vieram do mesmo lugar, mas não ao mesmo tempo. E, por mais próxima que se sentisse de cada uma das irmãs, sempre haveria muito que ela não saberia. Avery abriu os olhos. Não, elas nunca teriam aquilo, mas tinham a opção de ter outra coisa. Esta canção, era como se Lucky estivesse finalmente oferecendo uma chave para ela, e Avery poderia fazer o mesmo, ela poderia deixar-se ver pelas irmãs. Lucky acabou de cantar, e Avery e Bonnie abriram a cortina do banheiro com uma enxurrada de elogios e aplausos, empilhando-se em cima dela de modo que as três ficassem juntas, espremidas na banheira. Lucky deixou escapar um uivo de protesto, mas elas não iriam desistir tão fácil, e, finalmente, Lucky se deixou abraçar.

Muito já foi escrito sobre o amor romântico, Avery pensou na profundidade daquele abraço. Mas isso também merecia o êxtase, a música. Antes de conhecer o corpo de um amante, ela conhecia o das irmãs, ela podia se ver nos pés longos e nos olhos claros, nos membros elegantes e nas orelhas curvas delas. E, antes de a vida se tornar grande e difícil, havia momentos com elas que eram simplesmente bons: em uma manhã bem cedo, o céu ainda escuro lá fora, os pais dormindo. As irmãs mais novas foram chegando, uma por uma, no seu lado da cama, os cabelos emaranhados, exalando o almíscar azedo e doce da manhã. Ela tinha levantado as cobertas para cada uma delas, deixando-as se amontoarem no seu beliche de baixo, os corpos pressionados uns contra os outros, e elas dormiram assim outra vez, cochilando como cachorrinhos em volta da barriga quente da mãe. Ela dormiu também, segura em meio às irmãs, sem saber ou precisar saber onde ela terminava e a próxima começava. Espremida entre Bonnie e Lucky agora, era supérfluo descrever como amor o que ela sentia pelas irmãs. Elas *eram* amor, lindas, insuportáveis e dela.

...

Uma semana depois, Avery recebeu um telefonema para ir para casa.

— Eu estou pronta para conversar — Chiti dissera simplesmente ao telefone, e Avery marcou a passagem para o dia seguinte.

Como o voo só saía à tarde, Bonnie voltou cedo da academia e Lucky ficou por perto para que elas pudessem estar juntas no almoço de despedida. Elas compraram *bagel*s da delicatéssen da esquina e os levaram para o parque, sentaram-se lado a lado nos bancos perto do playground, sob a sombra das árvores. Era um dia claro de verão, e o céu entre os cruzamentos de galhos era uma piscina azul. O aroma que vinha do carrinho de amendoim caramelizado misturava-se com aquela combinação única de grama cortada, lixo, estrume de cavalo e escapamento de carro que só poderia ser encontrada no Central Park. Avery fechou os olhos.

Foram dias felizes; elas empacotando as últimas coisas de Nicky e conversando durante horas sobre a vida. Avery havia contado a elas sobre a volta do pai à reabilitação e o tempo que ela tinha passado com a mãe no interior. Lucky não estava pronta para ver nenhum dos dois, o que Avery entendeu, mas Bonnie se ofereceu para ir junto com a mãe visitar o pai naquele mês. Lucky e Avery tinham assistido a Bonnie treinar na academia com Pavel, maravilhadas com a velocidade e força dela, e foram às reuniões do AA juntas. Como Bonnie estava quase sempre treinando, as irmãs mais velha e mais nova passaram uma quantidade surpreendente de tempo juntas e, por milagre, conseguiram discutir apenas o que Avery considerava normal entre irmãos. As três jantavam juntas todas as noites, e Avery sentia o prazer de ser uma irmã entre irmãs depois de tanto tempo. Elas não eram quatro, e nunca mais seriam, mas estavam começando a encontrar a simetria em três.

— É estranho pensar que em algumas semanas ele terá ido para sempre — Lucky comentou, olhando para o outro lado do parque, onde o apartamento delas estava escondido. Ela passou o braço em torno de Avery e descansou a cabeça no ombro dela. — Estou triste — ela disse. — Mas também aliviada, entendem?

Bonnie e Avery assentiram. De alguma forma, Avery pensou, no processo de desmontar a casa, que Nova York tinha finalmente começado a se parecer com um lar para elas outra vez.

— A pergunta principal é... — Bonnie começou. — Quem vai ficar com os beliches?

Avery riu.

— Eu acho que é hora de dizer adeus oficialmente. Demorou só trinta anos. E, de toda forma — ela cutucou Bonnie com o ombro —, Pavel não me parece um homem de beliches.

Ela se virou para a irmã, que devolveu o olhar com otimismo. O sol banhava seu rosto de amarelo e, naquela luz cor de mel, ela parecia uma peça fundida em ouro.

Avery esperou que ela ficasse corada ou mudasse de assunto, mas ela permaneceu serena.

— Eu gosto da cama dele do jeito que ela é — Bonnie disse.

Ela deu um amplo sorriso. Não havia mais nada a dizer. Bonnie as informara, com sua característica de equanimidade, que iria morar com Pavel depois que o apartamento fosse vendido, e as duas a tinham atormentado impiedosamente, mas Bonnie, fiel ao seu jeito, não comentara muito em termos de detalhes excitantes. Ela lhes contou que, no final, Pavel estava apaixonado por ela havia anos também. Desde essa revelação, Avery nunca tinha visto a irmã parecer tão à vontade consigo mesma.

Avery deu uma mordida no *bagel* e virou o rosto para o céu. Elas estavam sentadas perto do playground, os gritos agudos das crianças deslocavam-se como flechas brilhantes na direção do banco em que elas estavam sentadas. Avery deixou cair o restante do *bagel* no papel.

— Vocês querem ter filhos? — ela perguntou, de repente.

Bonnie limpou o *cream cheese* do lábio e lhe lançou um olhar estranho.

— Pavel e eu? Acho que é muito cedo, você não acha?

— Eu quero dizer em geral — Avery respondeu. Ela se virou para incluir Lucky também. — Vocês duas. Quando estavam crescendo, vocês queriam ter filhos? Querem agora?

Bonnie pensou a respeito.

— Eu amo crianças, mas minha carreira... *Não consigo imaginar.* — Ela sorriu. — Talvez quando eu me aposentar.

Avery olhou para Lucky.

— E você?

Lucky fez uma careta enquanto engolia de uma vez todo o restante do seu *bagel*.

— Cara, eu estou só tentando me manter viva agora.

— Mas você quer, certo? — Bonnie perguntou para Avery. — Chiti não congelou os óvulos?

Avery olhou para o playground.

— Nicky realmente queria ter filhos — ela disse. — Ela tinha nascido para isso.

Bonnie assentiu.

— Ela teria sido a melhor das mães.

— Aham — Lucky murmurou, concordando. — Muito melhor do que a nossa.

— O que não é exatamente um grande parâmetro — Avery disse. Então, sentindo-se culpada, acrescentou: — Mas ela fez o melhor que pôde.

— Justo. — Lucky fungou, e de repente riu. — Meu Deus, lembram de quando todas nós pensamos que a Nicky acabaria grávida daquele trompetista vegano?

— Ele era bacana, não era? — Bonnie perguntou.

— Ele era *muito* vegano — Avery disse.

— E? — Bonnie indagou.

— Ele tinha o braço todo tatuado com espécies em risco de extinção — Avery replicou.

— O urso-polar esquelético! — Lucky falou alto, e todas riram. — Ele foi uma escolha tão estranha depois de todos aqueles caras de fraternidade que ela namorou na faculdade — Lucky comentou.

— Machos alfa! — Avery zombou, e todas riram novamente.

— Acho que ela estava tentando se conectar com o seu próprio lado criativo — Bonnie disse.

— O vegano foi ao funeral — Avery apontou.

— Eu não me lembro dele lá — Lucky disse.

— Você não o escutou? — Avery perguntou. — Ele era aquele que estava chorando alto lá no fundo. Perdeu totalmente a compostura.

— Mas eles nem estavam mais juntos — Lucky observou. — Nicky terminou com ele por causa daquele gostoso do mercado financeiro que tinha o fetiche das bolas. Como Nicky costumava chamá-lo?

— Lamba-e-Pegue-Minhas-Bolas. — Bonnie lembrou, e ela e Lucky riram.

— Eu odiei aquele funeral — Avery disse, com o olhar fixo à frente.

Lucky parou de rir e olhou para ela.

— Pois é, Aves, todas nós odiamos. É óbvio.

— Todas aquelas pessoas se lamentando em voz alta — Avery continuou, com voz impiedosa. — O que elas sabiam? Que porra elas sabiam do que era perdê-la?

— As pessoas estavam tristes — Bonnie murmurou. — Foi triste.

— Mas a tristeza não era *delas* — Avery rebateu. — Era nossa.

— Às vezes, eu gostaria que ela tivesse tido um bebê — Lucky disse, de repente. — Com qualquer um, entende, o Macho Alfa, o vegano, o Lamba-e-Pegue-Minhas-Bolas, que diferença faria? Então ela poderia ter feito a cirurgia antes.

Avery estremeceu. Era doloroso demais pensar nisso.

— Ela era tão jovem — Avery disse. — E não amava aqueles caras.

— Mas se ela tivesse — Lucky continuou. — Mesmo se ela ainda tivesse... Pelo menos nós teríamos alguém, sabe? Alguém que ficaria conosco e que seria parcialmente ela, e de quem nós poderíamos cuidar.

— *Nós somos* parcialmente ela — Avery asseverou.

— Eu sei — Lucky disse, baixinho. — Mas, com um bebê, nós teríamos uma nova chance. Com um bebê, nós... — Lucky fez uma pausa para pensar no que estava tentando dizer — ... faríamos melhor — ela concluiu, desamparada.

Bonnie colocou o resto do *bagel* com cuidado no papel e virou-se para elas com o rosto alterado pela preocupação.

— Tem uma coisa que eu nunca contei para vocês — ela disse.

Avery e Lucky olharam para ela com surpresa.

— O que é? — Lucky perguntou.

Bonnie engoliu devagar.

— Um dia antes de ela morrer, ela me perguntou... Ela perguntou se eu conseguiria alguns remédios para dor na academia, e eu disse que não. — Bonnie colocou a cabeça entre as mãos. — Eu não sabia. Eu não sabia que ela iria comprá-los.

— Ah, Bonnie — Avery disse, aproximando-se da irmã instintivamente. — Não tinha como saber. Por que você não contou para nós?

— Eu queria protegê-la — ela respondeu. — Ou a mim. Não sei. — Ela olhou para as duas, implorando com o olhar. — Vocês acham que eu deveria ter feito aquilo?

— Claro que não — Avery disse, decidida. Ela não conseguia suportar que Bonnie pensasse assim nem por um segundo. — Você fez o que era certo.

— Eu nunca pensei que ela faria... o que ela fez — Bonnie confessou.

Elas ficaram sentadas em silêncio, olhando adiante. Ainda era difícil até nomear o que acontecera com a Nicky. *Overdose* sempre soava como se elas estivessem falando de outra pessoa, que não tinha nada a ver com a irmã confiante e competente.

— Você não foi a única — Lucky disse em voz baixa. — Eu sabia que ela estava sofrendo, que ela queria se livrar dos remédios para dor.

— Você sabia? — Bonnie perguntou.

— Tinha uma árvore dos desejos na escola dela — Lucky explicou. — Aquela em que você escreve seus desejos em pedaços de papel e os amarra nela. Eu olhei o dela sem ela saber, e era isso o que ela queria. *Chega de comprimidos.* Eu vi, mas ela negou depois e eu não insisti. Eu não queria piorar as coisas... Ou estava envolvida demais comigo mesma para tentar, não sei.

Lucky abaixou a cabeça. Avery colocou a mão nas costas dela.

— Eu também sabia — Avery disse. — Bem lá no fundo. Por causa dos olhos dela.

Com frequência cada vez maior, as pupilas de Nicky pareciam minúsculos pontos pretos. Avery tinha notado porque lhe trazia a lembrança de como as pupilas de Freja costumavam encolher até parecerem cabeças de alfinetes depois que elas se injetavam, um espelho de como os olhos de Avery deviam estar. Mas Avery havia se convencido de que não era a mesma coisa.

— Eu quero que vocês duas me ouçam — ela pediu, virando-se para Bonnie e Lucky. — Eu sei que nós queremos entender o que ela fez, e nos sentirmos culpadas por não termos feito mais é um jeito de fazer isso, mas nenhuma de nós poderia ter mudado o que aconteceu com ela. — Ela pensou no que a mãe tinha dito. — Nenhuma de nós é tão importante assim.

Elas observaram um bando de pombos espiralar até o céu e desaparecer no azul.

— Mas como vamos viver com isso? — Lucky perguntou, com suavidade.

Essa era a pergunta que elas todas estavam fazendo para si mesmas de um jeito ou de outro no último ano. Como viver com essa dor. Como amar a vida sem a irmã. Avery suspirou.

— Eu acho que o nosso pai nos disse — Avery afirmou. — No funeral.

Lucky olhou para cima.

— A coisa da *Bonequinha de luxo* — ela murmurou. — *Vá com leveza*. Mas como?

— Você já está fazendo isso — Avery disse. — Não está mais bebendo, está cuidando de si, isso é ir com leveza.

— Ela está certa — Bonnie afirmou, confirmando com um movimento de cabeça.

— E vocês duas? — Lucky perguntou. — Como é que vocês *vão com leveza*?

Avery olhou para Bonnie.

— Bem... — Bonnie começou. — Não riam de mim... mas, às vezes, eu falo com Deus.

— Deus? — Avery repetiu.

Bonnie poderia muito bem ter dito Ronald McDonald, dada a ideia de conforto que Deus trazia para ela.

— Não Jesus Cristo ou qualquer coisa desse tipo — Bonnie esclareceu rapidamente. — É um tipo diferente de Deus, um tipo que eu inventei. Algo, ou Ela, não sei como chamá-lo, Alguém com quem eu converso. E acho que está cuidando de Nicky até nós a encontrarmos outra vez.

— Você acha mesmo que alguma coisa está cuidando dela? — Lucky perguntou, a voz cheia de esperança.

Bonnie assentiu.

— Eu acho.

— Bom — Lucky disse suavemente.

— Eu quero acreditar nisso, Bon... — Avery começou. — Mas, honestamente, eu não tenho certeza se consigo.

— Você não consegue só acreditar que eu acredito? — Bonnie perguntou. — Isso ajuda?

Avery pensou a respeito. A ideia de alguma coisa que ajudava Bonnie lhe trouxe conforto também — isso ela sabia que era verdade.

— Talvez — ela disse. — Talvez ajude.

Elas ficaram em silêncio e ouviram o som das crianças brincando, que continha todo o êxtase e o terror da juventude. Os pensamentos de Avery, como sempre, voltaram para sua vida com Chiti.

Bonnie havia lhes contado a verdade; agora, ela tinha de contar também. Ela se virou para as irmãs.

— Eu fodi tudo, gente — ela disse. — Realmente fodi tudo.

— Eu falei para não comprar semente de papoula — Lucky reclamou, apontando para o próprio *bagel*.

Bonnie encarou Lucky, para que ela ficasse quieta.

— O que foi? — Bonnie perguntou, inclinando-se na direção de Avery.

Avery respirou profundamente.

— Eu dormi com outra pessoa. — Avery expirou. — E menti sobre isso. E então prometi um bebê para Chiti e eu... eu não posso. Não posso fazer isso. Eu queria querer, mas não quero. Não é... não é quem eu sou.

— Que merda — Bonnie murmurou.

Avery olhou para elas. Bonnie, visivelmente surpresa, deu um longo suspiro. Lucky, no entanto, parecia inabalável.

— Então foi *isso* o que aconteceu — ela disse.

Avery lhe lançou um olhar incrédulo.

— Você sabia?

— Da parte de dormir com alguém, não do assunto do bebê. Bem, eu tinha minhas suspeitas.

— Como? — Bonnie quis saber.

— Chiti me mostrou a pílula do dia seguinte. Ela pensou que era minha.

— E é por isso que você me chamou de hipócrita — Avery disse, finalmente compreendendo essa parte da briga delas. — Eu pensei que era só por causa dos roubos.

— Que roubos? — Lucky perguntou.

— Tive alguns problemas de mão-leve. Mas eu já parei.

— Avery! — Bonnie exclamou, parecendo chocada. — Que diabos foi isso?

Avery encolheu os ombros, desesperada.

— Eu tenho problemas para controlar meus impulsos.

— Bem-vinda ao clube — Lucky disse, com uma risada seca.

— Vocês duas... — Bonnie balançou a cabeça, então se dirigiu a Lucky. — Por que você não me contou sobre a pílula?

— Ou para *mim*? — Avery acrescentou.

Lucky se dirigiu a Avery.

— Nós estávamos bem uma com a outra, e eu não queria estragar isso. E... — ela se virou para ficar de frente para Bonnie. — ... não era da minha conta.

Bonnie fez uma expressão para demonstrar que ela estava certa, então olhou para Avery.

— A Chiti sabe? — ela perguntou.

Avery assentiu.

— Sabe que dormi com outra pessoa, mas não do bebê — ela disse. — Ela precisava de espaço depois de descobrir, e essa é, em parte, a razão pela qual vim para cá.

Elas ficaram sentadas em silêncio, atordoadas. Finalmente, Lucky deu um assobio.

— Eu tinha ouvido um boato — ela disse. — Mas agora eu sei que é verdade.

Avery olhou para ela, em pânico.

— Boato? Sobre mim?

— Isso. — Lucky concordou com a cabeça. — Que você, de fato, não é perfeita.

Avery suspirou com alívio.

— E alguma vez eu disse que era?

Agora era a vez de Bonnie e de Lucky revirarem os olhos.

— Certo — Avery admitiu. — Eu posso ter tentado dar essa impressão uma ou duas vezes. Mas era só porque eu queria... Eu não sei, depois dos nossos pais, queria que vocês tivessem uma pessoa sólida na vida. E eu fiz tanta cagada quando era mais nova, abandonando vocês daquele jeito, que eu posso ter exagerado na compensação como adulta.

— Bem, aparentemente, você não está mais exagerando na compensação — Lucky disse. Avery lhe lançou um olhar de sofrimento. — Desculpe — ela falou. — Eu vou calar a boca.

Avery apoiou-se nos joelhos e cruzou as mãos em frente ao corpo, como um treinador assistindo a um jogo especialmente difícil e que ele não pode fazer nada para mudar. Sua mandíbula se contraiu enquanto ela olhava para frente.

— É tudo culpa minha — ela disse.

— Você acha que você e a Chiti vão se separar? — Bonnie perguntou.

— Eu não sei. Ela teria todo o direito. Todo o direito — ela repetiu em voz baixa.

— Eu amo a Chiti... — Bonnie começou.

Avery sentiu um aperto no peito. Ela estava partindo o coração das irmãs também. Passara tanto tempo tentando ser um exemplo para elas, tentando provar que o casamento — a vida! — poderia ser diferente, melhor do que o modelo que elas tinham recebido dos pais. Ela queria dar-lhes esperança, mas, em vez disso, tinha sido outra decepção. Bonnie colocou a mão nas costas dela. Era macia e pesada, como a pata de um urso amigo.

— Mas você tem que ser quem você é — Bonnie concluiu.

Avery apoiou-se em Bonnie.

— Obrigada — ela sussurrou.

Ela deixou a cabeça cair entre as mãos e soltou um suspiro estremecido.

— Está tudo bem se vocês estiverem com raiva de mim — ela disse entre os dedos. — Eu entendo que vocês estejam decepcionadas.

Lucky saiu do banco e ajoelhou-se na frente de Avery. Ela afastou as mãos da irmã do rosto e segurou-as entre as suas. Seu aperto de mão ossudo era surpreendentemente forte.

— Olha — Lucky disse. — Nós somos suas irmãs. Seja lá o que for que você faça, no final nós sempre estaremos do seu lado. Você poderia matar alguém, e eu ajudaria a carregar o corpo e encheria uma banheira com ácido clorídrico para que pudéssemos nos livrar dele discretamente.

Avery tentou conter um sorriso.

— Isso é bem estranho e específico — ela observou.

— Eu não *gostaria* e não *gosto* disso — Lucky afirmou. — Mas eu faria.

Bonnie mudou de lugar depressa para ficar mais perto delas.

— Eu também — Bonnie disse. — Encheria aquela banheira.

...

Avery chegou a Londres quando o sol estava nascendo. Ela pegou um táxi no Heathrow e seguiu pelas ruas que acordavam lentamente, passou pelas vans de entrega de pães, paradas perto dos restaurantes, e pelos donos de lojas madrugadores, que erguiam as portas metálicas para revelar as vitrines. O sol cor de pêssego se espalhava pelo céu, derramando-se entre nuvens violetas e azuis. Ela chegou em Hampstead e olhou para a bela casa de tijolos vermelhos em ruínas onde elas passaram os últimos oito anos construindo um lar juntas. Entrando em silêncio, foi direto para o andar de cima. Chiti estava dormindo na cama delas, seu cabelo escuro preso no coque de dormir sobre o travesseiro creme. Ela notou, com uma pontada, que Chiti estava usando o pijama azul de algodão de Avery, algo que elas costumavam fazer quando uma delas viajava e a outra ficava com saudades. Chiti se mexeu com o som de Avery entrando.

— É você? — ela murmurou.

Avery assentiu com os olhos já se enchendo de lágrimas. Chiti era o lar para o qual ela quis retornar durante tantos anos.

— É cedo — Avery disse.

Ela pegou a mala, estendeu e retraiu a alça nervosamente, depois parou e foi se sentar na cama.

— Eu preciso falar com você sobre uma coisa — ela informou, com suavidade.

Ela sabia que, se esperasse um minuto mais, haveria a chance de ela se convencer do contrário e prolongar ainda mais o sofrimento inevitável.

Chiti se sentou e passou os braços em volta dos joelhos, sob as cobertas. Seu olhar, antes morno e suavizado pelo sono, tornara-se frio.

— Estou esperando — ela disse.

— Chiti — Avery começou em voz baixa. — Há mais uma coisa que eu não te disse. E peço desculpas por não ter dito antes de ir para Nova York, mas eu precisava saber se era verdade.

Ela viu Chiti se preparar. Avery respirou profundamente.

— Eu não quero ter um bebê.

Foi como se o último fio invisível que mantinha Chiti na vertical tivesse sido cortado. Ela se recostou na cabeceira da cama e soltou a cabeça entre as mãos. Imediatamente, Avery quis voltar atrás, dizer que estava errada, afastar as mãos de Chiti do rosto dela, alisar sua testa, beijar suas têmporas e ir para a cama ao lado dela e ficar lá o dia todo com a mulher que ela amava, e que a amara tão bem e por tanto tempo. A voz de Chiti, quando ela falou, soou baixa com a derrota e vazia de recriminações.

— Então por que você disse que queria? — ela sussurrou.

— Eu queria querer — Avery disse. — Eu esperava que isso fosse suficiente.

Chiti balançou a cabeça e juntou as mãos à sua frente.

— Eu devia ter ouvido a minha mãe — ela disse.

Avery sentiu uma pontada acelerar sua pulsação. Ganishka nunca tinha sido afetuosa com ela, era verdade, mas sua frieza parecia ter menos a ver com Avery como pessoa do que com o fato de ela ser americana. Não era justo agir agora como se Ganishka tivesse estado certa o tempo todo; ela tinha sido uma boa parceira para Chiti durante sete dos oito anos — isso ainda deveria valer alguma coisa.

— Ela nunca gostou de mim — Avery disse.

Chiti balançou a cabeça.

— Ah, não é isso. Ou não é *só* isso — Chiti respondeu. — Ela disse que você não foi feita para a maternidade.

Avery enrugou a testa. *Maldita Ganishka,* ela pensou. Ela se ressentia dela por falar a respeito de Avery como se a conhecesse. E se ressentia ainda mais por ela estar certa. O que Ganishka não entendia era que Avery *já tinha sido* mãe. Ela tinha criado as irmãs; para ela, isso já era o suficiente.

— Como ela poderia saber? — ela perguntou, tentando não deixar sua atitude defensiva transparecer na voz. Chiti suspirou e soltou as mãos entrelaçadas.

— Porque *ela* não foi — Chiti disse. — E eu imagino que ela ache que vocês são mais parecidas do que ela deixa transparecer.

Avery viu, então, a cor do sofrimento de Chiti. Era o índigo mais profundo, escuro o suficiente para ser quase preto, como as partes mais profundas do oceano. Era um sofrimento antigo, tão antigo quanto o próprio índigo, e como aquela tintura milenar, tinha origem na Índia. A mãe de Chiti não era uma mãe amorosa. Chiti havia contado muitas vezes durante os anos com Avery sobre sua vontade de criar uma criança de forma diferente, de oferecer ao seu bebê toda a atenção, admiração e afeto de que tinha sido privada. Agora Chiti havia escolhido a mesma coisa da qual ela tentara escapar, uma parceira que não queria ser mãe no lugar de uma mãe que não queria ser uma. A constatação pesava como um natimorto nos seus braços.

Avery ficou na cama ao lado da esposa. Não havia mais rancor entre elas; o que restou foi a tristeza, que sempre esteve à espreita. Avery teria preferido uma gritaria do que esse silêncio pesado e de coração partido. Ela pegou na mão de Chiti.

— Você vai ser mãe — ela afirmou. — Você vai.

Ela estava dizendo isso, ela sabia, em parte para aliviar a própria culpa, mas também acreditava nisso, tinha de acreditar. Chiti apertou a mão dela.

— Eu queria fazer isso com você — ela disse.

— Eu sei.

Chiti levantou a cabeça com esperança.

— E você tem certeza de que não pode?

Avery concordou com um gesto de cabeça.

— Eu tenho certeza.

Chiti repetiu o gesto devagar.

— Eu sempre senti que o jeito como começamos... Era uma base difícil sobre a qual construir um relacionamento. A vergonha nunca me abandonou.

Avery olhou para ela com surpresa.

— Você não tem nada do que se envergonhar. Terapeutas namoram clientes. Merdas acontecem.

Chiti balançou a cabeça com tristeza.

— Você não pode tirar a minha vergonha, assim como eu não posso tirar a sua.

Elas ficaram sentadas, juntas, enquanto a casa que elas criaram dava seus vários gemidos. As tábuas do piso debaixo da cama rangeram. As cortinas suspiraram. Um cano do andar de baixo chiou. Lá fora, alguém passou conversando em voz alta ao telefone. Elas nunca chegaram a colocar janela de vidro duplo aqui em cima, Avery pensou.

— Me desculpe — Avery disse. — Pelo Charlie. Por tudo. Você nunca mereceu aquilo.

— Você está certa — Chiti concordou. — Eu não merecia. — Ela se virou um pouquinho para encarar Avery. — E me desculpe pelo que eu disse sobre a Nicky. Você não podia salvá-la. Ninguém podia. Você sabe disso?

Avery assentiu. Era hora de falar, de encontrar um jeito de transmitir a Chiti o que ela estava sentindo, não porque isso fosse mudar alguma coisa, mas porque era o que Chiti havia pedido.

— Eu sinto tanta, mas tanta falta dela — ela começou. — E eu espero que esse sentimento termine porque todos os outros sentimentos acabaram, não importa o quanto foram intensos, não importa o quanto foram fortes... mas não vai acabar. Não há fim para a saudade dos que se foram. Havia vida antes e há vida agora. E parece que eu não aceito isso. Eu não consigo aceitar que terei que sentir falta dela para sempre. Nunca haverá alívio. Nunca haverá um reencontro. E eu queria poder acreditar em um Deus. Eu gostaria de acreditar na vida após a morte ou em alguma coisa, qualquer coisa. Mas, quando eu tento falar com ela na minha mente, não há resposta. Eu não consigo ouvi-la. E eu não consigo senti-la. Tudo o que eu tenho é essa falta. E parte de mim está contente por saber que não vai acabar, porque isso é tudo o que eu tenho para me conectar a ela agora.

Avery passou a mão pelo rosto. Ela havia esperado um bom tempo para dizer isso, e, agora que começara, não havia sentido em se conter.

— Mas eu não sou forte o suficiente, Chiti — ela disse. — Pensei que seria, mas não sou. Então fico tentando eliminar os que se foram. E, é verdade, tenho fumado e roubado. Eu traí o nosso casamento e menti para você, e eu... eu arruinei a nossa vida juntas. Eu sei que devia ter feito tudo diferente. Eu não entendo por que não fiz. Pensei que era uma pessoa antes de Nicky morrer, mas acontece que não sou. Sei que você disse que está me perdendo há um ano, mas eu também estou. Eu a perdi *e* me perdi. Não sei quem diabos eu sou mais.

Chiti colocou a mão sobre a de Avery e olhou-a nos olhos. Avery procurou por perdão, mas só viu resignação.

— Talvez porque você esteja se tornando uma nova pessoa — ela disse.

...

Uma hora depois, Vish veio buscar Chiti no seu Mini Cooper caindo aos pedaços. Avery estava no degrau mais alto enquanto um sol forte subia pelo céu da manhã e observava a ele e Chiti lotarem o carro com as malas dela. Vish olhou para Avery com confusão e mágoa. Ela engoliu o nó na garganta e resistiu à vontade de chamá-lo. Ela o estava perdendo também, percebeu.

Depois que eles foram embora, Avery vagou pela grande casa vazia. Ela espiou o quarto, onde a cama ainda tinha impressa a marca do corpo de Chiti dormindo, então voltou para a cozinha. Ela conectou a chaleira para fazer um chá, sorrindo com tristeza para si mesma; era exatamente o que sua mãe teria feito. Mas, antes de a água ferver, Avery decidiu sair. Não conseguiu suportar o silêncio. Ela vestiu um maiô e calças de moletom, então abriu a porta da frente e foi em direção ao parque Heath. Desde que se mudara para Londres, sempre quis nadar no Hampstead Ladies' Pond. Hoje, ela iria.

Quando ela entrou no parque, um bando de periquitos verde-esmeralda voou das árvores. Eles chamavam uns aos outros em uma conversa animada, preenchendo o ar com seus gritos agudos. Logo que se mudou para Londres, Avery ficara maravilhada com aqueles pássaros vistosos voando no coração cinzento e silencioso de Londres. Foi Chiti quem lhe contou a lenda urbana segundo a qual Jimi Hendrix era o responsável pela presença estranha deles; supostamente, ele tinha trazido uma gaiola para a Carnaby Street e, sem alarde, soltado um par reprodutor de periquitos-de-colar chamados Adão e Eva. Agora, eles podiam ser vistos em todo lugar, de Croydon a Crouch End, mas muitos preferiam a abundância selvagem do Heath. Avery observou os pássaros voarem para o norte. Ela observou-os até que se tornassem nada mais do que pontos minúsculos de verde no céu azul pálido, até que não fossem nada.

Eram sete horas agora, cedo o suficiente para que o lago estivesse vazio, exceto por um grupo de patos selvagens deslizantes e uma mulher idosa solitária que nadava lentamente, com o pescoço projetado para frente como uma tartaruga determinada. Avery deixou suas coisas no vestiário e caminhou até o cais de madeira. O ar fresco sussurrou em torno da sua pele. Ao redor do lago, uma copa frondosa de árvores suspirava e farfalhava, como se estivesse se reorganizando de forma educada. Ela segurou os corrimãos de metal e entrou na água. Um suspiro agudo e involuntário escapou-lhe enquanto o frio a envolvia até o pescoço. Ela balançou a cabeça, o cabelo se espalhando ao seu redor, depois prendeu a respiração. Então deslizou abaixo da superfície da água, abaixo do próprio mundo.

Lá embaixo, tudo estava quieto. A água do lago, sedosa e espessa como óleo, escorregava sobre sua pele. Goles de líquido e assobios rodeavam seus ouvidos. Pequenas bolhas brilhantes formavam pérolas na pele e depois se afastavam como pensamentos. Cones de luz perfuravam a água acima da cabeça. Ela deu um impulso e foi mais fundo, com a luz recuando atrás dela. Os juncos balançantes roçavam os dedos dos pés enquanto ela avançava em direção às profundezas geladas. Lá embaixo havia um chão escuro de lama, um lugar que o sol alcançava, mas não conseguia tocar. Ela se deitou na horizontal e deixou o corpo afundar nas profundezas mais frias.

A lama sugou-lhe a parte de trás das pernas e da coluna quando ela se deixou afundar suavemente no leito do lago. Fechou os olhos e soltou o ar.

Avery tinha ensinado as três irmãs a nadar. Parada na extremidade rasa, com as mãos sob a barriga delas, ela sustentava na superfície os corpos que se debatiam. Mesmo enquanto elas engoliam água e choramingavam, com os olhos vermelhos de cloro e lágrimas, ela não as deixava parar. Ela precisava saber que as irmãs poderiam ficar em segurança. Entre todas, Nicky tornou-se a melhor nadadora. Avery podia vê-la agora, deslizando sob a superfície brilhante da água, um borrão pálido de membros, o cabelo como um fio de serpentina. Ela conseguia prender a respiração por mais tempo do que qualquer outra, desaparecendo por tanto tempo que Avery sentia o coração apertado de pânico. Mas sempre, depois daquele longo período de silêncio, vinha o som dela respirando fundo, a visão exultante da cabeça escorregadia rompendo a água. Ela viu a irmã agora, ao longe, através de uma vastidão brilhante, sorrindo e acenando, maravilhada consigo mesma, virando-se para ver se Avery estava maravilhada também.

 No que Nicky tinha pensado em seus momentos finais? Ela sabia? Foi um alívio não ter que lutar mais? Não sentir? A água pressionava Avery, insistente e convidativa. Lá em cima, Bonnie e Lucky estavam seguras. Ela poderia deixá-las agora? Ela poderia ser livre? Avery abriu os olhos. A luz pálida dançava à sua frente. Seus pulmões doíam. Foi demais, esse amor. Então, ela sentiu as pernas balançando, virando-a de pé. As solas dos pés afundaram na lama e então se afastaram. Mil marés escuras puxavam-na para trás enquanto ela dava um impulso, mas ela não parou. As palmas das mãos afastavam a água, como se abrissem cortinas pesadas para deixar entrar o dia. Foi ficando mais quente à medida que ela se aproximava. Continuou nadando. Já estava quase lá. A luz irrompeu sobre sua cabeça como um aplauso. Ela rompeu a superfície, em busca de ar.

Epílogo

Dez anos depois, as irmãs vieram do norte e do sul. No Morningside Heights, a poucas ruas do campus da Universidade Columbia, onde ela agora lecionava, Avery saiu da cama e beijou a figura adormecida ao seu lado. A mulher se mexeu e murmurou.

— Isso está acontecendo? — ela perguntou, com a voz rouca de sono.

— Eu vou vê-la agora — Avery sussurrou. — Continue dormindo.

A mulher levantou o rosto do travesseiro.

— Mande para ela todo o meu amor — ela disse.

Avery acariciou a cabeça trançada da mulher e encostou os lábios na têmpora dela. Ela se virou para pegar as roupas da cadeira ao lado da cama e saiu discretamente do quarto, fechando a porta antes de acender a luz da sala e da cozinha. Ela se vestiu depressa, largou o pijama amassado de qualquer jeito, jogou água da torneira da cozinha no rosto. Ao lado da pia, havia uma grande geladeira Smeg cor-de-rosa. Antes de sair, ela pegou uma aliança de ouro no balcão e colocou-a.

...

A cento e vinte quarteirões ao sul, em Tribeca, Lucky estava tentando fazer o check-out. O saguão onde ela estava poderia pertencer a um hotel de categoria média, exceto pelo fato de o jovem atrás da recepção se recusar a deixá-la sair.

— Mas já passou do toque de recolher — ele repetiu.

— Eu sei. — Ela sorriu para ele. — Mas eu acho que isso se encaixa como uma causa de força maior.

O homem, que só tinha uns vinte e poucos anos, olhou em volta, nervoso. O cabelo dele estava preso em um coque frouxo, e ele usava, sem ironia, Lucky presumiu, uma camiseta do Programa Educacional de Resistência às Drogas, cujo logo em inglês, D.A.R.E., significava literalmente "ouse".

— Acho que não estou autorizado a fazer isso — ele disse.

— Eu, tipo, sou novo aqui.

Lucky se inclinou sobre a mesa e olhou firme para ele. Seus longos cabelos, recentemente tingidos de vermelho-escuro, caíam sobre os ombros.

— Mas, veja, esse é o tipo de coisa que acontece uma vez na vida — ela disse, girando o dedo no balcão à sua frente. — Você não vai querer ser o motivo de eu perdê-la, não é mesmo?

O homem ficou corado e olhou para o colo.

— Eu não sei, cara...

— Por favor? — ela ronronou. — Você seria o meu herói.

Ele olhou para o rosto dela, um pouco mais marcado do que quando tinha vinte e poucos anos, mas ainda irresistível, ainda adorável, e então corou um pouco mais.

— Olha, eu não vi você, certo? — ele disse.

Lucky bateu palmas de alegria do seu lado da recepção e depois girou sobre os saltos.

— Você é demais! — ela gritou por cima do ombro.

Visivelmente encantado, ele gritou alguma coisa para ela, mas Lucky já estava passando correndo pela porta giratória.

...

No táxi que seguia para o centro da cidade, Avery rolou os e-mails sem ler as palavras, depois verificou seu aplicativo de relógios internacionais. Eram nove e meia da manhã em Deli. Perfeito. Ela ligou para Chiti, que atendeu no segundo toque.

— Está acontecendo? — Chiti perguntou.

— Eu estou indo para o hospital — Avery disse.

— Minha nossa! Como você está se sentindo?

— Nervosa!

— É normal, mas vai dar tudo certo. Bonnie é um touro.

— Eu achei que, depois que ela se aposentasse, eu nunca mais teria que a visitar no hospital.

— Essa é sua irmã, cheia de surpresas. E Pavel?

— Ele começou a falar russo no meio da ligação, mas o mais importante era para eu vir logo.

Chiti cantarolou no telefone.

— É bom que você esteja aí — ela disse.

Avery assentiu.

— Como está o Azad? — ela perguntou.

Ela não conseguia acreditar que ele já tinha oito anos. Havia se passado uma década desde que Avery e Chiti se divorciaram; Chiti o concebera graças a um doador, um ano depois de Avery retornar a Nova York. Em hindi, Azad significa *livre e independente*.

— Ele e Ganishka continuam unha e carne. Ela o está ensinando a usar sua antiga câmera Bolex enquanto conversamos. Ele não quer que voltemos para casa na semana que vem. Como está a Fatima?

— Cansada das viagens, mas o livro está indo bem.

— Comprei os ingressos para a leitura dela em Londres, por falar nisso.

— Você não precisava ter feito isso.

— Eu quis.

Avery sorriu.

— Olhe, eu já estou quase chegando no hospital. Eu só queria que você soubesse.

— Estou contente por você ter avisado. Diga a Bonnie que ela está no meu coração.

Avery desligou, olhou pela janela e viu as ruas sombrias de Nova York passando. Já era mais de meia-noite, mas os bares ainda estavam abertos, as pessoas conversando do lado de fora e se agrupando nas esquinas para fumar. Avery dava aulas em um seminário de Direito Societário Avançado às oito da manhã duas vezes por semana, o que garantia que ela raramente ficasse acordada até tão tarde, mas era reconfortante ver que a vida noturna da cidade ainda estava prosperando.

Sempre haveria, ela pensou contente, jovens que não precisavam de oito horas de sono.

...

Lucky entrou em uma loja de conveniência perto da entrada do metrô para comprar um maço de Marlboro. Ela tinha parado de fumar, de novo, alguns meses antes, mas esta noite era uma ocasião especial, e ela achou que merecia uma pequena extravagância. Ficou aliviada ao ver que a loja ainda o vendia; todo mundo fumava cigarros eletrônicos agora e, com todos os impostos, estava difícil encontrar os tradicionais.

Ela sorriu para si mesma quando o homem por trás do balcão deslizou o maço para ela; ela não saía sozinha, sem os supervisores ou um bando de outros viciados em recuperação, fazia semanas. Ela estava prestes a pagar, então pegou uma barra de chocolate ao leite no último minuto. Bonnie podia querer açúcar. Um grupo de estudantes universitários avançou pela porta e foi direto para as geladeiras de cerveja.

É claro, pensou Lucky, era sexta-feira à noite. Ela havia esquecido, o que era uma coisa boa.

Ela ficou parada do lado de fora da loja, virou um dos cigarros do maço de ponta-cabeça para dar sorte — um hábito que ela mantinha havia uns vinte anos — e então acendeu outro, inalando com uma sensação de prazer de arrepiar a espinha. Os estudantes universitários estavam saindo com as cervejas, gritando animados entre si, quando um deles a viu.

— Espere um minuto, você não é a Lucky Blue? — Ele deu um tapa no amigo. — Caralho, pensei que ela tivesse morrido ou algo assim!

Lucky ergueu as mãos como um apóstolo.

— E, no entanto, eu ressuscitei.

— Ei, posso tirar uma foto?

Lucky consentiu e ficou "ensanduichada" entre os dois jovens para uma selfie. Ela pensou em tirá-lo, mas deixou o cigarro pendendo dos lábios. Foda-se; ela não era mais modelo de ninguém.

— Cara, minha namorada é obcecada por você — um deles disse enquanto passava o braço robusto em volta dos ombros dela. — Ela vai ficar louca quando vir isto. Aquele vídeo de você caindo do palco em Glastonbury? *Bárbaro*.

Lucky se desvencilhou do abraço assim que a foto foi tirada.

— Não foi minha melhor hora — ela disse. — Mas eu vivo para servir. Agora, cavalheiros, se me dão licença.

Ela os saudou com uma mão, bateu a cinza do cigarro com a outra e desapareceu ao descer as escadarias do metrô.

...

Avery estava esperando no saguão do hospital quando Lucky entrou empertigada. Todos esses anos, Avery pensou, e ela ainda não conseguiu erradicar o andar de modelo. Ela se levantou e abraçou a irmã.

— Como foi essa semana? Você pegou a sua ficha?

Lucky lhe deu um sorriso de dentes pontiagudos.

— Sessenta dias na reunião de segunda-feira.

Avery lhe deu um tapinha nas costas um pouco mais demorado.

— Estou orgulhosa de você. — Ela cheirou o cabelo de Lucky. — Mas você está fumando de novo.

— Enfrentamos nossos vícios na ordem em que eles nos matarão! — Lucky recitou, alegremente, rodopiando sobre o salto; a irmã, para seu alívio, riu.

— Você falou com o cara do tour sobre atrasar suas datas para você poder ficar todos os noventa dias? — Avery perguntou.

Lucky resmungou.

— Podemos não falar nisso agora?

Avery apertou os olhos.

— Certo, mas o gestor do seu caso disse...

— Aves, por favor! — Lucky interrompeu-a. — Vamos nos concentrar na Bonnie e dar um tempo nesse assunto por, tipo, um dia? Por favor?

Avery ficou com raiva na hora.

— Só faz dois meses — ela rosnou. — E você quase *morreu*. Peço desculpas se o fato de eu ainda estar preocupada com você não é conveniente.

Lucky ergueu as mãos e balançou a cabeça, sem uma resposta, implorando com os olhos para Avery parar. Avery olhou para ela por um bom tempo, então cedeu. Ela se virou e pegou um grande buquê de rosas cor-de-rosa intenso da cadeira atrás dela e apontou para os elevadores. Elas atravessaram o saguão.

— São bonitas. — Lucky tocou uma pétala curvada com a ponta do dedo, oferecendo paz. — Quando você as comprou?

— Enquanto eu estava te esperando. A loja de presentes fica aberta a noite toda aqui. Não é exatamente a cor favorita da Bonnie, mas eu pensei que o que vale é a intenção.

— Elas são da cor favorita da Nicky — Lucky disse.

Avery sorriu com tristeza.

— É verdade.

Lucky ficou de braços dados com Avery.

— De nós duas? — ela tentou persuadi-la, usando sua melhor voz de irmã mais jovem.

Avery riu contra a vontade e se aproximou dela enquanto apertava o botão do elevador.

— Nem é preciso dizer.

...

Bonnie estava descansando quando as irmãs apareceram à porta. Pavel estava ao lado da cama, alerta como um cão, observando-a com atenção ansiosa e oferecendo-lhe continuamente suco de maçã, que ele parecia estar convencido, a propósito de nada, que tinha propriedades restauradoras mágicas. Nem mesmo quando Bonnie se tornou a inquestionável campeã mundial de peso-leve, tornando-se a primeira lutadora a unificar os cinturões ao derrotar sua oponente por meio de uma decisão unânime em uma cansativa luta de dez rounds, que ainda é elogiada como uma das lutas mais difíceis de todos os tempos, ele esteve tão conectado com ela.

Bonnie se aposentou alguns anos depois para se tornar uma das treinadoras mais requisitadas por mulheres, então já fazia algum tempo desde que Pavel tinha parado de se preocupar com sua segurança física. Mas tinha sido um longo trabalho de parto, que não foi facilitado pelo lembrete do médico de que, aos quarenta anos, a gravidez de Bonnie era considerada geriátrica e de alto risco. Ela, no entanto, teve o parto como esperava, sem medicação ou intervenção, entregando-se à dor, como a vida inteira de lutas a tinha treinado, e agora estava satisfeita e exausta.

Bonnie estava preocupada, internamente, em não sentir o que quer que devesse sentir quando sua filha fosse colocada nos seus braços, mas ela não precisava se preocupar. Ela era perfeita. Seus olhos eram azuis e muito brilhantes, como os do pai de Bonnie. A enfermeira colocou a bebê contra o peito de Bonnie, e a criança imediatamente olhou para ela com grande curiosidade e quietude. Nesse olhar, Bonnie se desmanchou de amor. O rosto da bebê estava vermelho, amassado e macio como veludo, tinha os grossos cílios e o nariz quadrado de Pavel. Mas seus dedos eram os clássicos Blue, longos e expressivos. Quando ela chorou, esticou as mãos à frente como pequenas estrelas explodindo. Quando dormiu, enrugou e franziu a testa como se tivesse conversas profundas em seus sonhos. Bonnie não conseguia tirar os olhos dela.

Ela ergueu o olhar quando as irmãs entraram e sorriram. Pavel saltou da cadeira para dar um beijo em cada uma e oferecer-lhes suco de maçã, que elas recusaram educadamente.

— Eu vou buscar mais um pouco por precaução — Pavel insistiu, caminhando em direção à porta. — Assim vocês, garotas, têm o seu momento.

Avery apertou o braço dele em agradecimento. Claro, *era* um momento, um dos mais preciosos que elas teriam. Elas estavam acordadas em um quarto de hospital no meio da noite, a cidade se estendia abaixo delas em um recolhimento tranquilo, os faróis de carros deslizando para cima e para baixo nas avenidas como estrelas cadentes, e diante delas, seguro como um filhote no ninho, estava o próprio milagre. Lucky se encaminhou para um lado da cama enquanto Avery se aproximava com reverência, olhando com admiração para o pacotinho nos braços de Bonnie.

— Ela está aqui — Lucky declarou, sua voz já cheia de amor. Bonnie concordou com um aceno de cabeça.

— Ela está aqui.

— Não acredito que todas nós nascemos neste hospital — Avery disse. — E agora, todos esses anos depois, ela se juntou a nós.

— A Lucky, não — Bonnie lembrou. — Ela basicamente caiu da mãe em casa, lembre-se.

Lucky fez o sinal de rock 'n' roll e sorriu.

— Louca por velocidade desde o nascimento — ela disse.

— Como eu pude esquecer; perdão, Lucky. — Avery sorriu e se voltou para a bebê, maravilhada. — Você ligou para a mamãe?

Bonnie assentiu.

— Pavel ligou. Ela virá de manhã.

O pai delas morrera havia quatro anos de insuficiência hepática. A mãe insistia em permanecer sozinha no norte, com o jardim e as galinhas, mas visitava mais a cidade agora que as três filhas moravam lá novamente. Avery tinha um quarto de hóspedes exatamente para essa finalidade, embora desejasse que a mãe fizesse mais uso dele.

— Você já escolheu o nome? — Lucky perguntou.

Bonnie olhou para as irmãs.

— Nós tínhamos escolhido um, mas então... não pareceu certo. Ela já veio com o nome dela, eu acho.

— E qual é? — Lucky quis saber.

Bonnie engoliu em seco e colocou a mão no alto da cabeça da bebê.

— Nicole — Bonnie disse. — Nicole Petrovich Blue.

Lucky tentou dizer alguma coisa, mas não conseguiu falar. Como sempre, Avery tinha palavras para as duas. Ela se inclinou e beijou primeiro Bonnie, então a bebê, na testa.

— Bem-vinda ao grandioso e vasto mundo, Nicole — ela disse.

A bebê se mexeu e olhou para as três figuras acima dela. Ela podia sentir sua atenção como uma luz. Elas tinham muitos olhos e todos estavam focados nela. Suas bocas eram grandes e brilhantes. Agora ela fechou os olhos. Tudo escuro. Agora ela os abriu. A luz estava de volta sobre ela. Ela abriu a boca e fez um som. Agora a mãe a estava amamentando. A boca dela ficou cheia. Sim, ela gostou. Uma onda de calor e doçura. Isso foi bom. Havia bastante e ela estava com fome. Agora, de repente, ela estava satisfeita. Chega. Ela fez outro som, e as figuras todas riram. Todo mundo estava encantado com ela. Logo, os olhos da bebê ficaram pesados. A luz desapareceu. Ela tentou trazê-la de volta, mas seus olhos estavam pesados demais. Agora ela não podia ver, apenas sentir as figuras ao seu redor. Elas davam a sensação de calor. Ela estava segura no centro delas. Algo macio acariciou sua bochecha enquanto ela se recolhia. Isso foi bom. Ainda podia ouvi-las, e gostou. Risadas. Que som bom. Ela queria ouvir mais, mas estava se recolhendo. Ela voltaria em breve. Não ficaria distante por muito tempo. A escuridão se aprofundou. As figuras ficaram em volta dela. Este lugar era bom. Ela ficaria.

Agradecimentos

Eu dediquei este livro aos dois amores da minha vida: minha irmã Daisy e meu marido, Henry. Esta história, e tudo sobre mim, foi moldado bem melhor por eles.

A escrita é uma experiência solitária por natureza, por isso sou grata a todos aqueles que garantiram que a pesquisa, edição, publicação e as partes simples e vivas do processo não o fossem:

Minhas agentes Mollie Glick e Emily Westcott, por sua tenacidade, gentileza e apoio.

Minhas editoras Sara Weiss e Katie Bowden, por acreditarem de todo o coração nessas irmãs e por me fornecerem a santíssima trindade para a reescrita: apoio incondicional, sugestões sagazes e espaço para eu encontrar minhas próprias soluções.

Minhas editoras-assistentes Sydney Collins e Lola Downes, por seu entusiasmo e pelos insights.

Meus treinadores de boxe na CMC Gym, Marcelo Crudele, Felix Martinez e Alberto Solto, por me ajudarem a entender e habitar Bonnie mais plenamente, e por incutirem em mim o mais importante (e a regra mais difícil de ser seguida por esta escritora falante): menos conversa, mais ação!

Meus colegas escritores em Los Angeles por seu incentivo e feedback dos primeiros rascunhos deste romance: Annabel Graham, Tess Gunty, Alexandria Hall, Zach Hines, Isabel Kaplan, Victoria Kornick, Claire Nuttall e Jacquelyn Stolos.

Meus amigos Albie Alexander, Frankie Carattini, Adam Eli, Lindsay Fishkin, Sean Frank, Sophia Gibber, Emily Havens, Alba Hodsoll, Kala Jerzy, Jess Jobst, Shamikah Martinez, Corey Militzok, Amanda Montell, Olivia Orley, Jonathan Parks-Ramage, Zoe Potkin e Max Weinman, pelas intermináveis caminhadas, jantares, telefonemas, risadas e amabilidade geral que me incentivaram a continuar escrevendo.

Minha mãe, sempre, por ser minha primeira e melhor leitora.

Meu pai, minha irmã Holly e meu irmão George.

Minha terapeuta, Karen.

As comunidades de sobriedade em Nova York, Los Angeles, Londres e Paris, por serem meus faróis.

Os leitores, os leitores, os leitores. A todas as pessoas e livreiros que leram, recomendaram, fizeram publicações ou promoveram meu livro de estreia, *Cleópatra e Frankenstein*, sou infinitamente grata a vocês.

Enquanto escrevo isto, estou grávida do meu primeiro filho com Henry, então os agradecimentos finais têm de ir para esse ser misterioso que está dentro de mim, nosso bebê — meu querido, eu tinha um outro final em mente enquanto escrevia este livro; então você apareceu e dobrou a curva desta história e da minha vida inexoravelmente em direção à esperança. Obrigada por me escolher.

Leia também
Cleópatra e Frankenstein,
primeiro livro da autora Coco Mellors.

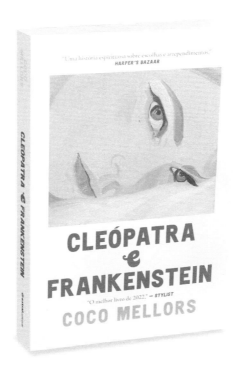

Primeira edição junho/2024
Papel de miolo Ivory slim 65g
Tipografias Garamond Premier Pro e Canela
Gráfica LIS